LA CRUZ Y LA ESPADA

LA CRUZ Y LA ESPADA

Eligio Ancona

Título: La cruz y la espada
Autor: Eligio Ancona
Editorial: Plaza Editorial, Inc.
email: plazaeditorial@email.com
© Plaza Editorial, Inc.

ISBN-13: 978-1977818300
ISBN-10: 1977818307

PLAZA
EDITORIAL

www.plazaeditorial.com
Made in USA, 2017

CAPÍTULO I

Potonchán, 1539

Y he de volver a verte, ¡oh patria mía!
¡Y he de volver a verte! Clavo ansioso
los ojos fatigados hacia donde
envidiosa la mar tu seno esconde
y no te veo...

Alpuche

El puerto de Potonchán —o de Champotón como se le llamó después, sin que veamos que haya ganado cosa alguna en la mutación de nombre— era a fines del año de 1539, época en que comienza nuestro relato, una población exclusivamente ocupada por un puñado de aventureros españoles, que después de rudos y sangrientos combates, habían logrado arrancar del poder de sus antiguos habitadores.

El lugar empezaba a ser ya conocido y visitado por algunas naves españolas y había adquirido cierta celebridad a pesar de que solo habían transcurrido veinte y tres años desde su descubrimiento.

Esta celebridad era bien merecida.

Cuando en 1517, Francisco Hernández de Córdova, después de haber experimentado el carácter belicoso de los indios en Cabo Catoche y Campeche, tocó en Champotón únicamente con el objeto de proveerse de agua, un crecido número de naturales cayó sobre los castellanos que acaudillaba, y tan reñido fue el combate que se empeñó en la orilla misma del mar, que de los extranjeros quedaron cincuenta y siete tendidos sobre la arena enrojecida con su sangre y dos cautivos que fueron llevados inmediatamente al altar del sacrificio e inmolados a los dioses de la tierra en acción de gracias. Los restantes quedaron tan mal parados que cinco murieron algunas horas después y todos los demás salieron heridos, con excepción únicamente de un soldado llamado Berro. Este suceso hizo que el puerto adquiriese el tercer nombre con que se le señaló en los antiguos mapas. Llamósele «Bahía de la mala pelea».

Cuando a fines del mismo año volvieron los españoles al propio lugar, acaudillados por Juan de Grijalva, a pesar del aumento de armas que trajeron y de las precauciones que adoptaron, tres cadáveres quedaron tendidos sobre el campo de batalla, salieron más de sesenta peligrosamente heridos y el mismo general sacó de la refriega dos dientes quebrados y tres flechazos.

Algún tiempo hacía que el lugar había adquirido su cuarto y último nombre. La villa de San Pedro, fundada por Francisco Gil a orillas del río Tenocique, había sido trasladada a Champotón porque pareció difícil conservarla en su primer asiento.

Así es que la población presentaba un aspecto mixto de español e indígena, de cristiano y de gentil. Las tiendas de campaña de los principales caudillos extranjeros, algún tanto metidas tierra adentro para evitar el recio viento que soplaba en la playa, alternaban con las miserables chozas de guano abandonadas por los indios y ocupadas entonces por los soldados españoles, que ciertamente no podían quejarse de falta de alojamiento.

Pero no estaba reducida únicamente la población a tan endebles viviendas. Veíanse igualmente algunas casas de mampostería de suntuosidad relativa, antiguos palacios sin duda de los príncipes aborígenes, en cuyas blancas fachadas se reflejaban los rayos del sol ardiente de nuestras playas. Los adoratorios en que tres años antes se rendía un culto abominable a los falsos dioses, purificados ya por los exorcismos de los cristianos y enseñando en sus altares algunas cruces, consoladora insignia de la religión de Jesucristo, levantaban sus techos sobre todos los edificios que los rodeaban, como para demostrar la superioridad de Dios sobre todos los objetos terrestres, y ostentaban en su parte más elevada una que otra campana rajada, traída de Cuba, y que se tocaba más bien para asuntos del servicio militar que para objetos del culto, porque los aventureros —cosa extraña en aquella época y en aquellas circunstancias—, no habían traído consigo ningún sacerdote de su culto.

Cerca de tres años hacía que los extranjeros se habían instalado en Champotón, y la fundación de la villa de San Pedro, demostraba la intención que abrigaban de permanecer para siempre en el país. Los naturales deploraban esta desgracia con lágrimas bien amargas; pero después de haber dado algunas batallas formales en que prodigaron generosamente su sangre en aras de la patria, habían llegado a convencerse de que sus ídolos estaban irritados contra ellos y de que Kukulcán y Kakupacat, dioses de la guerra, dispensaban toda su protección a los intrusos españoles. Entonces hicieron a un lado sus flechas, sus hondas y sus chuzos y se limitaron a hacer una guerra que causaba no menores heridas que sus armas salvajes. Negáronse a suministrar a sus enemigos, voluntariamente, como antes, sus pobres tortillas de maíz y las carnes de que abundaba la tierra, y estos se vieron obligados a buscar sus alimentos con la punta de la lanza.

Don Francisco de Montejo, el anciano Adelantado, que en 8 de diciembre de 1526 había capitulado con el Emperador Carlos V la conquista de Yucatán, descansaba, entonces, en su gobierno de Chiapas, de las gloriosas fatigas y hazañas de su juventud. Preparábase a sustituir en su hijo todos los derechos que tenía a la Península, pues el transcurso de trece años empleados inútilmente en su conquista, había llegado a preocupar su ánimo con la idea de que no estaba reservada a él la gloria de la pacificación de Yucatán. Este hijo, que se llamaba también don Francisco, hallábase a la sazón en México, reclutando gente bajo el crédito de su padre, para emprender formalmente y terminar de una vez esta obra, que un concurso de circunstancias, independientes de su voluntad, hacía cada vez más dificultosa.

La gente, pues, que se hallaba en Champotón, conservando como un precioso tesoro aquel pedazo de terreno, único que poseía en la Península, se encontraba a las órdenes de un sobrino del viejo Adelantado, llamado como el tío y el primo, don Francisco de Montejo. Las desgracias que sobrellevaba y el apuro a que estaba reducido nos van a ser revelado al instante por los mismos soldados, sus compañeros de aventuras.

Era una mañana de Diciembre del repetido año de 1539. Gozábase de una temperatura que podía llamarse excepcional en el país. El cielo estaba cubierto de espesas nubes que interceptaban completamente los rayos del sol. A pesar de la hora, soplaba un viento bastante recio, que hacía besar a cada instante la arena a las copas de los arbustos que crecen en nuestras playas. Acababa de cesar una débil llovizna del Norte, que había empezado desde la madrugada.

Sobre el roto mástil de un antiguo bajel abandonado a la orilla del mar y suavemente reclinadas las espaldas en un montecillo de arena, se hallaban sentados dos hombres sumergidos al parecer en reflexiones bastante sombrías. Con los ojos tenazmente clavados en el vasto y magnífico horizonte que se extendía ante ellos con toda su majestuosa belleza, parecían indignarse de que su mirada no pudiese penetrar más allá de la curva y dilatada línea en que la bóveda del cielo y las aguas del mar confunden a la vista sus dos superficies en un inmenso semicírculo. Tan profundo era su recogimiento, que cuando algunas olas empujadas por la brisa de la mañana venían a estrellarse a sus pies, parecían no sentir el húmedo salobre del agua que mojaba su calzado.

El primero de estos hombres era un joven de veinte y cinco años a lo más, en que se revelaba a primera vista el tipo de un hijo de la poética Andalucía. Ojos negros, vivos y de mirada penetrante, que jugaban en sus órbitas con movilidad asombrosa; espesas y arqueadas cejas, sedoso cabello del mismo color, labios finos, boca desdeñosa, poblada barba, cutis color de perla, proporcionada estatura y gallardo continente: he aquí el conjunto agradable de belleza varonil que presentaba y que causaba lástima ver retirado en aquel rincón ignorado del mundo. La altivez de su mirada y la elevación de su frente indicaban a uno de esos caballeros de la antigua nobleza española, que en sus constantes luchas con los moros y en sus recientes campañas de Italia, habían adquirido la pretenciosa convicción de su superioridad sobre todos los hombres que poblaban la tierra. Notábase en su vestido un aseo, un cuidado y hasta cierta riqueza que seguramente no era común entre sus compañeros de aventuras. Gastaba borceguíes de ante, calzas enteras y ropilla de terciopelo. Ceñía su cintura un talabarte de cuero bruñido de que pendía una espada toledana con empuñadura de cruz, única arma ostensible que llevaba en aquel momento. Así la espada, como gran parte del vestido, desaparecía bajo un herreruelo de paño con que se guarecía del frío vientecillo que soplaba.

Era el segundo, un viejo veterano de sesenta años, de bigote retorcido y cabellos grises, de mirada resuelta y continente marcial, en cuya apostura podía leerse ese desprecio de la vida que caracterizaba a los grandes soldados de la época. Vestía unas medias de lana, plagadas de un número incontable de puntos, gregüescos de paño burdo no muy enteros, un jubón viejo de color indefinible y una gorra de piel con que cubría su canosa cabeza. Para precaverse del frío llevaba sobre los pobres arreos de su vestido una ancha manta de algodón bordada de ricos colores, trofeo arrancado sin duda a algún príncipe americano en las innumerables batallas de que estaba llena su hoja de servicios.

Largo tiempo hacía que el viejo y el joven miraban distraídamente el mar que mugía a sus pies. De súbito, el anciano volvió la cabeza y mirando afectuosamente a su compañero, le dijo:

—Apostaría los ocho últimos reales de vellón que me quedan a que adivino en lo que estáis pensando.

El joven se volvió vivamente, y clavando los ojos en el viejo veterano con la expresión de un hombre que acaba de salir de un sueño, pronunció esta sola palabra:

—¿Hablabais…?

—¡Os decía que a fe de Bernal Pérez, me atrevía a adivinar el objeto que os trae tan mohíno esta mañana y que consideráis con tanta atención!

—Y yo os digo a fe de Alonso Gómez de Benavides que no se necesita de gran penetración para adivinar lo que ahora traigo entre las mientes. ¿Qué otra cosa puede soñar un desgraciado proscrito que el tornar a la tierra en que naciera y el pájaro encerrado en una jaula que el recobrar su libertad?

El tono y la viveza con que fueron pronunciadas estas palabras, indicaban en el joven andaluz la secreta intención de ocultar a Bernal Pérez la verdadera causa que entristecía su espíritu.

El viejo veterano no dio muestras de haber sospechado la treta, y repuso al cabo de algunos instantes:

—De suerte que todo lo que busca vuestra vista clavada ansiosamente en el golfo, es alguna nao española o portuguesa que nos venga a traer noticias de Castilla.

Los ojos de Benavides despidieron un rayo brillante de esperanza, que se apagó con la instantaneidad del relámpago.

—Más de un año hace —dijo con acento conmovido—; que no veo surcar las aguas de este golfo, sino por las pesadas y groseras canoas de los indios de este país; y no es extraño que todos los días, por mañana y tarde venga a sentarme en este lugar para ser el primero que vea venir la nave europea que nos traiga las nuevas que decís.

—¿Y deseáis la venida de esa nave solamente para adquirir noticias? —preguntó Bernal Pérez, mirando detenidamente a su interlocutor, como si quisiese penetrar en el fondo de su alma.

Benavides temió sin duda dar una respuesta cualquiera, porque en lugar de contestar interrogó, a su vez:

—Y vos que venís diariamente a sentaros junto a mí sobre este madero y os pasáis horas enteras, como yo, mirando la azulada superficie del mar, ¿limitáis vuestro deseo a adquirir nuevas de España?

—¿Y qué otra cosa queréis que desee un hombre encanecido en los combates, que hace treinta años que falta de su patria, y que mira como comprado con su sangre este Nuevo Mundo que ha ayudado a conquistar? En Burgos dejé un tío que murió ha mucho tiempo sin acordarse de mí y no hay un solo lazo de familia que pueda arrastrarme a la vieja Europa.

Pero vos sois joven —continuó el veterano, dulcificando su acento como para inspirar confianza al andaluz—, y acaso dejasteis en Sevilla, vuestra patria, una afección bastante poderosa que os hace suspirar todavía.

—¡Oh no!... ninguna —exclamó Benavides, moviendo repetidamente la cabeza.

Una sonrisa de duda cruzó por los labios de Bernal Pérez.

El joven sorprendió esta sonrisa y bajando misteriosamente la voz, añadió al instante:

—¿Sabéis, Bernal, lo que me hace tan desgraciado? Os lo voy a confiar, pero cuidado con repetirlo.

—Un soldado viejo, acostumbrado a respetar la consigna —dijo el veterano, irguiendo la cabeza con desdeñoso orgullo—, nunca cometerá el pecado de divulgar el secreto que se le confíe.

—Sois, mi buen Bernal, la perla de los veteranos. Si he lastimado vuestro excelente corazón con recomendaros un secreto, perdonadme en gracia de la sana intención que ha guiado mis palabras. Vos sabéis el aprecio respetuoso con que me miran nuestros valientes compañeros de aventuras, que me consideran como el segundo de don Francisco de Montejo, nuestro actual capitán; y si llegasen a penetrar mis deseos, se atreverían a darle un mal rato y a interrumpir el sosiego de nuestra pequeña colonia.

El veterano por toda respuesta alargó su callosa mano, que el joven estrechó y retuvo largo tiempo entre las suyas.

—Escuchadme, Bernal —continuó el andaluz, bajando la voz cuanto era posible, a pesar de que el ruido del viento y de las olas cubría completamente su discurso—. Cerca de tres años hace que puse los pies por primera vez en esta playa, soñando en mil empresas seductoras que ninguna ha llegado a realizarse. ¿Qué hemos hecho, en efecto, desde que llegamos a Champotón? Algunos días después de nuestro desembarco tuvimos solamente dos batallas formales... y después... nada, nada.

—Pero en esas dos batallas hubo lo bastante para contentar el valor del soldado más exigente. ¿Os acordáis, don Alonso?

—El pasado —respondió el joven andaluz— se borra muy pronto de un corazón de veinte y cinco años.

—Por fortuna está aquí el mío, que tiene sesenta —repuso el veterano—; y que se rejuvenece cada vez que recuerda el estruendo de los combates.

La primera batalla tuvo lugar una noche obscura como boca de lobo. Yo que dormía en el adoratorio principal, con la cabeza apoyada en el vientre de un ídolo maldito, me desperté sobresaltado a los gritos de un centinela que asesinaban los indios. Como ni la cama ni la almohada eran de plumas, me levanté con la ligereza que el caso requería, salí del adoratorio, me colgué de la cuerda de una campana y repicando y gritando «a las armas» fue tal el alboroto que metí, que en un minuto ya se hallaba en pie todo el campamento. El caso era bastante extraordinario, porque estos perros gentiles que tienen al sol por una divinidad, creerían cometer un delito imperdonable peleando en su ausencia, y por eso nunca hasta entonces habían atacado de noche. Acaso alguno de sus sacerdotes los persuadió de que las estrellas eran otros tantos dioses protectores de la guerra y lo creyeron como a un oráculo. Sea de ello lo que fuere, lo cierto es que nuestras tiendas de campaña que empezaban a arder y las horribles y sucias injurias con que nos apostrofaban en su lengua, nos quitaron desde luego toda clase de duda. Entonces empezó la marimorena. Las flechas y las piedras silbaron por un instante sobre nuestras cabezas; pero no tardaron en cesar súbitamente. Aquellas armas eran inútiles porque nos encontrábamos ya revueltos con los indios y se peleaba cuerpo a cuerpo. Como desconocíamos el terreno y los indios nos cercaban en inmensa multitud por todas las direcciones de tierra, según podía conjeturarse por su turbulenta gritería, aquella confusión fue necesaria, y me atrevo a decir que hasta provechosa, porque nos puso al enemigo al alcance de nuestras armas. Por lo que a mí toca, no hacía más que extender las manos en derredor mío, y apenas tocaba un cuerpo desnudo, le asestaba mi puñal o mi lanza; oía un grito, algunas gotas de sangre humedecían mi mano y asunto concluido. Si la memoria no me falta, creo que en aquella noche memorable derribé veinte y cinco o treinta cuerpos de aquel modo tan expedito y sencillo. Otro tanto hacían nuestros camaradas; y los macehuales no tardaron sin duda en advertirlo, porque echaron a correr con toda la prisa que les daba su miedo, enviándonos de despedida un diluvio de flechas y una andanada de insultos y amenazas, que nos dejaron en ayunas, porque mal haya la palabra que comprendíamos entonces de su bárbaro lenguaje.

Brillaban los ojos del veterano al referir sus hazañas y las de sus compañeros de aventuras; y a pesar del aire triste y taciturno con que le escuchaba el único hombre que constituía su auditorio, volvió a tomar la palabra al cabo de un instante y continuó con mayor animación:

—¿Y la segunda batalla? No es posible que haya uno solo de nuestros camaradas que haya olvidado sus más ligeros pormenores. Hacía algún tiempo que los indios se limitaban a sustraernos los alimentos. Parecía que, escarmentados con el primer combate, estaban resueltos a no hacer en adelante más que una resistencia pasiva. Algunos lo creían así; pero otros, que los conocían mejor, estaban verdaderamente inquietos y esperaban algún esfuerzo supremo de su parte. Muy pronto se realizaron estos temores. Los naturales enviaron embajadores a todos los cacicazgos de la tierra, y algunos días después, inmensas turbas de hombres desnudos cayeron sobre nuestro campamento cuando menos se les esperaba. El caso era bien apurado, porque el mismo capitán confesaba que jamás había visto igual muchedumbre de indios. No por eso dejó de animar a los suyos a la pelea, y dando él mismo el ejemplo, empezó uno de los más crudos combates en que se ha encontrado vuestro servidor. Los indios caían a millares; pero eran tales los gritos de regocijo que arrojaban cuando moría uno de nuestros camaradas, que nos helaba de pavor la sangre en las venas. Por un cadáver de los nuestros daban gozosos un millar de los suyos. Aquella situación era horrible y no podía continuar así. Sin saber lo que hacíamos, empezamos a retroceder hacia la playa, nos arrojamos al mar, y unos al nado y otros por medio de los botes, no acogimos a los bajeles con la vergüenza de la derrota.

—¡De la derrota! —exclamó el joven andaluz, como si esta sola palabra hubiese bastado para sacarlo de su ensimismamiento e interrumpir a Bernal Pérez—. ¡Pero me parece que después nos vengamos bien!

—Y tan cumplidamente —prosiguió el veterano—, que juzgo esta por la mayor hazaña que contiene mi hoja de servicios. Cuando vimos a los indios penetrar en nuestro campamento, poner sobre sus toscos hombros nuestras vestiduras y acercarse con ellas a la playa; cuando les oímos apostrofarnos de pusilánimes y cobardes en medio de las groseras injurias que acostumbran, olvidamos como por ensalmo nuestras heridas, nuestro cansancio, el número del enemigo, nuestra reciente derrota, y como un solo hombre, volvimos a arrojarnos al mar, llegamos a la playa, requerimos las armas, enciéndese de nuevo el combate, la sangre enrojece la arena y algunos instantes después, los vencidos se convierten en vencedores; los indios ciegos, llenos de espanto, humillados, comprendiendo apenas lo que pasaba, huyen despavoridos y nosotros volvemos a entrar victoriosos en el campamento, pasando sobre una senda cubierta de cadáveres.

Al terminar estas palabras, que el veterano pronunció con todo el entusiasmo de un soldado triunfante, Benavides levantó la cabeza y le miró un instante en silencio.

—¿Y después? —le pregunté con un tono que contrastaba notablemente con la animación de Bernal Pérez.

—Después —respondió éste—, no hemos vuelto a tener más encuentros que la pequeña resistencia que suelen hallar los que van en busca de vituallas.

—Mientras nosotros nos quedamos aquí a consumirnos de fastidio en medio de la ociosidad... ¿Qué tiene, pues, de extraño, mi comportamiento?

—Tiene de extraño que todos nosotros divertimos nuestra ociosidad, jugando a las barajas, o a los dados, conversando o cantando estrepitosamente, enamorando a alguna india prisionera y cazando o pescando; pero vos, en vez de jugar, conversar, cantar, enamorar, cazar o pescar, venís a sentaros en la playa y a sumergiros días enteros en tristes reflexiones.

—Amigo mío; no todos tienen la felicidad de ser tan alegres de carácter como vosotros, y yo soy desgraciadamente, como lo veis, una de las excepciones.

—Decid más bien que no queréis franquearos conmigo, y no nos atufemos por tan pequeña diferencia.

Y Bernal Pérez se puso al instante en pie, levantose hasta las orejas la manta de algodón para precaverse mejor del frío y dio un paso adelante. Benavides le detuvo por el vestido.

—Amigo mío —le dijo—, habéis logrado enternecerme con el sincero interés que demostráis tener por todo lo que me atañe, y cometería una verdadera ingratitud si no os confiase la causa de mis padecimientos. Tiempo hace que hubiera accedido a vuestros deseos; pero como hay sucesos en la vida del hombre que despedazan el alma y cuyo solo recuerdo basta para renovar sus heridas, me había abstenido hasta aquí.

—¡Oh! —interrumpió el veterano—; si vuestro secreto es tan triste que os cueste pena el recordarlo, retenedlo... nada me digáis.

—Todo os lo diré, mi viejo amigo —repuso Benavides—; estoy cierto de que no es una vana curiosidad la vuestra y que sabréis compadecerme. Sentaos otra vez y escuchadme.

El veterano volvió a ocupar su lugar en el mástil que servía de asiento, extendió sus pies sobre la húmeda arena y clavó su mirada ansiosa sobre los ojos de su interlocutor.

Benavides se recogió un instante, echó por última vez una rápida ojeada sobre la vasta superficie del mar y comenzó así su narración.

CAPÍTULO II

Don Alonso Gómez de Benavides

Hay una vida mística enlazada
Tan cariñosamente con la mía,
Que del destino la inflexible espada
Ninguna o ambas deberán cortar.

Lord Byron

Nací noble. Mi padre era poseedor de un rico mayorazgo, cuyos productos le bastaban apenas para sostener lo que él llamaba el lustre de su casa. Su familia era numerosa, porque aunque solo tenía cuatro hijos, había una muchedumbre de criados y lacayos inútiles que solo el lujo podía hacer parecer necesarios. Habitábamos un palacio en Sevilla, que periódicamente era el teatro de un sarao, de una comilona o de un festín cualquiera, con que mi padre obsequiaba a la nobleza de la ciudad.

Kayab, hija de Ahau—Kupul, Batab de Zací, pertenecía a la estirpe real que gobernaba todos los pueblos de la provincia de Conil...

Mientras fui niño, me creí uno de los seres más felices de la tierra. Vivía con todas las comodidades que proporciona la riqueza; cuantos me veían me abrazaban y me llamaban hermoso y todo el mundo me prodigaba regalos. Pero al fin llegué a advertir que mi padre era el que menos me acariciaba, que mi madre solía abrazarme llorando y que mi hermano mayor era el principal objeto de los desvelos de ambos. ¡Ay! yo era el último de sus hijos, y como a todos los segundones, el porvenir más brillante que me aguardaba era la Iglesia. Desde que nací se pronunció sobre mi cuna el fallo inexorable, y la primera palabra que hirió mis oídos de niño fue la de frailecico, apodo que inventó para designarme el cariño de mi padre, la única vez que se ocupó de mí.

¿Para qué había de molestarse en pensar en un hijo que de nada podía servirle? Tenía un primogénito que era el único heredero de su nombre, de sus títulos y riquezas, y después de haber educado a este lo suficiente para sostener el lustre de la familia de sus antepasados, creyó cumplida su misión sobre la tierra.

No acuso a mi padre. Las leyes le obligaban a proceder de aquel modo. Todos sus bienes consistían en el mayorazgo y este pertenecía de derecho a su primogénito. Dicen que el brillo de la monarquía exige que haya esos nobles opulentos, que no lo serían, si los bienes de la familia se repartiesen equitativamente entre todos los individuos que la componen. ¿Qué importa pues, que haya mil parientes en la indigencia, si hay uno solo que pueda presentarse ricamente en la corte para hombrear con el monarca? Bernal, solo los que son víctimas de la injusticia de nuestra sociedad se atreven hoy a quejarse en secreto. Quién sabe si llegará un día en que todos hablen en alta voz; y entonces… Dios únicamente sabe lo que sucederá…

Una mañana me llamó mi padre a su gabinete. Acudí temblando, porque esta era la primera vez que me mandaba llamar. Me puso en la mano una esquela dirigida al Rector de la Universidad de Salamanca, introdujo en mi faltriquera un bolsillo que contenía algunos escudos de oro y me echó de su casa con este discurso:

—Tienes una inteligencia despejada. Dios, que permitió que nacieras el último de mis hijos, te destinó al sacerdocio; la Iglesia ofrece una carrera casi tan brillante como la de las armas; ve a Salamanca, estudia con ahínco y no tardarás en recoger el fruto. Tu familia es tan noble como la del rey, y quizá en poco tiempo alcanzarás el arzobispado de Sevilla. Hasta entonces será cuando volvamos a vernos.

Salime del gabinete de mi padre sin osar abrazarle, corrí a derramar algunas lágrimas en el seno de mi madre, dije un adiós apresurado a mis hermanos, porque no se me daba tiempo para más, y salí con los ojos enjutos de la casa paterna. Reunime a dos estudiantes de Salamanca, que, concluidas sus vacaciones, volvían a la Universidad, y en tan alegre compañía no tardé en olvidar nuestro palacio de Sevilla.

Apenas tenía entonces catorce años. No adivinaba todavía la inmensidad de mi desgracia; y el placer de verme libre era el único pensamiento que ocupaba todo mi espíritu.

Empezaron mis estudios bajo los más felices auspicios. Aprendía cuanto querían enseñarme y era el ídolo de mis maestros. Pero no tardé en advertir que no había nacido para estudiante. En los días de asueto salía en unión de seis u ocho compañeros, más amigos de Ceres y de Baco que de Aristóteles y Marco Tulio. Nos proveíamos de vihuelas y flautas, y después de cenar y descorchar algunas botellas en una posada, salíamos a requebrar a las damas y a darles música bajo sus balcones. Por de contado, estas alegres travesuras degeneraban algunas veces en reyertas con los amantes o maridos celosos; pero nosotros, que llevábamos siempre espadas ocultas bajo el manto escolar, no éramos los que de ordinario sacaban la peor parte en estos encuentros.

Empecé a querer menos los libros y no tardé en aborrecerlos del todo, por una circunstancia que influyó en el porvenir de toda mi vida.

Cuatro años después de haber llegado a Salamanca, oía misa una mañana en una iglesia cerca de la Universidad. Colocome la casualidad junto a una mujer, cubierta con un velo, cuya compostura, devoción y recato me llamó desde luego la atención. Su cabeza inclinada y la espesura del velo me impedían ver sus facciones. Pero un brazo torneado que remataba en una mano blanca como el alabastro, y que de cuando en cuando salía indiscretamente por debajo de la mantilla, me hizo advertir su juventud y adivinar su belleza. Olvidé entonces el lugar en que me hallaba, y solo tuve ojos para contemplar a aquella mujer, que en mi imaginación adornaba ya con todos los rasgos de la más perfecta hermosura.

Cuando se concluyó la misa, yo que tenía ya formado y madurado un plan, corrí a ocultarme tras la columna más inmediata a la puerta de salida. La joven aguardó a que se despejase completamente la iglesia y entonces se levantó. Acompañábala únicamente una dueña anciana, que siguió a su señora con un rosario de gordas cuentas en la mano, murmurando todavía una oración. Las dos mujeres se adelantaban hacia la columna que me ocultaba sin sospechar mi existencia. Temblaba como un soldado bisoño el día de la primera batalla; pero esto no era un obstáculo para que llevase al cabo mi proyecto. Cuando ama y dueña estuvieran cerca de la puerta, salí súbitamente de mi escondite, me llegué a la pila de agua bendita, metí en ella mi mano y presenté mis dedos húmedos a la joven. Esta, que a mi repentina salida había hecho un ademán de espanto, posó la yema de un dedo, suave como la seda, sobre mi mano y lo retiró al instante.

Yo, que durante aquella escena había mantenido constantemente inclinada la cabeza, levanté entonces los ojos y quedé deslumbrado. La joven acababa de levantar su velo para hacer en su frente con el agua bendita la señal de la cruz. Mi imaginación no había osado inventar la mitad de la espléndida y modesta belleza que tenía delante de mí. Pero estaba tan ofuscado que solo pude recordar después sus negros y rasgados ojos, velados por sedosas pestañas, que se fijaban en mí con hechicera dulzura, sus mejillas coloreadas por el rubor y sus labios contraídos por una sonrisa, que parecía iluminar todo su semblante.

Desgraciadamente, aquella visión arrobadora desapareció con la instantaneidad del relámpago. La joven dejó caer de nuevo su velo, y precedida de la dueña salió de la iglesia. Pero yo me quedé clavado en mi sitio, contemplando todavía en el fondo de mi imaginación el conjunto de sus facciones seductoras.

Parecía que el fuego de sus ojos me había convertido en cenizas, porque me sentí inmóvil como una estatua. Pero de súbito comprendí que era necesario saber el paraíso que habitaba aquel ángel, y sacudiendo el entorpecimiento que me dominaba, salí, a mi vez, de la iglesia.

Pero ya era tarde. Por más que registré la plaza y las calles inmediatas no pude encontrar ni rastro de la joven y de la anciana dueña. Volví desesperado a la Universidad, y aunque estaba resuelto a ocultar a todo el mundo lo que acababa de pasarme, mis compañeros hicieron alto muy pronto en mi aspecto distraído y me forzaron a contarles mi aventura. Cuando concluí mi narración, en que ocupó un lugar distinguido el retrato de la dama, el estudiante más antiguo y más calavera de mis camaradas, impuso silencio a todos los que empezaban a importunarme con sus preguntas, y me dijo:

—Esta noche, a la claridad de la luna, cantaremos unas trovas ante la casa de doña Beatriz y la obligaremos a salir a la reja.

—¿Quién es doña Beatriz? —pregunté yo.

—La hija única del conde de Rada, a quien acabas de ofrecer agua bendita en la iglesia.

—¡La hija única del conde de Rada! —exclamé dando un grito, como si hubiesen sepultado un puñal en mi corazón.

—¿De qué te admiras? —preguntó el estudiante.

—¡Ah! Es que estoy enamorado ya de doña Beatriz como un loco, y me moriré si me privan de su vista.

—¡Y bien!… Tu padre es de tan buena sangre como el conde…

—Pero soy el postrero de sus hijos… soy un miserable segundón…

Mis amigos callaron un instante, comprendiendo quizá, toda la intensidad de mi dolor. Pero de súbito se alzó una voz que me dijo:

—No tienes razón para entristecerte, porque si estás enamorado, como dices, y no puedes alcanzar pacíficamente tu objeto, tienes una docena de amigos, que incendiarán la noche que quieras el palacio del conde para que robes a doña Beatriz, y te la lleves a donde mejor te plazca.

Los estudiantes aplaudieron estrepitosamente estas palabras y me fue preciso ensayar una sonrisa para no turbar su regocijo.

Pero desde aquel momento empecé a ser verdaderamente desgraciado. Por la primera vez en mi vida comprendí que era una desgracia real el no haber nacido el primogénito de mi padre para ser igual a doña Beatriz, que era la rica heredera de un condado. Media hora después de haber nacido mi amor, brotaba en mi corazón el primer pesar que estaba destinado a ahogarlo…

La noche me sorprendió en mis tristes reflexiones. Mis camaradas se armaron todos con sus espadas y sus instrumentos de música, y me vinieron a sacar de mi aposento. Yo hice cuanto pude por disuadirlos de dar la serenata. No quería que doña Beatriz me viese en tan bulliciosa compañía, y empezaba a tener celos de que la mirasen más ojos que los míos. Pero oponerse a una resolución de los estudiantes valía tanto como oponerse a la corriente de un río caudaloso, y me arrastraron hasta la calle de doña Beatriz.

Eran las diez de la noche; todas las puertas y balcones estaban cerrados, y reinaba allí el silencio de la naturaleza dormida. La luna llena iluminaba toda la calle con su plateada claridad, dejando únicamente en la sombra una reja que se veía bajo un portal, a algunos pasos de distancia del lugar en que nos habíamos detenido. Aquella reja, según me informaron, era de la casa de doña Beatriz.

Los estudiantes pulsaron sus vihuelas y empezaron a cantar. A la conclusión de la primera estrofa, vi adelantarse lentamente hacia la reja el bulto de una mujer que acabó por pegar su rostro a las barras. Los que se hallaban a mi lado me empujaron sin dejar de tañer ni cantar, y obedeciendo menos a este impulso que al de mi voluntad, me acerqué a la reja. La mujer que se hallaba al otro lado soltó una exclamación que me la dio a conocer al instante. ¡Era la dueña!

—¿Sois vos? —me preguntó con el cascado acento de sus sesenta años.

—¡Cómo! ¿Me reconocéis? —le pregunté a mi vez.

—Sois el estudiante que tuvo esta mañana en la iglesia, la osadía de ofrecer agua bendita a doña Beatriz.

—¿La osadía… decís?

—Si el señor conde llegara a saberlo, no le daría otro nombre.

—¡El conde!… Pero no lo sabrá… ¿no es verdad?

—Dad gracias a que doña Beatriz ha prohibido que se le diga.

—¡Doña Beatriz!… ¡Conque es tan buena como bella!… ¡conque se ha dignado acordarse de mí!

—¡Si no ha hecho otra cosa que hablar de vos todo el día!…

—¡Cielos!… ¡qué me decís, señora! —exclamé en un transporte de alegría—. ¡Repetídmelo, repetídmelo!

La dueña conoció que acababa de cometer una indiscreción y quiso corregirla.

—¿Yo? —me respondió—. Si no os he dicho nada.

Ya sabía yo algo del modo de amansar a las dueñas; metí la mano bajo mi hábito escolar, y saqué un escudo de oro que puse al instante en los dedos de la vieja.

El remedio fue eficaz. La dueña me confesó que había yo producido una profunda impresión en el corazón de doña Beatriz y que la había preguntado si me conocía. Charlaba conmigo, como un papagayo, cuando fue interrumpida por una voz dulce y argentina que la llamó por su nombre. Aquella voz resonó más bien en mi corazón que en mis oídos con tan dulce sensación, que aunque jamás la había escuchado, adiviné al instante que era la del ángel que yo amaba.

—¿Doña Beatriz os llama? —pregunté a la vieja para confirmarme en mi presentimiento.

—Sí —me respondió.

Entonces volví a tomar mi bolsillo, algo escaso a la verdad, vacié todo su contenido en las manos de la dueña y le dije:

—Decidle a vuestra ama que estoy detrás de esta reja y que moriré de dolor, si no me permite hablar con ella un instante.

La vieja desapareció, y yo me quedé inmóvil tras de la reja, aguardando con el ansia de un acusado su sentencia de absolución o de muerte, y olvidado de mis camaradas que continuaban tañendo y cantando sin cuidarse de mí.

La dueña volvió algunos instantes después y me dijo:

—Doña Beatriz no puede hablar con vos esta noche; pero venid mañana durante el día y me comprometo a hacer que os reciba. Ahora retiraos, y ved modo de que se retiren también vuestros amigos, porque el conde, que es muy suspicaz, puede maliciar algo, y entonces lo perderíais todo. He aquí lo que me ha mandado deciros doña Beatriz.

Retíreme de la reja después de estrechar la mano de la dueña, expliqué el caso a los estudiantes de un modo conveniente y abandonamos la calle.

A la mañana siguiente corrí a casa de doña Beatriz. La dueña, que me esperaba en la reja, me dijo que el conde acababa de salir y que podíamos disponer de una hora.

¡Una hora!, exclamé, transportado de gozo. Una hora pasada al lado de un ángel, equivale a diez años de la existencia más feliz sobre la tierra.

La dueña me condujo al retrete de doña Beatriz y se retiró discretamente a la pieza inmediata.

Cuando me encontré a solas con aquella mujer a quien miraba como a un Dios; cuando su rostro radiante de belleza se volvió hacia mí; cuando sus ojos de dulce fuego se clavaron sobre los míos; cuando, con su voz armoniosa, me dijo palabras que no pude comprender; sentí que mi sangre refluía a mi cabeza, que me faltaban las fuerzas, que mis rodillas se doblaban, y ebrio, atarantado, sin quererlo, sin imaginarlo siquiera, caí de hinojos ante la mujer que hacía veinte y cuatro horas que me tenía fascinado.

Tenía preparado un largo discurso para explicarle mi amor, la posición que guardaba en mi familia y que me hacía tan indigno de ella, y para pedirle, en fin, que se compadeciese de mí y me perdonase. Pero en aquel instante supremo en vano apelé a mi memoria, o por mejor decir, sin saber lo que decía ni lo que hablaba, pronuncié balbuciente estas palabras:

—Os amo… os amo…

Ninguna voz respondió a la mía. Yo permanecía de rodillas, con la cabeza inclinada, esperando una palabra que me alentase o una mano que me alzase del suelo. Conmovido hondamente con el paso que acababa de dar, aquel silencio y aquella inmovilidad me afectaban demasiado, y hubiera dado gustoso diez años de mi vida porque cesase tan cruel situación.

Al fin me atreví a levantar los ojos y quedé extasiado.

Doña Beatriz tenía la cabeza inclinada como yo; un vivísimo encarnado cubría todo su semblante y dos lágrimas hermosas, como el rocío de la mañana, acababan de desprenderse de sus ojos. Era imposible equivocarse sobre el carácter de aquellas lágrimas. Eran arrancadas por el placer y por el amor.

Solté entonces una exclamación de alegría, y con una voz que solo podían hacer llegar a sus oídos las alas del amor, le pregunté:

—¿Me amáis?

La emoción que afectaba a aquel ángel tan puro la impidió contestar con la voz; pero obtuve una respuesta que me indemnizó de todas mis ansiedades. Doña Beatriz me extendió una mano, me apoderé de ella, y en su piel tan blanca y tan suave estampé varias veces mis labios enardecidos…

Un instante después decía a doña Beatriz cuanto necesitaba explicarle. Pero, ¡gran Dios! ¿Cómo es posible que pasen con tanta celeridad los momentos felices? De súbito se oyeron resonar los pasos de un hombre en la escalera a tiempo que se introducía la dueña en el retrete, diciéndonos que el conde acababa de entrar en la casa.

Doña Beatriz palideció; la dueña mostró sus facciones trastornadas por el espanto; yo me puse en pie, llevando la mano, sin advertirlo, a la empuñadura de mi espada, y aguardamos la entrada del conde. Pero el conde no entró. De la galería en que remataba la escalera pasó a su gabinete, que se hallaba contiguo al retrete que ocupábamos, y volvimos a quedar tranquilos.

—Retiraos ahora con sigilo —me dijo doña Beatriz—, para que no os sienta mi padre.

—¿Pero me prometéis avisarme por medio de vuestra dueña —dije yo entonces— del lugar en que os podré ver en lo sucesivo?

A pesar de que estas palabras habían sido pronunciadas en una voz tan baja cuanto era posible, el susurro de ellas llegó sin duda hasta el conde, porque preguntó al instante:

—¿Con quién hablas, Beatriz?

El alma de aquella joven era tan recta y tan pura que ni en tan inminente peligro se resolvió a mentir. Palideció un segundo; pero al cabo de él respondió con entereza:

—Es un estudiante cantor de trovas, a quien mi dueña ha introducido aquí con mi consentimiento.

—Pues dale una limosna, y que se retire, —repuso con aspereza el conde—; sabes que no me gustan semejantes vagabundos.

Estas palabras me hicieron erguir con indignación la cabeza y dar involuntariamente dos pasos en dirección del gabinete del conde. Pero fue tal el trastorno que se pintó en las facciones de doña Beatriz, que al instante recobré la calma y puse una rodilla en tierra para implorar su perdón.

Entonces doña Beatriz sacó de su dedo meñique un precioso anillo de brillantes, y poniéndolo en mi mano pronunció en alta voz estas palabras para que llegasen a oídos del conde:

—He aquí la limosna que os doy en premio de vuestras habilidades.

Yo quise dar un grito de alegría, pero un gesto suyo me detuvo. Volví a imprimir mis labios en una de sus manos y me retiré, sintiéndome el hombre más feliz de la tierra.

A la mañana del día siguiente, mi primer pensamiento fue el de llevar al cabo una resolución que había tomado durante la noche. Las palabras del conde: dale una limosna y que se retire, porque no me gustan semejantes vagabundos, habían herido vivamente mi orgullo y todavía resonaban cruelmente en mis oídos. Vestime, pues, un traje completo de caballero y regalé mis hábitos escolares al primer estudiante que se presentó, con ánimo de no volver a usarlos jamás.

Muy pronto tuve oportunidad de darme a mí mismo el parabién de habérseme ocurrido tan feliz idea. Doña Beatriz, al verme en aquel traje, me cumplimentó de tal manera que creo haber tenido la debilidad de ruborizarme en su presencia.

Desde aquel día comencé a disfrutar la mayor felicidad que he de experimentar en mi vida. Veía diariamente a doña Beatriz una hora, y no hubiera cambiado diez años de paraíso por uno de los minutos que pasaba a su lado. Yo no tenía más ocupación que amar a aquel ángel que endulzaba los días de mi existencia; hablarla de mi amor y contemplar su belleza cuando la tenía presente; pensar en ella y mirar su imagen en el fondo de mi corazón, cuando me hallaba lejos de su retrete.

¿Cuánto tiempo duró aquella felicidad? Creo que un año. Pero a mí me pareció un minuto.

La única inquietud que algunas veces venía como una nube a obscurecer la atmósfera de ventura que aspiraba, era la de que el orgullo del conde la empañase algún día para siempre. ¿Cómo había de permitir que un pobre segundón aspirase a la mano de su hija, única heredera de su título y sus riquezas, a quien creía digna de enlazarse con el primer grande de España? Pero aquella nube era pasajera.

¿Qué me importaba a mí la oposición de un padre tirano si la hija correspondía a mi amor? ¿Faltaría un rincón del mundo que hospedase a los dos seres más felices de la tierra y que nos ocultase para siempre de los ojos indiscretos de los indiferentes y de la loca vanidad del conde?

Desde entonces empecé a formular en mi espíritu un atrevido proyecto de que por entonces no me resolví a dar parte a doña Beatriz.

El hijo arrojado desdeñosamente de la casa paterna; el hombre desheredado por la iniquidad de las leyes; el amante repulsado por la necedad del orgullo, sintió brotar en su corazón una luz que lo engrandeció a sus propios ojos, al considerar que no necesitaba las riquezas de su familia, ni las leyes de la sociedad, ni transigir con el orgullo, para alcanzar el objeto a que tendían todos sus deseos y formar su porvenir.

Había formado, pues, el proyecto de arrebatar a doña Beatriz de Salamanca el día en que su padre quisiese cortar la felicidad que disfrutábamos. Tenía valor para arrostrar el porvenir; y a donde quiera que la llevase, la luz de sus ojos alumbraría mi camino y sus besos me reanimarían.

Estos pensamientos solían producirme largos insomnios durante la noche; pero apenas brillaba la claridad del día, me tranquilizaba completamente y corría al retrete de doña Beatriz. Entonces, mi padre, mi posición, el orgullo del conde, el porvenir, mi proyecto, el mundo entero; todo se borraba de mi imaginación y vivía únicamente para adorar a aquel ángel, que se dignaba olvidar su origen divino para amar a un desgraciado como yo… Volaba el tiempo…

Una mañana me sorprendí cuando al llegar a casa del conde a la hora que acostumbraba, encontré cerrada la reja, en que la dueña me esperaba siempre. Empezaba a desesperarme y a hacer tristes conjeturas, cuando apareció esta con un papel en la mano. Yo di un grito de alegría y pronuncié, impaciente, su nombre. Pero ella se llevó un dedo a los labios, y en vez de abrirme la reja, sacó su mano por entre las barras, me extendió en silencio la misiva y huyó precipitadamente.

Abrí esta al instante y leí estas palabras:

«Algún enemigo nuestro ha descubierto al conde nuestras entrevistas. Acaba de prohibirme que te vuelva a ver… Pero nada temas… te amo».

El papel no tenía firma; pero era inútil en aquel aviso fatal.

Por un instante quedé anonadado. Con el papel abierto ante mis ojos, permanecía inmóvil junto a la reja, que no volvería a abrirse para llevarme a mi Edén, y causaba la admiración de cuantos pasaban por la calle. Pera aquella desgracia estaba prevista. Mi vacilación no duró mucho tiempo.

Corrí a mi casa, tomé la pluma y escribí al conde la siguiente carta, que medité demasiado para que pueda borrarse jamás de mi memoria. «Señor conde:

»Creo inútil deciros que amo a vuestra hija, pues que la cruel medida que habéis tomado para impedir ese amor, me indica que lo sabéis demasiado.

»Aunque mi familia es tan noble como la vuestra, no tengo títulos ni riquezas por un capricho de la naturaleza que me hizo nacer el último de mis hermanos.

»Pero tengo una espada, ardientes deseos de emplearla en el servicio de mi rey y de mi patria y ambición suficiente para no perdonar sacrificio alguno, que pueda colocarme al nivel de los grandes capitanes que honran a España.

»Sin duda comprenderéis que vale más un simple caballero que puede formarse por sí solo con el valor de su brazo, que un título de Castilla que solo sabe engordar en la mansión de sus antepasados y ahorcar a sus infelices vasallos.

»Tengo, pues, el honor de pediros la mano de vuestra hija, mientras escribo a mi padre para que formalice ante vos esta demanda».

Cerré la carta y la mandé.

Yo he hablado después con algunos marineros de Colón que me han contado las ansiedades que sufrió el ilustre genovés antes de llegar a las primeras playas del nuevo mundo que pisamos ahora. Pero creo que las mías fueron mayores, esperando la respuesta del conde. Esta respuesta, sin embargo, no se hizo esperar mucho tiempo, y a la mañana siguiente, a la hora misma en que había enviado mi carta, recibí de manos de un criado suyo este papel:

«Si he tardado veinte y cuatro horas en contestar vuestra insolente esquela, ha sido porque he estado pensando si merecíais el honor de una respuesta. ¿Cómo se atreve a pedir en matrimonio a la heredera del conde de Rada el segundón monaguillo, que solo ha nacido para cantar salmos en coro y para rociar con agua bendita a los devotos?».

¡Gran Dios! ¿Quién será capaz de pintar el asombro, el odio, la rabia y el deseo de venganza que encendieron en mi corazón estos pocos renglones? Yo estaba deslumbrado, como el hombre que ha visto caer inesperadamente ante sus plantas un rayo del cielo. Yo, que esperaba la negativa del conde; yo, que me había jurado a mí mismo portarme con prudencia; yo, que por mera fórmula había adoptado el paso de pedir a doña Beatriz porque adivinaba el resultado, no pude contenerme a la lectura del papel. Hubiera perdonado la negativa; pero el insulto me cegó.

Corrí a casa del conde, pasé como una saeta por las calles, ignoro si entré por la reja, por los balcones o por la puerta principal; lo único que advertí con sardónica sonrisa en medio de mi cólera, era que me hallaba en el gabinete del conde y enfrente del tirano padre, que en aquel momento extendía la mano hacia su espada tirada sobre una mesa; además que sin duda le había sido inspirado por la actitud amenazadora con que entré.

Quise hablar; pero la cólera anudaba las palabras en mi garganta. Desnudé, entonces, mi espada, y al ver brillar la hoja a la opaca claridad que reinaba en el aposento, sentí que recobraba el uso de los labios.

—¡En guardia! —exclamé con acento ahogado por la rabia—. ¡En guardia, señor Conde! Me habéis insultado en esta miserable esquela y he jurado clavárosla en el corazón con la punta de mi espada.

—¡Ah! ¡el monaguillo! —exclamó el conde con insultante sonrisa—. Conque no solo cantáis salmos en coro, sino que también soltáis baladronadas, como andaluz que sois.

Y volvió a arrojar desdeñosamente su espada sobre la mesa.

—Si no os retiráis al instante —añadió sin mirarme siquiera; llamaré a mis lacayos para que os apaleen.

—Y si no os batís vos al instante —exclamé pálido de cólera—, yo sabré forzaros a que os portéis como caballero.

Y uniendo el hecho a la amenaza, levanté la espada a la altura de mi cabeza, para cintarear con ella el rostro del conde.

Pero en aquel momento se abrió frente a mí una puerta: una mujer vestida de blanco apareció en el dintel; sus facciones estaban trastornadas por el espanto; levantó las manos al cielo en ademán de súplica y me gritó:

—¡Es mi padre!

La espada se deslizó de mis dedos, quise arrodillarme ante aquella visión celestial; pero ella me lo impidió, señalándome con una mirada la puerta y huí despavorido del gabinete del conde...

CAPÍTULO III

El conde de Rada

¡Pecado!... ¡Dale otro nombre!
esa es la vida... ¡es la luz!
El mismo Dios, no te asombre,
¡murió por amor al hombre
enclavado en una cruz!

García Gutiérrez

Doña Beatriz acababa de salvar la vida de su padre.

Pero el tirano no era agradecido.

A la mañana siguiente, al despertarme del agitado sueño que había disfrutado una hora, una mano desconocida me entregó un papel, que solo contenía una línea.

«Me llevan a un convento, pero ignoro a cuál».

A pesar de la escena del día anterior, provocada por mi cólera, el alma pura y angelical de doña Beatriz no se permitía el más ligero reproche. Vestime apresuradamente y corrí a la casa del conde, resuelto a arrostrar las varas de sus lacayos, con que la mañana anterior me había amenazado.

Pero ni el conde, ni su hija, ni la dueña, estaban allí. Los criados me informaron que desde la noche precedente se habían marchado los tres de Salamanca.

—¿Pero para dónde? —pregunté.

...me llegué a la pila de agua bendita, metí en ella mi mano y presenté mis dedos húmedos a la joven...

Ninguno supo responderme. El conde había guardado un secreto inviolable sobre el término de su viaje. Únicamente su ayuda de cámara me dijo que le había visto recoger y echarse en la faltriquera, una carta dirigida a Sevilla. Aquel aviso era como la moribunda luz de una lamparilla que solo hace ver confusamente los objetos; pero al fin era una luz y resolví aprovecharla.

Me retiré a mi casa a meditar.

Podía ponerme al instante en camino para Sevilla; pero si doña Beatriz no estaba allí, perdía un tiempo precioso, porque permaneciendo en Salamanca podía adquirir noticias más positivas. Adopté un medio prudente. Tres o cuatro días después escribí a mi padre:

«Con el conde de Rada, que pasó hace algunos días a esa ciudad a poner a su hija en un convento, os escribí una carta consultándoos un asunto interesantísimo. ¿Tendréis, señor, la bondad de contestarme tan pronto como sea posible?».

El conde era una persona muy conocida en la nobleza de Sevilla, y mi padre, que pertenecía a ella, no podía dejar de saber su llegada, si en efecto había ido allí.

Así es que esperé con ansiedad la respuesta. Pocos días después ya la tenía en mi poder. Decía así:

«El conde de Rada estuvo en efecto aquí y puso a su hija en un convento de la ciudad; pero no me entregó ninguna carta».

Media hora después de leído este papel, ya me hallaba en camino para Sevilla.

Luego que estuve en la ciudad que me vio nacer, mi primer cuidado fue evitar la presencia de cualquier individuo de la familia de mi padre, que me creía estudiando todavía en Salamanca. Enseguida me puse a investigar el convento en que había sido encerrada doña Beatriz. Como conocía piedra por piedra todos los edificios, y era estimado de todos los pilluelos de la ciudad, muy pronto conseguí mi objeto.

No había qué perder tiempo. Nunca podía ofrecérseme mejor oportunidad de llevar al cabo mi antiguo proyecto. El conde había regresado a Salamanca, y por mejor recomendada que hubiese dejado su hija a la abadesa, yo me prometía burlar la vigilancia de todos los cancerberos monásticos. Mis preparativos fueron muy sencillos. Alquilé una casa vieja y arruinada frente al paredón posterior del convento; mandé construir una escala proporcionada a la altura del muro, y compré dos caballos que encerré en la casa.

Formado mi plan, esperé una noche oscura y lluviosa. A las doce salí de casa, apliqué la escala al paredón, subí, monté sobre el muro, atraje la escalera hacia mí, la coloqué por el lado opuesto y bajé al patio del convento.

No sin atención había escogido aquella hora. Las monjas en aquel momento estaban rezando maitines, y ninguna pudo sorprender mi ascensión. Una antigua criada del convento que servía en la posada en que yo comía, me había hecho la descripción del interior del edificio. Adelanteme, pues, a tientas, y sin tropezar llegué a la galería inmediata al coro en que rezaban las monjas. Escondime tras una grada, que por fortuna encontré allí, y aguardé.

Media hora después se abrió la puerta del coro, y las religiosas empezaron a desfilar ante mí a la luz de una bujía que una anciana llevaba en la mano. Mis ojos recorrían ansiosos los semblantes de todas aquellas mujeres; pero ninguno se parecía al del ángel que yo buscaba. Empezaba a desesperarme, cuando advertí que la última de las religiosas venía enjugándose los párpados con la toca que le cubría enteramente la cara. Dilatáronse mis pupilas cuanto era posible al clavarse en su rostro; la toca se apartó repentinamente, y poniendo la mano sobre mi pecho para contener los latidos de mi corazón, reconocí, lleno de júbilo, a doña Beatriz.

Cuando la luz de la bujía se hubo retirado lo suficiente para dejar a oscuras la galería, salí silenciosamente de mi escondite, y empecé a seguir a doña Beatriz a diez pasos de distancia. Llegamos a un patio en que se separaron la mayor parte de las religiosas, pasamos luego a otra galería, donde se veían las puertas de muchas celdas en que se metieron las demás, y doña Beatriz entró, a su vez, en la suya.

Empecé a oír entonces el ruido que hacían todas las puertas de las celdas al cerrarse. Mi único temor era el de que doña Beatriz hiciese lo mismo antes que se cerrase la última. Pero un rayo de luz que vi proyectarse en la galería en dirección del lugar en que la había visto entrar un momento antes, me indicó que no se había realizado este temor.

Sin titubear, entonces, me adelanté hacia la puerta entreabierta; entré de puntillas en la celda y eché una mirada en derredor.

Doña Beatriz, pálida como la cera, extenuada como un cadáver, enrojecidos los ojos por el llanto, se hallaba de rodillas junto a su cama, con los codos apoyados en las sábanas, clavada la vista en un crucifijo de marfil que se veía en la cabecera, y murmuraba una oración ininteligible, acompañada de sollozos.

Este espectáculo, que hubiera enternecido al más indiferente, me sirvió para fortalecerme en el propósito que llevaba.

Cerré entonces la puerta de la celda, di dos vueltas a la llave, y me la eché en la faltriquera. Luego me aproximé silenciosamente a doña Beatriz, y temiendo que mi súbita presencia la hiciese exhalar un grito que despertase a las religiosas de las celdas vecinas, me puse de rodillas junto a ella, llevando un dedo a mis labios, y pronuncié en voz baja su nombre.

La joven se levantó al punto; me miró con un ademán lleno de espanto, pero comprendiendo sin duda la delicadeza de la situación, supo comprimir el grito próximo a salir de sus labios.

Entonces me levanté yo también y la dije:

—No lloréis más, hermosa doña Beatriz, porque desde este momento van a cesar vuestros pesares.

—¡Desgraciado! —me dijo con voz apagada, ocultando el rostro entre sus manos—. Y para enjugar mis lágrimas ¿os habéis atrevido a escalar el santo asilo de un monasterio? Porque supongo —añadió al cabo de un instante— que no será la madre superiora la que os ha abierto las puertas de mi encierro.

—Si hay algún delito en escalar los muros de un convento para salvar una víctima de la tiranía —respondí yo—, culpad a vuestro padre, que ha forzado vuestra voluntad y vuestras inclinaciones, y no al salvador que viene a devolveros la libertad.

Doña Beatriz retrocedió dos pasos delante de mí, y extendió los brazos hacia el lugar en que me hallaba, como para rechazarme de su presencia.

—Callad —me dijo—; acabáis de pronunciar una blasfemia.

—¡Una blasfemia! ¿Es acaso blasfemar hablaros el lenguaje de la verdad? ¡Ah! poned la mano sobre vuestro pecho, y si no se ha extinguido en vuestro corazón el amor que tantas veces me habéis jurado; si las lágrimas que os he visto derramar y derramáis aun, no son una mentira; si los discursos de vuestro padre y de las religiosas que os rodean, no os han hecho despreciar al pobre estudiante de Salamanca, confesad que vos misma sentís en este instante en el fondo de vuestra alma, la verdad y la sinceridad que guían mis palabras.

—¡Silencio, por Dios, silencio! Nunca las paredes de este santo retiro han escuchado un lenguaje tan atrevido, que sin duda os inspira el eterno enemigo de las almas. Callad, os repito; ¡no profanéis con sacrílegas palabras el asilo de las vírgenes del Señor!

—¡Pobre niña! —la dije, clavando en ella los ojos con una mirada llena de compasiva ternura—. Apenas se han cerrados tras de vos las puertas de este convento, y vuestra razón se ha extraviado completamente, gracias, sin duda, a las hipócritas lecciones que han cuidado de inculcaros.

Doña Beatriz dejó escapar un débil grito de espanto, y un ademán de súplica se dibujó en su semblante. Pero yo continué sin piedad:

—Enhorabuena que se encierren en un convento las mujeres que han renunciado voluntariamente a todas las afecciones de la tierra; pero vos, que habéis sido creada tan hermosa por la naturaleza; vos que nacisteis para admirar al mundo con vuestras gracias y vuestras virtudes; vos que abrigáis en vuestro corazón un amor que el mismo Dios os ha inspirado; vos, en cuyos oídos no cesará de resonar nunca el juramento que habéis hecho de amarme eternamente; resistís a la naturaleza, permaneciendo en este encierro, faltáis a Dios que os creó para ser el modelo de las esposas y cometéis un sacrilegio pronunciando en vuestras oraciones el nombre de un mortal, donde solo deben resonar las alabanzas del Señor. Yo, a quien la misma naturaleza ha enseñado cuanto acabo de deciros; yo, que desde mi retiro en Salamanca, he oído vuestros sollozos y visto vuestras lágrimas, he volado a Sevilla, he escalado los muros de vuestra prisión, y dentro de un instante os sacaré de ella para siempre y os llevaré a donde nunca pueda llegar la tiranía que nos persigue.

Estas palabras que yo había pronunciado con todo el fuego que me inspiraba la situación, parecieron producir una viva impresión en doña Beatriz, que conmovida y llorosa se dejó caer sentada en la cama.

—Haced, pues, vuestros preparativos y huyamos —la dije, deseando aprovechar aquella oportunidad que me pareció preciosa—. Las religiosas estarán todas dormidas dentro de un instante y nadie sentirá vuestra salida. ¡Vamos, vamos!

Doña Beatriz, en lugar de responderme, empezó a sollozar de nuevo, elevó las manos y los ojos al cielo, y la agitación de sus labios me reveló que murmuraba una oración. Comprendí que su alma estaba luchando entre el amor y la preocupación; púseme de rodillas, junto a ella; osé colocar suavemente una mano sobre su vestido, y atrayendo su mirada con el fuego de mis ojos, la dije con acento conmovido:

—Beatriz, amor mío, ángel puro que has endulzado las amargas horas de mi existencia ¿te atreves a creer que te impulse a cometer un crimen el que te ha dado tantas pruebas de amor?

Doña Beatriz inclinó su cabeza sobre la mía, sus lágrimas humedecieron mi semblante, sus cabellos tocaron mis labios y nuestros alientos se confundían. Dios que sin duda veía la pureza de nuestros corazones, sonreía desde su excelso trono, al contemplar aquel cuadro débilmente alumbrado por la luz de una lamparilla.

La emoción nos impedía pronunciar una sola palabra y nuestra felicidad era tan grande, que temíamos perderla con hacer el más ligero movimiento. ¿Cuánto tiempo hubiéramos permanecido así?

Yo tenía completamente olvidado el motivo que me había conducido al monasterio; no recordaba siquiera el lugar en que me hallaba…

Pero, de súbito, resonaron dos golpes en la puerta de la celda, que yo mismo, por fortuna, había cerrado.

Doña Beatriz saltó azorada de la cama; yo me puse en pie aceleradamente y ambos fijamos los ojos en la puerta, como si dudásemos todavía del mal que nos amenazaba.

Los golpes no tardaron en repetirse con más fuerza que la primera vez. Luego, una voz que se deslizaba por el agujero de la cerradura, pronunció estas palabras:

—¿Dormís, hija mía?

Por un movimiento aconsejado por el instinto, yo que me hallaba en dirección de la puerta, corrí a ocultarme en un rincón de la celda.

Doña Beatriz, que acababa de conocer la voz de la superiora, hizo un esfuerzo sobrehumano para dominar su emoción y respondió:

—No, madre mía.

—¿Y qué hacíais?

—Oraba y enjugaba mis lágrimas.

—Pues salid al instante y pasad al locutorio, donde os espera el señor conde, vuestro padre.

Yo solté involuntariamente una exclamación de sorpresa, que por fortuna quedó apagada al momento con un grito simultáneo que se escapó de los labios de doña Beatriz.

—¡Salid! —repitió la voz de la abadesa.

Pero la pobre niña no tenía voz para responder ni fuerzas para moverse. Clavada en el suelo como una estatua sobre su pedestal, fijó los ojos en mí con una expresión suplicante, que explicaba toda la consternación de su alma. Moví la cabeza en ademán negativo, y con una mirada le infundí el valor necesario para obrar.

—¿Qué aguardáis? —preguntó la misma voz tras de la puerta.

Doña Beatriz elevó los ojos al cielo, como para pedir perdón de las palabras que iba a pronunciar; me dirigió una mirada que necesitaba tal vez para fortalecerse, y respondió:

—Madre mía, tened la bondad de manifestar a mi padre que esta noche me es imposible salir de mi celda, porque al volver del rezo de maitines me he sentido ligeramente indispuesta y temo que me cause daño el aire frío que corre en los patios del convento. Suplicadle que me perdone, y decidle que mañana por la mañana, si tiene la bondad de volver, tendré el honor de recibirle.

—Vuestro padre ha previsto esta negativa, —repuso la superiora—; y como es portador de una orden del arzobispo que le permite entrar a cualquier hora del día y de la noche en este convento, voy a franquearle al instante todas las puertas y no tardará en llegar a vuestra celda.

Oyose tras de la puerta un movimiento y enseguida los pasos de la superiora, que empezaron a perderse por grados en la galería.

—¡Ah! ¡aguardad! ¡aguardad! —exclamó doña Beatriz, lanzándose súbitamente hacia la puerta.

Creí adivinar la causa de aquel movimiento; corrí en pos de la joven, y detuve su mano en el momento mismo en que sus dedos buscaban inútilmente en la cerradura, la llave que yo tenía en la faltriquera.

—¿Qué vais a hacer? —le pregunté.

—Y no lo estáis oyendo, ¡Dios mío! —me respondió—. Mi padre va a venir aquí al instante y se va a encontrar con vos en mi celda. Para evitar esta desgracia, no tengo otro recurso que salir a recibirle en el locutorio.

—Escuchad: cuando vuestro padre ha venido a deshora al convento y sacado una orden del arzobispo para que a ninguna hora se le niegue la entrada, casi cierto estoy de que por algún arte diabólico, sabe ya mi presencia en este lugar.

—¡Cielos! ¿Y qué hacer, entonces?

Eché una mirada en derredor de la celda, y enfrente de la puerta, en la pared opuesta, vi una ventana cuya reja de madera había caído en parte, y por cuyas barras se descubrían los árboles de un patio.

—Huyamos por esa ventana —respondí—, y dentro de un instante, mientras vuestro padre llame inútilmente a esta puerta, nosotros saldremos del convento escalando los muros.

—¡Huir con vos!… ¡Jamás! La voz de la superiora acaba de detenerme, como la voz de un ángel, en el camino del crimen que iba ya a cometer, y sería doblemente culpable, si despreciase ese aviso del cielo.

—Tenéis razón, señora. Esperemos a vuestro padre. Y me senté tranquilamente en una silla.

Doña Beatriz me miró llena de asombro y me gritó:

—Huid, desgraciado, huid. Dentro de un minuto ya será tarde.

—¿Huir, señora? ¡Jamás! —repuse con calma. La voz de la superiora acaba de detenerme, como la voz de un ángel en el camino del crimen que iba ya a cometer, y sería doblemente culpable si despreciase ese aviso del cielo.

—Pero, ¿qué vais a hacer? —me gritó mesándose con desesperación los cabellos.

—Una cosa muy sencilla —le respondí—. Cuando oiga los golpes que espero, abriré la puerta, me presentaré a vuestro padre, a la superiora, a las religiosas todas; y como soy reo del sacrílego crimen de haber escalado los muros de un convento para robar a una mujer, la Inquisición se apoderará de mí, instruirá en pocas horas mi proceso, y vestido de un sambenito me quemará mañana en la plaza de Sevilla.

Doña Beatriz cayó de hinojos a mis plantas y regó con sus lágrimas mis rodillas.

En este momento se oyeron los pasos de varias personas en la galería inmediata, y enseguida tres golpes violentos en la puerta.

—¡Beatriz! —gritó la voz del conde con un acento que hizo estremecer todas las fibras de mi cuerpo—. ¡Abre!

Púseme al instante en pie y saqué la llave de mi faltriquera.

Doña Beatriz me detuvo por el vestido y me forzó a mirarla. Sus labios estaban lívidos, sus mejillas arrasadas por las lágrimas, y la expresión que se pintaba en sus ojos era de tan desgarradora elocuencia al enseñarme la ventana, que a pesar de la firmeza del propósito que tenía, sentí vacilar mis fuerzas por un instante.

Entretanto el conde continuaba gritando:

—Abre; quiero ver a ese estudiantillo de Salamanca que te impide obedecerme. Al pasar por la calle he visto tras el muro las puntas de la escala que le sirvió para entrar, y sería inútil toda tu hipocresía para convencerme de que me he engañado.

El conde terminó estas palabras, dando a la puerta un fuerte empellón que hizo crujir hasta los goznes de hierro.

Doña Beatriz no pudo sufrir más; sus fuerzas se habían agotado con tantos padecimientos; un grito ahogado se escapó de su pecho y cayó desmayada entre mis brazos.

No había tiempo qué perder; con tan precioso carga corrí a la ventana, que no era alta; salté por ella fácilmente, y me encontré en un patio que reconocí al instante. El muro corría a treinta pasos de la ventana… Empecé a caminar, y no tardé en encontrarme a los pies de la escalera que me había servido para bajar.

En aquel momento oí un doble grito de desesperación y sorpresa en la celda que acababa de dejar. Eran, seguramente, del conde y de la superiora, que echaron de menos a su presa, al entrar en la celda por encima de la puerta forzada.

Me lancé a la escalera con doña Beatriz en brazos, monté en el muro como la primera vez, sujeté el cuerpo de la joven al mío con el tahalí de mi espada, y entonces pude pasar la escala al lado exterior del muro. Enseguida empecé a bajar, sujetando con mi izquierda a doña Beatriz, apoyándome con la derecha en los peldaños de la escala, y teniendo la espada entre mis dientes.

El descenso se realizó felizmente. Pero apenas había puesto los pies en tierra, cuando sentí en la espalda un cintarazo que me hizo exhalar un grito, más bien de sorpresa que de dolor.

Volví vivamente la cabeza, y a la claridad de las pocas estrellas que brillaban en el firmamento, me encontré enfrente de un hombre cuyas facciones no me dejó reconocer la rabia que me cegaba, y que conservaba en su mano derecha la espada con que acababa de ultrajarme.

Con un poco de reflexión, hubiera podido adivinar en aquel instante, quién era el hombre que tenía delante de mí; pero aunque le hubiese reconocido, estoy seguro que con el volcán que rugía en mi pecho, ningún poder humano me hubiera podido arrancar su perdón.

Deposité en un banco de piedra el cuerpo inanimado de doña Beatriz, requerí mi espada, y ardiendo de cólera y de venganza, me arrojé sobre mi adversario.

Entonces empezó un combate, que la hora, el lugar y las circunstancias que lo habían provocado, hacían solemne y terrible. Si mis travesuras en Salamanca me habían dado la ligereza y astucia en el manejo de la espada, no tardé en conocer que mi adversario había sido educado en una escuela superior a la mía. La rabia del hombre contrariado en la pasión que más le domina, y la desesperación del náufrago que encuentra un obstáculo al poner la planta en la arena de una playa, infundían en mi ser una superioridad sobrenatural. De súbito sentí que unas gotas calientes saltaban a mi mano y a mis vestidos; vi tambalear y caer enseguida el cuerpo de mi adversario, y un grito de dolor y de rabia se escapó de sus labios.

Aquel grito volvió en sí a doña Beatriz, que se incorporó en el banco de piedra, a tiempo que yo me inclinaba sobre el herido, presentándole la mano izquierda para ayudarlo a levantarse.

En aquel momento brilló en la atmósfera un relámpago, y con su pajiza claridad iluminó un segundo el fatídico cuadro que presentábamos. ¡Ah! seguramente me habría hecho menos mal, si hubiese venido acompañado del rayo y aniquiládome en aquel instante.

Doña Beatriz vio en el semblante de mi adversario las facciones del conde; advirtió que la sangre salía a borbotones de una herida que tenía en el pecho; notó que yo conservaba en mi diestra una espada con la hoja ensangrentada, y en un momento comprendió mi crimen y su desventura.

—¡Desgraciado! —me gritó—: habéis puesto un sello a vuestras maldades con el asesinato de mi padre, y no sé cómo tenga valor todavía para dirigiros la palabra.

Un gemido fue mi única respuesta. Quise enseguida arrodillarme para pedirle perdón; pero me rechazó con estas crueles palabras:

—¡Huid! Si tardáis un instante más se apoderará de vos la justicia… ¡Huid, huid, y haced lo posible porque nunca oiga hablar otra vez del asesino de mi padre!…

Corrí al lugar en que tenía prevenidos los caballos, monté en uno y huí sin saber a dónde.

¿Cuánto tiempo duró mi fuga, qué poblaciones pasé, qué respondí a personas que me veían huir como un desalmado...? ¡No lo sé! solo recuerdo que una mañana me encontré en Cádiz. Un navío iba a hacerse a la vela para el nuevo mundo; su capitán, Diego Contreras, me conocía desde algunos años antes; me hizo proposiciones que admití sin comprender, y me separé de España, perseguido de un recuerdo sangriento. El navío arribó a Tabasco, don Francisco de Montejo necesitaba gente para la pacificación de Yucatán, hablé con él dos palabras y me trasladé a Champotón...

...vi tambalear y caer enseguida el cuerpo de mi adversario y un grito de dolor y de rabia se escapó de sus labios...

CAPÍTULO IV

Conspiración fallida

¡No lo dudéis! Las almas que, dotadas
de un enérgico temple, al bien se lanzan,
el imposible en su carrera arrostran
y el alto fin de su misión alcanzan.

J. A. Cisneros

—¡Por vida mía! —dijo Bernal Pérez cuando la historia se hubo concluido—; que en adelante no seré yo quien os pregunte la causa de vuestra tristeza.

—Y cuando me veáis con los ojos clavados en el mar —añadió Benavides—, no creáis que miro el mar, ni las olas, ni el cielo, ni el horizonte; lo que miro únicamente es una joven pálida y hermosa, sentada sobre un banco de piedra; un anciano tendido en tierra con el semblante lívido y el pecho ensangrentado, y un joven con una espada desnuda teñida en sangre en la mano derecha, alumbrado todo por la amarillenta claridad de un relámpago.

—Terrible cuadro —repuso Bernal Pérez—. Pero los años que han transcurrido desde entonces, ¿no os han traído alguna noticia que mitigue la crueldad de vuestros recuerdos?

—Ninguna —respondió el joven—. Sin duda el conde murió de la herida, y doña Beatriz, llena de remordimientos, se volvió a sepultar en un monasterio para llorar toda su vida una falta que yo solo he cometido.

En aquel momento empezó a caer una lluvia fina y continuada, que obligó a Benavides y al viejo veterano a levantarse del mástil que les servía de asiento. Envolviose el primero en su capa de paño, el segundo en su manta de algodón, y echaron a andar en dirección del campamento.

No tardaron en percibir un confuso ruido de voces humanas, que al parecer discutían con calor una idea. Este ruido que se aumentaba a medida que avanzaban en su camino, salía de la puerta de un pequeño adoratorio situado en los arrabales de la antigua población indígena.

Benavides, fiel a su constante manía de huir de la sociedad, quería pasar adelante; pero Bernal Pérez, que amaba la zambra y el ruido, como los italiano la música, le atrajo suavemente hacia la puerta del adoratorio y le hizo entrar en su recinto.

Entonces se presentó a sus ojos una animadísima escena. A lo largo de las paredes del adoratorio, dadas de cal, sentados sobre bastos trozos de madera, sobre monstruosos ídolos y en el suelo, encontrábanse veinte y cinco o treinta soldados españoles, hablando bulliciosamente, gesticulando como unos energúmenos y haciendo toda clase de ademanes, para llamar la atención de sus compañeros.

La entrada de Benavides y de Bernal Pérez produjo en todo el concurso la más viva sensación.

Todos los soldados se pusieron en pie, y al grito de:

—¡Viva don Alonso Gómez de Benavides! —que arrojó con estentórea voz Juan de Parajas, uno de los primeros aventureros que pisaron las playas de Champotón.

—¡Viva! —respondieron unánimes todos los concursantes.

Esta espontánea manifestación de los sentimientos que en favor de Benavides abrigaban sus compañeros de armas, o de popularidad, como diríamos en el día, no dejó de causar bastante asombro al joven andaluz. Acordose, sin embargo, de corresponder a esta manifestación, y saludó al concurso levantando ligeramente la gorra de su cabeza.

Juan de Parajas se acercó entonces a él y con acento desembarazado, mezclado, no obstante, de cierto respeto, le dijo:

—En el momento en que entrasteis en este adoratorio, buscábamos un hombre que quisiese ser nuestro capitán, y las demostraciones con que se os acaba de recibir, os probarán demasiado que todas las voluntades se han fijado en vos y os han elegido su caudillo.

—¿Con qué objeto? —preguntó Benavides—. Explicaos.

—Dignaos antes tomar asiento, porque os prevengo, don Alonso, que la explicación será larga.

Y Juan de Parajas arrastró hasta el lugar en que se hallaba el joven, un ídolo de barro que representaba un hombre en cuclillas. Benavides hizo un gesto de aprobación, sentose sobre la cabeza del inanimado monstruo y se puso en actitud de escuchar.

Todos los circunstantes, con excepción de Juan de Parajas, que era el Demóstenes de la reunión, tomaron a su vez asiento alrededor de Benavides, después de haber obtenido su venia por medio de un ademán.

Entonces el orador tomó la palabra y expuso su objeto, si no con todo el calor y tacto del orador de la Grecia, al menos con el acento y la animación que eran suficientes para producir en su auditorio el efecto que deseaba. Habló del largo tiempo transcurrido desde su desembarco en Champotón, de las desgracias que diariamente les sobrevenían, de la falta de alimento, de la necesidad ordinaria de alcanzarlo con la punta de la lanza, de la ferocidad de los indios, del descontento general que reinaba en el campamento, de la deserción que sufrían, de la imposibilidad de continuar la conquista con tan pobres elementos y, por último, del resultado de todo esto, que era la inutilidad de permanecer en la desierta e inhospitalaria playa de Champotón.

Pero hubo un asunto que ocupó un lugar culminante en el discurso de Juan de Parajas y que hizo brillar como otros tantos carbones encendidos los cincuenta o sesenta ojos del auditorio. Manifestó que a pesar de las muchas investigaciones que se habían hecho para encontrar oro en Yucatán, en las dos veces que se había intentado su conquista, habían sido tan infructuosas como desconsoladoras, y que la única noticia positiva que en aquel momento tenían de la tierra, era que no encerraba ningún metal precioso en sus entrañas.

El orador concluyó su discurso con estas palabras:

—Persuadidos todos nuestros camaradas de la verdad de cuanto acabo de decir, han resuelto abandonar hoy mismo y para siempre esta tierra de Yucatán; todos han hecho su lío y matalotaje para emprender su camino sin la menor dilación, y los alcaldes, regidores y demás justicias de la villa han renunciado esta mañana sus empleos. Pero no queremos que nuestra salida de Champotón, aparezca como un motín o una rebeldía contra nuestro capitán don Francisco de Montejo. Con tal motivo, os diputamos a vos, don Alonso Gómez de Benavides, para que como noble, valiente y amigo que sois de don Francisco, vayáis en este instante a su tienda a apersonaros con él, manifestarle nuestra determinación y sus legítimos fundamentos, y persuadirle, si es posible, a que él, Juan de Contreras y los pocos que aun le permanecen fieles, haga lo que nosotros y vayan a buscar mejor fortuna a otra parte.

Al concluir estas palabras todas las manos se juntaron y aplaudieron estrepitosamente. Solo permanecieron inmóviles las de Benavides y Bernal Pérez.

Cuando los bravos y las palmadas se agotaron del todo, el primero tomó la palabra y dijo:

—¿Conocéis todo el peso de vuestra determinación?

—Lo conocemos —respondieron con firmeza muchas voces.

—Advertid —insistió Benavides— que otras veces habéis tomado una determinación semejante, y siempre habéis fracasado. ¿Os acordáis de aquel día, en que habiendo notado que estaba reducido a diez y nueve el número de españoles que quedábamos aquí, quisisteis marcharos, como hoy, de la tierra, y bastaron para deteneros unas cuantas palabras de don Francisco, el hijo del viejo Adelantado?

—Pero nuestras desgracias de entonces —respondió Juan de Parajas— eran tortas y pan pintado comparadas con las de hoy, y además, en el transcurso del tiempo que ha pasado desde aquel día han abierto los ojos muchos que aun los tenían voluntariamente cerrados. Añadid a todo esto, que entonces apenas si teníamos noticias de lo que pasaba fuera de Champotón. Pero ahora que sabemos lo que ocurre por el Perú, en donde Francisco de Pizarro y sus dichosos compañeros de armas, están cubriéndose de gloria y recogiendo tanto oro y plata que no tendrán necesidad de volverse a empeñar en nuevas conquistas, nos hemos persuadido de que es una verdadera locura y un solemne disparate seguir perdiendo el tiempo en Yucatán, cuando en el Perú podíamos adquirir honra y provecho, trabajando acaso menos que en este miserable suelo.

Los aplausos se repitieron con mayor fuerza que la primera vez a la conclusión de estas palabras, y muchas manos estrecharon las del orador. Benavides inclinó la cabeza y se puso a reflexionar.

—¿Aceptáis? —preguntó al cabo de un instante Juan de Parajas.

—¡Ah! —exclamó Benavides, llevando la mano a su pecho, como para contener los latidos de su corazón—. Seguro estoy de que ninguno de vosotros anhela tanto como yo abandonar esta tierra y correr a evocar un recuerdo en la madre patria.

—Luego aceptáis —arguyó uno de los circunstantes.

—Sí, sí, sí —repitieron muchas voces sin aguardar la del interesado. Benavides se puso en pie en aquel instante con intención de protestar contra aquel presunto consentimiento, que estaba muy lejos de querer prestar. Pero le contuvo la voz de Juan de Parajas, que hizo estremecer de nuevo las paredes del adoratorio con el grito de:

—¡Viva don Alonso Gómez de Benavides!

—¡Viva! —respondieron en coro sus camaradas.

Y con esa fiebre gradual, que comunican el entusiasmo y la alegría, lanzaron sus gorras y sus sombreros a los pies del que forzosamente querían nombrar por caudillo.

En aquel momento se presentó en la escena un joven, cuyo nombre hemos escrito varias veces en este libro y cuyo retrato no ha querido conservarnos la historia, a pesar del importante papel que desempeñó en la pacificación de Yucatán. Pero las hazañas que llevó al cabo durante la conquista, y el renombre que ha dejado en el país, nos permiten suponer en el sobrino del Adelantado uno de esos hombres de voluntad de hierro, de serenidad en el peligro y de inteligencia poco común, que la naturaleza produce de tarde en tarde, para ejecutar los altos designios de la Providencia. Verdadero tipo del caballero español de aquella época, se había adquirido tal prestigio entre sus compañeros de armas con su carácter osado y aventurero, que en más de una ocasión le había sacado con felicidad de las más difíciles empresas.

Don Francisco de Montejo vería solamente acompañado de Juan de Contreras y de ocho o diez soldados que eran los únicos que no habían tomado parte en la insurrección casi total del campamento.

El caudillo se paró en el umbral de la puerta, y su acompañamiento se detuvo fuera del adoratorio. Con una ligera mirada impregnada de cólera examinó el interior del edificio, y sus ojos se detuvieron por un instante en el joven andaluz, que en aquel momento, como hemos dicho, era el objeto de la ovación general. Las gorras y sombreros que yacían a sus pies, no dejaron dudar a Montejo de que la insurrección tenía un jefe, y de que este jefe era bastante temible.

El sobrino del Adelantado echose atrás la gorra hasta enseñar dos líneas de su cabello; asentó una mano sobre su cadera y dijo con un acento lleno de tranquila dignidad:

—Vergüenza da que soldados españoles, que tan altas empresas han ejecutado en el antiguo y en el nuevo mundo, se impacienten ahora ante los obstáculos que ofrece la conquista de una pobre provincia.

Montejo llamaba impaciencia al deseo que tenían sus aventureros de abandonar a Yucatán. Un soldado menos experimentado la hubiera tal vez llamado cobardía.

—Pero, ¿de qué me asombro —continuó el caudillo, lanzando sobre Benavides una mirada ligera como el relámpago—; de qué me asombro si encuentro al frente de la insurrección un caballero, cuya noble sangre debía retraerle de tomar parte en estas asonadas?

Benavides sintió refluir hacia su corazón toda la sangre de sus venas. Dio un paso hacia el hombre que tan injusto reproche le había dirigido, y con actitud digna y severa llevó la mano derecha a la empuñadura de su espada.

—Tened cuidado: os quieren asesinar —dijo al oído de Montejo una voz que salió de su acompañamiento.

Pero como si el joven caudillo no hubiese oído esta voz, adelantose con serenidad en el interior del adoratorio y llevó a su vez la mano a la cruz de su espada.

—¡Ah! —exclamó luego que se hubo colocado a tres pasos de distancia de Benavides—: estaba informado de que se tramaba una insurrección, pero ignoraba que hubiese un hombre destinado a provocarme a un combate... ¡Oh! enhorabuena... ¡tanto mejor...! quizá derramando alguna sangre, pondremos fin para siempre a estos vergonzosos motines.

—Poco acertado andáis en vuestras palabras —dijo con mesura Benavides, aunque se veía que hacía un esfuerzo para reprimir su disgusto—; y os ruego que acortando razones, pongamos término al asunto, que me concierne más personalmente de lo que creéis.

Y al terminar estas palabras, Benavides y Montejo desnudaron simultáneamente sus espadas, las hojas brillaron a la poca claridad que penetraba en el adoratorio y los aceros chocaron entre sí, produciendo un sonido argentino, que halló eco en todos los corazones.

Bernal Pérez se adelantó en aquel momento, y extendió la palma de la mano derecha en dirección de los combatientes, como si hubiese tenido autoridad para detener sus espadas:

—Os pido perdón —dijo, desembarazando su cabeza de la gorra que le cubría— por la osadía que cometo entrometiéndome en un asunto tan grave, como es un duelo entre dos caballeros. Pero como cuando riñen dos hidalgos sobre quienes pesa tanta responsabilidad, como sobre vuesas mercedes, vale la pena de que ambos averigüen la causa porque se baten, me atrevo a suplicaros que escuchéis a un viejo veterano que nunca ha repugnado el olor de la sangre ni el ruido de los combates.

En cualesquiera otras circunstancias, Benavides y Montejo, hijos de la altiva nobleza española, hubieran castigado cruelmente la inconcebible osadía del plebeyo Bernal Pérez. Pero en Champotón, donde hidalgos y pecheros estaban confundidos, y, por decirlo así, identificados los unos en los otros por la comunidad de sus intereses, de sus esperanzas y de sus trabajos, considerábanse todos como miembros de una sola familia, arrojada a una tierra extranjera, cuyos naturales eran sus únicos y comunes enemigos.

Así, pues, las palabras de Bernal Pérez fueron acogidas como las de un anciano severo y experimentado en una tribu patriarcal. Los aceros de los combatientes, próximos a obrar, permanecieron inmóviles, y Juan de Contreras, que había seguido al capitán a su entrada en el adoratorio, dijo con voz impaciente:

—¡Hablad!, ¡hablad!

Bernal Pérez hizo un ademán de asentimiento, se cuadró militarmente y dijo:

—Un momento hace que entré en este adoratorio, acompañando a don Alonso Gómez de Benavides. Nuestros camaradas que están aquí presentes le invitaron, no a ponerse al frente de una insurrección que nadie ha soñado sino a hablaros en su nombre, para manifestaros los deseos que tienen de abandonar a Champotón, y a fin de suplicaros les deis licencia para marcharse a donde mejor les convenga. Don Alonso les ha hecho ver la gravedad de esta determinación y ha rehusado el nombramiento, ellos han insistido, y para obligarle le han vitoreado y arrojado al aire sus gorras. Ved ahora, capitán, si hay razón para que riñáis con don Alonso.

Y Bernal Pérez, al terminar estas palabras, como si hubiese comprendido que estaba terminada su misión, saludó respetuosamente, volviose a cubrirla cabeza con su gorra y se confundió entre sus camaradas.

La delicadeza de Montejo comprendió al instante que la razón asistía a Benavides.

Retiró su espada, la introdujo en su cubierta de acero y con un ademán lleno de dignidad, en que seguramente ninguno hubiera podido leer un átomo de cobardía, presentó su mano a Benavides.

—Estrechad esta mano —le dijo— que jamás se ha encontrado entre las de ningún rebelde.

Benavides, que había ya envainado su espada, estrechó con melancólica sonrisa la mano del caudillo y fue a colocarse al lado de Bernal Pérez. Don Francisco de Montejo se volvió entonces hacia los soldados, que le contemplaban inmóviles y silenciosos, y les habló en estos términos:

—Cerca de tres años hace que desembarcamos en Champotón, con el objeto de llevar al cabo la grande idea de conquistar esta tierra, de someter sus príncipes y reyes a señoríos de la Corona Española, y de traer a sus habitantes al conocimiento de la santa religión del Crucificado. ¿Quién había de figurarse que a pesar de estos tres grandes objetos que deben ejercer tan poderoso atractivo en los corazones españoles, tan valientes, tan amantes de su rey y de su religión sacrosanta, vosotros que sois todos hijos de la noble España, promovieseis en tan corto tiempo un número incalculable de motines para olvidar vuestra hermosa misión, abandonar a vuestros capitanes y renegar de vuestro honor, de vuestra patria y religión? Y sin embargo… el corazón se despedaza al decirlo… pero ha sido así. Al principio fueron tres o cuatro los descontentos, pero estos soplaron en los demás el infame aliento de la insurrección, y ahora casi todo el campamento se halla contaminado.

¿Y qué pretexto alegáis para lanzar casi diariamente el grito de rebelión? ¿Que estáis desnudos, que tenéis necesidad de alcanzar vuestro alimento por medio de las armas, que no se adelanta nada en la conquista por nuestro poco número, que la tierra es pobre y que sus naturales son indomables?

Verdad es que no transitamos sobre un camino sembrado de flores. Pero ¿desde cuándo los soldados castellanos se han quejado del hambre, de la sed, de la desnudez, de las fatigas y de la pobreza? ¿Creéis por ventura que para dar cima a las grandes obras, como la nuestra, no hay que pasar antes por un número incalculable de trabajos? ¿Os figuráis, acaso, que para dar feliz término, los grandes capitanes de nuestra época, a las famosas conquistas que han emprendido en el nuevo mundo, solo han necesitado dos días, y no han estado sujetos a las mismas o mayores miserias que vosotros? Y cuando todos han conseguido su objeto, pasando con desdén sobre toda clase de dificultades, ¿seremos nosotros tan débiles y menguados que nos retiremos confesando nuestra vergüenza?

El joven caudillo, que había ido levantando la voz a medida que avanzaba en su discurso, detúvose aquí un instante para tomar aliento y continuó:

—Verdad es también que nuestro número está reducido a cuarenta hombres, y que Yucatán contiene en su recinto dos millones de habitantes. Pero hubo un día en que solo contamos diez y nueve soldados en nuestro campamento, y los indios nos respetaron sin embargo; nuestro número se aumenta cada día, puesto que hemos llegado a cuarenta; mi tío el Adelantado sabe ya el apuro en que nos hallamos, y no dejará de mandarnos en breve algún auxilio; mi primo don Francisco se encuentra hoy en Nueva España, reclutando gente, que pronto vendrá a engrosar nuestras filas. Quizá dentro de tres o cuatro meses, veréis doscientos españoles en Champotón, penetraremos en la tierra y lograremos someterla para siempre. Porque ¿qué son dos millones de idólatras gentiles para el valor de doscientos hijos de España a quienes protege la fortuna y Dios comunica su aliento? ¿No acabamos de ver un milagro semejante en el desmoronamiento del imperio de Moctezuma, efectuado por un puñado de españoles como nosotros?

En los ojos de todos los circunstantes brotó a estas palabras un rayo brillante de emulación y de orgullo, que pareció iluminar por un instante el interior del adoratorio.

Montejo sorprendió esta llama que su discurso acababa de encender, y como buen orador, la aprovechó al instante:

—Pero si a pesar de lo que os digo —añadió al cabo de un segundo, cambiando enteramente el tono de su voz y la expresión de su semblante—; si a pesar de las esperanzas que os doy y de la palabra que tenéis empeñada a mi tío, persistís en marcharos de la tierra y abandonar la conquista, no seré yo en adelante quien os detenga. Cansado estoy ya de escuchar vuestras quejas y sufrir vuestras asonadas; no quiero que contaminéis a los pocos fieles que quedan aun a mi lado. ¡Idos!

Y con un movimiento rápido, don Francisco de Montejo, que se hallaba en dirección de la puerta del adoratorio, dio algunos pasos para aproximarse a la pared, hizo una seña a los soldados de su acompañamiento para que imitasen su acción, y cuando la puerta quedó despejada y el camino desembarazado, volvió la cabeza hacia los amotinados, y señalándoles con el dedo la playa, que se veía en un horizonte lejano, les dijo:

—¡Idos! ¡marcháos! el paso está libre; la puerta no tiene guardas; abandonadme; abandonad a Juan de Contreras, a Gómez del Castrillo, a Juan de Magaña, a Pedro Muñoz, a Juan López de Recalde, a esos seis u ocho valientes que aun permanecen fieles a su Dios, a su rey y a su palabra; que han comido y bebido con vosotros, que han tenido los mismos placeres y los mismos sufrimientos que vosotros. Abandonadnos enhorabuena; somos pocos, pero sabremos arrostrar solos nuestras desventuras y esperar con valor y con resignación.

Estas palabras, el tono de voz con que fueron pronunciadas, la actitud de Montejo y el ademán de amarga reconvención pintado en su semblante, produjeron un efecto mágico en los soldados insurrectos.

En lugar de obedecer a la voz y al gesto de su capitán, por un movimiento simultáneo se replegaron todos hacia el fondo del adoratorio; y al ver el pequeño grupo que formaron entonces y el empeño que ponían en esquivar todas las miradas, especialmente las de Montejo, hubiérase dicho que la confusión y la vergüenza que los dominaba, les hacía desear en aquel momento que la tierra se abriese a sus plantas para sepultarlos en su seno.

Un rayo pasajero de triunfo cruzó por los labios del joven capitán; pero deseoso, sin duda, de afirmar su victoria, añadió:

—¿Qué hacéis?... ¿no me habéis oído? ¿dónde están esos soldados pusilánimes, indignos del nombre de cristianos y de españoles, que hace un momento conspiraban para abandonar esta tierra? ¿No hay uno solo que se atreva a pasar el umbral de esa puerta?

Juan de Parajas se destacó entonces del consternado grupo, arrojó al suelo su mugrienta gorra, se acercó al capitán y se detuvo a algunos pasos de distancia, en una actitud, que expresaba la confusión de un arrepentido, pero no la humillación de un esclavo.

—Tenéis razón, capitán —dijo con voz tranquila y segura—. Estos motines se repiten ya con demasiada frecuencia, y es preciso ponerles un freno, castigando siquiera a los principales culpables. Voy a deciros el nombre del que ha promovido la asonada de hoy, para que mandéis cortar su cabeza al instante.

—No me lo digáis —interrumpió vivamente el capitán—; porque me pesaría mucho separar la cabeza de un cuerpo en que late un corazón generoso.

—¡Generoso! —exclamó Juan de Parajas.

¿No se halla entre vosotros ese cabecilla?

—Sí.

—Pues si no ha tomado la puerta a pesar de la licencia que le he dado, es que en su corazón hallan eco la gratitud y la amistad, y un corazón semejante es el que llamo generoso, y merece latir eternamente en el pecho de un soldado español.

Juan de Parajas, el rudo soldado castellano, que mataba con indiferencia centenares de indios en cada batalla, sintió brotar de sus ojos una lágrima que fue a secarse en su mejilla tostada por el sol y el humo de los combates.

—¿Luego olvidáis cuanto acaba de pasar? —preguntó con una voz que la emoción hizo salir temblorosa de su garganta.

—¡Oh, no! —respondió el joven caudillo—. Y en prueba de que aun tengo muy presente la escena de hoy, es que voy al instante a escribir al Adelantado un pliego, de que seréis portador vos, Juan de Contreras. Voy a hacerle patente a mi tío el apuro en que nos encontramos en esta tierra y pedirle que nos mande prontos auxilios de gente, víveres y municiones, si no quiere exponernos al duro trance de abandonar para siempre la conquista.

Juan de Parajas miró un instante a Montejo con el aire de un hombre embriagado, como si no acertase a comprender la noble generosidad, con que el hidalgo caudillo sellaba su perdón. Pero súbitamente se volvió hacia el grupo que formaban sus cómplices, y con el tono de voz que ya le conocemos, gritó:

—¡Viva nuestro magnánimo capitán don Francisco de Montejo!

—¡Viva! —respondieron los antiguos insurrectos, que aun no acababan de salir de su estupor.

—Ahora —dijo Montejo, volviéndose a Gómez del Castrillo—; supongo que vos, como vivandero, os encargaréis de darnos la mejor comida que podáis, para solemnizar nuestra reconciliación.

—Hay un ligero inconveniente, capitán —respondió Gómez del Castrillo.

—¿Cuál?

—El de que a excepción de unas cuantas arrobas de granos de maíz, no tengo más víveres en mi almacén, despensa, o como queráis llamarle.

—¡Callad! —terció a la sazón Benavides—. Ese no puede llamarse inconveniente. Dadme un compañero que me ayude en la empresa, y dentro de dos horas me comprometo a surtir de pavos y gallinas vuestras calderas.

—¡Bien hablado! —dijo Bernal Pérez, mezclándose, a su vez, en la conversación—. Si me creéis digno de acompañaros, don Alonso, servíos disponer de mí.

—Con mil amores, mi viejo veterano —respondió Benavides, estrechando la mano de Bernal—. Y si el capitán nos da licencia…

—Tened cuidado —dijo Montejo—. Dos hombres solos entre esos perros gentiles, corren un peligro inminente.

—¡Bah! —repuso Benavides—. A cuatro millas de aquí hay una aldehuela de ocho o diez chozas de paja, en que abundan las gallinas y escasean los hombres de guerra. Cuidaremos de no pasar adelante.

—Pues idos, amigos míos, y cuidad de reprimir vuestro valor.

Benavides y Bernal Pérez inclinaron ligeramente la cabeza y salieron del adoratorio.

Dirigiéronse enseguida a sus respectivas chozas para armarse de un modo conveniente; al cabo de un cuarto de hora volvieron a reunirse y emprendieron su marcha.

…Pero lucha tan desigual no podía durar mucho tiempo…

CAPÍTULO V

Celada

Cada piedra de antiguo monumento
recuerdo es vivo de pasada gloria;
en cada escombro mira el pensamiento
una Página rota de la historia.

H. García de Quevedo

La empresa de los dos aventureros españoles no era de tan difícil realización, como a primera vista pudiera aparecer; pues aunque la población del país en aquella época, era tan superior a la de ahora, que como hemos insinuado ya en el capítulo anterior, ascendía a dos millones de habitantes, hallábase diseminada, no solo en las aldeas y populosas ciudades, sino también en innumerables y reducidos lugarejos, compuestos a veces solamente de dos, tres o cuatro familias.

Siendo de esta especie el villorrio a que Benavides y Bernal Pérez dirigían sus pasos, caminaban silenciosa y tranquilamente por una vereda, practicada entre los arbustos que producen los arenales de nuestras playas. Dejaban el mar a sus espaldas y el río a su izquierda.

Hallábase el Sol a la mitad de su carrera; pero oculto aun tras el velo espeso de las nubes que habían aparecido desde la mañana, el calor de sus rayos, que es tan ardiente en las costas, no molestaba a los caminantes. Soplaba, en cambio, una brisa violenta, que ahuyentaba a las aves, y traía a los ojos de los españoles algunos granos de menuda arena, y a sus oídos el estruendo de las embravecidas olas del mar.

Repentinamente se detuvieron ambos caminantes, y clavaron la vista en un punto determinado, a la derecha del camino que llevaban. Al cabo de un minuto de muda contemplación, Bernal Pérez se volvió hacia su compañero y le preguntó en voz baja:

—¿Habéis oído?

—Sí —respondió Benavides—. He sentido moverse las hojas de esas uvas silvestres, como si alguno las hubiese apartado para mirar a través de ellas el camino, y luego un silbo pausado, que debe haber salido de los labios de algún hombre.

—¿Y no sospecháis, como yo, que el silbo de ese hombre puede haber servido para llamar la atención de otros no muy lejanos?

—¡Ah! —repuso Benavides; si sospecháis eso, solo hay un medio para salir de la duda y afrontar el peligro, caso que lo haya.

—¿Y ese medio…?

—Consiste en penetrar a través de esos arbustos y registrarlos hoja por hoja.

—¡Que me place! —concluyó Bernal Pérez.

Y ambos aventureros desenvainaron sus espadas, apretaron con la mano izquierda el puñal que traían pendiente del tahalí, y con su habitual serenidad penetraron en el bosquecillo de arbustos que había infundido sus sospechas. Pero a pesar de que levantaron con la punta de sus espadas cuantos tallos de uva tocaron, y aunque miraron con avidez a través de las hojas, no vieron otra cosa que la blanca arena que hollaban con sus pies.

Empezaban ya a desesperar y a creer que habían sido víctimas de una alucinación.

—Pero, ¡por vida mía! —prorrumpió Bernal Pérez—; que ni vos ni yo somos bastante medrosos para que nos hayamos asustado por lo que no existe.

—¡Bah! —dijo indolentemente el joven andaluz—; alguno de esos animales monteses, de que tanto abunda esta tierra, huyó al vernos aparecer, rozando con su cuerpo las hojas de las uvas y arrojando ese grito que hemos tomado por un silbo humano. Nosotros, que nunca hemos penetrado en el interior del país, ¿podemos jactarnos, acaso, de conocer la voz de todas las fieras que encierra en sus bosques?

Bernal Pérez se encogió de hombros y dijo:

—Pues envainemos las espadas y continuemos nuestro viaje.

Y uniendo la acción a la palabra, el veterano envainó su acero y se dirigió hacia el camino que acababan de abandonar. Benavides le imitó y le siguió con indiferencia.

Pero apenas habían andado cuatro pasos, cuando una flecha pasó a dos dedos de la cabeza de Bernal Pérez, cortando con lúgubre sonido el aire. Benavides y el veterano volvieron vivamente la cabeza y buscaron en vano con los ojos la mano que había disparado la flecha. Ambos se consultaron entonces con los ojos el partido que convenía tomar; pero antes que les hubiese ocurrido un solo pensamiento, dos flechas que partieron de una dirección opuesta a la primera, pasaron tan cerca de sus cabezas que una de ellas se llevó la gorra de Bernal Pérez.

—¡Vive Cristo! —exclamó el veterano—; que esos cobardes herejes se han propuesto por blanco este día el cuerpo del hijo de mi padre. La primera flecha pasó a dos dedos de mi cabeza, la segunda me llevó la gorra; ¿si la tercera me la clavarán en el corazón?

Y una sonrisa desdeñosa contrajo los labios de Bernal Pérez; pero aquella sonrisa estaba impregnada de un tinte tal de melancolía, que parecía un triste presentimiento.

Tras de aquellas dos saetas vinieron cortando el aire otras muchas, que los agredidos no pudieron contar; pero que milagrosamente ningún daño les causaron.

—Mi querido Bernal —dijo Benavides—; estamos sitiados por un número de enemigos diez veces cuando menos superior al nuestro.

—Pero a fe mía —dijo impetuosamente el veterano, abarcando con su mirada el inmenso horizonte que se extendía ante su vista—, que esos enemigos deben ser duendes o demonios, porque no acierto a divisar uno solo.

—Dejémonos caer a la primera lluvia de saetas que nos echen y no tardaremos en ver a esos duendes o demonios.

Y como en aquel momento un nuevo número de flechas volviese a silbar en sus oídos, ambos se dejaron caer sobre la arena, y quedaron ocultos bajo el espeso follaje de una uva silvestre. Entonces desenvainaron sus espadas y puñales, y empuñando con la derecha aquellas y estos con la izquierda, aguardaron, reteniendo el aliento para escuchar mejor.

Transcurrieron circo minutes de horrible ansiedad...

La brisa, que movía incesantemente las hojas de los arbustos, los hacía engañarse a cada instante, y los obligaba a revolver los ojos en todas direcciones y a levantar ligeramente la cabeza.

Pero súbitamente se oyó crujir la arena, como bajo las pisadas de muchos hombres y un ruido uniforme en el follaje, que delataba algunas manos, apartando las hojas para abrirse paso.

Benavides y Bernal Pérez sintieron palpitar su corazón, dirigieron una mirada al cielo con ese ardiente fervor que distinguía a los españoles del siglo XVI y clavaron los ojos cuanto pudieron en la dirección que traían los pasos.

La espera no fue larga. No tardaron en ver a través de las hojas que los ocultaban, dos indios que se aproximaban con cuanto silencio y cautela les era posible. No venían desnudos como los indios que en otros países había visto Bernal Pérez. A causa, sin duda, de la estación, y merced al grado de civilización respectiva de los habitantes de Yucatán, traían el vestido que es hasta ahora común entre sus degenerados descendientes. Consistía este en unos calzoncillos de manta que se sujetaban en la cintura, y les cubrían hasta la altura de las rodillas, y en una camisa larga del mismo género, cuyo cuello cerraba en la garganta con dos cintas de algodón. Cubríanse la cabeza con un sombrero recio de paja, formado de la palma tierna del guano, y los pies con unas alpargatas sujetas bajo de las pantorrillas con tres cordeles de henequén, que daban algunas vueltas alrededor de la pierna.

Los dos españoles examinaron con una rápida ojeada aquel modesto atavío, que no era nuevo para ellos, y empezaban a dar gracias a la Providencia porque solo veían dos enemigos que combatir. Pero un momento después, asomaron tras estos otros dos indios vestidos del mismo modo, y que se adelantaban con las mismas precauciones. Tal era el terror que había infundido en la península el nombre español, que aunque creían los indios muertos a los dos blancos o, cuando menos, gravemente heridos, apenas se consideraban seguros los cuatro que iban a satisfacer la cruel y salvaje curiosidad del verdugo, que examina el cadáver de su víctima para asegurarse de su muerte.

Ciertamente, la inferioridad de sus armas, hacía disculpable este temor. Los primeros venían armados únicamente con unos palos aguzados hechos de jabín, una de las maderas más recias que producen nuestros bosques, y los últimos con unas lanzas con punta de pedernal.

Cuando los indios divisaron los cuerpos de los españoles tendidos bajo la uva, se detuvieron y consultáronse entre sí un instante en voz baja. Luego continuaron adelantándose los dos primeros y osaron levantar con sus chuzos las ramas del arbusto.

Entonces los españoles, ligeros como el relámpago, se levantaron súbitamente, y cada uno de ellos clavó su espada en el pecho del enemigo que encontró más a mano. Los dos indios lanzaron, a su vez, un gemido; vacilaron un instante sobre sus piernas y cayeron pesadamente en tierra, enrojeciendo la arena con su sangre.

Al gemido de los moribundos respondió un doble grito de pavor, que arrojaron los dos indios que habían contemplado de lejos la escena. Los aventureros oyeron este grito, comprendieron que para vencer tenían que luchar aisladamente con sus enemigos, cuyo número, sin duda, era inmenso, y se adelantaron con las espadas ensangrentadas hacia los dos que tenían a la vista.

Pero estos no huyeron. Uno de ellos se llevó una mano a los labios y produjo un silbo prolongado y agudo, que podía oírse hasta a media milla de distancia. Entonces, como por encanto, se vio brotar súbitamente de la tierra un centenar de guerreros. Debajo de cada arbusto, detrás de cada piedra o montecillo de arena, se vio salir un indio, con su vestido de manta; su sombrero de paja, y armado con flecha, chuzo, honda, lanza o espada de madera.

Benavides y Bernal Pérez se detuvieron un instante llenos de asombro, y pasearon una mirada en derredor de sí para contemplar aquel cuadro de tan salvaje aspecto que se ofrecía repentinamente a sus ojos. Pero fue muy corto el tiempo que duró su admiración. A una señal del que parecía caudillo, los indios estrecharon la cadena circular que formaban y cayeron impetuosamente sobre los españoles.

Diose entonces principio a una de esas batallas desiguales y sangrientas, de que suministra tantos ejemplos la historia de las conquistas americanas.

Benavides y Bernal Pérez hacían prodigios de valor. Mientras con la mano derecha hacían a su espada describir círculos alrededor de su cabeza para apartar las armas contrarias, con la izquierda, que manejaba el puñal, se desembarazaban de cuando en cuando de algún indio bastante osado que se colocaba al alcance de su acerada punta.

La sangre del hombre rojo humedecía ya la arena del sitio del combate cuando la del hombre blanco hervía completa todavía en sus venas con la embriaguez de la pelea.

Pero lucha tan desigual no podía durar mucho tiempo.

Repentinamente se arrojó a los pies de Benavides un hombre, abrazó sus rodillas, y antes de que tuviese tiempo de bajar la espada para herirle, le hizo perder el equilibrio. El valiente español cayó en tierra y al bajar la mano para sostenerse con ese impulso tan natural que sentimos al dar una caída, clavó en la arena la punta de su espada.

Una exclamación general de alegría saludó la costosa victoria mientras que veinte manos se agolpaban y chocaban sobre el cuerpo del español para arrancarle su puñal y su espada y atarle los brazos con cordeles de henequén.

Bernal Pérez se batió con igual valor que Benavides, pero el ardid empleado con este había surtido tan buen efecto que no tardaron en ensayarlo con él, y el viejo veterano sucumbió del mismo modo que el joven andaluz.

Maniatados ambos españoles, cada uno de ellos fue encomendado especialmente a la vigilancia de cuatro hombres que debían llevar asidos por las extremidades los cordeles que servían de cadenas. Colocáronlos luego en el centro de la pequeña tropa y echaron a andar en dirección al río.

Cuando llegaron a sus riberas metiéronse en cuatro canoas que los aguardaban y no tardaron en abordar a la orilla opuesta.

Entonces los indios, ebrios de gozo con los prisioneros que acababan de hacer, emprendieron su marcha hacia el N. E., tomando una senda estrecha y pedregosa que probablemente se hallaba trazada, poco más o menos, sobre el terreno que ocupa hoy el camino que conduce al pueblo moderno de Iturbide, pasando por Bolonchenticul, Pich y Komchén.

Esta senda se hallaba muy distante de ser una vía siquiera regular. Los indios, que desconocían los carruajes y caballerías, no necesitaban de otra cosa para comunicar sus ciudades, aldeas y lugarejos, que de unas veredas angostísimas por las que pudiesen transitar dos o tres hombres de frente. Verdad es que entre las magníficas reliquias que encierran todavía en el corazón de nuestros bosques las ruinas de la Península, se han encontrado vestigios de amplias y bien construidas vías, enlozadas en toda su superficie de piedra blanca; pero estas vías eran tres o cuatro solamente que conducían a los santuarios más venerados de los indios como Izamal y Cozumel, o a las principales ciudades del país, como Uxmal y Mayapán.

Los indios caminaron todo el resto del día, y al anochecer se detuvieron en una pequeña aldea que, en concepto de los dos prisioneros, distaría unas veinte millas de Champotón. Estos fueron encerrados en un pequeño adoratorio por ser, acaso, el lugar que prestaba mayor seguridad a sus verdugos. Les cerraron la única puerta que tenía el edificio, colocaron en ella dos centinelas exteriores y se les exhortó a dormir, para hallarse dispuestos al día siguiente a emprender una nueva marcha. Benavides extendió su capa en el suelo; Bernal Pérez su manta, y cinco minutos después dormían tranquilamente, como si se hubiesen hallado a bordo de la nave que debiese conducirlos a la madre patria.

A la mañana siguiente, al rayar la aurora, se despertaron al ruido de dos golpes dados en la puerta del adoratorio. Levantáronse inmediatamente, la puerta se abrió, sus ocho guardianes del día anterior se presentaron, volvieron a atarles los brazos y asir los cabos de los cordeles, y los sacaron a una plazuela que se extendía enfrente del adoratorio.

Allí, entre la muchedumbre de los habitantes de la aldea que los contemplaba con tanta curiosidad como terror, encontraron a los cien guerreros que el día anterior los habían aprisionado, sirviéronles de esa bebida de maíz cocido que en el país tiene el nombre de atole y que los hambrientos cautivos apuraron con delicia, y después de metidos en el centro de los cien guerreros echaron a andar por una callejuela que los condujo a pocos minutos fuera de la población.

Todo aquel día estuvieron caminando. Una sola vez, cuando el Sol se hallaba a la mitad de su carrera, se detuvieron en un pueblecillo con el objeto de tomar la bebida fresca de maíz que llamamos pozole, de que hicieron disfrutar a sus prisioneros, y continuaron su marcha.

Por causas que ignoraban Bernal Pérez y Benavides, y de que a su tiempo impondremos a nuestros lectores, los indios cuidaron de no pasarlos en su tránsito por las grandes poblaciones de que abundaba el país. Así es que la segunda noche la pasaron como la primera, en una aldea insignificante; pero en la tarde del tercer día de marcha, por haber cesado sin duda aquellas circunstancias, los hicieron entrar en una ciudad tan grande y tan populosa, que tardaron más de media hora en transitar de los arrabales a la plaza principal.

A pesar del estado de angustia en que su situación debía tener sumergidos a los dos españoles, no pudieron menos que olvidar un instante sus penas para entregarse completamente al sentimiento de admiración que producía en ellos el espectáculo que tenían ante sus ojos.

Después de haber caminado por una calle larga, angosta y poco derecha, formada por dos hileras de albarradas, tras de las cuales descollaban innumerables chozas de paja, que nada ofrecían de particular, si se exceptúa su sencillez; entraron en una plazoleta, en que descollaba un adoratorio y otros grandes edificios de piedra, cuyas fachadas dadas de cal, brillaban extraordinariamente al reflejar los rayos del Sol, que declinaban ya por el Ocaso.

Dejada atrás esta plazoleta, entraron, sucesivamente, por calles y plazas irregulares, en que los adoratorios, los edificios públicos y particulares, abundaban sobremanera. Casi todos se hallaban construidos sobre montículos artificiales, más o menos elevados, de mayor o menor extensión, a los cuales se subía por anchas escalinatas de piedra, decoradas algunas en su remate superior por estatuas de piedra de distintas dimensiones, figuras y actitudes. En los edificios se observaba también una inmensa variedad de adornos y figuras, dimanada sin duda de los diversos objetos a que se hallaban destinados.

Benavides y Bernal Pérez paseaban sus ojos asombrados por todos estos monumentos de arte, que estaban muy lejos de creer encontrar en el suelo de Yucatán. Ellos, que por primera vez penetraban en el interior del país, habían creído hasta entonces que los indígenas yucatecos, parecidos a casi todos los de las demás naciones del nuevo mundo, solo sabían construir las miserables chozas de paja y las raquíticas casas de cal y canto que habían habitado en Champotón. Pero aquí se encontraban extasiados ante monumentos de arquitectura y escultura, que estaban demostrando de modo incontestable la civilización relativa de Yucatán y su notable adelanto en los dos ramos más útiles de las bellas letras.

Pero no era esto lo que excitaba más poderosamente su atención. Había allí un elemento bullicioso y amenazador, que seguramente hubiera infundido un miedo imponente a corazones menos valerosos.

Una muchedumbre inmensa de hombres y mujeres, de niños y ancianos, de sacerdotes, nobles y guerreros, se encontraba diseminada y en apiñados pelotones en las calles, en las plazas, en los terrados, en los montículos, en las escaleras, en las torres de algunos edificios, en las puertas y azoteas y en todos los lugares en que había sitio suficiente para que un hombre pudiese pararse, sostenerse y ver. Las madres levantaban a sus hijos sobre sus cabezas, los jóvenes se abrían paso con los codos a través del apretado gentío y los camorristas se daban de puñadas por un palmo de terreno.

El centro de todas las miradas eran aquellos dos extranjeros, venidos de remotos e ignorados países, vestidos de un modo singular, que uno solo bastaba para derrotar a centenares de guerreros aborígenes; que disponían del rayo y del relámpago, que montaban sobre sus monstruos atléticos y desconocidos, que insultaban impunemente a los dioses de la tierra y que habían arribado a sus playas en edificios de madera, que volaban sobre las aguas, y que igualaban en dimensiones a los enormes cetáceos que guarda el mar en su abismo. La blancura de su piel, la espesura de su barba y la melodía del idioma desconocido que hablaban, contribuían a redoblar aquella admiración, que su salvaje sencillez les impedía disimular.

Pero una vez satisfecha su natural curiosidad, la muchedumbre empezaba a sentir que rugía en su pecho otra pasión menos inocente y de temibles consecuencias.

Aquellos extranjeros, que se creían superiores a sus dioses, trece años hacía que derramaban a torrentes la sangre aborigen, que arrojaban los ídolos de los altares y profanaban sus templos; que amenazaban robarles su independencia y convertirlos en esclavos.

Entonces, de cada boca empezó a salir un murmullo, y este murmullo no tardó en convertirse en grito. Cada brazo enseñó un puño amenazador, y este puño no tardó en contener una piedra o un chuzo. Pero como todas las efervescencias populares no estallan al momento, sino que van creciendo por grados, cuando esta llegó al extremo de estallar, los dos prisioneros y su numerosa escolta se encontraban ya en una gran plaza, que parecía de antemano dispuesta a recibirlos. Desde la extremidad de la calle que desembocaba en la plaza, hasta la puerta de un gran edificio, que descollaba sobre un montículo de treinta pies de elevación, se veían dos compactas hileras de guerreros armados de lanzas, hachas y espadas de pedernal, a través de las cuales pasaron los dos extranjeros, seguidos de sus guardianes. Subieron la ancha escalinata que conducía al edificio, sus puertas se abrieron, los españoles fueron empujados al interior y quedaron encerrados.

En la planicie que formaba la cima del montículo, y sobre la cual estaba construido el edificio, había un espacio, frente a la puerta, de doce pies de extensión, en el cual fue colocada una guardia numerosa, menos con el objeto de custodiar a los prisioneros, que con el de contener a la amenazadora muchedumbre; pero luego que esta vio encerrados a los extranjeros, objeto de su odio, y garantizada de una fuga con la guardia que se hallaba a la puerta de la prisión, se disolvió sin ninguna muestra de repugnancia, no como quien abandona un fin que se hubiese propuesto, sino como quien lo aplaza para ocasión más oportuna.

No faltará lector que desee saber el nombre de la populosa y monumental ciudad americana, en que quedaban cautivos los dos aventureros españoles.

¡Su nombre!... ¿Y qué nombre tienen esas cuarenta y cuatro ciudades americanas cuyos asientos y espléndidas ruinas encontró el ilustre viajero, Mr. John Stephens, en la corta superficie del terreno de la Península que recorrió en sus dos visitas a Yucatán? ¿Qué nombre tienen los vestigios de otras antiguas y magníficas poblaciones, sepultadas en la espesura de nuestros bosques, que jamás han sido visitadas por un viajero ilustrado? ¡Ah! ¡a excepción de ocho o diez nombres que ha podido conservar nuestra memoria y la de los aborígenes, a través de los muchos siglos de dolores y destrucción que han transcurrido, no ha quedado a tan opulentas capitales más que un nombre vulgar y común, que prueba la nada de las grandezas humanas!

Así, pues, lo único que podemos decir para satisfacer la curiosidad del lector, es que aquella ciudad se hallaba situada en el asiento que hoy ocupa el pueblo moderno de Iturbide. Su nombre, en el día, no es otro que el de tantas otras ruinas del país: Xlab—Paak (paredes viejas).

Sí; esos montículos y grandes cerros artificiales que costaron años de trabajo y de paciencia; esas pinturas de magníficos colores que se conservan hasta el día; esas piezas de escultura que yacen enterradas entre escombros; esas paredes recargadas de adornos en relieve que desafían la incuria de los siglos; esas vigas esculpidas con tanto primor, que encierran jeroglíficos indescifrables, todos esos monumentos de la civilización de un pueblo, todos esos trabajos consumados delicadamente por instrumentos imperfectos, sin duda, y que prueban una mano tan experta, como inteligente y artística, no tienen hoy más que un nombre despreciativo, que los más pronuncian con indiferencia y algunos con desdeñosa compasión.

Y no es porque los artistas que se desvelaron por producirlos, se descuidasen de escribir su nombre, su historia y su destrucción. Por ventura esas esculturas de piedra, esos símbolos grabados en las paredes, esos maderos esculpidos, esas pinturas indelebles —como debe serlo la historia—; esa fatídica impresión de la mano roja, estampada en donde quiera que se ven ruinas, ¿no son otros tantos jeroglíficos misteriosos, en que están escritos los anales de ese pueblo noble, valiente, ilustrado y artista, cuya memoria no merecía la suerte que le ha cabido?

Y con solo conservar aquellos monumentos, se hubiera encontrado un día la clave de sus jeroglíficos, y leería en ellos su historia la curiosa posteridad. Pero los conquistadores los vieron con indiferencia; un sacerdote se apoderó un día de cuantos pudo y con bárbara mano los entregó al furor de las llamas.

CAPÍTULO VI

Sacrificio de Bernal Pérez

> Seguramente jamás se ha visto tocarse
> y confundirse tan íntimamente los extre
> mos de la barbarie más brutal y del más
> culto refinamiento.
>
> *W. Prescot*

Media hora después de haber sido encerrados los dos españoles, y cuando empezaba ya a faltar la luz del sol, se les sirvió una colación más sustanciosa que cuantas habían probado en sus tres días de marcha. Consistía en unos panes gruesos de maíz y en unos cuantos pedazos de carne de venado y de gallina, cocidos sin ningún condimento, y contenidos en fuentes de barro. Los famélicos cautivos hicieron los honores a tan opíparo banquete, consumiendo hasta la última migaja de pan y el último pedazo de carne.

—No sé por qué —dijo Bernal Pérez luego que estuvieron completamente solos en su prisión—; no sé por qué me parecen de mal agüero las cosas que nos han acontecido, desde que pusimos la planta en los arrabales de esta populosa ciudad.

—¿Y qué habéis visto, mi pobre Bernal? —preguntó Benavides, clavando una mirada de tierno y melancólico interés en el tostado rostro del veterano.

—¡Qué! ¿Pues no habéis visto, como yo, esa muchedumbre de perversos idólatras, que a nuestra entrada nos saludó con un aullido, parecido al que arrojan las fieras a la vista de su presa, y nos amenazó con el puño cerrado y sus armas de pedernal? ¿No habéis comido como yo, esa carne de venado y de gallina, que a fe de Bernal Pérez, jamás había devorado con igual apetito?

—¿Qué mal agüero veis en todo eso, Bernal?

—¿Oísteis lo que pedía el populacho?

—Sabéis que comprendo muy poco el idioma de esos gentiles.

—Pues pedían nada menos que nuestras cabezas.

—Pero han sido contenidos por nuestra escolta, y nos encontramos salvos en esta prisión, que más bien parece un palacio.

—Otro agüero que se me había olvidado significaros.

Benavides alzó las espaldas, como hombre a quien se propone un enigma que no comprende, pero que tampoco desea descifrar.

—Escuchad —añadió Bernal Pérez—; si la turba, a pesar del furor con que pidió nuestras cabezas, se ha quedado tranquila después de nuestra salvación, prueba que se le ha prometido satisfacer sus deseos, quizá con demasiada usura.

—Mi querido Bernal; cualquiera diría que habéis cursado cánones o teología en la Universidad de Salamanca, según los circunloquios y enigmas con que os expresáis.

En aquel momento se oyó resonar en la plaza la agreste y ruda armonía de los atabales y caramillos aborígenes. Un instante después se levantó un grito aterrador, proferido por centenares de voces humanas, que hicieron retemblar la puerta y las paredes de la prisión que guardaba a los dos españoles.

Benavides y Bernal Pérez corrieron simultáneamente a la puerta y pegaron los ojos a las rehendijas para averiguar lo que pasaba.

La noche había cerrado completamente; pero esto no impedía que la plaza, que se extendía a su vista, estuviese tan iluminada, como si aun cayeran sobre ella los rayos solares del medio día. Veíase una prodigiosa multitud de hogueras encendidas en el llano, en los montículos y en los terrados, que elevaban al cielo densas columnas de humo y torrentes de impetuosa llama. Alrededor de ellas se veía hablar, reír, gesticular y cantar una gran muchedumbre de aborígenes de todos sexos y edades, que parecían mostrar en sus rostros la insensata alegría que los dominaba.

—¿Lo veis ahora? —dijo Bernal Pérez, separándose de la puerta—. Si yo he hablado por medio de enigmas, no creo que llaméis así la música y la grita que acabamos de oír, las hogueras y los rostros horribles que acabamos de ver.

—¿Y decís que todo eso nos presagia algún mal?

—Ojalá pudiera dudarlo.

—Pero ¿qué mal peor que la muerte puede sobrevenirnos? ¿Y no la arrostramos hace tres días con semblante alegre, cuando nos decidimos a pelear con un centenar de esos paganos?

—Morir matando infieles —insistió Bernal Pérez—, es honroso para el soldado y útil para el cristiano. Pero morir en un sacrificio pagano, sirviendo de víctima al demonio…

El joven sintió erizársele el cabello y creyó ver pasar ante sus ojos una nube de sangre.

—¿Se atreverían esos miserables —exclamó al cabo de algunos segundos que necesitó para dominar su emoción—; se atreverían a conducirnos al inmundo altar de sus sacrificios?

—Dios esconde en su poder tesoros inmensos de misericordia —respondió Bernal Pérez—, y solo un milagro de su mano sacrosanta puede librarnos de las garras de esos idólatras.

Un silencio profundo reinó por un instante entre los dos españoles. El joven fue el primero que habló.

—Bernal —dijo al veterano—; me parece que si los indios hubiesen tenido intención de sacrificarnos, lo hubieran hecho desde el momento en que nos prendieron, para conseguir la protección de sus dioses. ¿Qué razón habría para que nos hubiesen dejado vivir tres días y tres noches? Quizá nos estén conduciendo al señor más poderoso de esta tierra para captarse su voluntad con el trofeo de su victoria.

—Pensad lo que os plazca —repuso el veterano con voz tranquila y solemne—. Por mi parte os aseguro que esta noche voy a hacer la oración más larga y fervorosa que jamás ha salido de mis labios.

No volvió a cruzarse una sola palabra entre el joven caballero y el viejo veterano. Pero media hora después, todavía se oía salir de sus labios el susurro inarticulado de las oraciones que en voz baja recitaba.

Entretanto continuaba en la plaza la música de los atabales, la grita de la muchedumbre y la iluminación de las hogueras…

A la mañana siguiente, como una hora después de la salida del sol, abriose la puerta de la prisión de los españoles, entraron por ella ocho indios con sus cordeles, volvieron a atar los brazos de los prisioneros y los sacaron a la plaza. Antes de bajar la gran escalera del montículo, Benavides y Bernal Pérez lanzaron una mirada en derredor de sí y sintieron palpitar fuertemente su corazón.

La gran plaza estaba henchida, como el día anterior, de un número considerable de aborígenes: hombres y mujeres; niños, jóvenes y ancianos. Pero la limpieza de sus sencillos vestidos de algodón, sus sombreros nuevos de paja, la blancura de las tocas que cubría la garganta o la cabeza de las mujeres, los ricos colores de las mantas echadas sobre los hombros de los nobles y la satisfacción pintada en todos los semblantes, indicaban que todo aquel inmenso gentío que bullía, que se agolpaba, que se hacía lugar, no solo en la superficie de la plaza, sino también en los montículos, en las escaleras, en las puertas, en las torres, en las terrazas y en las azoteas de los edificios, asistía a algún espectáculo que llamaba vivamente su atención, o a alguna fiesta pública religiosa o nacional, a cuya asistencia invitaban a todo el pueblo los dioses del culto y los genios de la patria. Y tal debía ser, sin duda, la naturaleza de este regocijo, porque la muchedumbre se mostraba dominada como por un recogimiento religioso, hablaba en voz baja, se hacía lugar con comedimiento y elevaba devotamente los ojos al cielo o los clavaba humildemente en la tierra.

A la mitad de la plaza se levantaba un gigantesco cerro artificial, de figura cónica, aplanado en su vértice y dividido en dos cuerpos. Daban acceso a la plataforma en que terminaba el primero, cuatro grandes y anchas escalinatas formadas de piedra delicadamente labrada, que correspondían a los cuatro puntos cardinales.

Sobre este primer cuerpo se levantaba otro cerro o pequeño cuyo, al cual se subía por una escalera casi perpendicular que conducía a una planicie redonda, enlozada de piedra blanca y que contaba quince pies de diámetro. En la cima se levantaba un altar sobre cuyas aras descansaba un ídolo colosal de piedra de grotesca y repugnante figura. Este ídolo era el que representaba al dios de las crueldades, reverenciado en todo aquel distrito, y que tenía el nombre de Kinchachauhabán.

Enfrente del ídolo, y ocupando la parte principal de la cima del segundo cuyo, se veía otra especie de altar formado por una sola piedra, negra y lustrosa, algo convexa en su cara superior…

Dos hileras compactas de guerreros estaban formadas desde la puerta de la prisión de los dos españoles hasta la parte superior del primer cerro que ocupaba el centro de la plaza.

Cuando ambos prisioneros hubieron examinado estos detalles con una rápida ojeada, como hemos dicho; sintieron revivir en su alma las sospechas que habían concebido la noche anterior, y un grito involuntario se escapó de sus labios.

—¿Qué va a ser de nosotros? —preguntó Benavides.

Pero antes de que Bernal Pérez tuviese tiempo de responder, sus cuatro custodios tiraron de los cordeles que ataban sus brazos y empezaron a bajar con él la escalera del montículo.

Benavides dio un paso para seguirlos, pero los indios que le custodiaban, le hicieron detenerse.

—¿Por qué no me lleváis también? —preguntó Benavides en español, olvidando que sus palabras no podían ser comprendidas.

Por toda respuesta, uno de sus custodios le miró con fiereza y le impuso silencio con un ademán.

Entretanto, Bernal Pérez seguía caminando con sus guías a través de las dos hileras de guerreros de que hemos hablado.

Apenas había llegado al pie de la escalera del montículo, cuando empezó a subir una de las grandes escalinatas del cerro que hemos descrito, una procesión lúgubre y salvaje, de que vamos a bosquejar una idea a nuestros lectores.

Rompían la marcha diez hombres, colocados en dos hileras, que tañían sus rústicos atabales y caramillos, haciendo escuchar una música monótona y melancólica que ofendía el oído y oprimía el corazón. Caminaban detrás de estos, seis sacerdotes de aspecto repugnante, vestidas unas ropas talares blancas, salpicadas de manchas rojas, y dejando flotar al aire sus cabellos negros, incultos y adheridos en partes con la sangre de las víctimas. Iban con el sacrílego semblante levantado al cielo, recitando salmos deprecatorios con acento fúnebre y lastimoso, que formaba un horrible acompañamiento a la música de los atabales y caramillos.

Cuatro de los sacerdotes llevaban los brazos cruzados sobre el pecho, el quinto tenía en la mano un instrumento de madera, que figuraba una serpiente enroscada, y el último, que era el pontífice de la tierra, apretaba entre sus dedos mugrientos el puño de un largo, ancho y agudo cuchillo de pedernal. Cerraba la marcha una guardia de honor, compuesta de nobles principales, que llevaban abatidas las armas en señal de respeto y deferencia al sacerdocio.

La procesión se detuvo cuando llegó a la planicie que formaba la cima del primer cerro; los músicos y la guardia de honor se hicieron a un lado, y los seis sacerdotes, sin dejar de recitar sus salmos, se colocaron al pie de la escalera que llevaba a la cúspide del cerrecillo.

Cuando Bernal Pérez hubo llegado a este lugar, cuatro sacerdotes le arrebataron del poder de sus guías, se apoderaron de los cordeles que le sujetaban y seguidos del pontífice y del que llevaba la serpiente de madera, subieron con él la escalera del segundo cuyo. Este era el sancta sanctorum del dios de las crueldades, y solo podían asentar en él la planta, la víctima y los ministros del culto.

Hacía tiempo que Bernal Pérez había adivinado que se le conducía al altar del sacrificio. Pero valiente y cristiano, como soldado español del siglo XVI, encomendose a Dios de todo corazón para que le perdonase sus pecados y salvase su alma, y comprendiendo lo que la dignidad exigía, marchó con el pie firme, con la cabeza erguida y serena la mirada.

La música y el canto de los salmos habían cesado desde que los sacerdotes llegaron con la víctima a la cima del segundo cerro.

La inmensa muchedumbre que llenaba la plaza, las calles y los edificios adyacentes, guardaba un recogimiento silencioso y profundo, que así podía dimanar de un sentimiento religioso, como del terror que inspiraban aquellos horrendos preparativos.

Benavides, con la vista ansiosamente clavada en los inmundos sacerdotes, luchaba imperceptible y sordamente con los cuatro indios que le sujetaban por los brazos, y la trabajosa respiración que se escapaba de su pecho, explicaba el estado de excitación en que se hallaba su espíritu.

Los sacerdotes condujeron primeramente a Bernal Pérez frente al pedestal de Kinchachauhabán, y allí, sin que la resignada víctima opusiese ninguna resistencia, le despojaron completamente de sus vestiduras. Levantáronlo enseguida y le colocaron boca arriba, sobre la piedra convexa del altar del sacrificio. El sacerdote que llevaba la serpiente de madera, se la introdujo en la garganta para sujetar su cabeza, mientras que los otros cuatro le sujetaban por los brazos y las piernas.

La muchedumbre que contemplaba el espectáculo cayó de rodillas, se descubrió con respeto y fijó los ojos humildemente en la tierra. Entonces Benavides, que continuaba mirando con avidez, vio una escena de un carácter tan horrible como repugnante.

El sumo sacerdote levantó su cuchilla de pedernal, rasgó con feroz destreza el pecho del español, metió la mano en la ancha herida que acababa de abrir y sacó de ella un objeto informe y ensangrentado, que no era otra cosa que el corazón de la víctima.

El inmundo pontífice lo presentó primeramente al sol, murmurando palabras desconocidas; roció después con la sangre humeante todavía la faz del dios de las crueldades, y lo arrojó sobre las abominables aras que le servían de pedestal.

Cayó el corazón sobre la piedra, y se le vio saltar horriblemente durante el espacio de tres o cuatro minutos con el resto de vida que conservaba.

Entonces los cuatro sacerdotes que sostenían las piernas y los brazos de la víctima, la empujaron fuera del altar, y haciendo rodar el cuerpo por la escalera casi perpendicular del cerrecillo, fue a caer entre los brazos de los nobles y del pueblo que le esperaban en la cima del cuyo principal.

Benavides arrojó un grito salvaje y desgarrador que retumbó por todos los ámbitos de la población, los sacerdotes entonaron a voces un salmo espantoso, la música de los atabales y caramillos dejó oír su selvática armonía, y la muchedumbre se puso en pie, elevando al cielo sus gritos de regocijo.

El sacrificio del valiente español estaba consumado: la infame deidad de Kinchachauhabán, quedaba aplacada con la sangre de la víctima.

…volvieron a atarles los brazos y asir los cabos de los cordeles, y los sacaron a una plazuela que se extendía…

CAPÍTULO VII

Zuhuy Kak

Y cual genio protector, risueña,
cual sombra grata, cual sagrada égida
siempre a tu lado velaré tu sueño,
siempre a tu lado cuidaré tu vida…

L. Aznar Barbachano

Concluido el sangriento holocausto, Benavides volvió a ser encerrado en su prisión. El desdichado joven, que esperaba ser conducido al altar en pos de su compañero de cautiverio, creyó que por uno de esos caprichos de refinada crueldad que caracteriza a los pueblos salvajes, su suplicio había sido aplazado para entretener, en la mañana siguiente, a la bárbara muchedumbre de la ciudad.

Hacia el mediodía le sirvieron la bebida ordinaria de maíz de los días anteriores, y a la caída del sol, una comida algo más sustanciosa, compuesta de carnes y tortillas. Los indios de Yucatán, naturalmente sobrios, no se alimentaban de otra manera, y sujetaban al español a su método ordinario de vida, con excepción de las carnes que ellos solo comían en los días de festividad, y como por gran regalo.

Benavides pasó una noche agitada. Aquel joven de valor tan temerario, que en los días de combate exponía su pecho a las armas enemigas con la sonrisa en los labios y la alegría en la mirada, y que se arrojaba entre los escuadrones indígenas para provocar su cólera, sin contar su número ni mirar sus armas, sentía enfriarse la sangre de sus venas y oprimírsele de horror el corazón, cuando recordaba la escena de aquella mañana con todos sus sangrientos pormenores; cuando contemplaba todavía en su imaginación a Bernal Pérez desnudo, tendido sobre la inmunda piedra del sacrificio; y cuando aun deslumbraba su vista la aguda cuchilla de pedernal con que el sumo sacerdote rasgara el pecho del español y sacara de las concavidades del seno su corazón ensangrentado.

Tras este sentimiento de horror, que alejaba el sueño de sus párpados, y el dolor que le causaba la muerte de su anciano compañero de aventuras, el joven empezó a conocer que pesaba sobre su conciencia una especie de remordimiento. ¿Quién era el que tenía la culpa principal de la muerte de Bernal Pérez? ¿No era él quien le había invitado a aquella malhadada expedición que había terminado con la captura de ambos? ¡Ah! No eran los sacerdotes de Kinchachauhabán los que le habían llevado al altar del sacrificio y arrancado el corazón de su pecho; era él, que en un momento de locura le había sacado de Champotón y conducido a través de un país inhospitalario y enemigo.

Benavides derramó un instante lágrimas de dolor y remordimiento. El espíritu de Bernal Pérez debió haberse enternecido de gratitud al contemplar estas lágrimas desde la mansión en que reposaba. Porque el dolor del joven era sincero, y el remordimiento que experimentaba, era hijo de una conciencia más delicada que culpable.

Benavides sintió una especie de horrible placer al recordar que a la mañana inmediata, él debía morir, a su vez, en las aras sangrientas del dios de las crueldades. Así expiaría su falta y concluirían todos los dolores de su vida. Sintió que sus labios se contraían con una sonrisa fatídica, se ensanchó su corazón por un movimiento de placer, y media hora después se dormía, contemplando sus ojos un inmenso espacio de brillante claridad, cuyo límite era una puerta rasgada en la bóveda de los cielos. En el umbral de esta puerta se hallaba Bernal Pérez, que le tomó de la mano, y le enseñó en lontananza una mujer de esplendente hermosura, que le miraba con sonrisa angelical y le tendía desde lejos sus brazos de alabastro. Aquella mujer era Beatriz, la novicia de un convento de Sevilla, por quien hacía tiempo suspiraba su corazón.

A la mañana siguiente, Benavides se despertó al contacto de una mano que ataba sus brazos con cordeles. Cuatro indios, en quienes reconoció a sus antiguos conductores, se hallaban en derredor, y con un ademán le previnieron que se levantase. El joven obedeció, alzó su capa del suelo, la colocó sobre sus hombros y se dejó llevar de los indios.

Al llegar a la puerta de la prisión, su primer pensamiento fue echar una mirada sobre la plaza. Estaba henchida de gente como el día anterior. Solamente notó una diferencia. Las dos hileras de guerreros que entonces se hallaban colocadas desde la escalera del montículo en que se hallaba, hasta la escalinata del gran cerro de los sacrificios, tenían ahora una dirección bien diferente y se perdían en una calle lateral.

—¡Ah! —pensó el joven—. Una ciudad tan populosa como esta, debe tener muchos dioses de sangre, y me van a llevar a algún templo lejano para sacrificarme en sus altares. A lo menos me ahorran el disgusto de ver la piedra de los sacrificios, manchada con la sangre del pobre Bernal.

Benavides siguió a sus conductores, murmurando esa oración suprema que los labios de un moribundo deben arrojar involuntariamente en la hora tremenda de partir para la eternidad. Pero caminaba tranquilo y sereno. Llevaba la muerte en el corazón, pero mostraba la vida en el semblante.

De la gran plaza le hicieron pasar a una calle irregular, henchida de inmenso gentío, y protegida igualmente de las dos hileras de guerreros. El joven extendía su vista en derredor para ver de antemano el gran cerro en que su sangre debía aplacar la cólera de los dioses. Pero ninguno de los montículos coronados de edificios, que se presentaban a sus ojos, tenían la forma del gran cuyo de Kinchachauhabán.

—¡Crueles! —murmuraba el español—; todas las miradas se ceban en mí con bárbaro placer, porque saben que estos rodeos solo sirven para prolongar mi suplicio.

Insensiblemente la muchedumbre empezó a disminuir. Al llegar a una plazoleta en que cesaban las hileras de guerreros, un pelotón de veinte y cinco indios, armados a la ligera, rodeó al español y a sus cuatro conductores, y salieron a una callejuela, que no presentaba ya ningún edificio de piedra. Diez minutos después habían dejado completamente la ciudad, y marchaban por una vereda angosta y pedregosa, protegida de los rayos del sol por una bóveda de verdura.

Únicamente el hombre que hubiese bajado las gradas del patíbulo después de haber visto brillar sobre su garganta el hacha del verdugo, es capaz de comprender el dulce ensanche que dilató en este momento el corazón de Benavides. Creyó que en toda su vida no había respirado con tanta libertad como entonces, y entonó un himno mudo de alabanza a la bondad de su Creador. Le pareció que toda la naturaleza tomaba parte en su regocijo; que el sol nunca había brillado con tan magnífico esplendor; que el verde follaje del bosque que atravesaba, tenía una hermosura desconocida; y que el gorjeo de las aves, que saludaban todavía a la aurora, era una armonía arrancada de las arpas de los coros celestiales.

El joven, en fin, probó por algunas horas la mayor felicidad que había disfrutado en su vida.

Como cuando era conducido en compañía de Bernal Pérez, sus conductores huyeron de atravesar por ciudades populosas, y le hacían pasar las noches en las pequeñas aldeas.

Al tercer día de marcha hubo una excepción. Declinaba ya el sol tras las copas de los árboles cuando entró en una gran población, en que Benavides notó con terror los edificios, los montículos, las terrazas y hasta la muchedumbre apiñada y amenazadora que habían llamado su atención en la ciudad en que había sido sacrificado Bernal Pérez.

Sus conductores le hicieron entrar en un edificio largo y estrecho, situado sobre un pequeño montículo artificial. Daba acceso a este montículo, un ramal de escalera de treinta y cinco peldaños, que conducía a una planicie cuadrilonga, enlozada de piedras desiguales. A cuatro pasos del último escalón se encontraba la puerta del edificio, que uno de sus conductores cerró tras el prisionero.

Cuando este se encontró a solas echó una mirada en derredor de su nueva prisión. Era una pieza larga de diez pies de latitud sobre doce de altura. Era toda ella de construcción maciza, como la de una cárcel, y además de la puerta por donde acababa de entrar, existía otra en el extremo opuesto, cuidadosamente cerrada.

Las paredes laterales, dadas de estuco, lo mismo que las otras, a nueve pies de altura empezaban a inclinarse hacia el centro, y antes de juntarse para formar el ápice, dejaban un claro, como de media vara, cubierto de piedra labrada y dado también de estuco. La techumbre, pues, formaba ese arco de construcción peculiar, que ha dado lugar a varias conjeturas sobre los constructores de los antiguos edificios de Yucatán, y de que se ve todavía una muestra en uno de los corredores del arruinado convento de San Francisco, que existe en la ciudadela de San Benito.

Cuando se hallaban cerradas las puertas del edificio, como entonces, el único respiradero que tenía, consistía en unas aberturas largas y estrechas, rasgadas en una de las paredes laterales, a la altura de ocho pies sobre el nivel del suelo.

Cuando el joven hubo examinado estos sencillos pormenores con la triste e indolente curiosidad de un prisionero, extendió su capa sobre el piso, y se sentó en ella, para descansar de la fatiga que le habían producido tantos días de marcha. El crepúsculo de la tarde, que empezaba ya a luchar con las tinieblas de la noche, dejaba entrar por las claraboyas de la prisión esa tenue y dudosa claridad, que predispone al corazón más indiferente a la tristeza y la meditación.

El del pobre caballero, que hacía tres días que estaba despedazado de dolor y remordimiento, empezó a sentirse oprimido de melancolía y de terror.

Todo cuanto acaba de ver le decía que caminaba por los mismos pasos que Bernal Pérez, y que a la mañana siguiente debía ser derramada su sangre en la piedra de los sacrificios. Había sido conducido durante tres días a través de extraviados senderos y pequeñas aldeas, sin duda para que el pueblo enfurecido contra los españoles, no lo arrancase del poder de su escolta para hacerlo pedazos. Ahora que, como Bernal Pérez, había sido expuesto a las miradas de una muchedumbre amenazadora, sin duda que se pensaba satisfacer al día siguiente con el espectáculo de su muerte.

Era ya cerrada la noche, cuando se abrió la puerta de la prisión y dio paso a dos indios ancianos. El primero traía en la mano la ración de comida ordinaria de que hemos hablado, compuesta de carnes contenidas en una fuente de barro, y en tortillas de maíz, envueltas en una blanca servilleta de algodón. El segundo traía una especie de lámpara de barro, que colocó en un rincón de la pieza.

Cuando el español hubo concluido su colación, se retiraron los indios dejando la lámpara. Era esta un objeto de lujo, de que Benavides no había disfrutado en los días de su prisión, y que le hizo formar extrañas y diversas conjeturas.

A pesar de la fatiga que le dominaba, el sueño no venía a cerrar los párpados del prisionero. Consideraba aquella noche la última que le quedaba de vida, y era necesario aprovechar el tiempo con usura. Las tristes y tétricas reflexiones que le habían asaltado el día del sacrificio de Bernal, volvieron a enseñorearse de su imaginación.

Todos los recuerdos de su infancia, de su juventud, de su amor, de sus campañas y de su prisión, empezaron a cruzar sucesivamente en su pensamiento, con esa triste rapidez con que se desenvuelven en las páginas de un libro, los sucesos de la vida de un hombre. Su padre, sus hermanos, Beatriz, el Conde de Rada, sus compañeros de aventuras y especialmente el anciano Bernal Pérez, se presentaron ante su espíritu con semblante triste, alegre o ceñudo, y le dieron el postrer adiós o le citaron para la eternidad. Pero la imaginación se cansa lo mismo que el cuerpo, y al fin empezaron a cerrarse insensiblemente los ojos del prisionero.

Mas en esa somnolencia, estado medio entre la vigilia y el sueño, entre la vida y la muerte del pensamiento, es precisamente cuando el alma empieza a vagar en un mar de dolor o de voluptuosidad, preñado de visiones y fantasmas. Un joven de veinte y cinco años, como Benavides ¿qué otra cosa podía ver en ese mar de voluptuosidad, que una hermosa sirena llamada Beatriz, que bogando desde España, venía a librarle de su cautiverio, elevándole en sus brazos y reanimándole con sus besos?

De súbito pareció realizarse aquella visión encantadora. La puerta de la prisión, opuesta a la que había servido de entrada, se abrió poco a poco, gimiendo casi imperceptiblemente sobre su quicio de madera. Dos mujeres con sus vestidos de algodón de blancura deslumbrante; entraron recatadamente, cerrando tras sí la puerta, y después de conferenciar en voz baja, se separaron. La primera se quedó en pie, arrimada al dintel de la puerta, y la segunda se adelantó silenciosamente al prisionero, como si no asentara el pie sobre la tierra. A pesar de la somnolencia que embotaba sus facultades, Benavides pudo examinarla con alguna exactitud, y suspiró interiormente, conociendo que se había engañado. Pero si no era la hermosa española la que avanzaba púdicamente hacia su lecho, era, en cambio, una esbelta hija de la América, dotada de toda la belleza de las razas meridionales.

Su cuerpo era flexible y airoso, como la palma; su cutis era de ese color entre trigueño y rojo que el ardiente clima de Yucatán imprime a sus hijos. Barba primorosamente redondeada por la naturaleza, labios de admirable frescura, nariz pequeña y ligeramente roma, ojos negros dotados de vivacidad y expresión, y frente graciosamente abultada: tales eran las facciones que adornaban el hermoso óvalo de su semblante. Su cabello negro y abundante estaba recogido hacia la parte posterior de la cabeza en una sola trenza atada con una cinta de algodón.

Vestía ese traje, bello por su sencillez, que usan todavía las mujeres de su raza. El hipil, que dejaba ver sus hermosos brazos y parte de su seno voluptuoso y abultado, remataba en su parte inferior, a la altura de la rodilla, sobre el fustán que cubría púdicamente sus desnudos pies. Ambas prendas de este vestido enseñaban en su orilla, así inferior como superior, esos bordados de ricos colores y exquisito trabajo, que se encontraron al tiempo de la conquista, y que quizá importaron en el país los toltecas, al abandonar el valle de México y desparramarse por Mitla y el Palenque. Completaba el modesto atavío de la joven aborigen una toca blanca de algodón echada sobre sus hombros.

El pobre prisionero no se cansaba de mirar esta graciosa aparición que avanzaba lenta y medrosamente hacia su lecho. La débil luz de la lamparilla, que arrojaba sus rayos trémulos y vacilantes por todo el ámbito de la estancia, imprimía a los contornos de su cuerpo y a los pliegues de su vestido, caprichosas formas, ora voluptuosas, ora delicadas, que el español seguía con miradas llenas de avidez.

Cuando la joven hubo llegado casi a tocar con sus pies la orilla de la capa que servía a este de lecho, se detuvo vacilante, como si quisiera escuchar su respiración, inclinó luego ligeramente su hermosa cabeza, y con voz tímida y pudorosa, le preguntó en el idioma de Castilla:

—¿Duermes, extranjero?

Benavides sintió bañado su corazón de un sentimiento de placer mezclado de sorpresa, al escuchar de la joven estas dos palabras españolas pronunciadas con un acento que revelaba su origen.

Se agitó sobre su lecho para sacudir la pesada somnolencia que embotaba sus potencias; pero no consiguió pronunciar una sola palabra. Entonces la joven india tomó suavemente entre sus dedos la mano del español, y haciendo un impulso tan ligero como delicado, le obligó a incorporarse sobre su capa.

—¿Me oyes ahora? —preguntó en el mismo idioma.

Benavides pasó una mano sobre su frente, como para alejar el último resto de duda que le dominaba, y preguntó a su vez:

—¿Quién eres tú, hermosa hija de esta tierra lejana, que hablas con tanta perfección el idioma del hombre blanco?

—Pluguiera a los dioses que dijeses la verdad —repuso la joven, moviendo la cabeza en ademán negativo—. Poco entiendo tu lengua; pero confío en que podremos comprendernos.

—Es decir, que podré confiarte las penas de mi corazón y escuchar el melodioso acento de tu voz, antes que la cuchilla del sacerdote rasgue mi pecho en el ara sangrienta de los sacrificios.

—Precisamente he venido a consolarte y a confortar tu espíritu, porque he adivinado lo que debes sufrir.

El semblante del gallardo caballero expresaba una satisfacción suprema. El acento extranjero con que la joven aborigen pronunciaba con alguna dificultad el idioma de Castilla, halagaba sus oídos con una armonía desconocida, y sus ojos, fijos en aquel semblante extraño, de tan seductora expresión, parecían devorar con avidez cada una de sus palabras y el más ligero de sus ademanes.

—Ángel hermoso bajado del cielo en la noche más angustiosa de mi vida —exclamó el cautivo, juntando las manos en actitud deprecatoria—: te suplico por el amor de ese Dios en cuyo coro cantas sus alabanzas, que no te alejes de mí hasta que suene la hora fatal de la inmolación de la víctima. Hermosa visión, no te desvanezcas; si eres un ángel enviado por la Providencia debes participar de su bondad y compadecerte de mi desdicha; si eres el fantasma de los sueños, haz que no despierte nunca de este enajenamiento y vela de continuo junto a mi lecho.

El cautivo vio vagar una sonrisa tierna y compasiva por los labios de la que llamaba una visión.

—¿Te ríes de mi ingenuidad? —preguntó el español—. ¿Acaso puedo dudar de tu origen sobrenatural? El color de tu semblante revela tu sangre americana, tu pintoresco vestido es el que usan las mujeres en el fiero país de los macehuales y, sin embargo, hablas el idioma de mi patria y te compadeces del hombre blanco.

—Extranjero —respondió la joven, sonriendo con dulzura—; mi madre, en la flor de sus años, dio su mano de esposa a un caballero cristiano, y de ella he heredado el afecto que profeso a tu raza. Un sacerdote de tu religión, a quien he tenido el placer de salvar la vida en una ocasión terrible, me ha enseñado el idioma de Castilla, que mi madre aprendió a balbucir.

—¡Ah! —exclamó gozosamente el español—. Yo que te había tomado por el ángel que manda Dios a los moribundos en la hora suprema de la muerte, no tendré qué dolerme mucho de mi desengaño, porque en lugar de un ser sobre-natural, me hubiese enviado la hija de un caballero cristiano.

La joven movió tristemente la cabeza, como si le pesara hacer la confesión que iba a salir de sus labios.

—No soy hija del hombre blanco —le dijo—. El español con quien casó mi madre, murió muy pronto; y esta, que era de extraordinaria hermosura, contrajo nuevo himeneo con el señor más poderoso de esta tierra.

Los dioses bendijeron su unión, y yo vine al mundo un año después de su enlace.

—Prosigue, prosigue —dijo el prisionero—. El sonido de tu voz me halaga, como el canto de las aves que saludan la venida de la aurora. ¿Qué acontecimien-to extraordinario trajo a tu país a ese español que unió su suerte a la hermosa mujer de tu raza? ¿Quién es ese sacerdote cristiano a quien salvaste la vida?

—Tiempo vendrá en que te cuente esos sucesos. Hablemos por ahora del peligro que te amenaza, y del objeto que ha conducido mis pasos a tu prisión.

Y al terminar estas palabras, la joven extendió la vista en derredor de sí. Benavides creyó adivinar el objeto que buscaban sus ojos, y extendió una orilla de su capa hasta los pies de la hermosa aborigen:

—Donosa joven —le dijo—; si no desdeñas ocupar un pedazo de mi duro lecho, único asiento que puede ofrecerte este mísero cautivo, siéntate a la orilla de esta capa, como podrías ocupar el lado de un moribundo para consolarle.

A la luz de la lámpara que iluminaba escasamente la estancia, vio el español ruborizarse a la joven bajo la fina y oscura piel de su semblante. Pero había tanta delicadeza en el ofrecimiento del extranjero y era tan puro el corazón de aquella, acaso por su misma educación salvaje, que no vaciló un instante en su determinación. Cubriose púdicamente con su ancha y flotante vestidura, y se sentó con tanta gracia, como compostura y modestia, en la orilla de la capa que le ofrecía el español. Fijó en él enseguida sus hermosos ojos y le dijo:

—Sabe, ¡oh joven extranjero!, que te encuentras hoy en la corte de Tutul Xiú, mi padre y el señor más poderoso de esta tierra...

—¡Ah! —interrumpió el español—. Los aventureros que acompañaron a don Francisco de Montejo en su primera invasión al país, me han hablado muchas veces de tu padre, y el nombre de Tutul Xiú no es la primera vez que hiere mis oídos. Y si esta población es su corte como dices, debe llamarse...

—¡Maní! —concluyó la joven, sonriendo dulcemente ante el olvido repentino que sufría el español.

—La memoria es demasiada infiel —dijo este—, cuando se trata de una lengua extraña. Pero a pesar de esto creo que conservaría indeleblemente tu nombre, si te dignaras decírmelo, como el de tu padre y su corte.

—Mi nombre —dijo la joven—, es el de una de las diosas que reverenciamos en nuestros altares, y a quien mi madre me encomendó en mi niñez. Me llamo Zuhuy Kak. En tiempos muy antiguos existió en Uxmal una joven, hija del señor de la tierra, que desde la primavera de su vida consagró su virginidad a los dioses. Vivió sepultada en un encierro, cuidando perpetuamente del fuego sagrado; y fue tal la pureza de sus costumbres y el ardor con que sostuvo su virtud que la llamaron Zuhuy Kak (Fuego virgen).

—Tu nombre es tan hermoso como tu virtud y tu semblante; solo me duele que sea el de una falsa deidad de la religión pagana.

—Extranjero —repuso la joven, adquiriendo por la primera vez su semblante una expresión de severidad—; te aconsejo que moderes tu lenguaje cuando tengas que hablar con algún macehual de la religión de su patria. ¿Ignoras que si el país ha hecho tanta resistencia a los españoles, es porque aborrece el culto cristiano? ¿Crees que la sangre que ha derramado en tantos combates, no ha sido ofrecida en holocausto a los Kúes de la tierra? ¿Te figuras que si el macehual no prefiriese a su existencia el culto de sus dioses, inmolaría su propia vida en el altar de los sacrificios? Porque has de saber, ¡oh joven extranjero!, que no todas las víctimas son forzadas, como sucedió con tu compañero hace tres días; muchos se dejan arrancar voluntariamente el corazón en las aras de Kinchachauhabán.

El joven cristiano se preparaba ya a emprender la conversión de Zuhuy Kak, que creía tan dulce a su corazón como útil a su alma. Pero el recuerdo de su amigo que acababa de ser evocado, se sobrepuso a su celo católico.

—Zuhuy Kak —le dijo a la joven aborigen—: tus palabras han despertado en mi corazón un recuerdo, que encierra para mí el dolor y el arrepentimiento. ¿Cómo has sabido el trágico fin de mi desgraciado amigo?

—Mi padre, como te he dicho —respondió Zuhuy Kak—, es el señor más poderoso de esta tierra, y hubo un tiempo en que todo el país estuviese sometido a sus mayores. Todas las grandes empresas que se desean llevar al cabo para la salvación de la patria, son por lo regular sometidas previamente a su discreción. El séptimo día del mes de Mool llegó a Maní una embajada de Cocomes, señores de Sotuta. Proponían a mi padre una nueva alianza de todos los caciques mayas para destruir de una vez a los españoles enseñoreados de Potonchán. Mi padre aprobó la idea; pero se negó a dar un solo guerrero. Era demasiado amigo de los cristianos para contribuir a su destrucción. Los Cocomes se encargaron entonces de agitar la alianza y empezaron a mandar embajadas a todos los caciques. Una de estas, compuesta de cien guerreros principales, que había sido enviada a la provincia de Campeche, y que había subido hasta Potonchán a observar el campamento español, fue la que le sorprendió en las cercanías del puerto juntamente con tu infeliz camarada. El objeto principal con que los mayas hacen prisioneros; a sus enemigos, es para inmolar los en los altares de sus dioses. Desde el momento en que caísteis ambos en poder del hombre rojo, fue destinada vuestra sangre para regar con ella la piedra de los sacrificios. Kinchachauhabán es el dios de las crueldades, y la sangre de tu compañero sirvió para aplacar su cólera.

La joven se detuvo repentinamente, como cortada, y esquivó las miradas del español.

—¿Qué te detiene? —preguntó este—. ¿Temes acaso decirme que mi sangre servirá mañana para aplacar la cólera de los dioses de Maní?

—No —respondió Zuhuy Kak—. Tus vencedores han hecho a Itzamatul la ofrenda de tu vida y piensan conducirte mañana a Itzmal, que se halla de aquí tres días de marcha.

—¡Ah! —exclamó Benavides, poniendo la mano sobre su corazón—. ¿Con que me restan aun tres días de vida?

—Cristiano —dijo la joven—; el culto de los dioses es sagrado para mí; nuestros sacerdotes dicen que les agrada la sangre de las víctimas; pero mi corazón repugna el espectáculo de los sacrificios. Acaso digo una blasfemia que no me atrevería a repetir ni en presencia de mi padre, que tanto me ama. Pero a ti, joven extranjero, nada quiero ocultarte. Siempre me he negado a asistir a los sacrificios y he evitado cuantos me ha sido posible. Además —añadió, sintiendo pasar por sus mejillas un fugitivo rubor—, cuando pasaste hoy frente al palacio de mi padre, yo te contemplaba desde el terrado; tu juventud me interesó y me admiró tu valor. Algunos instantes después de tu entrada, el jefe de la escolta que te condujo entró a hablar a mi padre. Le dijo cómo te habían hecho cautivo y sacrificado a uno de los españoles; añadió que habían hecho el viaje por senderos extraviados, por temor de que la muchedumbre de las grandes ciudades hiciese pedazos a los cautivos, y concluyó invitándole para que fuese a Itzmal a presenciar el sacrificio del segundo español, con cuyo único motivo había atravesado por Maní.

—¿Y bien? —preguntó ansiosamente el extranjero.

—Cuando mi padre se hubo quedado solo, me arrojé a sus brazos, besé su frente y le pedí que se acordase de que era gran señor para salvar la vida al cautivo.

—¡Ah! —exclamó con impaciencia el joven.

—Mi padre y yo conferenciamos un instante; comprendimos que si protegía abiertamente al enemigo de la patria y de los dioses, se exponía a que todos los caciques de la tierra se conjurasen contra su poder, y acordamos valernos de la astucia para llevar al cabo nuestro, propósito.

—Generosa hija de los mayas —prorrumpió Benavides—; permita el Dios de los cristianos que algún día le conozcas y veneres, porque tu alma es digna de cantar con los ángeles sus alabanzas. ¿Qué puedo hacer yo para ayudarte en tan humana empresa?

—Seguirme a donde te conduzca —repuso Zuhuy Kak—. La fuga es el único medio que puede salvarte de la cólera de los Cocomes, sin comprometer a tus bienhechores.

—El extranjero que pisa por primera vez este suelo, debe esconderse muy mal de la astucia del maya, que conoce piedra por piedra y árbol por árbol los más ásperos rincones de sus selvas. Pero tú, que has nacido en esta provincia, debes conocerlas como él y podrás guiar acertadamente mis pasos.

—Los dioses alumbrarán mi espíritu para salvarte.

—Vamos, pues. Me entrego a ti, como el ciego a su lazarillo.

Y Benavides se puso en pie, tomando con la mano una extremidad de su capa para levantarla. Pero Zuhuy Kak no se movió.

—La luna está en su décimo día —le dijo—; y aun no ha llegado a la mitad del cielo. Todavía deben vagar por la ciudad algunos macehuales, y el extranjero debe cuidar que nadie sienta sus pisadas, ni divise su perfil a le claridad de la luna. Siéntate otra vez, español, que yo sabré alejarte con tiempo de esta cárcel para que mañana no te encuentren tus verdugos. Benavides obedeció como un niño. Dejó caer la extremidad de la capa que tenía levantada, y volvió a sentarse, satisfecho y descuidado, junto a la joven aborigen.

—En tu compañía, hermosa itzalana —dijo con efusión el español—, las horas me parecen momentos...

CAPÍTULO VIII

Gonzalo Guerrero

> Respondió el Guerrero: «Hermano Aguilar, yo soy casado y tengo tres hijos. Tienenme por cacique y capitán cuando hay guerras, la cara tengo labrada y horadadas las orejas: ¿Qué dirían de mí esos españoles si me ven ir de este modo?».
>
> *Cogolludo*

Entonces Zuhuy Kak anudó la conversación con estas palabras.

—Para entretener agradablemente el tiempo, te contaré los amores de mi madre con el caballero cristiano, que has manifestado deseos de conocer.

—En tu compañía, hermosa itzalana —dijo con efusión el español—; las horas me parecen minutos, porque tu vista me encanta y me seduce tu voz. Cuenta esa historia que dices, que si la madre que te dio el ser poseía las gracias de su hija, no extrañaré que un caballero cristiano hubiese renunciado a su patria en cambio de su amor.

Las mejillas de la joven indígena adquirieron ese rojo purpúreo, que el rubor hace subir al semblante de las mujeres de su raza. Recogiose un instante, como para evocar sus recuerdos, y comenzó así:

—Mi madre recibió en su cuna el nombre de Kayab, que así se llama en nuestra lengua el mes en que vienen las lluvias a refrescar la tierra ardiente de nuestro clima. Los autores de sus días habían deseado su nacimiento con tanta ansia, como el labrador las lluvias del cielo; y al nacer exclamaron ambos que los dioses habían escuchado sus votos y les habían mandado su Kayab. Con tal motivo, bajo aquel nombre la presentaron en el templo de Kunab—Kú, el mayor de los dioses.

Su padre se llamaba Ahau—Kupul, era el cacique de Zací y pertenecía a la estirpe real que gobierna en todos los pueblos de la provincia de Conil. Así es que mi madre, desde la primavera de su vida se vio asediada de multitud de pretendientes, hijos todos de nuestra primera nobleza, que solicitaban sucesivamente su mano. Kayab los miraba a todos con indiferencia, su corazón no se inclinaba a ninguno, y su padre despedía con sentimiento a todos los pretendientes.

Entretanto, Kayab crecía en hermosura y llenaba de admiración a cuantos tenían la dicha de verla. Cuando yo la conocí, a pesar de que los años y las penas empezaban a surcar su piel con las primeras arrugas, todavía era una hermosa matrona que descollaba entre las bellezas de Maní, como la palma descuella entre los arbustos de los arenales de nuestras costas. Por aquel tiempo empezó a correr por todo el país de los mayas una noticia asombrosa, que helaba la sangre en las venas. Ni la memoria de Ocná Kuchil, en que los cuervos entraban en las casas a comer los cadáveres. Excitaba tanto terror en los ánimos, como aquel acontecimiento tan extraordinario.

Decíase que acababan de aparecer en el país, como llovidos del cielo, diez de esos extranjeros terribles que empezaban a difundir el pavor en los lugares poco remotos del nuestro. Contábanse mil consejas extrañas sobre aquellos y se les atribuían cualidades sobrenaturales. Ignorábase el país de que venían; pero se aseguraba que caminaban sobre el mar en unos grandes edificios de madera, que hendían las embravecidas olas con la facilidad de un pájaro que hiende los aires para volar. Añadíase que traían unas bocas de fuego que despedían truenos y relámpagos, como las noches tempestuosas de Zeec, y que arrojaban la muerte a grandes distancias. Decíase, además, que su piel era tan blanca como el algodón, que sus rostros estaban tan poblados de barbas, como de raíces la cepa de un árbol, y que cabalgaban sobre monstruos de extraordinaria grandeza, cuyo grito era más terrible que el rugido de la tempestad, y que ahuyentaba los escuadrones de los defensores de la patria. Agregábase a todo esto, pero en voz baja para que no lo oyesen los sacerdotes, que eran más poderosos que los dioses mismos, porque los arrojaban impunemente de sus altares y demolían sus templos; y todos vacilaban en llamarles hijos del cielo o hijos del averno. Recordábase que algunos sacerdotes antiguos, de vida austera y recogida, habían profetizado su venida, y se hacían ofrendas y sacrificios a los dioses para implorar su protección.

Los extranjeros se habían aparecido después de una tormenta por la costa oriental, cerca de la gran ciudad de Tulúm. El señor de aquella provincia reunió un ejército numeroso y cayó una mañana sobre los diez extranjeros. A pesar de la fama de invencibles que disfrutaban, no pudieron defenderse del valor de los macehuales, y cayeron todos prisioneros. Se dijo que los encontraron débiles y extenuados, y que no traían las horribles bocas de fuego que arrojaban el rayo, porque su gran canoa había naufragado en la tormenta.

Sucedía esto por el mes de Kan Kin, hace treinta y ocho años (por abril de 1511).

Una mañana despertó mi madre al sonido de los tunkules de una embajada que entraba en Zací. Era enviada por el cacique de Tulúm, que como vecino mandaba invitar a su padre y a los nobles principales de su corte para que asistiesen a una ceremonia importante. Los extranjeros debían ser inmolados en los altares para implorar contra ellos la protección de los dioses. El sacrificio debía tener lugar la tarde del día siguiente en ocho de los extranjeros, porque dos se hallaban tan heridos y extenuados, que los dioses no hubieran estimado la muerte de dos hombres tan escasos de sangre y de vida.

No te horrorices, ¡oh español!, de este lenguaje, que era el de los sacerdotes de Tulúm. Toda la corte de Ahau—Kupul, lo encontró muy natural, y solo el corazón de mi madre lo repugnó. Pero era tan grande la curiosidad que excitaban los hombres de semblante barbado, que a trueque de saciar en ellos su vista, Kayab consintió en ver el espectáculo de la sangre. Aquella misma mañana, acompañada de su padre y de algunos nobles y sacerdotes, emprendió su marcha para Tulúm.

Pero era ya cerrada la noche del día siguiente cuando llegaron a la ciudad, y el sacrificio había tenido lugar a la hora prefijada por sus verdugos. Los sacerdotes maldijeron la lentitud de la marcha y la prisa que se habían dado los sacrificadores; pero la tierna Kayab se alegró. Exigieron que a lo menos se les llevase a la presencia de los dos españoles que quedaban vivos, para tener siquiera el placer de llamar sobre sus cabezas la cólera de los dioses.

El Batab accedió a su demanda, mandó encender teas de juncos, y llevó a los implacables sacerdotes junto a una jaula de madera, puesta a la intemperie, que servía de prisión a uno de los extranjeros. Kayab, que había seguido a los curiosos, vio al pobre español echado sobre una manta sucia y despedazada, que estaba tendida en el suelo. Contempló por un instante su barba negra y crecida, su rostro macilento y sus ropas ensangrentadas, y sintió que las lágrimas brotaban de sus ojos, mientras los sacerdotes murmuraban imprecaciones y maldecían al extranjero en nombre de los dioses.

A cuarenta pasos de aquel lugar se hallaba otra jaula de la misma especie, que encerraba entre sus barras al segundo español. Este fue visitado a su vez por los curiosos, y si al contemplar al primero había derramado lágrimas Kayab, a la presencia del segundo sintió que una emoción desconocida invadía su corazón. A la claridad de las teas, cuya llama vacilaba con la brisa nocturna, pudo analizar una por una sus facciones, alentada por un sentimiento algo más vivo que la curiosidad.

El extranjero demostraba en su semblante que aun se hallaba en el verdor de sus años. Su barba no era tan espesa como la del otro cautivo, su rostro, descolorido por el sufrimiento, enseñaba la frescura adolescente de su cutis, y un ademán de imponente fiereza parecía derramado en su abatida actitud. Cuando los curiosos cercaron la jaula, se incorporó sobre un codo en su duro lecho y paseó una mirada desdeñosa sobre todos los semblantes. Pero cuando sus ojos se encontraron con los de Kayab, se fijaron por un instante en sus amoratadas órbitas, y poco a poco fueron cambiando de expresión, hasta que degeneraron en esa tierna mirada con que dos tórtolos amantes se acarician en las ramas de un bosque solitario. Mi madre lo advirtió todo con placer, y en vez de llorar, como al ver al otro español, sintió subir a sus mejillas la dulce vergüenza del amor.

Aquella misma noche, mientras los sacerdotes y los nobles discutían acaloradamente sobre el género de sacrificio que debían sufrir los dos extranjeros cuando se restableciesen de sus heridas, Kayab tuvo oportunidad de hablar a solas con el cacique de Tulúm, en el propio salón del palacio en que tenía lugar aquella discusión.

—Galante Batab —le dijo con la graciosa sonrisa que poseía mi madre—; en nombre de los dioses te suplico que me concedas la oferta, con que voy a tentar tu generosidad y tu poder.

—Graciosa flor de los Kupules —respondió alegremente el cacique—, ¿qué puedes exigir de mí que no consiga tu hermosura? Antes de oír tu demanda te juro acceder a ella por el nombre Itzamatul.

El señor de Tulúm no era viejo todavía, y aunque nunca había expresado su deseo de obtener la mano de la hermosa Kayab, era fama, que se hallaba locamente prendado de sus gracias, y que si no se había presentado como pretendiente, era porque temía recibir un desaire como los demás. Kayab, que lo sabía, comprendió la ventaja de su posición y la supo aprovechar.

—Batab —le dijo—; sabes que en Zací tenemos un anciano h'men (médico o hechicero) a quien Citbolontún (el dios de la medicina) ha revelado todos los secretos de su ciencia. Tú no tienes en Tulúm un hombre diestro que cure pronto las heridas de los extranjeros cautivos, para ofrecerlos en holocausto a la venganza de los dioses. Permíteme llevar a Zací al más joven, que cuando se restablezca te lo devolveré.

El rostro del señor de Tulúm se cubrió de palidez.

—Kayab —le dijo, dejando traslucir su disgusto en lo balbuciente de sus palabras—: los sacerdotes, los nobles y hasta los esclavos, se van a conjurar para asesinarme si accedo a tu demanda.

—Y bien —dijo Kayab con desdeñosa entereza—; si prefieres tu vida a la deshonra que te va a resultar de haber negado una gracia a Kayab y a la venganza de Itzamatul por el perjurio que acabas de cometer, quédate enhorabuena con tu cautivo español.

Y lanzando al cacique una mirada de desprecio, le volvió resueltamente la espalda y fue a incorporarse al grupo de los sacerdotes para ocultar su despecho.

Esta retirada produjo en el espíritu del Batab el efecto que hace en el pecho de la víctima la cuchilla del pontífice. Vaciló un instante sobre sus piernas, como si la bebida del balché hubiese entorpecido sus miembros, y llamó a Kayab con una mirada.

Mi madre, que le observaba de reojo, acudió al llamamiento con la lentitud que creyó necesaria para disimular la vehemencia de su deseo.

—Kayab —le dijo el cacique—; temo mucho la cólera de los dioses, pero me arredra más el desdén de tus ojos. Llévate al español cuando quieras, pero cuida de que sea en las tinieblas de la noche para que no te lo arrebate mi pueblo.

—Te prometo —exclamó Kayab, disimulando mal su regocijo—; que cuando el dios de la luz salga mañana a calentar las copas de los árboles, el español y yo estaremos ya a media jornada de Tulúm.

—Y en cambio —repuso el cacique, devorando a la hermosa con su mirada—; ¿podré esperar una sonrisa de tus labios cada vez que tenga la dicha de fijar los ojos en tu hermoso semblante?

—El reconocimiento y la gratitud —respondió Kayab—, sacan una santa sonrisa a los labios del que recibe el beneficio, y aun en la agonía de mi hora postrera, la verás siempre en mis labios.

Kayab cumplió escrupulosamente su palabra. A presencia de Ahau—Kupúl y de los nobles de su corte, sacó en la madrugada al español de su encierro, y contenta de la buena acción que acababa de llevar al cabo, emprendieron todos juntos la vuelta a Zací.

Apenas se encontró Kayab en el palacio de su padre, colocó al extranjero en la mejor pieza que pudo hallar y mandó llamar al hechicero. Este vino, reconoció al doliente, invocó la sabiduría de sus dioses, murmurando salmos ininteligibles, y aseguró que en el mes siguiente de Xul estaría ya dispuesto para caminar al altar del sacrificio. Kayab le ofreció veinte mantas de algodón ricamente bordadas, si cumplía su pronóstico. El h'men le dio las gracias con hipócrita humildad, y desde aquel día se instaló en una choza de guano contigua a la pieza en que se hallaba el español.

Pero no fue ciertamente el viejo hechicero el que cuidó con más asiduidad de la curación. Kayab se pasaba horas enteras sentada en un banco de madera a la cabecera de la hamaca de cordeles en que el extranjero sufría, sin quejarse, sus dolores.

—Español —dijo Zuhuy Kak interrumpiendo por un instante su narración, mientras el color de la vergüenza inundaba su semblante—: tú eres joven, tienes buen corazón y debes comprender que siendo hermosa mi madre y agradecido el cristiano, aquellas horas que pasaban el uno junto al otro, les parecían dulces como la miel, y alegres como el canto del ruiseñor. Los ojos del extranjero, debilitados por el sufrimiento, adquirían un brillo extraordinario cuando se fijaban en los de la donosa itzalana. El dios del amor sopló su divino aliento sobre sus cabezas y encendió en sus corazones una pasión.

Al principio no se hablaban palabra, porque el idioma del cristiano era tan desconocido y misterioso, como la lengua en que los dioses comunicaban su voluntad a los sacerdotes. Pero el amor es un maestro consumado, y el español no tardó en empezar a balbucir algunas palabras del idioma del hombre rojo.

Entonces Kayab oyó pronunciar su nombre por la vez primera.

Se llamaba Gonzalo Guerrero: había visto la luz primera en un puerto de tu patria, que si la memoria no me engaña, se llama Palos, y su oficio era el de conducir sobre las aguas del gran Kaanab esos soberbios templos de madera, en que los dioses empujaron a los hijos del cielo a nuestras costas para probar nuestra fe y nuestro valor. Él también había salido de su patria para la gran matanza del hombre rojo; pero en una querella que tuvieron los cristianos entre sí sobre el poder que querían ejercer en el suelo extranjero conquistado, uno de los capitanes a quien siguió Guerrero fue metido en una gran canoa vieja, desprovista de lo más necesario, y arrojado al mar a la ventura. Después de muchos días de innumerables padecimientos naufragaron una noche de tormenta entre el santuario de Cozumel y la ciudad de Tulúm, y de diez y ocho que eran, solo diez sobrevivieron a la destrucción de su canoa, alcanzando un punto de la costa de los macehuales.

Pocos días después, una muchedumbre de guerreros los hizo cautivos, sacrificaron a ocho, como te he dicho, y el español que juntamente con Guerrero se había salvado del fanatismo de los sacerdotes, se llamaba Jerónimo de Aguilar.

Tal fue la explicación que el extranjero hizo a Kayab tan luego como pudo darse a entender en el idioma de los mayas. Pero no fue este el único ensayo que hizo su lengua en el curso de su enfermedad. Rebosaba demasiado el amor en sus ojos para que no lo expresasen sus labios, y la bella itzalana, que había rehusado la mano de los nobles y de los caciques de su país, dio su palabra al extranjero de arrostrar la cólera de los dioses, la maldición de su padre y el furor de los sacerdotes, antes que olvidar la pasión que devoraba su pecho.

Muy pronto se ofreció a Kayab la ocasión de poner a prueba el cumplimiento de su promesa. Las heridas del español se habían cerrado completamente, y noticioso del hecho el cacique de Tulúm, mandó reclamar a su prisionero. Kayab se puso en camino para Tulúm, previo el consentimiento de su padre; deslumbró media hora al Batab con el fuego de sus miradas, pidió la vida del cautivo para que más tarde fuese inmolado en los templos de Zací; y el cacique no supo negarse a una demanda pedida con tanta gracia. Kayab volvió al lado del cautivo y le comunicó tan fausta noticia, derramando lágrimas de placer.

Pero estaba dispuesto por la fatalidad que no había de ser aquel, ni el último, ni el más cruel de sus padecimientos.

Los sacerdotes aguardaban el momento en que se les entregase la víctima para inmolarla en el gran cerro de los sacrificios, los nobles que le veían habitar el mismo palacio de Ahau—Kupul y los caciques que habían solicitado la mano de la hermosa Kayab, se conjuraron entre sí para perder al extranjero y repartieron mantas de algodón entre el pueblo para promover un motín en que se pidiese su muerte.

Una mañana amaneció alborotada la corte de Ahau—Kupul. Una inmensa muchedumbre armada de arcos, flechas y lanzas, recorría las calles, pidiendo a gritos que el español fuese inmolado en desagravio del culto. Los nobles, vestidos de gala, se hallaban prontos a contemplar el espectáculo en los terrados de sus casas, y los sacerdotes, ataviados con sus blancas túnicas, aparecían en el gran cerro de los sacrificios enseñando la cuchilla de pedernal y la serpiente de madera. Entretanto, en las afueras de la población había un ejército extranjero, pronto a invadir la población, en el inesperado caso de que el motín fuese sofocado.

Kayab, anegada en lágrimas y trémula de espanto, entró en el aposento en que el español esperaba su última hora, le tomó de la mano sin hablar, le arrastró en pos de sí y le condujo a presencia de Ahau—Kupul.

—Padre mío —dijo la joven, arrojándose a los pies del cacique—; tu pueblo se ha sublevado para arrancar de tu palacio al extranjero cautivo. Mi corazón ama a ese extranjero, como te amó mi madre, y si permites que se le lleve al altar del sacrificio, iré a encerrarme para siempre con las sacerdotisas que cuidan del fuego sagrado, si antes no acaba con mi desdichada existencia la vehemencia de mi dolor.

Ahau—Kupul retrocedió de espanto, arrastrando en pos de sí a su hija que tenía abrazadas sus rodillas. Un grito terrible como la voz del huracán, se escapó de su pecho y exclamó:

—Kayab: ¿cómo te atreves a amar al enemigo de los dioses? Sin duda Xibilbá (el demonio) tiene poseído tu cuerpo, y será necesario que te exorcice un sacerdote.

Las lágrimas empañaban la vista de Kayab, pero no ofuscaban los ojos de su espíritu. En aquel instante formuló un plan en su imaginación y lo puso en planta sin reflexionar.

—El español no es enemigo de los dioses —repuso con entereza—. Él ama a Kunab—Kú —el gran padre—, del mismo modo que nosotros, y mis exhortaciones le enseñarán pronto a conocer y amar a todas las divinidades de los macehuales.

—Si su boca ratifica lo que ha insinuado la tuya —respondió el cacique—, te prometo defenderlo con todo mi poder.

Después de muchos días de innumerables padecimientos naufragaron una noche de tormenta entre el santuario de Cozumel y la ciudad de Tulúm...

Kayab vaciló un instante. Conocía demasiado la fortaleza del extranjero para esperar que apostatase de la religión de sus mayores.

Pero como el cuerpo de la víctima no se detiene en la pendiente a que le han arrojado los sacerdotes, sino hasta llegar al pie del cerro del sacrificio, Kayab no quiso detenerse en medio de la pendiente en que le había colocado la necesidad. Se volvió, pues, al extranjero, le enseñó con un ademán sus facciones trastornadas por el dolor y las lágrimas que inundaban su semblante, y poniendo la mano en su corazón que sentía despedazado, le preguntó como pudo, en el idioma de Castilla, que el amor le estaba enseñando:

—¿Has entendido lo que he hablado con mi padre?

—Sí —respondió el extranjero—.

—¿Y me amas?

—Más que a la memoria de mi madre.

—Pues si me amas así, haz enmudecer por un instante tu corazón y tu conciencia, y repite a mi padre, con los labios solamente, lo que acabo de decirle.

—Olvida a este ingrato y deja que le sacrifiquen en aras de tus dioses, porque un soldado cristiano no sabe negar con los labios la fe que tiene en su corazón.

—Me conformo con tu decisión —repuso con entereza Kayab—. Solo te pido que en recompensa del amor que te profeso, me permitas subir antes que tú al altar del sacrificio. La itzalana que ha amado a un enemigo de su fe, debe rociar con la sangre de su corazón la faz de los dioses para aplacar su venganza.

El extranjero conocía demasiado a mi madre para dudar un instante de que llevaría al cabo su resolución.

—Kayab —le dijo—; pongo por testigo al Dios de los cristianos de que solo por conservar tu vida voy a pronunciar esa promesa que jamás me obligará a renegar de mi Dios.

Y adelantándose sin ostentación ni humildad a la presencia de Ahau—Kupul, le dijo con voz solemne:

—Por el Grande Espíritu, creador de todas las cosas, a quien dais el nombre de Kunab—Kú, prometo escuchar las exhortaciones de Kayab. Ahau—Kupul estrechó la mano del extranjero, y para prepararse a la lucha mandó doblar la guardia de su palacio.

La muchedumbre, al apercibirse de esta precaución, lanzó un aullido de rabia y pidió a Kinich—Kakmó que arrojase sus rayos de fuego sobre la cabeza del sacrílego Ahau—Kupul.

Los sacerdotes bajaron del gran cerro de los sacrificios y pidieron ser admitidos a la presencia del cacique. Se les franquearon las puertas del palacio y entraron en la estancia en que Ahau—Kupul discutía con su hija y con el extranjero mismo, los medios de sofocar el motín.

—Poderoso Batab —le dijo el sumo sacerdote con los brazos cruzados sobre el pecho y la vista clavada en el suelo—: Kinchachauhabán está irritado contra ti, porque proteges al enemigo de los dioses. Él ha alentado a tu pueblo para que se subleve contra tu poder; él ha conducido un ejército extranjero a las puertas de tu ciudad, y Kakupacat les concederá pronto la victoria para castigar tu temeridad.

—El extranjero no es enemigo de los dioses, —dijo Ahau—Kupul—, y pronto le verás quemar el copal en nuestros altares.

—Su piel es blanca y su rostro barbado —repuso el implacable pontífice—; y los dioses solo quieren ser adorados del hombre rojo.

—¿Y qué puedo hacer? —preguntó Ahau—Kupul con voz ahogada por la cólera—; ¿qué puedo hacer para aplacar a los dioses y satisfacer a mi pueblo?

—Entregar al español en nuestras manos para que sea inmolado en la piedra de los sacrificios.

—Y tú, extranjero —preguntó el cacique, volviéndose al español—; ¿qué crees que deba hacer para vencer a mis enemigos?

—Atar de pies y manos a esos rebeldes sacerdotes —respondió el cristiano con entereza—; colocarlos luego en el terrado de tu palacio y enseñarlos desde allí a la plebe enfurecida. De este modo verá todo tu pueblo que no dejas hollar impunemente tu dignidad, y no tardarán en venir a pedirte perdón de su rebeldía.

Los sacerdotes lanzaron un grito de horror, sacudieron sus incultas melenas y con salmos incomprensibles invocaron la venganza de los dioses.

—¡Ahau—Kupul! —gritó el pontífice—; ¿permites que de esa manera se blasfeme en tu presencia?

Ahau—Kupul, por toda respuesta, se llevó un caracol a la extremidad de los labios, y al ronco sonido que produjo, se presentó en la estancia un capitán de sus guardias.

—Ata de pies y manos a estos sacerdotes, y condúcelos al terrado de mi palacio, para que mi pueblo vea los efectos de mi cólera.

A una voz del capitán entraron doce guerreros en la estancia y cumplieron con las órdenes de su señor.

Enseguida, y siempre bajo la dirección del extranjero, Ahau—Kupul mandó llamar a su palacio a los nobles principales, y cuando se hallaron en su presencia les mostró a los sacerdotes a quienes el pueblo, viéndolos maniatados, compadecía y apostrofaba simultáneamente, y les dijo con la cólera pintada en el semblante:

—Encabezad a mis guerreros y sofocad la sublevación que vosotros mismos habéis provocado. No volváis a mi presencia, sino con la noticia de la victoria, porque al que se deje derrotar le juzgaré como a enemigo. Obedeced en todo las órdenes de este extranjero, a quien nombro desde hoy capitán de todas mis tropas, porque me consta su experiencia en el arte de la guerra.

Y empujando suavemente al español, le puso al frente de los nobles, y salieron todos juntos de la estancia.

Algunos momentos después, a despecho del pronóstico de los sacerdotes, Kakupacat concedió la victoria a las tropas de Ahau—Kupul. La muchedumbre desahogó su cólera en gritos de furor y se apresuró a ocultarse en los bosques. El ejército extranjero corrió la misma suerte, y el español entró victorioso en Zací; conduciendo ricos despojos.

Dos meses después de esta victoria, Kayab daba su mano de esposa al venturoso español. Al día siguiente el h'men dibujaba en sus brazos, pechos y piernas, con una lanceta de pedernal, las insignias de su dignidad y nobleza. Como hijo del cacique y general de sus tropas, enseñó desde entonces en su cuerpo, el águila como reina de las aves y la serpiente como el más terrible de los reptiles. Sus vestidos se cayeron a pedazos y tuvo que adoptar el traje de algodón de los macehuales. Tiñó, además, su piel con los colores de los kupules para que se le reconociese a donde quiera que viajase; en una palabra, adoptó todos los usos y costumbres de su nueva patria, con excepción del culto de sus kúes, porque llevó siempre grabada en el corazón la memoria de su Dios.

Kayab fue completamente feliz con el español. Los dioses bendijeron su unión, concediéndoles tres hijos hermosos, que viven todavía en Zací en compañía de su abuelo. Solamente experimentaron una inquietud durante su vida.

Siete años después de su matrimonio, Kayab vio entrar una mañana en la casa de su esposo, un hombre, que aunque vestía como los macehuales, demostraba que era español en la blancura de su piel y en las barbas que adornaban su semblante.

Su esposo fijó los ojos en él, le consideró un instante con curiosidad y alegría y corrió luego a abrazarle.

—¡Válgame Dios! —le dijo, mientras le estrechaba en sus brazos—. ¿Con que vivís todavía, Jerónimo de Aguilar?

—Sí, vivo, por la merced de Dios —respondió el extranjero—, aunque no han sido pocos los peligros en que me he visto de perder la existencia.

—Confiadme todo eso, por vuestra vida, amigo Aguilar, que luego os contaré yo también cómo no todo ha sido tortas y pan pintado para mí.

—Dejemos para luego esa conversación, pues ahora os traigo una nueva, que por grandes que hayan sido vuestros sufrimientos, no tardaréis en olvidarlos al instante.

—¡Pero cómo! —repuso el esposo de Kayab—. ¿Tan agradable es?

—Oíd y juzgad —respondió Jerónimo de Aguilar—. Unos indios que volvieron hace ocho días de Cuzamail, de una romería que emprendieron, me han dicho que hay en las costas de la isla once buques españoles, cargados de gente de armas.

Kayab vio brillar un relámpago de alegría en el semblante de su esposo.

—¡Once buques de españoles! —exclamó con regocijada voz—. ¿Quién pudiera recrear a lo menos su vista con esos recuerdos de nuestra patria?

—Algo más que eso podemos hacer —repuso Aguilar—. ¿Se os acuerda leer, hermano?

—Poco debo recordar —respondió Gonzalo—, pero holgaría mucho en hacer la prueba.

—Pues tomad y leed este papel, que los indios de que acabo de hablaros me han traído de Cuzamail en nombre del jefe de la armada.

Y descubriendo su cabeza, Jerónimo de Aguilar, arrancó del fondo del sombrero de guano que traía, un papel plegado en varios dobleces que presentó a Gonzalo.

Entre los recuerdos que Kayab conservó siempre en memoria de su esposo, se encuentra ese papel que Aguilar regaló a su compañero, y que después de la muerte de mi madre pasó a mis manos.

—Y ese papel —añadió Zuhuy Kak, interrumpiendo su relación—, lo vas a ver al instante.

Y la bella narradora, desdoblando un paño de algodón ricamente bordado de varios colores que traía en la mano, descubrió un papel de amarillenta antigüedad, que puso entre los dedos de Benavides.

El joven lo desplegó con curiosidad, y a la luz de la rústica lamparilla que alumbraba la prisión, leyó lo siguiente:

«Señores y hermanos: aquí en Cozumel he sabido que estáis en poder de un cacique, detenidos. Yo os pido por merced que luego os vengáis aquí en Cozumel, que para ello envío un navío con soldados, si lo hubiéredes menester, y rescate para dar a esos indios con quien estáis; y lleva el navío ocho días de plazo para os aguardar. Veníos con toda brevedad: de mí seréis bien mirados y aprovechados. Yo quedo aquí en esta isla con quinientos soldados y once navíos. En ellos voy mediante Dios, la vía de un pueblo que se dice Tabasco o Potonchán... De Cozumel a 20 de febrero de 1519 años. Hernán Cortés».

—¡Ah! —exclamó Benavides, concluida la lectura de la carta—. ¿Conque era el gran Hernán Cortés el que llamaba a los españoles? Has de saber, donosa Zuhuy Kak, que el nombre de ese guerrero cristiano, desconocido entonces, vuela hoy por todo el universo en lenguas de la fama.

Y devolvió a la joven macehual aquel precioso documento que por un instante tuvo tentaciones de echar en su faltriquera.

—Cuando el esposo de Kayab hubo leído ese papel —continuó Zuhuy Kak, anudando el hilo de su narración—, mi madre vio brotar en sus ojos dos lágrimas que corrieron un instante por sus mejillas.

—Y ese navío de que habla la carta —dijo con voz conmovida a Aguilar—, ¿nos está esperando efectivamente?

—A pocas brazas de las playas de Tulúm —respondió Aguilar—, según me han informado los mensajeros de tan fausta noticia.

—¿Y vos qué tratáis de hacer, hermano?

—He pagado mi rescate a mi amo Tahmay con los dijes que me envió el bondadoso Cortés, y si no me he embarcado todavía, es porque me acordé de vos, y queriendo haceros partícipe de mi dicha, os vengo a buscar.

—¿Tanto habéis padecido en esta tierra que la deseáis abandonar tan presto?

—Mi primer amo me quiso sacrificar a sus dioses, y me recargó de trabajo, pero Tahmay, mi segundo señor, me quiere como a un hermano; tengo asiento en su consejo, y me ha brindado las mujeres más hermosas de su corte.

—¿Y las habéis rehusado?

—Soy diácono; y la misericordia del Señor me ha dado fuerzas para no quebrantar mis votos.

—Pero si lo pasáis muy bien, como decís, ¿por qué os apresuráis; tanto en dejar esta tierra?

—Me asombráis, con vuestras preguntas, hermano Gonzalo; ¿acaso vos no tratáis de partir conmigo?

Este diálogo pasaba en español; Jerónimo de Aguilar se figuraba que mi madre no lo comprendía y hablaba con toda libertad. Pero Guerrero, que sabía todo lo contrario, lanzaba de cuando en cuando miradas rápidas sobre su esposa, y en la actitud con que escuchaba, comprendió que no perdía una sola palabra de la conversación.

A la última pregunta de Aguilar, mi madre, que no quería mezclarse en el diálogo, para no impedir que este pudiese desenvolver todo su pensamiento, ocultó entre sus manos su hermoso semblante, a fin de que no se viesen las lágrimas que la emoción arrancaba de sus ojos.

—Hermano Aguilar —dijo el sensible español que comprendía lo que pasaba en el corazón de su esposa—; mucho siento que os hubieseis incomodado por mí, porque os protesto a fe de cristiano que no me es posible acompañaros.

—¿Estáis loco, hermano? —exclamó Aguilar—. ¿Se os proporciona ocasión de abandonar esta tierra de gentiles y despreciáis un favor tan manifiesto del cielo?

—Os repito que a fe de cristiano me pesa mucho no poder acompañaros. Tengo una esposa a quien varias veces he debido la vida. Tengo tres hijos, a quienes amo como a las niñas de mis ojos. Mirad.

Y Gonzalo se acercó a su esposa, le echó los brazos al cuello y besó sus mejillas.

—Mirad, hermano Aguilar —dijo el español—, si me será posible abandonar a una mujer tan linda y tan amante de su marido…

Y abandonando a Kayab que se ruborizaba bajo sus lágrimas, alzó entre sus brazos al más pequeño de sus hijos, que andaba de cuatro pies en la estancia, y presentándolo a Aguilar, le dijo con acento conmovido:

—Ved este pequeñuelo, cuya lengua no se ha desatado todavía. Mirad su sonrisa, sus ojos, su boca, sus manecitas; y decidme si el corazón de un padre se atrevería a abandonar tanta belleza.

Y acercando a su boca al hermoso niño que se sonreía con la ignorancia de su edad, estampó cien veces sus labios en la tierna piel de su cuerpo.

El semblante del amoroso padre estaba arrasado en lágrimas, Kayab apretaba sus labios para no prorrumpir en gemidos, y el mismo Aguilar sintió que sus ojos empezaban a humedecerse.

Pero todavía no desesperó de lograr el intento que traía. Metió una mano entre sus vestidos y sacó algunas cuentas de vidrio, que hizo brillar a los rayos del sol que entraba en el aposento.

—Mirad, Gonzalo —le dijo—, este es el rescate que os traía para pagar a vuestro amo.

—Yo no tengo amo —repuso orgullosamente Guerrero—. Soy casado con la hermosa Kayab, hija del cacique de Zací, y los colores de los kupules resaltan en mi piel. Cuando a mi padre le promueven guerras sus vecinos, me da el mando de sus tropas y me cede una parte de los despojos de la victoria. Disfruto de los honores debidos a los miembros de su familia y las insignias grabadas en mi piel me dan en todas partes la autoridad correspondiente.

Y descubriendo sucesivamente sus piernas, sus brazos y su pecho a los ojos del atónito Aguilar, le enseñó la serpiente y el águila que la cuchilla del h'men había dibujado en su cuerpo.

—Mirad —añadió—, si en este estado podré presentarme a los españoles sin que se burlen de mí.

—Os suplico —dijo Aguilar—, que no sea ese el motivo que os retraiga de acompañarme. Los castellanos comprenderán que os marcasteis y pintasteis el cuerpo, urgido por la necesidad y os recibirán con los brazos abiertos. Vamos, pues, hermano Guerrero. ¿Por esa india con quien estáis casado, osaríais quedaros aquí para perder vuestra alma?

El acento desdeñoso y despreciativo con que habían sido pronunciadas estas últimas palabras, hirió en lo más vivo el corazón de Kayab y no pudo contener por más tiempo su impaciencia. Se levantó violentamente del asiento que ocupaba, irguió con arrogancia su hermosa cabeza, y adelantándose a Jerónimo de Aguilar, con mal disimulado encono, le dijo:

—¡Esclavo de Tahmay! Vuélvete al instante al lado de tu amo, si no quieres que avise a mi padre de que vienes a corromper la fidelidad de mi esposo, para que haga castigar tu osadía.

Aguilar retrocedió lleno de asombro a este ataque repentino; pero queriendo desarmar a mi madre y tentar a la vez el último esfuerzo:

—Hermosa Kayab —la dijo con dulzura—; yo no he venido precisamente a corromper la fidelidad de tu esposo. Carga a tus preciosos niños y sigue con ellos a Gonzalo. La tierra de España es hospitalaria y mucho se holgará de contar entre sus hijos al modelo de las esposas y de las madres.

—Yo amo a mi padre tanto como a mi marido —respondió Kayab—, y nunca me resolveré a abandonarle en su ancianidad.

—Amigo Aguilar —dijo a esta sazón Gonzalo—; os cansáis de balde en arrancarme de Zací. Regaladme algunas de esas cuentas que traéis en la mano para que se adornen mi mujer y mis hijos, y os daré el abrazo de despedida.

Aguilar comprendió que no podía hacerse más. Regaló a Gonzalo todas las cuentas que traía y al estrecharse en el último abrazo, confundieron ambos españoles sus lágrimas y sus sollozos.

El extranjero se quedó al lado de su esposa y de sus hijos; pero desde aquel día empezó a marchitarse como las hojas de los árboles en el ardiente estío de nuestro país. El recuerdo de la patria, principalmente cuando se tiene esperanza de volverla a ver, es muy triste y doloroso en una tierra extranjera, por grandes que sean los goces que nos proporcione.

El español quería ocultar su dolor; pero las lágrimas que derramaba a solas le vendían; intentó ocultar el cáncer que devoraba su corazón; pero la palidez de su piel y la extenuación de su semblante hicieron comprender a todo el mundo su enfermedad.

Kayab mandó llamar al hechicero y le ofreció todo lo que poseía para que salvase a su esposo; pero los salmos y las hierbas del h'men nada pudieron contra la profunda dolencia del español. Dos años después de la partida de Aguilar, bajaba al sepulcro, invocando el nombre de su Dios y de su patria.

Kayab quedó viuda; y nunca se hubiera vuelto a casar, si el recuerdo del español, grabado en cada uno de los lugares de Zací, no le hubiese obligado a abandonar la corte de su padre. Se vino a Maní, donde vivía una parienta suya, y Tutul Xiú se prendó de su hermosura. Supo captarse su voluntad hablando siempre bien de los españoles, y Kayab contrajo con poca repugnancia un segundo matrimonio. Yo fui el único fruto de su unión, pero el grande amor que me profesaba mi madre no fue bastante para hacer curar el dolor que la consumía lentamente.

Hace seis años, ¡oh extranjero!, que fue a encontrar en la mansión de los dioses el premio de sus virtudes, y yo no he cesado todavía de derramar lágrimas a su memoria.

…¿Por esa india con quien estáis casado, osaríais quedaros aquí, para perder vuestra alma?

CAPÍTULO IX

La cruz y la espada

> ¿Mas qué halló difícil y encubierta
> la sedienta codicia?
>
> *Rioja*

Zuhuy Kak no mentía, porque al concluir su narración tuvo necesidad de enjugarse sus ojos con la extremidad de su toca de algodón.

—Tu historia es tan hermosa como tu semblante —dijo el español—, y veo que he sido tan afortunado al encontrarte en mi camino, como lo fue Guerrero al caer en las manos protectoras de la hermosa Kayab.

—Y yo espero en los dioses —repuso la joven indígena—, que me darán el valor y la prudencia de mi madre para salvarte del peligro que te amenaza. Pero ya es hora de marchar, extranjero, y preciso es poner aquí un punto a nuestra conversación.

Benavides y Zuhuy Kak se levantaron. El joven recogió su capa y la colocó sobre sus hombros. La itzalana se acercó a despertar a su compañera que se había dormido sentada junto al dintel de la puerta, y con una blanca manta de algodón que tomó de sus manos, envolvió la parte superior de su cuerpo para precaverse del frío que empezaba a apretar demasiado. Enseguida abrió la puerta, que era la misma por donde dos horas antes había entrado con su compañera y la plácida y argentada claridad de la luna inundó al punto el interior del edificio.

—Extranjero —dijo Zuhuy Kak en voz baja para que no la sintiesen los guerreros que velaban en la puerta opuesta de la prisión—; las horas pasadas en sabrosas pláticas vuelan con la celeridad de las aves que presagian la tempestad. La noche ha avanzado más de lo que yo creía; pero me entretengo tanto en recordar las virtudes de mi madre... Apresuremos el paso. La luna ha declinado lo suficiente para hacerme temer que nos sorprendan las tinieblas antes de llegar al término de nuestro camino.

—¿Qué aguardamos, pues? —preguntó Benavides.

—Una advertencia, extranjero —respondió Zuhuy Kak—. Los guerreros que custodiaban esta puerta y que han sido alejados por mí, son de la guardia del palacio de mi padre. Si alguien te viese bajar el cerro por este lado, comprendería quién es, tu salvador y comprometerías la tranquilidad de Tutul Xiú. Ruégote, pues, que te valgas de toda clase de precauciones para producir el menor ruido posible, a fin de no llamar la atención de los guerreros que vigilan en el lado opuesto.

Y al terminar estas palabras, Zuhuy Kak, tomando la delantera, salvó el umbral de la puerta. Benavides la siguió y en pos de este salió la anciana aborigen. En este orden bajaron la escalera del montículo, que por aquel lado era bastante inclinada, y tomaron una callejuela que en breve los condujo fuera de la población.

Ningún ruido, ningún busto humano, ninguna luz siquiera causó la menor inquietud a los fugitivos en su tránsito por la ciudad. Cuando la sombra de la última choza de guano se hubo desvanecido tras el espeso ramaje de la arboleda de los suburbios, entraron en un sendero tortuoso y estrecho, practicado tan imperceptiblemente en el corazón de la selva, que solo un ojo bastante ejercitado hubiera podido distinguirlo aun en la mitad del día.

Era una noche serena y bella, más propia para inspirar dulces placeres a los amantes, que para proteger con sus sombras a una víctima de la barbarie. La luna, asentada como un círculo de plata en el azulado firmamento, mostraba su diadema de luz en medio de una atmósfera limpia de celajes y diáfana como un cristal. Una brisa suave y perfumada, como el balsámico aliento de la mujer que amamos, movía imperceptiblemente las hojas de los árboles y hacía flotar el pintoresco vestido de la joven itzalana. Esos ruidos de la noche y de la soledad de los bosques, que tienen una armonía desconocida y que encierran una poesía tan peculiar como seductora, sellaban los labios del español y de las dos mujeres, que solo de tarde en tarde dejaban oír algún monosílabo para hacer al fugitivo una indicación importante.

Benavides contemplaba con sincera admiración a la joven aborigen que sin parar ni vacilar ni un instante seguía su camino, como si tuviera ante sí una ancha senda conocida de años atrás. Pero lejos de esto, la tierra hojosa y calcárea que sustentaba los árboles del bosque, no presentaba indicio alguno de sendero practicado, como si jamás hubiese sido hollada por la planta del hombre, y parecía que Zuhuy Kak caminaba guiada de alguna señal misteriosa, que existía en las ramas o en el cielo.

Esta admiración crecía por grados a medida que se dilataba la marcha, y empezaba a participar de un interés voluptuoso que hería vivamente la imaginación del español. De cuando en cuando apartaba involuntariamente los ojos de la hermosa cabeza de Zuhuy Kak para contemplar el principio de una pierna graciosa y torneada que las espinas de un arbusto o alguna rama caída descubría indiscretamente. Entonces Benavides se apresuraba a desembarazar el blanco vestido de aquel estorbo, la joven le ayudaba, se ruborizaba sonriendo, y continuaba su marcha, como si nada hubiese acaecido.

Hacía algún tiempo que el español se dirigía interiormente y con inquietud una pregunta singular. La joven aborigen que le guiaba a través de los bosques, no se parecía en nada a la novicia de Sevilla, que había dejado en la madre patria en la ocasión más angustiosa de su vida. ¿Y por qué al mirar a Zuhuy Kak, que caminaba delante de él, la confundía algunas veces en su pensamiento con Beatriz? ¿Qué analogía mediaba entre la hermosura salvaje de la itzalana y la delicada belleza de la doncella española?

Como se ve, la imaginación del caballero andaluz iba completamente ocupada. Aquel viaje en medio de la espesura de una selva desconocida; aquel sendero imperceptible, seguido como por milagro; aquellas dos mujeres cuyo rostro y vestiduras singulares las hacían asemejarse a los entes fantásticos de una leyenda; aquella luna pálida y serena, cuyos rayos se abrían paso trabajosamente entre el follaje, tenían para el extranjero un encanto indefinible que aspiraba con todas sus facultades; y muchas veces se preguntaba si no era presa todavía de aquel sueño, precursor de la muerte, que había creído interrumpido con la presencia de Zuhuy Kak.

Sentíase tan satisfecho y complacido de esta situación extraña, que no pudo menos que experimentar un sentimiento de desagrado, cuando vio detenerse a sus dos conductoras en medio de la selva.

—¿Qué hacéis? —preguntó mirando en derredor.

—Hemos llegado —respondió Zuhuy Kak.

—¿Pero a dónde?

—Mirad —repuso la joven.

Y haciéndole dar un rodeo, le enseñó una choza pequeña de paja, tan escondida en la espesura, que no la había podido divisar a ocho pasos de distancia.

El exterior de la casucha era de apariencia verdaderamente salvaje. Su figura casi redonda, su techumbre triangular de paja ennegrecida por el tiempo, sus paredes bajas formadas de troncos, tierra y zacate y su puerta de mimbres rústicamente entretejidos, la hubieran hecho aparecer como la mansión de una bruja, al que no estuviese acostumbrado a la vista de esta clase de construcciones.

De súbito la puertecilla de mimbres de la casucha se abrió silenciosamente, y apareció en el interior el busto de una figura humana, vestido un ropaje talar, oscuro como la noche.

Benavides retrocedió instintivamente sin apartar sus ojos de la visión.

—Extranjero —dijo a esta sazón la armoniosa voz de Zuhuy Kak—: ya estás en salvo. El lucero del alba no tardará en aparecer, y el día no debe sorprenderme en el camino. Hasta la próxima noche.

Y después de empujar suavemente al español hacia el interior de la choza, Zuhuy Kak y su silenciosa compañera desaparecieron por el estrecho sendero que las había conducido.

Benavides vaciló un instante.

—¿Por qué no entráis? —preguntó en español una voz grave y paternal a la vez, que salía de los labios de la negra aparición—. ¿Desconfiáis, acaso, de un pobre monje franciscano que se encuentra fugitivo como vos?

El joven español se avergonzó de su debilidad y penetró en el interior de la choza. Era que acababa de acordarse del sacerdote cristiano, a quien Zuhuy Kak había salvado la vida, y que, en cambio, le había enseñado el idioma español.

El franciscano estrechó fuertemente a Benavides entre sus brazos, haciendo resonar en sus oídos el dulce nombre de hermano.

El interior de la casucha era tan rudo y salvaje como el exterior. Las paredes y la techumbre, sostenida por una confusa armazón de rústicos maderos, estaban ennegrecidos por el humo; el piso solo se diferenciaba del de la selva en que no tenía piedras ni árboles; dos hamacas de henequén colgaban en el estrecho recinto; y un banco formado de troncos sin pulir, tal como habían salido de los bosques, completaba el modesto y rústico mueblaje de la choza.

Iluminaba la estancia un fogón, colocado en el centro, compuesto de algunos trozos de leña, que levantaban su vacilante llama, entre tres piedras irregulares, cuarteadas y calcinadas en parte por el ardor del fuego. A la dudosa claridad de esta lumbre pudo Benavides examinar a su huésped.

Era un anciano que rayaba probablemente en los doce lustros de edad. Su alta estatura, aun no encorvada por los años, su barba blanca y crecida, sus grandes ojos azules, un tanto hundidos en sus órbitas, su ancha frente surcada por nobles arrugas, la parte anterior de su cabeza encalvecida por el tiempo y la meditación, y el cabello blanco que conservaba en el resto de su cráneo, daban a su fisonomía esa grave belleza, peculiar de la ancianidad, y esa majestuosa presencia, que sienta bien en la apostura de un sacerdote.

Vestía el hábito azul de la orden religiosa de San Francisco, y sobre sus anchos pliegues resaltaba el nudoso y blanco cordón con que lo sujetaba a su cintura. Por los muchos remiendos y zurciduras que enseñaba el santo ropaje, conocíase que había sufrido mucho de las injurias del tiempo. Calzaban los pies del sacerdote dos alpargatas aborígenes, que sin duda a causa de los azares de la fortuna, habían sucedido a las sandalias de la orden.

El joven y el anciano se contemplaron por algunos instantes en un mudo y respetuoso silencio, que no carecía de solemnidad.

—Padre mío —dijo Benavides descubriendo involuntariamente su cabeza—; no tengo palabras para explicaros el asombro que me causa vuestra presencia en este lugar, a pesar de que estaba advertido por la hermosa joven que me ha salvado la vida.

—Esa misma joven, a quien también debo la existencia —respondió el franciscano—, me había advertido que llegaríais a hospedaros esta noche en mi cabaña, y sin embargo, confieso que, como vos, experimento a vuestra presencia un asombro singular mezclado, no obstante, de indefinible alegría.

—Es tan dulce para dos compatriotas poderse hablar y abrazar en un país que se halla a inmensa distancia del lugar en que nacieron…

—Y especialmente para mí, que hace más de tres años que no veo en derredor mío un solo recuerdo de la patria. Sentaos, joven, en ese lecho preparado para vos de antemano por vuestra protectora y si el sueño no os incomoda en hora tan avanzada, escuchad el relato de mis padecimientos.

Y sentándose el anciano en una de las hamacas colgadas en medio de la habitación, señaló la segunda a Benavides, quien la aceptó, ocupándola al instante.

—Hablad, padre mío —dijo el joven—. El interés que ha excitado en mí vuestra presencia, ha alejado hace tiempo el sueño de mis párpados.

—¿Habéis oído hablar —preguntó el anciano—, de los cuatro religiosos que vinieron con el padre fray Jacobo de Testera a predicar la ley evangélica en este país el año de 1535?

—Los indios de Potonchán conservan todavía memoria de vosotros —respondió Benavides—, y no pocas veces me han hablado de vuestro celo y virtudes.

—¡Ay! —exclamó el franciscano—. Yo no era digno de figurar en la compañía de tan ardientes misioneros, que cerraron los ojos a todo peligro para llevar al cabo su objeto. Ya sabréis ¡oh joven!, que a pesar del expreso mandato de Su Majestad el rey de España, don Francisco de Montejo no trajo ningún religioso a Yucatán en su primera invasión a esta tierra, que tan mal resultado obtuvo. La autoridad real, teniendo presente que el principal objeto de las conquistas del nuevo mundo era la conversión de los naturales a la santa ley de Jesucristo, mandó practicar una información para aclarar la conducta del Adelantado, y entretanto el virrey de la Nueva España resolvió proveer en lo posible el remedio de aquella falta. El padre fray Jacobo de Testera, a pesar del honroso destino que obtenía en México, se ofreció a ser el jefe de tan peligrosa como santa expedición, y se puso en camino para Potonchán, acompañado únicamente de algunos indios mexicanos y de cuatro religiosos escogidos por él mismo, entre los cuales venía vuestro servidor, fray Antonio de Soberanis.

Los pobres indios de Yucatán, avisados de nuestra llegada y seguros de que no traíamos gente de armas, por noticias que adquirieron de los mexicanos que mandamos por delante, nos dejaron desembarcar en Champotón el 18 de marzo de aquel año y nos alojaron en cómodas viviendas. Desde el día siguiente comenzaron nuestras tareas. Animados por el inquebrantable celo del padre Testera, nos aplicamos con ardor a estudiar el idioma de los naturales. El cielo bendecía nuestros esfuerzos, y pronto empezaron a verse los frutos de nuestra aplicación. Aprendíamos y enseñábamos a la vez. Recogíamos de los macehuales cuantas palabras podíamos y les predicábamos la palabra de Dios.

Ciertos de que no finos acompañaban gentes de armas, como les habíamos prometido, nos rodeaban puestos de cuclillas en nuestras casas o en las plazas públicas y escuchaban nuestras pláticas con tanta atención como respeto. Parecía que un rayo del cielo había descendido a alumbrar su entendimiento. No eran únicamente los indios de Potonchán los que se agrupaban a escuchar la palabra divina. Invitados por nosotros, empezaron a acudir los de las poblaciones vecinas, encabezados por sus respectivos caciques.

—Joven, la religión de Jesucristo tiene una atracción maravillosa, que seduce insensiblemente el corazón. Cuando no la acompaña el estampido de los mosquetes, la grita feroz y ensordecedora de los combates y los ayes del moribundo; cuando, en vez de imponerla por la fuerza y por la sangre, se la impone por el convencimiento y la persuasión, se introduce dulce e insensiblemente por todos los poros del pecador más empedernido, como la tierra abierta por el calor de la primavera absorbe deliciosamente en la primera lluvia el agua que cae de las preñadas nubes.

No tardé en experimentar esta verdad en Champotón.

Cuarenta días después de nuestra llegada, el agua regeneradora del bautismo, empezó a bañar las cabezas de los idólatras. Hombres y mujeres, ancianos, jóvenes y niños; nobles, guerreros y esclavos, todos corrían a afiliarse en la nueva religión.

No tardamos en empezar a recibir pruebas diversas que nos persuadían de la sinceridad de su conversión. Los mentidos dioses que anteriormente habían adorado, fueron arrancados de sus inmundos altares y puestos de buena voluntad en nuestras manos, para que los entregásemos al furor de las llamas.

La casa que habitábamos era muy incómoda por su pequeñez y nos proporcionaron otra tan amplia y tan capaz, que hubiéramos podido alojar en ella a un número de religiosos doble que el nuestro. Enseguida nos construyeron un templo en que muy pronto celebramos a su vista las imponentes ceremonias del culto católico.

Los señores principales de la tierra se despojaron de las prendas más queridas de su corazón, entregándonos un día a sus hijos para que les enseñásemos los dogmas de la religión que acababan de abrazar, y nos ayudasen en el cuidado de nuestro pequeño templo.

Pero pronto ocurrió un suceso más extraordinario que los otros anteriores, y que probaba la impotencia de las armas y el poder de la persuasión. Lo que el Adelantado no había podido alcanzar en siete años de batallas, nosotros lo conseguimos en algunos meses de predicación. Unos quince caciques, señores de inmensas tierras y numerosos vasallos, vinieron con el consentimiento de sus pueblos a prestar en manos de los misioneros, entera obediencia y pleito homenaje a la corona real de Castilla. El padre Testera les redactó un documento en que constaba su espontáneo y solemne compromiso, que ellos firmaron de su puño, con los jeroglíficos que acostumbraban para tales casos.

Aumentábase cada día el amor que nos profesaban los indios. Nuestro santo hábito era para ellos un objeto de veneración, y desde el momento en que le divisaban se descubrían la cabeza de sus sombreros de guano. Siguiendo las exhortaciones y el piadoso ejemplo del padre Testera, procurábamos que nuestras costumbres enseñasen tanto como nuestra palabra, y los naturales al compararnos con los soldados del Adelantado, bendecían interiormente a la Providencia.

No es mi ánimo, joven, inculpar a don Francisco de Montejo, ni vanagloriarme de méritos imaginarios.

El hombre debe huir así de la vanagloria como de la hipocresía, y cuando lo exija la ocasión debe confesar sus defectos y hablar sencillamente de algún mérito que posea, pues no hay hombre tan desdichado que no pueda preciarse de alguno. Las costumbres de cinco sacerdotes pacíficos necesariamente se habían de diferenciar de las de algunos centenares de conquistadores, orgullosos con su fuerza y desesperados por la resistencia que encontraban. Tal ha sido el verdadero sentir de mis palabras.

La conversión de los indios iba tan adelantada que parecía que dentro de poco tiempo toda la tierra debía abrazar el cristianismo. Pero por aquella época sobrevino uno de esos escandalosos acontecimientos que la Providencia permite sin duda para probar la fe de los pueblos.

Diez y ocho soldados españoles de a caballo y veinte de a pie —que nadie supo de dónde venían y por dónde habían desembarcado—, se presentaron súbitamente en el país a ejercer el comercio más infame que hubiera podido inventar el enemigo del género humano. Traían consigo una muchedumbre de ídolos robados en tierras lejanas: penetraban en las poblaciones más pequeñas de la costa, donde no pudiesen encontrar resistencia y tener fácil retirada; convocaban a los sacerdotes y a los principales del pueblo y les obligaban a que les comprasen sus nefandos ídolos, no por algodón, cera, copal, ni cualquier otro fruto de la tierra, sino por indios o indias jóvenes, que reducían a la esclavitud para venderlos algún día. Los padres y las madres entregaban llorando a sus hijos por un ídolo de barro; los malvados extranjeros los apremiaban, so pena de incendiar sus chozas de paja y derramar su sangre, y apenas conseguían su objeto salían apresuradamente de la población.

En tan terrible conflicto, los pobres indios acudieron a los religiosos de Champotón antes que a sus caciques, y les manifestaron las depredaciones cometidas por aquellos hijos espúreos de España.

—Hijos míos —dijo el padre Testera—; siento mucho lo que me decís; pero yo no tengo relación alguna con esos malvados, ni poder para reprimir sus crímenes.

Los indios que se habían agrupado en nuestra casa para formular esta acusación, dejaron oír un murmullo de amenaza a la conclusión de las palabras del franciscano.

—Nos has dado palabra de que no entrarían guerreros en nuestras poblaciones, y treinta y ocho extranjeros están saqueando hace muchos días nuestras chozas y robando a nuestros hijos para hacerlos esclavos.

Tal fue la respuesta que obtuvo el padre Testera de una voz amenazadora que salió entre la multitud.

—Y si no han venido con tu consentimiento —añadió otra—, ¿por qué tú que eres sacerdote de su culto no les amonestas que se retiren?

—Y si la religión que nos han enseñado es la única verdadera, ¿por qué tus compatriotas, que se apellidan cristianos como tú, nos obligan a comprar a tan exorbitante precio los mismos dioses que has quemado por tus manos?

Este argumento que con enérgica voz presentó un antiguo sacerdote, acabó de decidir al padre Testera.

—Hijos míos —les dijo—; voy a tentar con esos malos cristianos un medio de conciliación. Rogad a Jesucristo y a su bendita madre que me dé acierto en mi empresa, y mañana nos volveremos a ver.

El franciscano pidió que se le condujese al lugar en que se hallaban los españoles, me previno que le siguiese y dejando nuestros tres compañeros al cuidado del templo, emprendimos la marcha en busca de aquellos desalmados.

Algunos indios nos siguieron por curiosidad, y al cabo de tres horas de camino, en una aldea insignificante encontramos lo que buscábamos. El padre Testera preguntó por el capitán de aquella gente, le enseñaron una choza de paja, y seguido de mí y del guía penetramos en el interior.

En una pequeña hamaca de henequén se veía tendido un soldado español con el vestido rasgado y cubierto de sangre. A cuatro pasos de distancia, sentada sobre una piedra, se encontraba una joven india que le servía de enfermera.

Al mirar el color azul de nuestro hábito, el español se medio incorporó en su lecho, y mirándonos alternativamente nos dijo:

—¿Quién os ha hablado de la gravedad de mis heridas?

—Nadie —respondió el padre Testera.

—¿Luego no venís a administrarme los sacramentos?

—No es ese el objeto que me ha traído, pero si necesitáis, hermano, de los auxilios de la religión, pronto estoy a proporcionaros cuantos queráis.

—Es inútil —dijo el español, volviéndose a recostar en su lecho.

—Dios os tenga de su mano —repuso el padre Testera—. Los auxilios de la religión nunca son inútiles, principalmente para hombres que como vos, se hallan en peligro de muerte.

El español dirigió una mirada rencorosa al sacerdote a través de los cordeles de su hamaca y le dijo con acento amenazador:

—Explicad el objeto de vuestra visita, y no os entrometáis en lo que no os importa.

—Hermano mío —le dijo el franciscano con toda la moderación de que pudo armarse su virtud—; he sabido que con escándalo de la religión y mengua de las armas españolas, se emplea vuestra gente en un comercio tan infame como pagano, vejando a la vez las poblaciones indefensas.

—¿Habláis, padre, de esos ídolos de gesto diabólico que cambiamos por gallardos mancebos y hermosas doncellas?

—Me admira la franqueza con que habláis de un asunto tan odioso.

—¡Odioso! ¿Y por qué?... Figuraos, padre mío, que mis compañeros y yo, hace más de diez años que andamos dando tajos y reveses en estas tierras de gentiles y matando más paganos que todos los caballeros andantes juntos, y sin embargo maldita la ganancia que hemos sacado, porque todo el botín que se hace y todo el oro que se recoge, se lo absorben el jefe de la expedición y la cámara del rey.

—El premio del soldado está en la victoria, y el del cristiano en abrir con sus armas el camino a los misioneros católicos.

—Nunca nos llenamos con palabras, y solo abandonamos el viejo mundo para recoger a manos llenas en el nuevo el oro que produce. No habiéndolo conseguido, como os he dicho, a pesar de que hemos trabajado, como Colón y Cortés, y considerándonos con tanto derecho como ellos a los productos de la tierra que hemos regado con nuestra sangre, hemos robado en Tabasco algunas cargas de ídolos y los venimos a vender a Yucatán por robustos esclavos, que luego convertiremos en oro en los mercados más próximos.

—Ese es el colmo de la iniquidad —exclamó el franciscano sin poder contener su indignación—, y en nombre del Dios a quien represento por mis sagradas órdenes, os conjuro a que abandonéis tan sacrílego comercio.

—¡Sacrílego! —repitió el soldado con sardónica sonrisa—. ¿Es acaso un sacrilegio cambiar un pedazo de barro o de piedra por el cuerpo de un perro gentil, que vale tanto como cualquiera de sus abominables dioses?

—Las gentes de esta comarca no son ya gentiles ni paganos, porque con la ayuda de Dios y de cuatro padres de la seráfica orden de nuestro padre San Francisco, los estoy trayendo al conocimiento de la religión verdadera. Y aunque fueran idólatras, ¿es acaso una razón para convertirlos en esclavos? ¿Creéis que cometiendo en ellos los cristianos semejantes tropelías podrán persuadirse nunca de la bondad de nuestra santa religión?

—Yo no entiendo esas retóricas. Lo único que entiendo es que conviene a mis intereses hacer esclavos hasta donde me sea posible y los he venido a hacer en estos rebeldes, que resistieron a las armas del Adelantado don Francisco de Montejo. Las Leyes de Indias permiten reducir a la esclavitud a los indios rebeldes y hago uso de mi derecho.

—¡Lo que estáis haciendo es prenderos en las redes de Satanás!

—Os repito que solo entiendo del negocio de mis esclavos. Ved una muestra de ellos en esa hermosa joven sentada a cuatro pasos de vos. Está robusta, bella y saludable. Buen número de escudos me debe dar por ella el que la desee para que me desprenda de tan preciosa joya. ¿Os gusta, padre mío?... Tomadla, si queréis, pero no... no; sois demasiado ascético, y os atreveríais a devolverle la libertad.

Y soltó una carcajada tan cínica como ruidosa, al ver la señal de la cruz que el santo franciscano hacía sobre su frente.

—Ven acá, Lol —añadió en el idioma de los macehuales, llamando a la joven esclava—. Coloca esta almohada bajo mi cabeza, porque no acierto a levantar mis brazos sin experimentar agudos dolores.

Lol se levantó para obedecer a su amo, y al tiempo de inclinarse sobre la cabeza de este para colocar la almohada que había resbalado bajo su espalda, el español se incorporó ligeramente y estampó un beso impúdico en los labios de la esclava. Lol palideció en lugar de ruborizarse y fue tal la prisa con que huyó, que al retirarse tropezó con una carga envuelta en un saco de henequén, que se hallaba bajo la hamaca.

—¡Cuidado, Lol! —le gritó el soldado—. Has tropezado con la única carga de ídolos que me queda y sabe Dios si habrás quebrado los de barro, que son tan delicados. ¡Cuidado!, te repito. Estos ídolos componen hoy mi principal tesoro. Si me llego a morir, como puede suceder de un instante a otro, cuida de ellos hasta que venga mi teniente, que es el único a quien deberás entregarlos.

—¡Desdichado! —exclamó el padre Testera—. ¡Estáis casi en las convulsiones de la agonía y persistís en vuestros crímenes!

—¡Viejo loco! —gritó el español, sentándose en su lecho con un impulso de cólera—. Si no salís en este instante de mi choza os mando apalear por mis soldados.

Y dirigiéndose enseguida a algunos indios que desde afuera contemplaban silenciosamente la escena a dos pasos del umbral de la puerta, les dijo, señalándonos con el dedo:

—¿Veis estos dos sacerdotes, a quienes habéis entregado vuestros ídolos para quemar? Pues yen lugar de quemarlos me los han entregado a mí, y esos son los que vendo en vuestras aldeas a precio de esclavos. Todo se ha hecho con su consentimiento y parten con mi gente las ganancias de la venta.

Un grito de indignación salió de la boca de todos los espectadores. Nos enseñaron los puños con un gesto amenazador, y allí mismo nos hubieran despedazado, a no temer que los mismos españoles acudiesen a nuestra defensa. Nos volvieron las espaldas y tomaron apresuradamente el camino de Champotón.

—Corramos a avisar a nuestros hermanos —me dijo el padre Testera—, porque si estos pobres indios cuentan en Champotón lo que ha pasado en este lugar, van a sacrificarlos en sus sangrientos altares, sin que podamos impedirlo.

El padre Testera y yo salimos de la choza en que ya agonizaba el falso cristiano, y tomamos aceleradamente el camino de Champotón.

Era ya cerrada la noche cuando llegamos.

Había una agitación extraordinaria en la población. Algunos hombres armados de chuzos vagaban en las puertas de las casas y empezaban a encenderse candeladas en las calles.

Cuando entramos en nuestra habitación encontramos a los tres religiosos orando de rodillas frente a un crucifijo de marfil pendiente de la pared.

—¿Qué hacéis, hermanos? —les preguntó el padre Testera.

—Hemos sabido cuanto os ha pasado en vuestra entrevista con esos malvados españoles, a quienes Dios perdone, porque los indios nos lo han gritado desde la calle; y nos estamos preparando para merecer la palma del martirio.

—La palma del martirio —repuso el padre Testera—, solo debe arrostrarse cuando no hay un medio cristiano de salvar la vida, porque habiéndolo, se comete un suicidio verdadero. Y es más meritorio conservar una existencia que debe emplearse en la conversión de los infieles, que sufrir una muerte, heroica quizá, pero de seguro inútil.

—¿Luego creéis que podemos salvarnos?

—Seguidme, hermanos; pero no dejéis de orar, como si de un momento a otro fuerais a sufrir el martirio.

El padre Testera nos hizo salir por una puerta excusada, opuesta a la que daba a la calle en que ya empezábamos a oír el murmullo de la muchedumbre; nos encontramos en un patio, saltamos sus ligeros muros de albarrada, la calle en que nos vimos estaba solitaria, y sin ningún peligro aparente y próximo, emprendimos la fuga.

No habíamos andado quinientos pasos, cuando en dirección opuesta a la que llevábamos, vimos levantarse una llama viva y compacta que iluminaba gran parte de la población. Era que los indios estaban incendiando la casa que algunos meses antes nos habían construido de tan buena voluntad.

—Apresuraos —dijo el padre Testera a sus compañeros—. Cuando vean los indios que no salimos de la casa para escapar de las llamas, comprenderán que nos hemos fugado y saldrán a darnos caza, como a bestias feroces.

Apresuramos el paso; pero se cumplió tan presto el pronóstico del bendito padre, que empezamos a temer que hubiese sido inútil la advertencia. Comenzamos a oír a nuestras espaldas un rumor tumultuoso que se iba aproximando por grados. Media hora después los indios se nos aproximaron tanto, que oíamos perfectamente la conversación que traían. Levantamos, nuestro hábito a la altura de las rodillas y emprendimos la carrera de la liebre perseguida por una jauría amenazadora.

Creímos que nos protegiese la oscuridad de la noche. Pero oyeron, sin duda, el ruido de nuestra carrera, y tal vez sin comprender lo que pasaba, lanzaron un diluvio de flechas en aquella dirección. Las saetas pasaron sobre nuestras cabezas, silbando fatídicamente, y nos obligaron a doblar la velocidad de nuestra carrera. Pero ¡ay! yo era el más anciano de los padres y pronto me sentí imposibilitado de seguirlos. Aflojé mi marcha y pronto perdí de vista a mis compañeros, que sin advertir que me quedaba atrás, continuaban precipitadamente su fuga.

Me detuve un instante para respirar con libertad y rogué a Dios que me iluminase en tan peligroso trance. De súbito experimenté un golpe doloroso en la pierna derecha, que me hizo caer sobre la hierba que alfombraba el camino. Una nueva multitud de flechas que los indios habían disparado a la ventura acababa de herirme y derribarme. Los salvajes estaban tan próximos que comprendí el grave peligro que corría, si no tomaba una pronta determinación. Me arrastré como pude a la derecha del camino y me escondí tras el espeso ramaje del primer arbusto a que pude llegar.

Cinco minutos después los indios pasaban delante de mi escondite, gritando diabólicamente y agitando sus teas en el aire.

Entonces extendí la vista en derredor de mí, y como a sesenta pasos de distancia vi brillar una lucecilla, que sin saber por qué, hizo palpitar alegremente mi corazón. Sufriendo dolores indecibles y apoyándome en las piedras y en los troncos de los árboles, me arrastré en aquella dirección, y no tardé en advertir que el rayo de luz que había herido mis pupilas, salía de una ancha rehendija abierta en las rústicas paredes de una choza de paja.

Me detuve un pensamiento por algunos instantes. Aquella casa debía estar habitada por un indio que probablemente participaría de las ideas de los vecinos de Potonchán. Pero mi herida exigía un techo hospitalario y resolví exponerme a todas las consecuencias. Di una voz pidiendo socorro, la puertecilla de mimbres se abrió y una joven indígena apareció en el umbral.

—Hija mía —le dije en el idioma del país—; un anciano herido y perseguido injustamente por los macehuales ha llamado a tu choza para que le concedas asilo y contengas la sangre que brota de su herida.

La joven se acercó a mí y a la claridad de las estrellas me contempló un instante en silencio.

—¿Eres tú —me preguntó con ingenua admiración—, uno de esos sacerdotes que han predicado en Potonchán la religión del hombre blanco?

—Sí, hija mía —le respondí—. ¿Crees que por esto merezca la flecha, con que se me acaba de herir?

La joven, en lugar de contestarme, me ofreció el apoyo de sus hombros, me hizo entrar en la choza y juró que allí estaría tan seguro como en el seno de mi patria.

Mi salvadora era la hermosa Zuhuy Kak, que sabedora de nuestra presencia en Champotón y guiada de su afición a los españoles, había llegado aquel mismo día de Maní, acompañada de un hermano suyo, y se había alojado en la choza que me servía de asilo.

Al día siguiente supimos por boca de su hermano que los cuatro religiosos habían logrado escaparse de la persecución de los indios, y que estos habían desatado su cólera en nuestro templo y en nuestras imágenes y ornamentos sagrados, entregándolo todo al furor de las llamas.

Ocho días después, merced a los cuidados de Zuhuy Kak, mi herida se encontraba en un estado de notable convalecencia. La joven me hizo conducir a Maní en un koché perfectamente cubierto, y como los indios de Champotón estaban persuadidos de que todos los religiosos se habían salvado juntos, no concibieron ninguna sospecha. Cerrado unas veces en una choza que me tiene destinada en Maní y otras en esta casita escondida en el fondo de la selva, en que disfruto de alguna libertad, he pasado hasta aquí desapercibido de los macehuales y sus sacerdotes, que seguramente no me perdonarían la vida si me encontraran.

—Padre mío —dijo Benavides cuando el franciscano hubo concluido su narración—; ¿no ha llegado a vuestra noticia que hace más de dos años que se hallan establecidos en Champotón buen número de soldados españoles?

—Sí, hijo mío —respondió él sacerdote—. Pero no he podido aprovecharme de esa noticia. Champotón se halla de aquí a una distancia considerable, y un pobre viejo que no tiene ningún conocimiento del país y carece de fuerzas para defenderse, sería mil veces inmolado en las aras de los ídolos antes que lograse conseguir su deseo. Zuhuy Kak es la única que podría proporcionarme un medio seguro de emprender tan peligroso viaje; pero me estima demasiado para permitir que me aleje de la corte de su padre.

—Esa joven es tan buena como una santa —dijo Benavides, sintiendo latir agradablemente su corazón—. ¿No habéis procurado, padre mío, convertirla al cristianismo?

—¡Y lo dudáis! —repuso el franciscano—. Las oraciones más fervientes que dirijo al cielo son para suplicar a Dios que toque su corazón con un rayo de su divina gracia. Porque hasta aquí todas mis exhortaciones, mis pruebas y mis argumentos, no han hecho mella alguna en su espíritu. A todo me responde que no la obligue a despreciar el culto de sus padres, porque desea morir en la fe que le enseñaron a venerar.

Pero, hijo mío —añadió el sacerdote—; habéis pasado una noche agitada y tendréis necesidad de reposar. Verdad es que se aproxima la hora en que vuestros verdugos empezarán a buscaros tal vez por todas partes, cuando no os encuentren en la prisión en que os encerraron. Pero además de que esta choza se escapa a toda investigación por la espesura en que está situada, yo, que permaneceré despierto, os avisaré en caso de que ocurra alguna novedad. Dormid, pues, que yo velaré.

Benavides dio las gracias al franciscano y cinco minutos después roncaba tranquilamente en su hamaca.

En aquel momento, los primeros albores de la mañana empezaron a iluminar las innumerables rehendijas de la puertecilla de mimbres que cerraba la choza.

CAPÍTULO X

Kan Cocom

En los principios
resolví con las armas en la mano
vengarme de esta ofensa, y el castigo
en el primer arranque de mi enojo
igual con el agravio hubiera sido;
pero amor y amistad me contuvieron.

Jovellanos

Han transcurrido once meses.

En un cuarto bajo del palacio del Señor de Maní se encuentra sentado un anciano en una hamaca, sujeta por ambas extremidades en dos trozos de madera, sembrados en la pared.

Su aspecto es venerable. Cuenta doce lustros de edad y, sin embargo, apenas son perceptibles las arrugas de su piel y las pocas canas que brillan en su poblada cabellera. El hombre rojo que vive en las selvas muy próximo al estado natural, no envejece tan temprano como el hombre blanco, a quien enervan los placeres de la civilización.

En los delgados labios del anciano, en la profunda mirada de sus ojos y en la anchura de su frente, se lee una de esas inteligencias superiores acostumbradas a dominar las de los demás hombres que le rodean. Pero en ese rostro inteligente, se halla derramada, por decirlo así, la expresión de un dolor tan hondo como incurable, que a la primera mirada descubriría en él el ojo más indiferente.

Sobre su camisa de algodón, hecha de la tela más fina que tejen los manufactureros del país, se encuentra ceñida una manta ricamente bordada de jeroglíficos, que por medio de un nudo se halla sujeta en la parte anterior de su cuello. Sus alpargatas, de corteza de árboles, se ven aseguradas en la garganta de su pie con unos cordeles de henequén que, dando vueltas simétricas alrededor de las piernas, desaparecen bajo los anchos pliegues los calzones de finísimo algodón.

En sus brazos, en sus piernas y aun en el semblante, se notan negras figuras de animales, grabadas indeleblemente en su piel, y así estas figuras como los jeroglíficos de la manta, son otros tantos distintivos de la antigüedad de su estirpe y de su regia dignidad. Porque el anciano que bosquejamos imperfectamente, no es otro que el venerable Tutul Xiú, Cacique de Maní y descendiente en línea recta de los señores de Mayapán, que antiguamente dominaron todo el país.

En el momento en que le presentamos a nuestros lectores, acababa de despertar de un sueño triste y agitado, y elevaba a los dioses su oración matutina, más larga y fervorosa de lo que acostumbraba ser en tiempos más venturosos. Hacía una hora que el sol se había levantado sobre el horizonte y, uno de sus rayos, tibio y dorado, entraba por la puerta baja del dormitorio. De súbito resonaron los pasos de un hombre en la galería inmediata y un guerrero se presentó en el umbral de la puerta.

Tutul Xiú le interrogó con una mirada.

—Magnífico señor —dijo el guerrero en el gutural idioma del país—; el más joven de los capitanes que componen la embajada del poderoso Nachi Cocom, Señor de Sotuta, que llegó ayer a tu corte, desea hablarte privadamente, antes que se celebre el recibimiento público ante tu consejo.

Tutul Xiú elevó los ojos al cielo con dolorosa expresión y lanzó un suspiro imperceptible.

—Hazle entrar al instante, Xul Can —dijo con voz tranquila al guerrero.

Xul Can desapareció, y medio minuto después, otro guerrero pisaba el umbral de la misma puerta y adelantaba desembarazadamente algunos pasos en el interior del dormitorio.

A la primera mirada, Tutul Xiú quedó prendado de su gallardía, alta estatura, robustos miembros, ojos de fuego, regularidad en las facciones, cabello corto, continente marcial: he aquí el conjunto varonil de la belleza salvaje que adornaba al joven guerrero.

Cuando estuvo a poca distancia de la hamaca en que reposaba Tutul Xiú, se detuvo para hacer el saludo acostumbrado entre los macehuales. Se inclinó profundamente, tocó el suelo con sus manos y enseguida las besó.

Tutul Xiú se levantó, apretó cordialmente su mano y le hizo sentar en una silla de madera rústicamente esculpida y adornada con flecos de henequén. El anciano volvió a ocupar la hamaca, y haciendo asomar a sus labios la sonrisa más agradable que pudo, preguntó al joven guerrero:

—Kan Cocom, tu gallardo semblante no se ha borrado todavía de mi memoria. ¿Cómo se halla tu anciano padre?

—Nachi Cocom, mi padre —respondió el joven—, disfruta de salud, y me encarga decirte en su nombre que te desea la protección de los dioses.

—Bien la necesito, ¡oh joven!, en este triste katún (época o edad) preñado de tantas desgracias para los valientes macehuales.

—La embajada que te envía mi padre es precisamente para conjurar esas desgracias con la ayuda de Kakupacat.

—¿Y tú eres el jefe de esa embajada?

—Nachi Cocom pudo enviarte por jefe a alguno de los ancianos, de los sabios o de los sacerdotes de Sotuta, que le iluminan con sus consejos, o le explican la voluntad de los dioses. Pero como en los asuntos de la embajada hay uno que me concierne personalmente, se ha dignado colocarme a la cabeza de sus embajadores para explicarte sus deseos.

—Esa elección me agrada sobremanera, Kan Cocom, y espero que no quedarás disgustado del modo con que te reciba.

—Antes que tenga lugar públicamente ese recibimiento —repuso el joven Cocom con acento algo embarazado—, he querido tratar a solas contigo el asunto personal de que acabo de hablarte. Ante los nobles y ancianos de tu consejo, cuyas graves tareas han embotado quizá su corazón, como el pedernal del hacha de los guerreros se aboya a fuerza de golpes en los combates, no podría discutir con la suficiente libertad la parte más delicada de mi misión. Ruégote, pues, disculpes mi visita y me escuches con benevolencia.

—Habla, joven —respondió Tutul Xiú con bondadosa sonrisa.

—Poderoso Batab —dijo Kan Cocom—; bien sabes el profundo disgusto que causó a mi padre la fuga de aquel español, que yo mismo, acompañado de cien guerreros, hice prisionero en las cercanías de Potonchán, Nachi Cocom no cesa de recordar que la fuga acaeció en tu corte, y que los soldados de la guardia de tu palacio, eran los que custodiaban una de las puertas de la prisión.

Una sonrisa de desdeñosa indiferencia cruzó por los labios del anciano.

—¿Y no tú mismo presenciaste, Kan Cocom, los esfuerzos que hice para hallarle, los guerreros que envié por todas direcciones en su persecución y los presentes de maíz, algodón y miel que ofrecí al que me presentase, vivo o muerto, al extranjero?

Kan Cocom se sonrió, a su vez. Pero esta sonrisa era de incredulidad. Tutul Xiú, que no apartaba la vista de su semblante, añadió al momento:

—Puedo jurar, ¡oh joven!, en nombre de Kunab Kú, que en la fuga del extranjero no hay nada que remuerda mi conciencia.

Tutul Xiú que, merced a su buen corazón, abominaba, como Zuhuy Kak, los sacrificios humanos, conocía muy bien que no cometía un perjurio al expresarse de aquella manera.

Pero Kan Cocom, que ignoraba esta circunstancia, prosiguió con la misma sonrisa:

—Los consejeros de Nachi Cocom, y principalmente los sacerdotes, le han asegurado que tú mismo protegiste la fuga del español y no cesan de instigarle a que te declare la guerra.

—Sabía todo eso, Kan Cocom —repuso el anciano frunciendo los labios con orgulloso desdén—; y la flor de mis guerreros está dispuesta para el día que silben en mis campos las primeras flechas de los escuadrones de Sotuta.

—Mi padre conoce el valor y el arrojo de tus guerreros, y aunque no estima en menos la fuerza de los suyos, desea la amistad y la alianza de un vecino tan poderoso como tú, y por eso ha cerrado los oídos a los consejos de los ancianos y a las predicciones de los sacerdotes.

—De suerte que la embajada de que eres jefe, se reducirá a proponerme una alianza con el Batab de Sotuta.

—Así es, magnífico señor. Pero esa alianza debe tener lugar bajo una de dos condiciones, que te dignarás escoger por ti mismo, antes de dar parte de ellas a tus consejeros.

—¿Y cuáles son esas condiciones?

El joven se recogió un instante y luego respondió:

—Las malas nuevas, Tutul Xiú, se propagan como el estampido del rayo, que en un instante recorre el ancho ámbito de la morada de los dioses. No necesito, pues, decirte, que los españoles de Potonchán, reforzados últimamente con algunos guerreros de su nación y tres grandes canoas que los han auxiliado por mar, ha llegado a Campech en los últimos días del mes de Leec, a pesar de los esfuerzos de nuestros hermanos que han embarazado su marcha y derramado su sangre por impedirlo.

Un profundo suspiro se escapó del pecho del anciano.

—No es eso solo —continuó Cocom—. Los extranjeros se han dividido en Campech y un puñado de esos hijos de Xibilbá ha penetrado atrevidamente en el corazón de nuestros bosques, y a pesar del esfuerzo de los pobres macehuales que no han economizado sangre ni fatigas, tres días hace que insultan nuestro poder y el de los dioses en el pueblo de Thóo, donde han asentado sus reales.

Tutul Xiú bajó la cabeza y dejó escuchar un gemido.

—Kan Cocom —dijo con voz apagada—; las profecías de Chilam Balam empiezan a cumplirse.

El joven Cocom irguió orgullosamente la cabeza y un rayo de fuego brilló en la negra pupila de sus ojos.

—Aun tenemos armas en nuestras manos y sangre en nuestras venas —exclamó con energía—, para impedir que se cumplan tan pronto las predicciones de los profetas.

—La sabiduría de los dioses inspiraba el espíritu de esos grandes sacerdotes, y harto están diciendo los reveses de los macehuales que supieron descifrar claramente los jeroglíficos del porvenir. Nuestros guerreros son tan numerosos como los árboles de nuestros bosques; acometen con la furia del huracán que derriba nuestras cabañas; hacen oración a los dioses, queman copal y sacrifican víctimas en sus altares; no descansan ni de día ni de noche para perseguir al enemigo; incendian sus tiendas, ciegan los pozos y le esconden los bastimentos; y a pesar de su número, de su valor, de sus oraciones, de sus ofrendas, de sus fatigas y de sus ardides, el extranjero los derrota en cada encuentro, pasa sobre sus cadáveres, boga su sangre, se burla de los dioses, y sufriendo el hambre, la sed y la desnudez, avanza con planta segura, ocupa nuestras ciudades más populosas y se fija en el corazón del país. Desde Potonchán a Campech se les persiguió sin descanso; pero peleando de día y de noche y sin cesar un instante, llegaron triunfantes a Campech y se fijaron allí. Desde Campech hasta Thóo se les persiguió con igual o mayor encarnizamiento, en Pocboc les redujeron a cenizas cuanto llevaban;…pero en vano. La mano de la fatalidad los empuja y han llegado victoriosos a Thóo. ¿Qué quiere decir esto, Kan Cocom? Que se ha llegado la época en que se cumplan las profecías de Nahau Pech, de Ah Kukul Chel y de Chilam Balam. La hora del fin de nuestro poder ha sonado, y vano serían nuestros esfuerzos para aplacar la cólera de los dioses.

—Soy joven —repuso Kan Cocom—, y los pocos años que cuento los he empleado únicamente en los ejercicios del cuerpo y en las fatigas de la guerra. Respeto tu inteligencia y admiro tu sabiduría. Pero joven, como soy, quiero obedecer a mis instintos naturales y a la voz de mi corazón, que me manda derramar la última gota de mi sangre en defensa del país de mis mayores; y si quisiera encontrar una razón para refutar las predicciones de los profetas, te diría que en la edad anterior entraron trescientos españoles en nuestra patria por las bocas de Conil, ocuparon a Chichén Itzá y Bakhalal; permanecieron ocho años en nuestros bosques y ciudades, haciendo prodigios de valor y difundiendo el terror entre nuestros hermanos. Y, sin embargo, llegó un día en que los valientes macehuales se indignaron de tal manera, que los echaron completamente de su suelo.

—Kan Cocom, eso consistió en que no había llegado la época designada por las predicciones de los profetas. Siembra el maíz en el mes de Mac (marzo), y los gusanillos de la tierra se lo comerán antes que llegue a hacerlo germinar la primera lluvia del cielo. Los españoles que desembarcaron por las bocas de Conil sembraron antes de tiempo y por eso no recogieron entonces el fruto. Pero ahora vienen a resembrar, y siendo esta la edad designada por los profetas, la planta germinará mañana.

Tutul Xiú volvió a inclinar su venerable cabeza y enjugó disimuladamente con el dorso de su mano derecha algunas lágrimas que acababan de brotar por debajo de sus párpados.

—Veo —dijo Kan Cocom—; que no te hallas dispuesto a aceptar la alianza de mi padre bajo la primera de las condiciones que en su nombre vengo a proponerte.

—¿Cuál es, pues, esa condición?

—Los Kupules del Oriente han levantado un numeroso ejército para exterminar a los españoles en Thóo y han invitado a Nachi Cocom para que, invitando a su vez a los caciques vecinos, levanten otro ejército tan numeroso como aquel, a fin de que unidos ambos, pueda contarse indudablemente con la victoria de los macehuales.

—Y si rehúso tomar parte en esa alianza a causa de un juramento sagrado; si rehúso pelear con los españoles a no ser que invadan mis dominios, ¿cuál es la otra condición que debes proponerme para contar con la amistad del poderoso Nachi Cocom?

—Los sacerdotes y los ancianos de Sotuta aconsejaron a mi padre que si rehusabas contribuir con tus guerreros al exterminio de los españoles, el ejército de los Kupules y de los Cocomes, antes de marchar a Thóo, viniese a Maní para reducir a escombros tu capital, a fin de no dejar a sus espaldas un macehual indiferente o traidor al partir a pelear con los extranjeros.

Tutul Xiú ocultó su rostro entre sus manos.

—¿Eso dijeron los sacerdotes y los ancianos de Sotuta? —preguntó con voz apagada.

—Eso —respondió el joven Cocom—; y si me atrevo a repetírtelo, es porque quiero que conozcas la animosidad que existe contra ti en la corte de mi padre, y porque un corazón de veinte y cinco años no sabe disfrazar la verdad a los grandes ni adular a los poderosos.

—Eres un joven honrado, Kan Cocom —dijo el anciano, apretando la mano del hermoso guerrero; y estoy seguro que tú fuiste el primero, acaso el único, que me defendió a la presencia de Nachi Cocom.

—Recordé que otra vez habías rehusado ayudar a los mayas con tus guerreros en una empresa semejante, y que, sin embargo, habías conservado tus antiguas relaciones de amistad con el señor de Sotuta. En tal virtud le supliqué a mi padre que acudiese a otra prueba de amistad, que le asegurase de la continuación de esas relaciones.

—¿Y esa prueba?

—Es casar a una hija tuya con el heredero de su dignidad. Un rayo de alegría cruzó por los ojos del anciano cacique.

—¿Tú quieres casarte con alguna de mis hijas? —preguntó al guerrero, alentándole con una mirada paternal.

—Cuando traje a tu corte al prisionero español —respondió el joven, inclinando por primera vez la vista ante la mirada de Tutul Xiú—, mis ojos se fijaron con grato asombro en la hermosura de Zuhuy Kak, y desde entonces su imagen vive indeleblemente en mi corazón.

Oyose en aquel momento un ligero grito tras la puerta opuesta a la que servía de entrada al dormitorio, y enseguida los pasos de alguna persona que se alejaba aceleradamente:

—¿Has oído? —preguntó Tutul Xiú.

—Sí —respondió el joven guerrero—. Alguien nos escuchaba allí. Tutul Xiú se levantó de la hamaca, corrió a la puerta acusadora, la abrió cuidadosamente para que el eje de madera no rechinase sobre su quicio de piedra y exploró con una mirada el interior de la pieza a que correspondía la puerta. Pero nada vio en ella que confirmase sus sospechas.

—Nos habremos engañado —dijo.

—Por el nombre de Itzamatul —exclamó Kan Cocom—, me atrevería a jurar que he oído distintamente la carrera de alguna persona.

Una sonrisa de agradable jovialidad se pintó en el semblante del anciano.

—Kan Cocom —le dijo, tocándole familiarmente en el hombro con la palma de la mano—; la última proposición de tu embajada me gusta sobremanera. La hermosura y las virtudes de Zuhuy Kak son dignas de tu valor y de tu gallardía. Porque aunque sea mi hija, ¿no es verdad que puedo decirlo?... ¡Oh! sí... Zuhuy Kak es hermosa como la luna que brilla en el cielo en una noche serena de primavera... es más hermosa todavía que la pobre Kayab.

Tutul Xiú llevó la mano a sus ojos para enjugar una lágrima que le había arrancado simultáneamente su regocijo y sus recuerdos.

—Kan Cocom —prosiguió al cabo de algunos instantes—; ahora, cuando el sol se halle a la mitad de su carrera, reuniré a mi consejo para explicarle los asuntos de tu embajada y mañana te oiremos públicamente. Pero, antes de todo, quiero consultar la voluntad de mi hija. La amo demasiado para intentar violentarla...

Pero ¿qué digo? ¿Acaso es necesario violentar a una muchacha para que ame a un mancebo de tus prendas?

—Plegue a los dioses —dijo Kan Cocom— que sea Kunab Kú el que te inspire esas palabras, porque sería el más feliz de los macehuales.

Y el joven guerrero se levantó de la silla que ocupaba.

Tutul Xiú le estrechó en sus brazos y le despidió con estas palabras:

—Hacía mucho tiempo que la risa no acudía a mis labios. Tu presencia y tus palabras han hecho penetrar la alegría en mi corazón después de muchos días de llanto y de dolores. Hasta mañana, mi joven amigo.

Kan Cocom salió del dormitorio, y Tutul Xiú, creyendo sentir en sus piernas la ligereza de la juventud, corrió todas las habitaciones de su palacio, buscando a su hija y llamándola a voces. Pero no tardaron en informarle que Zuhuy Kak acababa de salir acompañada de su vieja confidenta...

CAPÍTULO XI

El destino de dos pueblos

Hermosa mía,
rara beldad que arrebató mi mente,
habla y tu aliento embalsamado y suave
riegue el volcán de mi abrasada frente.

Peón Contreras

No habrán olvidado los lectores aquella choza escondida en la espesura de la selva, donde Benavides había encontrado refugio seguro contra la saña de sus perseguidores.

La mañana en que Tutul Xiú recibía privadamente en su dormitorio al jefe de la embajada que le había enviado el cacique de Sotuta, el joven español se hallaba sentado sobre una piedra a la sombra de un bosquecillo, situado a pocos pasos de distancia del asilo protector de la choza.

Verdad era que el bosquecillo era un asilo tan bueno como aquel o acaso mejor. Formado por un círculo de esos árboles indígenas de completa espesura, a que la botánica no ha dado todavía un nombre conocido en este país de ayer, que no cultiva el importante ramo de las ciencias naturales, dejaba ver interiormente una especie de rústico cenador de quince pies en circunferencia, cuyas paredes y bóvedas de compacta verdura le daban un aspecto de agreste y selvática belleza. La enredadera silvestre y las ramas de los árboles que lo cubrían, negaban completamente la entrada a los oblicuos rayos del sol de la mañana, e impedían que una mirada indiscreta pudiese sorprender desde fuera lo que pasaba en el interior.

Para mitigar la dureza de la piedra en que se hallaba sentado. Benavides había colocado entre su cuerpo y el asiento su capa plegada en varios dobleces. Tenía asentados los codos en las rodillas y la cabeza en las palmas de la mano. Su actitud era la de un hombre absorbido enteramente en un pensamiento profundo.

¿Cuál era este pensamiento? ¿Absorbíale, acaso, el grato aroma de las flores silvestres que inundaban el bosque, el gorjeo de las aves que habitaban aquel palacio de la naturaleza, o la dulce sombra que le prestaba el follaje? Pero el hombre embriagado por los placeres de la soledad y del campo, dilata sus pupilas para ver mejor, levanta la cabeza para respirar con mayor libertad la perfumada brisa y enseña en su semblante esa santa alegría que inspiran al hombre las obras sublimes de la creación. Y Benavides tenía clavados los ojos en la tierra, y la meditación pintada en las arrugas de su rostro.

¿Cuál era, pues, aquel pensamiento encerrado en ese libro que se llama corazón humano, y cuyas páginas son legibles solo para Dios, porque el Creador se quiso reservar tan precioso privilegio?

Por fortuna, el novelista, que es el creador de su héroe, casi como Dios lo es del hombre, puede penetrar en el corazón de aquel y responder a la pregunta que acaba de hacerse.

Once meses hacía que Benavides se hallaba encerrado, ora en una casita de los suburbios de Maní, ora en aquella choza sepultada en el corazón de un bosque. Prefería esta última mansión, porque allí al menos podía ver los árboles, el cielo, el sol o las estrellas. Pero por agradable que sea la vista de las estrellas, del sol, del cielo y de los árboles, no basta, seguramente, para satisfacer al hombre que por fortuna ha nacido para algo más que para la contemplación muda e impasible de la naturaleza.

El espíritu humano, naturalmente dinámico, repugna la inacción y la ociosidad. El mayor tormento que encuentra un prisionero en su estrecho calabozo es no saber en qué ocupar las largas horas que transcurren con tan dolorosa lentitud.

Verdad era que Benavides podía disfrutar, cuando quería, de la sociedad del anciano religioso. Pero cuando ambos habían hablado de la fatalidad de su suerte y de las esperanzas que tenían de que avanzasen en el país los españoles de

Champotón, no tenían ya cosa alguna que comunicarse, y se fastidiaban tanto como cuando se hallaban aislados.

Entonces todos los placeres del joven empezaron a concentrarse en la visita diaria que le hacía la segunda y última persona que constituía su sociedad. Y aquella persona era tan joven, tan bella y tan amable, que no es en verdad muy difícil de comprender el regocijo que dilataba el corazón de Benavides cada vez que Zuhuy Kak se ponía en su presencia.

¿Qué nombre tenía aquel regocijo? ¿Amaba el español a la joven itzalana? Zuhuy Kak se hubiera visto atada, si se le hubiese obligado a responder a esta pregunta.

Las miradas de fuego con que devoraba sus encantos, la animación que se pintaba en su semblante desde el momento en que se presentaba, el ardor con que algunas veces había apretado su mano, toda su persona, en fin, parecía indicar que aquel amor vivía en el fondo de su corazón.

Pero ¿por qué sus labios no lo habían expresado jamás? Benavides no era el tímido doncel que se ruboriza ante la mujer que ha herido por primera vez su corazón y cuya sola presencia basta para enmudecerle como una tumba: no tenía el santo pudor que inspira la virginidad del alma en los años dichosos de la adolescencia.

Por el contrario: se hallaba en esa edad en que, sea por haber perdido las primeras ilusiones de la vida, o por la confianza que tiene en sí mismo, el hombre prodiga las palabras de amor, aunque el corazón no repita el eco producido por los labios.

Cuando adolescentes, por lo regular, amamos mucho y hablamos poco o nada; algún tiempo después, amamos poco o nada; pero en cambio hablamos mucho.

Benavides, como sucede muchas veces, tampoco comprendía muy bien lo que pasaba en su corazón. Ciertamente las visitas de Zuhuy Kak tenían un encanto indecible, una embriaguez deliciosa que le hacía olvidar todos sus padecimientos; ciertamente, su espíritu caballeresco y aventurero encontraba un placer inexplicable en comunicar con aquella mujer tan distinta de cuantas habían visto en su vida y cuyo traje, color y belleza, armonizaban tanto con la salvaje ciudad en que vivía y el bosque que limitaba su horizonte; ciertamente era un romance en acción que halagaba su poética naturaleza, ser visitado en su encierro por la hija del príncipe de un imperio desconocido, que distaba centenares de leguas de la madre patria.

Pero cuando acalorada la imaginación por esos pensamientos, cuando embriagada el alma por la mirada de la joven aborigen, cuando el rubor encendido en

110 —

las mejillas de la mujer hacía hervir en las venas la sangre del caballero; cuando las rodillas estaban próximas a doblarse ante el imperio de la belleza; cuando el corazón, por decirlo así, se subía a la garganta y los labios rebosaban palabras de amor, alzábase entre el ardiente español y la ruborosa itzalana el espectro de una virgen, blanca y pálida como una estatua de mármol, inmóvil y severa como el ángel acusador, vestido el hábito de las novicias concepcionistas de Sevilla, enseñando con una mano la bóveda de los cielos y con la otra el cadáver sangriento de un anciano, iluminado por la luz de un relámpago.

Entonces el español se enderezaba con la palidez pintada en el semblante, las palabras próximas a salir de sus labios se anudaban en su garganta y caía desfallecido sobre el primer asiento que encontraba. La joven itzalana ahogaba un suspiro en su pecho, enjugaba una lágrima y se despedía balbuciente del supersticioso extranjero.

Muchas veces se había repetido esta escena en el transcurso de los once meses. Benavides pedía perdón de su infidelidad al espectro de Beatriz, como se pide a una santa el perdón de una ofensa, y prometía no volver a tener la debilidad de amar a la doncella aborigen.

Pero no suelen ser las promesas de amor, las que el hombre cumple con la más escrupulosa lealtad. La imagen de la novicia de Sevilla era adorada en la soledad; pero apenas se presentaba Zuhuy Kak, la escena del corazón cambiaba completamente; la española ausente era olvidada por la presencia de la virgen itzalana.

Un corazón de veinte y cinco años que experimenta la necesidad de amar, no puede vivir de un simple recuerdo, por poético y seductor que sea.

Benavides, pues, amaba a Zuhuy Kak por la necesidad que tenía de amar algún objeto en su inactiva soledad, y porque ningún objeto podía llenar con mayores ventajas esta necesidad que la hermosura de la itzalana.

Y Benavides se hubiera entregado hacía largo tiempo a los transportes de este amor si no le hubiese contenido el remordimiento de borrar de su corazón la adorada imagen de Beatriz.

Él comprendía muy bien lo que significaba el espectro de la española que se alzaba entre el infiel amante y la ruborosa itzalana. Aquel fantasma, que seña-laba con una mano la bóveda del cielo y con la otra el sangriento cadáver de un anciano, tenía un ademán elocuente que podía traducirse en estas palabras:

—El amor que te profeso te precipitó a asesinar a mi padre: a pesar de tu delito, ni te acuso ni te aborrezco, pues protegí tu fuga; ¿y osarás olvidar a la mujer que por tu amor ahoga en su pecho los sentimientos naturales de la sangre? ¡Cuidado!... el cielo es bastante justo y poderoso para castigar el asesinato y el olvido.

Tales eran los pensamientos que abismaban al joven español. El remordimiento luchaba con una necesidad del corazón: el recuerdo con la realidad. La más ligera circunstancia que se pusiese de un lado de aquella balanza, debía decidir muy pronto la cuestión.

Continuaba Benavides con los ojos clavados en tierra. De súbito creyó oír que las hojas de los árboles se movían a poca distancia del lugar en que se hallaba y levantó instintivamente la cabeza.

Zuhuy Kak penetraba en el rústico cenador. Mas allí, casi oculta entre el ramaje, acababa de sentarse sobre un tronco caído, la vieja confidenta que la acompañaba siempre.

Benavides dio un grito de alegría, sus tristes recuerdos se evaporaron, y radiante de placer corrió al encuentro de la joven. Pero se detuvo repentinamente. Zuhuy Kak se le había presentado siempre con la alegría en el semblante y el rubor en las mejillas. Ahora se le presentaba pálida, temblorosa, con las facciones trastornadas, con el asombro o el dolor pintados en la mirada.

El joven español sintió erizársele el cabello a esta muda aparición y apenas tuvo fuerzas para preguntar:

—Zuhuy Kak ¿por qué me miras así?

Por toda respuesta, Zuhuy Kak pasó una mano por su frente bañada en sudor, señaló al joven con los ojos la piedra en que estaba sentado y ella se dejó caer sobre la fina y menuda hierba que ocultaba la tierra. Benavides obedeció a aquel ademán y volvió a tomar la palabra:

—Zuhuy Kak: tu marcha ha sido muy precipitada. Tus miembros tiemblan, tu respiración es fatigosa, el sudor inunda tu piel.

La joven inclinó la cabeza y no respondió: parecía entregada a una meditación triste y dolorosa, de que no acertaba a salir.

Benavides la miraba lleno de ansiedad y de asombro.

—Hermosa itzalana —añadió con voz conmovida—; el dolor aparece pintado en tu rostro. ¿Tan pequeño es el amor que te merezco que no quieres confiar tus penas en el seno de un amigo?

Zuhuy Kak exhaló un suspiro, contenido largo tiempo en su pecho, y un torrente de lágrimas inundó sus mejillas.

El asombro y la pena del español crecían por instantes.

—Extranjero —dijo por fin Zuhuy Kak, mirando a Benavides a través de sus lágrimas—: vengo a comunicarte una nueva muy dolorosa... a lo menos para mí.

—¿Y crees que siendo dolorosa para ti, sea para mí indiferente?

Zuhuy Kak movió tristemente la cabeza en ademán de dudar.

—Escúchame español; y si la pobre itzalana que hace mucho tiempo toma parte en tus penas, es digna de aspirar a tu amistad, derrama siquiera una lágrima que se confunda con el mar de las que yo derramo,

—Zuhuy Kak, pongo al cielo por testigo de que antes de conocer tu pena, tomo más parte en ella, que si fuera mía.

La joven se detuvo un instante, como si vacilara todavía.

—Por todo el camino —dijo al fin—; he estado discurriendo y dudando. Pero me resuelvo ya. La separación ha de tener lugar tarde o temprano, y debía despedirme de ti, siquiera para designarte la persona a quien voy a recomendarte.

Benavides miró con sorpresa a su interlocutora.

—Anoche llegaron a Maní unos embajadores de Nachi Cocom.

—Y por temor de que me vean me hiciste conducir a esta choza.

—Mi padre acaba de recibir privadamente al jefe de esa embajada.

—¿Y qué…?

—El jefe de esa embajada es el joven Kan Cocom, hijo y heredero del cacique de Sotuta.

—Hasta aquí no veo motivo alguno que justifique tu alarma.

—Yo sí lo miraba, extranjero, desde el momento en que vi a la cabeza de los embajadores un joven que apenas contará los mismos años que tú. Los sacerdotes inspirados por los dioses y los ancianos educados por la experiencia, son los que regularmente se escogen para esas altas funciones, en que el agraciado representa el poder de su señor.

Parecía que Zuhuy Kak se complacía en dar estos pormenores para no abordar tan pronto la cuestión principal que tanto la embarazaba.

—¿Por qué, pues —preguntó Benavides—, ha sido puesto el joven Cocom a la cabeza de los embajadores?

—Esa pregunta que yo misma me hacía —respondió Zuhuy Kak—, me obligó a cometer una falta de que me avergüenzo todavía. Algunas palabras que Cocom me había dirigido la primera vez que estuvo en Maní, me hacían sospechar vehementemente el objeto de la embajada.

Y el rubor y la palidez se pintaron súbita y sucesivamente en el semblante de la doncella aborigen. Benavides empezó a escuchar con mayor atención.

—Cuando supe que Cocom había solicitado una audiencia particular, corrí a ocultarme tras de la puerta que comunica mi habitación con el dormitorio de mi padre, y allí… allí lo escuché todo —añadió la joven después de un momento de interrupción.

—Pero tú me haces desesperar de intento, Zuhuy Kak —dijo Benavides con impaciencia—. ¿Qué fue lo que escuchaste?

—Nachi Cocom propone a mi padre una alianza para exterminar de una vez a los españoles, pero como por razones poderosas que tiene Tutul Xiú, está resuelto a no atacar a los extranjeros, sino en el caso de que invadan su territorio, se ha negado completamente a entrar en aquella alianza.

—¿Y qué más?

—Nachi Cocom, que preveía la negativa de mi padre antes de enviar a sus embajadores, le anuncia que si se niega a contribuir al exterminio de los extranjeros, todos los caciques de Itzá reunirán sus fuerzas para reducir a escombros los dominios de Tutul Xiú.

—¡Miserables! —exclamó Benavides.

—A no ser que… —balbució la doncella.

—¿Qué?

Zuhuy Kak inclinó la cabeza y puso la mano sobre su corazón.

—A no ser —continuó con voz apagada—, que Tutul Xiú conceda al hijo de Nachi Cocom la mano de su hija Zuhuy Kak.

Benavides sintió correr por sus venas el calofrío de los celos.

Zuhuy Kak, espantada ella misma del esfuerzo que acababa de hacer, no osó levantar los ojos para juzgar el efecto que habían producido sus palabras en el semblante del español.

Pasó un horrible minuto de ansiedad y de silencio.

La joven itzalana creía escuchar los latidos precipitados de su corazón; sentía que las lágrimas se agolpaban a sus párpados, y necesitaba de todo el dominio que sabía ejercer sobre sí misma, para no prorrumpir en gritos y para no soltar el torrente contenido entre sus ojos. Parecíala que cada segundo que duraba el silencio del español la arrebataba un año de existencia. Cansada, en fin, de aquella lucha interior que sostenía en su pecho, y conociendo que la era necesario alejarse para dar rienda suelta a su dolor:

—Extranjero —exclamó con un acento que revelaba toda su emoción—: mi padre ha oído con placer la demanda de Cocom; Zuhuy Kak va ser la prenda de reconciliación entre dos estados, y antes de partir con su esposo, te viene a decir el último adiós.

Zuhuy Kak se levantó, y sin despegar los ojos de la hierba extendió en silencio su mano al joven español. Pero Benavides no veía nada. Sufría también en su interior un combate y parecía buscar la decisión en el verde ramaje de los árboles que le rodeaban.

—¡Adiós! —repitió Zuhuy Kak sin acertar a reprimir un sollozo.

Benavides extendió su mano. La itzalana la apretó ligeramente, un gemido ronco se escapó de su pecho y corrió a ocultar entre los árboles su dolor y su vergüenza.

Pero el español levantó súbitamente su cabeza, lanzó una mirada en derredor de sí, y extendiendo la mano, detuvo por el brazo derecho a la fugitiva.

—No —exclamó—; mil veces no: tú no tomarás por esposo a ese hombre que no conoces... No, no...

—¡Que no!... ¿y por qué? —preguntó balbuciente la joven, clavando ansiosamente los ojos en las pupilas del extranjero.

—Porque... ¡porque yo te amo!

—¡Tú! —gritó la itzalana en un éxtasis de dicha suprema—. Tú... ¿tú me amas?

Y el torrente de lágrimas contenido entre sus ojos, inundó en un instante sus mejillas; una sonrisa de inefable placer se pintó en sus labios y una llama divina pareció iluminar su semblante.

—Sí —respondió el extranjero que devoraba con sus miradas aquella súbita y hermosa transfiguración—. Sí: yo te amo... ¿no te lo han dicho mil veces mis ojos... mi sonrisa... mi semblante todo?

Zuhuy Kak, profundamente religiosa, como toda hija de la naturaleza, sintió en aquel momento una necesidad suprema de dar un voto de gracias al cielo por la inmensa dicha que dilataba su corazón, y cayó instintivamente de rodillas sobre la hierba. Levantó por un instante los ojos al firmamento, y un himno misterioso brotó de su elocuente mirada.

Hondamente conmovido Benavides por aquella pasión tan pura, tan sencilla, y tan profunda a la vez, se acercó a la joven y le presentó sus manos para levantarla. Pero la enamorada itzalana rechazó aquellas manos y con el candor y la pureza de una niña, se arrojó a los brazos del español y estrechó suavemente su cuello.

—¡Ah! —exclamó loca de alegría—. ¡Conque tú me amabas!... ¿y por qué no me lo decías?... ¿es tan poco expresivo mi rostro, que no adivinabas en él el inmenso amor que te tengo? Cuando una mirada tuya encendía la sangre de mis venas, ¿no veías el fuego que coloreaba mi piel?... ¿Cómo aman, ídolo de mi corazón, las mujeres de tu país para hacer conocer la pasión que las devora?... ¿Por qué no notabas la mía?... ¿Por qué esperaste el ardor de los celos para descubrir tu corazón? ¡Ah! si antes me lo hubieras dicho, ¡cuántos días de angustia me hubieras ahorrado!

Zuhuy Kak, educada en un pueblo de pasiones ardientes y salvajes, se entregaba sin temor alguno a todos los transportes de su alegría. Derramando lágrimas de placer y bebiendo la embriaguez a torrentes en los ojos de su amado, continuaba enlazada en sus brazos, le hablaba con voluptuosidad, amenazaba, interrogaba, reprendía, y no se cuidaba de esperar una respuesta alguna disculpa.

El amor comprimido largo tiempo en su corazón, estallaba en un instante como la lava encerrada en un volcán. Abrigaba el pudor innato en la mujer; pero su naturaleza salvaje, como el país en que había nacido, ignoraba el disimulo; sus acciones reflejaban, como un espejo, su corazón.

De súbito, su turbulento lenguaje quedó cortado bajo la presión de dos labios ardientes que se posaron sobre los suyos.

—¡Insensato! —exclamaba Benavides—: ¿qué venda fatal cerraba mis ojos para no ver el tesoro que encierra tu corazón?

Zuhuy Kak se desprendió suavemente de los brazos del español y volvió a sentarse sobre la hierba.

—Amado mío —dijo a Benavides—; en un solo día he experimentado la mayor pena y el placer más grande de mi vida. Cuando oí al joven Cocom pedirme por esposa y el júbilo con que mi padre dio su consentimiento, sentí en mi pecho un dolor agudo que me hizo prorrumpir en un grito. Pero te he visto, me has dicho que me amas y he olvidado todos mis padecimientos. Tu voz ha correspondido al deseo más grato de mi corazón; y en presencia de ese sol que nos alumbra, de estas ramas que nos cubren con su sombra, por el aire que respiramos, por el aroma de las flores que llega hasta nosotros, por los dioses protectores de mi patria, por el Dios que la tuya adora en sus altares, te juro que ese amor que vive hace mucho tiempo escondido en mi espíritu, y que hoy ha brotado por primera vez en mis labios, no será nunca profanado ni con el pensamiento; me dará fuerzas para ablandar el corazón de mi padre, y valor para resistir a las más seductoras pretensiones, como se resistió mi madre, la hermosa Kayab.

—Acepto ese juramento, donosa itzalana —respondió el español—; y no quiero preguntarte, porque te conozco demasiado, de qué medios te valdrás para oponerte a la voluntad de tu padre y a los intereses de su pueblo que ve tu matrimonio con el hijo del Señor de Sotuta, como una prenda inevitable de la armonía que debe reinar entre dos pueblos vecinos.

—Los dioses que me han inspirado el amor que te profeso —repuso la joven aborigen—, me inspirarán, también, el modo de conciliar mi dicha con la voluntad de mi padre y los intereses de su pueblo.

CAPÍTULO XII

La destrucción de Mayapán

Y en donde estuvo respirando amores
una villa gentil, suelo encantado,
sus esclavos que son sus vencedores
escombros, y no más, han apilado.

P. I. Pérez

La noche de aquel mismo día el anciano religioso fray Antonio de Soberanis, se hallaba orando de rodillas en su desmantelado aposento. El lector recordará que el franciscano habitaba ordinariamente con Benavides una choza situada en el suburbio más apartado y solitario de Maní. Esta choza se hallaba dividida en dos compartimientos por una serie de esteras de palma que servían de tabique. En el primero tenía su habitación el joven, en el segundo el anciano.

Aquella noche, fray Antonio se hallaba solo, porque Benavides continuaba escondido en la selva.

La claridad de un pequeño fogón, encendido en medio del aposento, iluminaba con sus pálidos y vacilantes reflejos las paredes de tierra, el tabique de palmas y la techumbre de guano. No se veían otros muebles que un largo banco de madera sin pulir, una hamaca de cordeles, teñida de varios colores y un enorme cántaro de barro. En el rincón más obscuro del aposento se hallaba fijada en la pared una cruz de madera, rústicamente labrada, ante la cual se encontraba arrodillado el anciano religioso.

Hacía una hora que la noche había extendido su manto de tinieblas sobre la populosa capital de Tutul Xiú. El silencio más profundo reinaba en el apartado barrio en que habitaban los dos españoles.

Pero este silencio se interrumpió repentinamente por dos golpes ligeros que resonaron en la puerta de madera de la choza. El religioso apartó la vista de la cruz, sus labios cesaron de moverse y se puso en actitud de escuchar con mayor atención. Los golpes no tardaron en repetirse. El franciscano se levantó entonces, se acercó de puntillas a la puerta, y después de acechar por una de las rendijas, preguntó en el idioma del país:

—¿Quién llama?

—Abre, sacerdote —respondió en el mismo idioma una voz que se colaba por las aberturas de la puerta—: abre; soy el cacique de Maní.

El franciscano se apresuró a quitar el madero que atrancaba la puerta y abrió la única hoja que la formaba, el espacio suficiente para que pudiese entrar un hombre. Tutul Xiú arrojó sobre el banco de madera la manta de algodón en que venía embozado, y se echó a los brazos del franciscano.

—Sacerdote cristiano —le dijo desprendiéndose de su cuello y sentándose en el banco de madera—; tu sabiduría y tu experiencia me han iluminado muchas veces en los cuatro años de residencia que has llevado en mi capital, y vengo ahora a buscar la luz de tu espíritu para que alumbre mi camino en la tribulación más grande que he experimentado en mi vida.

—Habla, señor —respondió el sacerdote, tomando asiento al lado de Tutul Xiú—; y tal vez el Dios de los cristianos para mostrar su poder, se dignará indicarte el buen camino por medio de mi palabra.

Tutul Xiú contó entonces al religioso el objeto de la embajada que le había enviado Nachi Cocom y concluyó su discurso con estas palabras:

—Es muy antiguo el odio que existe entre mi familia y los Cocomes de Sotuta. Para que puedas conocer la fuerza de este odio, quiero contártelo desde su origen, si es que no temes que te canse mi relación.

—Mucho placer recibiré en escucharte —respondió el franciscano—; porque acaso de tu misma relación sacaremos el remedio que necesitas.

—Escúchame, pues —repuso el cacique.

Y encendiendo en las brasas del fogón uno de esos cigarrillos de hoja de maíz, que heredamos de los indios, comenzó su narración.

—Cinco edades hace que todo este gran país de los macehuales, estaba sujeto a un solo señor que residía en la populosa ciudad de Mayapán. Los dioses habían escogido para gobernar a tan inmenso territorio a la familia ilustre de los Xiús, de que desciendo en línea recta. A la sazón, el gran cacique de los mayas era el anciano Kabah Xiú, tan querido como venerado de todos sus vasallos.

Mayapán era una ciudad privilegiada, como residencia de tan gran señor. Los que vivían dentro de sus muros estaban exentos de toda clase de tributos. Todos los nobles, los guerreros más famosos, los sabios, los sacerdotes más acreditados por sus virtudes, tenían casas y palacio en la ciudad. Quizás algún día, ¡oh sacerdote!, pasarás sobre el antiguo asiento de Mayapán, cubierto ahora de árboles y malezas, y entre los escombros de la ruina total a que la redujo la venganza de un vasallo traidor, encontrarás notables vestigios de su antigua grandeza.

Kabah Xiú, era adorado de todos sus vasallos. Los tributos de maíz, cera, miel, algodón, mantas y aves, que estaban obligados a pagar todos los que vivían fuera de la gran capital, acababan de ser reducidos a la menor proporción posible, y todo el extenso país de los macehuales resonaba con las alabanzas tributadas a tan magnánimo emperador.

Kabah Xiú no se guiaba únicamente para gobernar a su pueblo de lo que le dictaba su razón. Tenía consejeros públicos y privados, escogidos entre los ancianos y los sacerdotes más conocidos por su sabiduría. Apenas sabía que existía un hombre notable en el rincón más oscuro de su reino, le llamaba a su corte, le proporcionaba casa para vivir, le daba asiento en su consejo y le colmaba de honores. Así es que Mayapán era el emporio de todos los macehuales, que brillaban por su valor, por su sabiduría o por sus virtudes.

Entre los edificios más notables que daban tan grandioso aspecto a la ciudad, existía adherida al Kú (templo o adoratorio principal), una extensa fábrica de piedra, en que habitaban las vírgenes consagradas a los dioses. Estas santas mujeres retiradas del mundo y entregadas de continuo a la oración y a la penitencia, tenían a su inmediata vigilancia el fuego sagrado; y no comunicaban con más hombres que los sacerdotes empleados en el templo vecino.

La Ixnacán Katún (abadesa o superiora) de esta santa prisión, era una hija de Kabah Xiú, menos notable por su extraordinaria belleza que por sus grandes virtudes. Tenía apenas tres lustros de edad cuando solicitó y obtuvo de su anciano padre, el permiso de encerrarse para toda su vida en aquel santuario, después de haber despreciado las más brillantes proposiciones que se le hicieron para contraer matrimonio.

Cinco años hacía que la joven Ixnacán asombraba a todo el país de los macehuales con la pureza de su vida y la rigidez de sus costumbres. Todas las mañanas, al salir el sol, reunía a las jóvenes sometidas a su cuidado, y aunque de tan corta edad como ellas, les daba los más sabios y saludables consejos en sus pláticas diarias. Les recordaba que la que violase su castidad o dejase apagar el fuego sagrado, tenía la pena de morir flechada en la plaza pública. Pero considerando cuán natural es el amor en el corazón de la mujer, les recordaba también que la que tuviese enajenada su voluntad por esta pasión, podía salir del santo asilo para casarse con el esposo que hubiese escogido, previa la licencia del pontífice de Mayapán.

Entre los nobles que formaban la corte del anciano Xiú, se distinguía por su valor y su astucia, un guerrero llamado Cocom, que a pesar de contar treinta años de edad, no había fijado nunca los ojos en ninguna de las hermosas doncellas que brillaban en Mayapán. Parecía absorbido por una tristeza profunda, y llegó un día en que no pudiendo soportar el bullicio de la corte, se encerró en el templo principal y pidió ser instruido para consagrarse al sacerdocio. Ninguno extrañó la resolución de Cocom, porque la nobleza de su sangre le daba derecho para aspirar al pontificado. Y como todos conocían su inmoderada ambición, se creyó que aquel era el único motivo que le había inducido a inscribirse entre los sacerdotes.

Pero la ambición de Cocom aspiraba a mayor altura.

Apenas vistió el traje sacerdotal, tuvo licencia de entrar en el santuario de las vírgenes, contiguo al templo en que vivía. El primer cuidado que tuvo, fue el de presentarse en la celda de la joven superiora.

—Santa Ixnacán —le dijo bajando hipócritamente la vista, pero mirándola de reojo—; la fama de tus virtudes vuela por toda la tierra de los macehuales. Se dice que aunque por tu edad eres tierna como la última hoja que ha brotado del tallo de una rama, por tu discreción y tu conciencia eres tan fuerte como el tronco del árbol que desafía el huracán.

Ixnacán sintió subir a sus mejillas los colores de la vergüenza.

—Y te suplico —continuó el astuto Cocom—, que me permitas visitar a menudo tu celda para beber la santidad en tan preciosa fuente.

—Ayer ha muerto el sacerdote a quien comunicaba mis pecados —respondió la joven—; y te escojo a ti para que le sustituyas.

Esta era la primera vez que la sabiduría y la prudencia abandonaban a Ixnacán. Ella pudo conocerlo en el rayo de diabólica alegría que cruzó por los ojos de Cocom, pero su misma pureza le ponía una venda ante su vista.

Nuestro culto exige que el sacerdote oiga al pecador en silencio, y Cocom entraba todas las tardes en la celda de Ixnacán, donde sin testigos escuchaba la confesión de la bella pecadora.

El temor de precaver a Ixnacán y la misma sencillez que demostraba en todas sus palabras y acciones, contuvieron por mucho tiempo al astuto sacerdote; pero llegó un día en que no pudiendo resistir el ímpetu de sus deseos, resolvió llevar al cabo la obra preparada desde muchos años atrás.

—Ixnacán —le dijo una tarde, después de haber escuchado su confesión— hace mucho tiempo que hay escondida en mi pecho una pasión perenne y devoradora, como el fuego que alimentas en este santuario, y se ha llegado el día en que debo dejarle salir para que no queme mis entrañas. Ese fuego ha sido engendrado por tu extremada belleza, y si no correspondes al profundo amor que te profeso, mañana me arrojaré desde el gran altar de los sacrificios para que mi cuerpo quede mutilado en los innumerables peldaños de la escalera principal.

Ixnacán se levantó indignada del asiento que ocupaba y mostró su semblante pálido, como una bellota de algodón.

El sacrílego sacerdote se levantó también, se arrojó a los pies de la joven y osó abrazar sus rodillas.

—Tú me amarás como yo te amo —le dijo con voz enronquecida—; porque es imposible que los dioses dejen consumirse inútilmente en mi corazón la llama ardiente que me devora. Diez años hace que tu sombra me persigue en la vigilia y en el sueño, en la ciudad y en las selvas, en las discusiones del consejo, en el fragor del combal, y en la pompa de las ceremonias del culto. Por ti he mirado siempre con absoluta indiferencia a las más hermosas mujeres, por ti dejé la flecha de guerrero y los placeres de la ciudad; por ti he vestido el hábito talar del sacerdote y dejado crecer mi cabellera. Si no son estos títulos suficientes para merecer tu amor... habla... guiado de la luz de tus ojos y alentado por tu hermosura, me atreveré a luchar con el poder de los dioses para satisfacer un capricho de tu belleza.

—¡Indigno ministro de los dioses! —exclamó Ixnacán, exasperada por el lenguaje impuro y blasfemo del sacerdote—: ¿olvidas que hablas con una virgen, cuyos votos le impiden escuchar tu profano lenguaje?

—El pontífice de Mayapán puede dispensar tus votos para que contraigas matrimonio con el hombre que te adora.

—¿Ignoras, por ventura, que antes de consagrar mi virginidad a los dioses, desprecié cuantas proposiciones se me hicieron para encadenarme a un hombre toda mi vida?

—Pero si en lugar de encadenarte a mí, que siempre seré el esclavo de tu voluntad, te elevase mi amor al lugar más brillante que puede ocupar una mujer en Mayapán...

—¡Insensato! ¿Qué misterio encierran tus palabras?

—¿No me comprendes? ¡Es que no te he explicado todavía cuánto puede hacer por ti la inmensidad de mi amor!... Escúchame, Ixnacán. Tu anciano padre no tiene más que un hijo varón, heredero de su dignidad. Muerto este, el imperio de los macehuales te pertenece por nuestras leyes. Pues bien, corresponde a mi amor, haz que el sumo sacerdote dispense tus votos, dame la mano de esposa y te prometo que el hijo de Kabah Xiú morirá de una flecha en la primera batalla. Entonces a la muerte de tu padre en lugar de mandar sobre quince o veinte doncellas, tendrás derecho de vida y de muerte sobre todos los vasallos de Itzá.

—¡Miserable! —gritó Ixnacán en el colmo de la indignación—. Si no te apartas al instante de mi vista voy a llamar sin demora a los sacerdotes que están orando en el templo para que denuncien a mi padre tus criminales pensamientos. Aléjate de mi presencia: ¡no profanes por más tiempo este santuario!

Y la joven, con un ademán imperioso y una mirada llena de dignidad, señaló con un dedo la puerta de la celda al impúdico sacerdote.

El astuto Cocom inclinó la cabeza y salió humildemente del aposento. Pero cuatro horas después, cuando la luna hubo escondido su faz tras de las paredes de los edificios más bajos de la ciudad, Cocom salió del templo, disfrazado bajo una manta, y se encaminó a la casa de un viejo hechicero, situada en el arrabal más apartado de Mayapán.

El h'men tomó de su patio una flor amarilla, la colocó sobre un pequeño altar de piedra en que se veía la imagen de Xibilbá (el demonio), murmuró sobre ella algunas palabras cabalísticas, quemó un poco de copal en un incensario de barro, y presentándola luego al sacerdote, le dijo:

—Basta que aspire un instante el perfume de esta flor, para que quede sumergida media noche en un sueño tan profundo como la muerte.

—¿No correrá peligro su existencia?

—Despertará del éxtasis como de un sueño natural.

El sacerdote arrojó a los pies del hechicero la manta en que había venido embozado, y salió precipitadamente de la choza.

La tarde del día siguiente se presentó en la celda de Ixnacán a la hora acostumbrada. Apenas vio a la joven se prosternó de rodillas, y clavando en su rostro una mirada humilde y suplicante, la dijo con melosa voz:

—Ixnacán; soy un miserable y no merezco tu perdón. Voy a alejarme para siempre de Mayapán a fin de no encontrarme nunca con tu mirada, y solo vengo a suplicarte que ruegues algunas veces a los dioses que perdonen mi crimen. Tú eres una santa y tus oraciones deben subir al cielo, como el humo del copal que se quema en los altares.

—Tu súbito arrepentimiento me enajena de placer —respondió la sencilla Ixnacán—, y no dudes que uniré mis oraciones a las tuyas para conseguir el perdón del mal pensamiento que dominó un instante tu corazón.

—Mira esta flor que acabo de tomar del templo de Zuhuy Kak, la protectora de las vírgenes consagradas a los dioses. ¿Te dignarás aceptarla para que la conserves siempre en memoria de mi arrepentimiento?

Y le presentó una flor amarilla, algo ennegrecida y marchita por el humo del copal. Ixnacán la tomó entre sus dedos diciendo:

—Aun conserva las huellas del humo que recibió en el altar.

—Y el perfume también —añadió el sacerdote con voz balbuciente. Y Cocom siguió con una mirada llena de avidez el movimiento del brazo de Ixnacán que describió lentamente una curva para aspirar por un instante el perfume de la flor. Los ojos del miserable despidieron un rayo de impureza y se levantó violentamente del suelo para disimular su emoción. Pero cuando levantó la cabeza para contemplar otra vez a su víctima, la encontró completamente demudada.

Ixnacán empezó a sentir súbitamente un entorpecimiento inconcebible en todos sus miembros; las fuerzas le faltaban como si hubiese perdido toda su sangre; extendió las manos en derredor de sí para buscar un apoyo, y no encontrando ninguno, cayó pesadamente sobre una estera de palmas. Al día siguiente, a la misma hora, volvió a presentarse Cocom en la celda de Ixnacán.

—¡Infame! —le gritó la joven—; ¿te atreves aun a ponerte en mi presencia?

Cocom levantó, lentamente los ojos para mirar a la que le hablaba. El dolor, la cólera y la vergüenza estaban pintados al mismo tiempo en el semblante de Ixnacán.

El miserable se encogió de hombros, y con voz tranquila y pausada, que contrastaba notablemente con la ira de que se hallaba poseída la joven:

—Ixnacán —le dijo—: vengo a verte, no por mí, sino por ti misma. Escúchame. Ha sido violada la castidad que habías jurado guardar; mereces la pena de muerte, solo hay un remedio para evitarla: casarte lo más pronto posible con el causador de tu deshonra.

—¡Hipócrita! ¡miserable! —exclamó Ixnacán, dejando vagar en sus labios una sonrisa de dolorosa satisfacción—. Aunque tuviera cien vidas las perdería todas sin murmurar, con tal de no casarme contigo para que asesines a mi hermano y ocupes un día la dignidad de mi padre. ¡Ah! ¡cuando tu infame cabeza concibió el plan que has consumado, creíste, sin duda, que la debilidad de la mujer se doblaría ante la muerte, como la caña azotada por la tempestad! Pero se ha hundido el criminal proyecto. La mujer no ha sido débil y prefiere la muerte a unirse con un miserable.

Y se escapó de su boca una risa sardónica que contrastaba horriblemente con la palidez de su rostro, la extenuación de sus mejillas y el hundimiento de sus ojos.

El sacerdote comprendió que era inmutable la resolución de Ixnacán y se retiró a maquinar un nuevo proyecto.

Adivinó que la joven, contenida más bien por el pudor que por el miedo, no divulgaría la infamia que había empleado para perderla. Pero el crimen dejaría quizás una huella que con el tiempo haría imposible ocultar su perpetración. Y tan pronto como se divulgase, la muerte alcanzaría más temprano al verdugo que a la víctima.

Era, pues, necesario, precaverse con tiempo. Cocom después de haber reflexionado maduramente sobre el partido más seguro que convenía tomar, entró una mañana en el palacio de Kabah Xiú y pidió, el cacicazgo de Sotuta que acababa de quedar vacante. Kabah Xiú no titubeó un instante en acceder a su demanda. Su nobleza, su valor y su astucia eran prendas muy suficientes para alegar un derecho a tan honorífico encargo.

Kabah Xiú gobernaba su dilatado imperio por medio de caciques que colocaba en cada una de las ciudades principales. Estos caciques, como súbditos suyos, obedecían al menor de sus deseos, y todo el extenso país de los macehuales gozaba de una paz envidiable.

Únicamente Cocom, el nuevo cacique de Sotuta, parecía presagiar una desgracia. Todas las poblaciones sujetas a aquel cacicazgo estaban en continua agitación para reunir el mayor número posible de guerreros, que se iban concentrando en la cabecera por orden del nuevo señor. No se limitaron a esto sus extrañas precauciones. Envió embajadas secretas a todos los caciques del Oriente y de las costas, cuyo objeto no pudieron alcanzar, sino los interesados inmediatamente en el asunto.

En medio de estos preparativos empezó a divulgarse por todo el país una noticia espantosa. Decíase que Ixnacán Katún, la virtuosa hija de Kabah Xiú, encerrada casi desde su niñez en un santuario, estaba próxima a ser madre. Sus jóvenes compañeras estaban escandalizadas; el pueblo sonreía con desprecio y los sacerdotes invocaban la cólera de los dioses.

Un día llegó a Sotuta un correo de Kabah Xiú. El Gran Señor llamaba a Mayapán al cacique Cocom. Pero este, en lugar de obedecer, enseñó al enviado de Kabah Xiú cuatro mil guerreros reunidos en la plaza de Sotuta y le dijo que si a pesar de lo que miraba, su señor insistía en tenerle a su lado en la corte, tendría que pasar sobre cuatro mil cadáveres para conseguir su objeto.

Un grito de indignación resonó en todo Mayapán cuando se supo la respuesta del rebelde Cocom. Kabah Xiú se decidió entonces a publicar la deshonra de su hija y el crimen del impuro sacerdote, para que sus pueblos se persuadiesen de la justicia con que iba a castigar al malvado.

Reunió diez mil hombres de armas y prohibió a todos los caciques de la tierra, bajo pena de muerte, que se prestasen auxilios al sacrílego traidor. Mandó publicar además que daría un premio de dos mil mantas de algodón al que presentase vivo al rebelde a fin de que fuese flechado públicamente en la plaza principal de Mayapán, para cumplir con las leyes del país y aplacar la cólera de los dioses.

Avanzaban entretanto con dirección a Sotuta los diez mil guerreros del Gran Señor, a las órdenes del general más acreditado de su corte. Entonces fue cuando empezó a decirse en voz alta el objeto de las embajadas secretas que Cocom había enviado a los caciques del Oriente y de la cosa, antes de la divulgación de su crimen. Comprendiendo que no podía escapar del severo castigo que merecía, sino negando la obediencia al irritado padre de su víctima, y que las fuerzas de su cacicazgo no eran suficientes para resistir al poder de tan gran señor, excitó a todos aquellos caciques a que se rebelasen contra este, tentando su ambición con grandes y halagadores resultados. Díjoles que Kabah Xiú era un tirano que cargaba de onerosos tributos a todas las poblaciones de los macehuales, mientras Mayapán, única ciudad exceptuada de esta carga, nadaba en los placeres e insultaba con su opulencia a todas las demás. Manifestoles que les bastaba su voluntad para hacerse independiente cada uno del gran señor; que para conseguir este importante objeto reuniesen todas sus fuerzas a las de Sotuta y que después de derrotado el tirano, cada uno sacudiría su yugo y se haría supremo señor de los pueblos de su cacicazgo.

Todos los caciques invitados a la rebelión, aceptaron estas proposiciones.

Cuando los diez mil hombres de Kabah Xiú llegaron a las inmediaciones de Sotuta, se encontraron con un ejército de más de veinte mil guerreros procedentes de los pueblos rebelados. Trabose una sangrienta batalla, que a pesar de los conocimientos del general de Mayapán, dio la victoria a la superioridad numérica de los aliados de Cocom.

Kabah Xiú rasgó sus vestiduras cuando vio entrar por las puertas de Mayapán los dispersos y mutilados restos de su ejército. Mandó hacer preces públicas por la salvación de la Patria, y millares de aves y de cuadrúpedos regaron con su sangre los altares de los dioses.

Convocó enseguida a los ancianos, a los sacerdotes y a los guerreros de su consejo y les manifestó la conflagración general en que iba a verse envuelto todo el país de los macehuales. Teníase noticias de que el ejército de los rebeldes se iba engrosando por momentos y de que entre pocos días debía presentarse ante los muros de Mayapán. No había más que un remedio: reconcentrar en la capital todas las fuerzas de que se pudiese disponer.

Las provincias del Sur y todas las poblaciones de la costa occidental, desde Chuburná hasta Champotón, acababan de despreciar las tentadoras proposiciones que los rebeldes les hicieron después de su victoria. Kabah Xiú les previno que le enviasen cuanta gente de armas les fuese posible reunir, y algunos días después la ciudad de Mayapán contenía en su ancho recinto más de cincuenta mil guerreros.

Entretanto, los rebeldes enviaban nuevas embajadas a los caciques que se habían negado a entrar en la rebelión. Cocom les prevenía por última vez que si cada uno de ellos no ponía dos mil guerreros a la disposición de sus embajadores, sus capitales serían reducidas a cenizas, del mismo modo que iban a hacer con Mayapán, y que todos sus habitantes quedarían reducidos a la esclavitud. Veinte y cinco ciudades despreciaron esta amenaza y esperaron tranquilamente las consecuencias. Todo el país de los macehuales estaba movido por una terrible agitación. Los pueblos fieles enviaban sus hombres de guerra a Mayapán y los amotinados a la capital de Cocom. Los rebeldes fueron los primeros en mover sus fuerzas con dirección a la corte de Kabah Xiú. Era un ejército de ochenta mil guerreros que ensordecían la tierra con solo el ruido de sus pisadas. Cocom, el rebelde cacique e impuro sacerdote, marchaba a su cabeza. Los caciques de Zací, de Itzmal, de Tulúm y de Conil, conducían en sus hombros al dios de la guerra. Cuatro días después, las legiones rebeldes acampaban en los arrabales de Mayapán. Los muros estaban henchidos de guerreros, y en aquel mismo instante se empeñó la primera batalla.

Cuarenta días duró el sitio de la ciudad. En el espacio de aquel tiempo habían muerto quince mil de sus defensores y veinte mil de los rebeldes. Las piedras, los árboles, los edificios y los muros estaban inundados de sangre. Muchos cadáveres permanecían insepultos y el aire estaba cargado de miasmas desagradables. Declarose dentro del recinto de la gran metrópoli una peste desconocida hasta entonces en el país y empezó a matar a sus defensores con mayor voracidad que la guerra. ¡Era ya imposible la defensa de la ciudad!

En el primero de los cinco días aciagos del mes de Ulobol Kin, se empeñó el último y más desastroso combate de aquella lucha sangrienta. Los guerreros de Kabah Xiú, pálidos por el insomnio y las fatigas, y extenuados por el hambre y las privaciones, se presentaron en los muros al rayar el alba, como las almas de los condenados que asisten al consejo de Xibilbá. El sol empezaba a declinar todavía en la bóveda del cielo, cuando las puertas de la ciudad cayeron hechas pedazos bajo las armas de los sitiadores.

Un horrible grito arrojado simultáneamente por sesenta mil bocas saludó el triunfo de Cocom. Las legiones rebeldes se precipitaron en tropel por las calles y las plazas de la profanada metrópoli y empezaron la obra de una horrible destrucción. Los hombres y las mujeres, los niños y los ancianos, eran reducidos a prisión o degollados sin misericordia. Las chozas de paja y de madera fueron reducidas a cenizas, y cuando ya no vagó por las calles y plazas ninguno de sus antiguos habitantes, los sesenta mil guerreros se convirtieron en sesenta mil demonios de la destrucción, y empezaron a demoler uno por uno los soberbios edificios de la suntuosa capital.

En medio de aquella lúgubre escena se vio subir a una mujer joven y hermosa a la torre más alta del templo principal, arrojarse desde aquella elevación, lanzando un grito de dolor, y destrozarse sus miembros en la gradería de piedra que había delante de la puerta. Era Ixnacán Katún, que prefería la muerte a caer con vida en manos de su verdugo.

Por su parte, el viejo Kabah Xiú había cumplido hasta el fin con su deber de soldado y de emperador. Su cadáver quedaba enterrado bajo los escombros de su capital.

A la mañana siguiente se representó el último cuadro del sangriento espectáculo. Los prisioneros de guerra fueron inmolados de uno en uno en el altar de los sacrificios, y el agua de las lluvias aun no ha podido borrar las impresiones de la sangre derramada aquel día en las aras de los dioses. Los sacerdotes empaparon sus manos en aquella sangre y las estamparon en todos los escombros de la ciudad en señal de maldición.

Dos meses después, las veinte y cinco ciudades que se negaron a auxiliar a los rebeldes habían corrido la misma suerte que Mayapán. Sus habitantes estaban muertos o reducidos a la esclavitud, y sus escombros se hallaban, señalados con la impresión de la mano roja.

Un solo habitante de Mayapán se escapó de la carnicería. El hijo de Kabah Xiú, aquejado de una grave dolencia, se hallaba por aquel tiempo en Maní, curándose en la casa del h'men más afamado del país. Cuando recobró la salud se encontró con que todos los caciques, antiguos delegados de su padre, se habían hecho independientes a la conclusión de la guerra.

Lloró en secreto la imposibilidad en que se hallaba de vengar a su padre y castigar a los rebeldes y se contentó con el cacicazgo de Maní que había logrado permanecer neutral durante la contienda. Cocom, viendo a cuán pequeña parte se había reducido la herencia de Kabah Xiú, dejó disfrutar en paz a su hijo de estos dominios, que apenas eran iguales a los suyos y a los de sus criminales aliados.

Desde entonces la estirpe real y sacerdotal de Mayapán gobierna únicamente en el territorio de Maní, que no es sino la centésima parte de los antiguos dominios de Kabah Xiú.

CAPÍTULO XIII
Las profecías de Chilam Balam

Detén la tempestad que me amenaza,
no me anonade la ira celestial…
Pasen estas angustias tormentosas,
pase la oscuridad, venga la luz;
tórnense mis espinas, blancas rosas,
y verde palma tórnese mi cruz.

M. Duque de Estrada.

Tutul Xiú concluyó su narración con estas palabras:

—Juzga ahora, sacerdote cristiano, si mi familia tendrá motivo para aborrecer a la de los Cocomes. Pero este odio hereditario ha causado innumerables desventuras a nuestros pueblos. Los guerreros de Maní y de Sotuta se han encontrado muchas veces en los campos de batalla, y la sangre que se ha derramado en ellos, va formando un lago que cada día nos separa más de la amistad. Nuestras ciudades y aldeas están pagando las consecuencias de un odio de que no tienen la culpa y de que no sacan ninguna ventaja; y preciso es poner un término a tan continuas desgracias.

—Ese es un pensamiento muy digno de un emperador —dijo con entusiasmo el anciano sacerdote.

—Ahora bien —repuso Tutul Xiú—, para alcanzar ese grandioso objeto que ha merecido tu aprobación, necesito abrazar uno de los dos extremos que me propone Nachi Cocom. ¿He de enviarle dos mil guerreros para ayudar al exterminio de tus compatriotas?

—Varias veces me has permitido que te explique los santos dogmas de la religión de Cristo, y no pocas te has manifestado dispuesto a abrazarla.

—Sí; tu voz me ha conmovido y tus virtudes me han admirado. Mas no es esta la única razón que me retrae. Sacerdote: voy a abrirte mi pecho para que leas en él todos mis secretos. La naturaleza me grita que debo defender el suelo de mis mayores; la necesidad me hace palidecer ante esa lucha y cierra mis oídos al grito de la patria. La fatalidad me escogió para hacerme una víctima de su ceguedad y quiero explicarte los caminos por donde me ha conducido a este término para tranquilizarme a mí mismo.

—Tutul Xiú, quizá eso que llamas fatalidad es la providencia de Dios que te ha escogido para salvar a tu pueblo.

—Era yo joven todavía, cuando vino a habitar en mi corte una hija del cacique de Zací, llamada Kayab. Acababa de enviudar de un caballero español, arrojado casualmente a nuestras costas por una tempestad, y no pudiendo soportar la presencia de los lugares en que había sido tan dichosa, resolvió abandonar a Zací. La gran hermosura de Kayab y el tinte de melancolía extendido en todo su semblante, hicieron tan profunda impresión en mi pecho, que no vacilé en ofrecerle mi mano. Kayab me respondió que deseaba ser fiel a la memoria del español, y se negó a mi demanda. No desmayé por esto, y tanto hice por alcanzar mi deseo, que al fin Kayab consintió en darme su mano, pero bajo una condición. Los españoles empezaban a aparecerse de tarde en tarde en nuestras costas, y ella que los amaba tanto, como a compatriotas de su primer esposo, me hizo jurar que nunca les llevaría la guerra y que solo me defendería de ellos en el caso de que invadiesen mis dominios. Tal fue el precio a que adquirí la mano de la hermosa Kayab. ¡Cuántas lágrimas me ha hecho derramar después aquel juramento, arrancado a la debilidad de mi amor!

—Tutul Xiú —dijo el sacerdote—, los hombres a quienes Dios escoge para regenerar a sus pueblos son empujados por caminos misteriosos, que desgarran muchas veces sus plantas con los guijarros y las espinas; pero que de seguro los conducen al término que les señala. Kayab, la hermosa itzalana, viuda de un caballero español, fue el primer guía que la Providencia puso ante tus ojos para hacerte entrar en el camino de sus designios.

—No es eso todo —continuó Tutul Xiú—, como si no hubiese escuchado los comentarios del religioso. Cuando hace doce años penetraron los españoles por primera vez en nuestro país, toda la tierra se puso en movimiento para resistir al empuje de los atrevidos extranjeros. Solo yo, el descendiente de la estirpe real de Kabah Xiú, no me moví de mi capital ni di un soldado para salvar a la patria.

—Era sin duda que Kayab, el ángel que velaba a tu cabecera, le recordaba a cada instante tu juramento.

—Todo contribuía para sujetarme en aquella mísera inacción. Había por aquel tiempo en Maní un anciano agorero, que sabía leer el porvenir en la luz de las estrellas y en los frutos de la tierra. Había yo prometido no combatir a los españoles sino cuando atacasen mis dominios. Creía que se acercaba el momento del combate porque los extranjeros avanzaban atrevidamente. De la costa habían pasado a Conil, de Conil a Choacá, de Choacá a Aké, de Aké a Chichen Itzá. De un día a otro podían llegar hasta Maní.

Una noche hice venir al viejo agorero a mi palacio. Extendió ante mi vista una piel de venado, cubierta de jeroglíficos incomprensibles. Sacó de los pliegues de su manta una figurilla de barro que colocó sobre la piel. Pidió luego granos de maíz y frijoles que se puso a contar repetidas veces de dos en dos, murmurando palabras misteriosas en que acaso invocaba a Xibilbá.

Yo sentí que el sudor inundaba mi frente, y sin embargo mis miembros temblaban como en una noche de Yaax (enero).

Al cabo de algunos instantes el viejo h'men metió por segunda vez su mano bajo la manta y sacó una culebra roja que asentó también sobre la piel. Yo retrocedí involuntariamente por un movimiento de horror. El agorero se sonrió de mi debilidad, y para tranquilizarme sin duda, pasé varias veces su mano sobre el redondo cuerpo del inofensivo reptil.

Enseguida, se puso de rodillas, pegó sus labios a la cabeza del idolillo de barro, murmuró algunas palabras a voz baja y soltó la culebra. El animalillo empezó a arrastrarse sobre la piel. De súbito sacó la lengua, delgada y aguda como una espina, y picó ligeramente con ella uno de los jeroglíficos pintados con tinta roja en la piel de venado. El anciano h'men, que contemplaba atentamente los movimientos del reptil, lo tomó entonces entre sus dedos, volvió a esconderlo bajo su manta, hizo lo mismo con el idolillo y arrolló la piel de venado. Había concluido.

A pesar de la impaciencia con que había aguardado el fin de la ceremonia, no me atreví a preguntarle nada en aquel momento, porque me pareció ver pintada una siniestra impresión en las arrugas de su rostro.

—Tutul Xiú —me dijo con voz conmovida—, el aguijón de la culebra roja acaba de levantar la espesa manta que cubre los secretos de la fatalidad.

Yo estaba mudo con el silencio del terror.

—Batab —continuó el agorero—, la estrella de la estirpe real de Mayapán empieza a oscurecerse. La culebra que ha mordido la última figura pintada en la piel de venado, dice que los extranjeros morderán en el corazón a tus pueblos para dominarlos, y que tú serás el último cacique de tu familia.

Yo incline mi cabeza, gimiendo interiormente, ante aquella voz de la fatalidad. Cuando la levanté un instante después, el h'men había desaparecido.

A la luz del fogón que alumbraba la choza, pudo ver el franciscano dos lágrimas que brotaban de los ojos del anciano cacique.

—Tutul Xiú —le dijo—, si la religión cristiana llega un día a iluminar tu espíritu, conocerás que esas predicciones de los agoreros son fábulas y mentiras groseras, inventadas por el enemigo del género humano. Dios ama demasiado al hombre para que le haga penetrar en las tinieblas del porvenir. ¿Qué sería de nosotros si llegáramos a saber el instante de nuestra muerte? No tendríamos valor para mover un pie ni para llevarnos un pedazo de pan a la boca.

—Sí —dijo el anciano cacique—; comprendo lo que me dices. La ciencia del porvenir solo puede ser conveniente a los dioses porque son inmorales. El hombre que tiene contados los días de su vida, desesperaría con esa ciencia. Y sin embargo, ningún deseo nos punza tan vehementemente en las tribulaciones de nuestra existencia, como el de conocer la suerte que nos depara la fatalidad.

—¡Ah! Es que el hombre se precipita con mucha frecuencia en la desgracia por su propia voluntad.

—Ese deseo me obligó a consumar mi desventura. No contento con la predicción del agorero, quise consultar la voluntad de los dioses. Con el beneplácito de Kayab y de mi consejo, marché a Itzmal una mañana para oír la voz del gran oráculo de los macehuales. Como mi nombre era odiado ya por la inacción en que permanecía la mayor tribulación de la patria salí disfrazado para que no se me conociese, acompañado únicamente de tres sacerdotes. Cuando llegué al gran templo de Itzamatul, coloqué sobre el altar las ofrendas de algodón, cera y flores que llevaba, y enseguida me arrodillé ante las gradas de su pedestal.

—«Gran Itzamatul —le dije en mi oración—, tú que cuando peregrinaste en la tierra, fuiste señor de innumerables vasallos y conociste las amarguras de los caciques; tú que eres un dios poderoso y sabio que tiene en su mano las pieles y las cortezas, en que están escritos los anales del porvenir, mírame humillado ante tu altar, lee en mi pecho las penalidades que afligen mi corazón y descúbreme las desgracias que me guarda un porvenir preñado de nubes, como la tempestad».

—«Cacique de Maní —me respondió una voz cavernosa que salía de los labios inmóviles del oráculo—; el hombre blanco y barbado ha caído sobre el país de los macehuales, como el rayo que desgaja los árboles e incendia las cabañas de palmas. Tú, como todos los batabes, perderás tu gobierno, y serás como todos los macehuales, esclavo de los extranjeros. Las predicciones de los profetas van a cumplirse, y los dioses van a ser derribados de sus altares al soplo de la cruz».

—¿Eso dijo el oráculo? —exclamó lleno de asombro el franciscano.

—Sí —respondió tristemente Tutul Xiú.

—Cacique de Maní —repuso el religioso—; Dios no necesitaba hablar al hombre para comunicarle su voluntad. Hay colocado en nuestro corazón una voz interior, llamada conciencia, que es el guía más seguro que nos ha suministrado para dirigir nuestras acciones. Por medio de este guía nos comunica su voluntad, haciendo que se oprima cuando obramos mal y que se dilate cuando practiquemos el bien. Ni el Dios verdadero ni el falso pudieron hablarte en el templo de Itzamatul. Los sacerdotes que viven de las preocupaciones de los pueblos, se encargarían de responderte por la boca del oráculo. ¿Cómo, pues, los sacerdotes tuvieron valor para predecirte la ruina de los dioses, que hacen hablar a su voluntad, y el ensalzamiento de la cruz, que acabará con su poder?

—Siempre los dioses han respondido a las consultas de sus devotos. Y aunque respondieran por ellos los sacerdotes, que son los intérpretes de su voluntad, saben demasiado las predicciones de los profetas para conocer que ha llegado la época en que se cumplan. Porque has de saber, oh sacerdote cristiano, que en el discurso de las seis últimas edades, han existido en los pueblos mayas varios profetas, que han vaticinado vuestra conquista y vuestra nueva religión.

Durante el gobierno de mi padre, y cuando yo era muy niño, existió en Maní un sacerdote llamado Chilam Balam. Sus costumbres eran austeras, su vida ejemplar, y hacía cuantiosas limosnas a los pobres. Todos le amaban y respetaban mucho. Cuando alguno sentía cualquiera tribulación del cuerpo o del alma, iba al templo en que habitaba el santo sacerdote. Chilam Balam curaba las enfermedades del cuerpo con yerbas y con resinas, y los dolores del alma con las sabias advertencias que llovían de sus labios. Cuando el escogido de los dioses estuvo próximo a su último fin, se hizo llevar a la plaza principal, y ante el numeroso concurso convocado para oírle descubrió los secretos del porvenir. Dijo que de los países de donde nace el sol, vendrían hombres blancos y barbados que dominarían la tierra de los itzalanos, que el culto de los dioses sería destruido y que la señal de la cruz aparecería en las alturas. Añadió que las voluntades estarían divididas cuando se viese la santa aparición, que los que en ella creyesen serían alumbrados, y que los que la desechasen permanecerían en las tinieblas. Concluyó diciendo que el Dios verdadero le había ordenado hablar de aquella manera, mandó tejer una manta de algodón para mostrar a los macehuales la clase de tributo que había de pagarse a los hombres barbados y previno a mi padre que hiciese una cruz de piedra para que fuese adorada en los templos.

No fue Chilam Balam el único profeta que vaticinó vuestra venida. En tiempos anteriores Patzin Yaxun Chan, Nahau Pech, Hkukil Chel y Hná Pue Tun, hablaron casi en los mismos términos a los macehuales de otros pueblos.

—Los arcanos de la Providencia son incomprensibles —dijo el franciscano—. Acaso Dios que previó vuestra resistencia, os hizo prevenir por vuestros mismos sacerdotes para preparar vuestro corazón.

—De cualquier modo que sea —repuso Tutul Xiú—, lo cierto es que han enervado mis fuerzas y debilitado mis sentimientos los vaticinios de esos profetas, el juramento hecho a Kayab, la predicción del agorero y la respuesta de Itzamatul. Por eso te decía que las desgracias que la fatalidad ha amontonado sobre mi cabeza, me impiden obedecer al llamamiento de la patria. Por eso también me he negado a enviar a Nachi Cocom los dos mil guerreros que me pide. ¡Ah! Plegue a los dioses que esta negativa no ahogue en un piélago de desventuras a mi pueblo de Maní.

—Dios se ha compadecido de tu tribulación —dijo el religioso—, y ha puesto el remedio al alcance de tu mano. ¿No me has dicho que en caso de que no pudieses enviar a la guerra tus hombres de armas, Nachi Cocom se contentaría con que tu hija Zuhuy Kak se casase con su joven heredero?

—¡Ah! —exclamó Tutul Xiú—. Ciertamente si ese matrimonio pudiera verificarse me quitaría un grave peso del corazón.

—¿Y hay algo que lo impida?

—Sí; la voluntad de mi hija.

—¡Cómo! ¿Zuhuy Kak se niega a dar su mano al joven Cocom?

—Apenas volvió hoy de su paseo matutino, la llamé a un lugar apartado, y le expuse la demanda de Cocom; Zuhuy Kak se puso pálida, lloró luego y al fin se arrojó a mis brazos suplicándome no forzase su voluntad. Le manifesté que si se resistía a aquel enlace exponía a mi pueblo a grandes desgracias, ya hiciese alianza con Nachi Cocom para exterminar a los españoles, o ya rehusase reunir mis fuerzas a las de todos los macehuales.

—Y entonces…

—Solo pude arrancarle la promesa de que aguardaría ocho días para tomar una resolución definitiva. Pero conozco poco el corazón de mi hija, o lo puedo asegurar que al vencimiento del término, dará la misma respuesta que la de esta mañana. Ha mirado con visible repugnancia este matrimonio, y estoy seguro de que nunca cambiará su corazón.

—¿Y acertáis el motivo de esa repulsa?

—Cocom es un gallardo mozo dotado de excelentes prendas, que no pueden menos que cautivar la atención de las mujeres. Además, Zuhuy Kak comprendo cuan útil sería ese matrimonio para apagar el odio antiguo que existe entre las dos familias, y su buen corazón debe inclinarla a querer ser la prenda de unión entre dos pueblos que están próximos a despedazarse. ¿Por qué entonces se resiste? Hay, sin duda, alguna causa muy poderosa que es mayor que todas las demás. ¿La sospechas tú, sacerdote?

—Tutul Xiú —respondió el religioso—, los votos que hacemos los sacerdotes católicos, nos retiran de la dulce sociedad de la mujer, y nos impiden leer en su pecho los secretos del amor.

—Pues había venido —repuso el anciano cacique—, para que apartases la venda de mis ojos y me ayudases en mis investigaciones.

—¿Y cómo quieres que te ayude?

—Escúchame. Solamente otro amor puede impedir al corazón de mi hija admitir la oferta del joven Cocom.

—¿Y bien?

—Zuhuy Kak vive a mi lado y nunca he visto que sus ojos se fijen en ningún hombre.

—Cada vez te comprendo menos.

El único joven con quien creo que habla a menudo mi hija, es el caballero español, librado por ella de la saña de los Cocomes, y que según me ha dicho, ordinariamente habita contigo en esta cabaña.

—¡Ah! —exclamó el franciscano—. Ya comprendo. ¿Crees que tu hija esté enamorada del caballero español?

—Sí —respondió Tutul Xiú—. Y para cerciorarme he venido a preguntártelo.

—No siempre he estado presente a sus frecuentes entrevistas —repuso el religioso con embarazado acento—. Quien podría informarte mejor, es la anciana que viene siempre acompañando a Zuhuy Kak.

—La he llamado y examinado escrupulosamente; pero aunque me ha confesado la frecuencia con que se ven el español y mi hija, me ha dicho que no ha podido entender lo que conversan, porque hablan un idioma extranjero.

—No son mejores los informes que puedo darte. Si ellos se aman, si se lo han dicho alguna vez en sus conversaciones, ya comprenderás que se han guardado de mí para ocultar su felicidad.

—Lo comprendo perfectamente. ¿Pero nunca has sorprendido ni por descuido alguna palabra, alguna señal que pueda servir de luz a tu amigo?

—Nunca.

Tutul Xiú inclinó la cabeza y reflexionó un instante.

—Y bien, sacerdote —dijo enseguida a su interlocutor—, a pesar de la seguridad que tengo de que nada has descubierto, abrigo la convicción de que ese amor debe existir siquiera por la frecuencia de las visitas de Zuhuy Kak. Perdona si insisto en este punto, porque el interés inmenso que tengo en el matrimonio de mi hija con Cocom, me hará ir, si es preciso, hasta a interrogar a los dioses.

—Comprendo la necesidad que te impele —repuso el franciscano—, y para demostrarte cuánto me intereso yo también por la felicidad de tu pueblo, te prometo interrogar al mismo español.

—Me harás en ello un gran beneficio. Y en caso de que exista ese amor, tomaremos una medida infalible para cortarlo.

—¿Cuál?

—Una ausencia eterna. Te he dicho que los españoles están acampados hace algunos días en el pueblo de Thóo.

—Sí, y también me has contado las penalidades que han sufrido para llegar hasta allí. Tutul Xiú, Dios empuja al español y le hace triunfar de millares de enemigos, para que la religión de Jesús sea exaltada y dedicada por todo el país de los macehuales.

—Pues bien, Thóo dista de aquí menos de dos jornadas de camino, y en una noche y una mañana se puede trasladar un viajero de la una a la otra población. Examina el corazón del español, y si existe el amor que tememos, la primera noche oscura que haya, ambos os podéis marchar a Thóo a reuniros con los hombres blancos, vuestros compatriotas.

—¡Gran Dios! —exclamó el sacerdote, brillando en su rostro una súbita alegría—. ¿Serás tan generoso, Tutul Xiú, que nos concedas lograr así el voto más querido de nuestro corazón?

—Y para que no corráis en el camino el riesgo de ser otra vez aprisionados —añadió—, os daré un centenar de guerreros que os escolten hasta los suburbios de Thóo.

—¡Gran cacique de Maní! —repuso el sacerdote—. El Dios de los cristianos ilumine tu espíritu por la buena obra que acabas de practicar.

—No me des las gracias, porque solo me ha ocurrido este pensamiento al considerar que así tal vez lograré casar a mi hija con Cocom para hacer la felicidad de mi pueblo. Entre cuatro días nos volveremos a ver.

Tutul Xiú se levantó, volvió a cubrirse con la manta de algodón y salió de la cabaña, después de estrechar cordialmente la mano de su interlocutor.

El franciscano, luego que se quedó solo, cayó de rodillas ante la rústica cruz de madera, derramando lágrimas de gratitud.

CAPÍTULO XIV

Ansiedades de amor

Cerca viene
la muerte que te busca; ponte en salvo;
huye, cuitada, huye, que ya suenan
las duras herraduras...

Bermúdez

A la noche siguiente, Zuhuy Kak, acompañada de su vieja confidenta se presentó en la choza del bosque, donde seguía escondido Benavides. El español le dijo:

—Tengo que decirte muchas cosas, Zuhuy Kak.

—¡Oh! —exclamó la joven—; no serán de tanto interés como las que yo vengo también a decirte.

—¡Quién sabe! —repuso Benavides—. Pero de todos modos te cedo la delantera.

—Te dije anoche que mi padre me había llamado para hacerme ver las ventajas que resultarían de mi matrimonio con el hijo de Nachi Cocom, y que por apaciguar la cólera que le había causado mi negativa, le señalé un plazo para tomar una resolución final.

El español estrechó suavemente la mano de la joven en señal de asentimiento.

—Esta mañana —continuó Zuhuy Kak—, me mandó llamar a su aposento y le encontré conversando con Kan Cocom. Un instante después de mi llegada, mi padre se levantó y me dejó sola con el joven. Era la primera vez que nos veíamos sin testigos. Yo temblaba como la hoja de un árbol azotada por el viento, y me encomendé a los dioses de todo corazón. Kan Cocom me miró tierna y dulcemente con sus negros ojos y me dijo:

—Zuhuy Kak, los dioses ríen de gozo cuando te miran, porque eres hermosa como una mañana de Kan Kin (abril) dulce como la miel que las abejas del campo depositan en los troncos de los árboles; tu voz es suave y armoniosa, como la música de Hkinxooc (gran músico aborigen); la mirada de tus ojos quema más que los rayos de Kinich Kakmó que consumen el sacrificio, y el dios del amor derramó sobre ti todos sus dones. Yo que tengo ojos para admirar tanta belleza te amé en el momento en que te encontré en mi camino. ¿Seré tan desdichado que no me ames como yo te amo?

—Kan Cocom —le respondí—, hay un gran número de doncellas en el país de los macehuales que reconocen y aman tu buen corazón. ¿Por qué te diriges a una ingrata como yo?

—¿Por qué miro con más gusto la luna que el gran número de estrellas que fulguran en su derredor en una noche serena?

—Kan Cocom, los dioses que gobiernan el mundo y el hado que fija invariablemente el destino del hombre, no han permitido que te ame: ¿no es inútil que te obstines en forzar la voluntad de los dioses y las leyes del destino?

—¡Ah! —exclamó Cocom—. Mucho me temo que algún joven de Maní sea el balzán (farsante) que represente la persona de los dioses, o la fatalidad del destino. Zuhuy Kak, yo te amo, tu anciano padre me alienta y yo sabré encontrar a ese balzán.

Dicho esto, salió del aposento dando muestras de estar grandemente enojado.

—¡Bueno! —interrumpió Benavides—. Es decir que el hijo de Nachi Cocom va a desplegar toda su astucia para encontrarme. Si yo fuera cacique de Maní, apostaría todo mi cacicazgo a que no da con esta choza en todos los días de su vida.

—Español —repuso la joven—, témelo de todo un hombre astuto como la serpiente, y tan conocedor de los bosques de los macehuales en que ha sido educado.

Benavides se encogió de hombros en ademán de desprecio.

—¿Lo dudas? —continuó Zuhuy Kak—. Pues oye lo que no había querido decirte por temor de que te burlases de mi debilidad. Xchel, mi vieja confidenta, y yo, hemos tenido que detenernos muchas veces en el camino esta noche antes de llegar a la choza.

—¿Por qué motivo?

—Porque hemos creído oír a nuestras espaldas el ruido de algunos pasos que nos seguían.

—Zuhuy Kak, tú eres valerosa, y no creo que te hayas engañado.

—Ni yo lo creo, repuso la joven. Dos veces oí distintamente el ruido que hace una rama seca, al quebrarse bajo el peso de los pies de un hombre.

—¿Y descubriste algo?

—Nada, a pesar de que nos deteníamos a mirar en derredor, y de que dos veces retrocedimos algunos pisos para inspeccionar el camino.

En aquel momento la vieja confidenta que se hallaba sentada en el umbral de la puerta por discreción y precaución a la vez, se levantó súbitamente y dio algunos pasos en el interior de la choza.

—¿Qué es eso, Xchel? —le preguntó Zuhuy Kak en el idioma del país.

La vieja confidenta sin dejar de mirar con dirección al bosque, le respondió en voz baja:

—Un hombre acaba de salir detrás de la choza y se ha perdido entre el monte.

—Benavides se puso en pie inmediatamente; pero Zuhuy Kak le detuvo.

—Español —le dijo—, tú no tienes armas para defenderte de ese macehual que probablemente será Cocom. Déjame salir a buscarlo y quédate con Xchel en la choza.

—¿Pero tú?... —preguntó Benavides.

—Tranquilízate —interrumpió la joven—. Si es un vasallo de mi padre el importuno, tocará la tierra con su mano y la besará en mi presencia. Si es Cocom, me ama demasiado, para que corra algún peligro en su compañía.

Un relámpago de odio cruzó por las pupilas del español o inclinó la cabeza.

—Zuhuy Kak salió de la choza. Cinco minutos después estaba de vuelta.

—El bosque está solitario como siempre —dijo a Benavides—. Xchel se habrá equivocado probablemente.

Estas palabras pronunciadas en español, no permitieron replicar a la anciana. Benavides pareció conformarse con ellas y dijo:

—Zuhuy Kak, ya he escuchado tus noticias quiero ahora que escuches las mías. Acababas anoche de retirarte, cuando vino a verme fray Antonio, nuestro anciano amigo.

—Le encontré por el camino —dijo Zuhuy Kak.

—¿Y hablaste con él?

—Únicamente me estrechó en sus brazos con mayor ternura que otras veces y me exhortó a que me cuidase de alguna sorpresa.

—Conmigo anduvo más comunicativo, porque me dijo que tu padre acababa de hacerle una visita.

—No es la primera vez que el cacique de Maní pone los pies en la choza del anciano sacerdote. En los cuatro años de residencia que fray Antonio tiene entre los macehuales, ha ayudado varias veces a mi padre en conferencias secretas con la sabiduría de sus consejos.

—Anoche no fue a pedir un consejo al religioso, sino a interrogarle.

—¿A interrogarle?

—Tu resistencia a casarte con el hijo de Nachi Cocom ha llamado tanto la atención de tu padre, que llegó a sospechar nuestro amor.

Zuhuy Kak hizo un movimiento de sorpresa.

—Comisionó a fray Antonio para que me interrogase —continuó Benavides—, y le he confesado la verdad.

Zuhuy Kak ocultó su rostro entre sus manos.

—¿Sabes el medio que ha inventado tu padre para hacernos la guerra?

La joven sin levantar la vista movió la cabeza entre sus manos en ademán negativo.

—Ha ofrecido una escolta de cien guerreros para que el anciano religioso y yo seamos conducidos al campamento español, que acaba de establecerse en Thóo.

La joven levantó su cabeza, dando un grito de sorpresa y de dolor.

—¡Conque os vais! —exclamó al cabo de un instante, que empleó sin duda en avasallar la pena que destrozaba su corazón.

Benavides la miraba con una expresión de dolorosa ternura; pero no respondió una palabra. Los párpados de la joven se cubrieron de un círculo amoratado, que encerraba torrentes de lágrimas, contenidas por el despecho y la duda.

—¿Y por qué no habíais de iros? —continuó con un acento que se esforzaba a hacer aparecer tranquilo y natural—. El pan que se come en país extranjero está amasado con lágrimas, los macehuales somos tan sencillos que no sabemos divertir la pena de nuestros huéspedes; y es tan dulce habitar entre compatriotas cuando hace tanto tiempo que no se les ve… Español, ya ves que yo comprendo la ansiedad de tu corazón y bendigo la generosidad de mi padre. Aprovechad su permiso… id a encontrar a vuestros hermanos, los guerreros de Castilla… y… y sed felices.

Zuhuy Kak no acertó por más tiempo a ser dueña de sí misma. Dejó escapar un ahogado sollozo y dos raudales de lágrimas inundaron sus mejillas.

Benavides tomó sus manos entre las suyas y apretándoselas afectuosamente:

—Zuhuy Kak —le dijo—, tú que me has contado la historia de los amores de la hermosa Kayab, debías conocer mejor el corazón del caballero español. ¿Qué respondió Gonzalo Guerrero a las instancias de Aguilar que quería separarle de su esposa y de sus hijos?

—¡Ah! —exclamó Zuhuy Kak, sonriendo en medio de su llanto.

—La propuesta de Tutul Xiú ha hecho en mi ánimo la impresión que hizo en Gonzalo la porfía de su compatriota; y en nombre del Dios a quien reverencio y adoro, te juro que no te abandonaré y que correremos la misma suerte.

Zuhuy Kak se arrojó a los brazos del español y le presentó sus labios y sus mejillas para que imprimiese sus ardientes y castos besos.

La vieja confidenta volvió a penetrar en la choza y los sorprendió en tan dulce arrobamiento.

—Mi pobre amiga —dijo alegremente Zuhuy Kak—, ¿alguna nueva visión ha cruzado ante tus ojos?

—No —respondió la anciana—; he oído gritos en el bosque en la dirección del pueblo.

—Alguna nueva ilusión —añadió la joven.

—Oye, oye, repuso la anciana.

Benavides, y las dos mujeres retuvieron el aliento para escuchar.

Entonces se oyó distintamente una voz lejana y dolorosa, que repetía a intervalos la palabra española:

—¡Socorro!… ¡socorro!… ¡socorro!

Benavides saltó del banco en que se hallaba sentado. Zuhuy Kak quiso detenerle, como la primera vez, pero el joven se opuso resueltamente.

—¿No oyes —la dijo—, que es un español el que pide socorro?

—¡Y bien! Seguramente habrá sido atacado por algunos macehuales y tú no tienes armas para socorrerle ni para defenderte. No conseguirás salvarle y tal vez encontrarás la muerte para ti.

—No importa; acaso valdrán mis puños algo más que tus lágrimas… con tanta más razón —añadió—, cuanto que no puede ser otro el necesitado que nuestro anciano amigo, fray Antonio, que venía a visitarme esta noche para cumplir su oferta de ayer.

Y asiendo de un pesado madero que había casualmente en un rincón, salió de la cabaña por delante de las mujeres.

Continuaba oyéndose los gritos, aunque con mayores pausas, en dirección del estrecho sendero que partía de Maní para la choza.

Benavides siguió esta dirección, y a los cinco minutos de marcha, encontró atravesado en el caminillo un cuerpo negro que pugnaba por levantarse.

El español y Zuhuy Kak dieron un grito de dolor y se arrodillaron junto a aquel cuerpo, para examinar la causa de sus gritos y de la postración en que se hallaba.

Aquel hombre, tendido en medio el camino, era el anciano religioso.

—¡Tened cuidado! ¡tened cuidado! —exclamó con voz dolorosa—. Os habéis arrodillado sobre un charco de sangre.

—¿Tenéis alguna herida, padre mío? —preguntó Benavides.

—Mirad, repuso el anciano.

Y a la vacilante claridad de las estrellas, porque la luna aun no había asomado en el horizonte, le enseñó su pie derecho ensangrentado. Por encima de su vestido salía una flecha larga, adornada en su parte superior de plumas, y cuya punta de pedernal desaparecía en gran parte entre la carne.

—¡Herido de una flecha! —exclamó Zuhuy Kak.

—Y sin saber por quién, hijos míos —respondió el anciano.

—¿No habéis visto al que os la disparó? —preguntó Benavides.

—Iba a verte como te ofrecí ayer. Caminaba tranquilo, orando más bien con el pensamiento que con los labios. ¡Tantas veces he pasado descuidadamente este camino en el transcurso de cuatro años!... Súbitamente me sentí herido en el pie, y caí sin encontrar apoyo. Tuve valor para contener mis gritos temiendo llamar con ellos al enemigo oculto que me atacaba, y sondeé únicamente con los ojos la espesura y las sombras que me rodeaban, y al cabo de un instante vi un hombre casi desnudo, que se movía tras el tronco de ese árbol, y que notando sin duda que no me movía, creyó consumada su obra y se retiró. Cuando le creí bastante lejos para que no pudiese oír mis gritos, y conociendo que estaba cerca de la choza, di voces para que vinierais a socorrerme.

Benavides se levantó y corrió al árbol designado por el anciano.

—¿Este es, padre mío, el tronco que sirvió de escondite a vuestro heridor? —preguntó.

—Sí, hijo mío —respondió el sacerdote.

El joven empezó a examinar escrupulosamente el lugar, tentando con las manos la tierra que le rodeaba. De súbito soltó una exclamación de alegría y vino a incorporarse al grupo formado por el herido y las dos mujeres.

—Mirad —les dijo.

Y les enseñó el objeto que acababa de encontrar y que no era otra cosa que una espada de madera.

—En la choza examinaremos esta espada —dijo Zuhuy Kak—, y quizá nos haga conocer al miserable. Casi todas las armas de los itzalanos llevan grabados jeroglíficos en la madera, que los ancianos y los sacerdotes descifran fácilmente.

Entonces los dos jóvenes ayudaron a levantar al anciano. Benavides le sostuvo por un brazo, Zuhuy Kak por el otro, y de este modo emprendieron el camino de la choza.

—Xchel —le dijo la joven itzalana a su silenciosa compañera—. Busca las yerbas necesarias para curar esta herida, y recuerda que ha sido hecha con pedernal en una noche de Yax kin, antes de salir la luna.

Xchel se separó del grupo y en un instante desaparecía entre los árboles.

—Sacerdote —prosiguió Zuhuy Kak—, yo curé en Potonchán tu herida, porque era la única que allí podía hacerlo. Pero te hago saber que Xchel sabe curar toda clase de males, como el mismo Citbolontún y Xchel, su patrona, (dioses de la medicina) y no hay en todo el país de los macehuales quien le lleve ventaja. A sus manos, pues, voy a encomendarte, y acaso entre diez o doce días podrás encontrarte tan sano como ayer.

El anciano dejó oír un suspiro doloroso. Zuhuy Kak se acordó de la gracia otorgada por Tutul Xiú a los dos españoles; pero conociendo lo embarazoso que hubiera sido hablar de ella en aquellas circunstancias, se abstuvo de consolar al religioso.

Duraba todavía el silencio cuando llegaron a la choza. Xchel los esperaba ya con algunas yerbas en la mano. El franciscano fue colocado con la mayor comodidad posible en la hamaca más grande que había en la rústica habitación. Benavides arrancó la flecha de la herida; el anciano lanzó un gemido de dolor y un nuevo chorro de sangre inundó sus vestidos. Entonces Xchel mascó algunas de las hojas que traía en la mano y las aplicó a los labios de la herida, murmurando salmos ininteligibles.

—Suprime esas invocaciones al demonio —dijo el franciscano a la curandera en el idioma del país, haciendo con sus dedos la señal de la cruz.

Xchel se detuvo, levantando las yerbas de la herida.

—¡Cómo! —añadió el religioso—. ¿Ya no quieres curarme?

—Sin invocar a Citbolontún y Xchel, mi patrona —respondió la anciana con entereza—, la herida no podrá sanar ni en todo un Katún.

—Sacerdote —dijo Zuhuy Kak en español acudiendo al socorro de la anciana—, si obligas a mi vieja confidenta a que suprima sus salmos, no habrá poder humano que la fuerce a hacer la curación.

—Pues cúrame tú, hija mía —repuso el intolerante franciscano.

Zuhuy Kak tomó las yerbas de la mano de Xchel, y después de aplicarlas silenciosamente a la herida, hizo pedazos su toca de algodón para formar hilas y vendas. Cinco minutos después con ayuda de Benavides la operación estaba concluida.

Entonces ambos jóvenes se acercaron al fogón, atizaron las brazas y a la luz de la llama que levantó, se pusieron a examinar las armas del oculto enemigo que había herido al franciscano.

Ya hemos dicho lo que era la flecha. La espada era un trozo de madera fuerte, curiosamente labrada, de tres pies de largo y cuatro pulgadas de anchura. El corte estaba formado de una serie de pedernales, que terminaban en un filo tan delgado como podía serlo una hoja de acero, y que se hallaban asegurados artísticamente en una canal de madera. Así el puño, como la hoja, estaban cubiertos de jeroglíficos, como había pronosticado Zuhuy Kak.

Un instante de examen bastó a la joven para mudar de color.

—¿Por qué palideces, Zuhuy Kak? —preguntó Benavides.

—Español —respondió la joven—, este gato montés es el distintivo que adoptaron los Cocomes de Sotuta desde la destrucción de Mayapán.

—Es decir, que esta espada y esta flecha, que tiene grabada la misma figura...

—Pertenecen al hijo de Nachi Cocom.

—Luego, ha descubierto nuestro albergue.

—Ha cumplido con su juramento —repuso Zuhuy Kak—. Él fue, sin duda, el que me siguió hasta aquí y el que Xchel vio salir detrás de la choza. Acaso mi presencia le impidió vengarse de ti y el inocente sacerdote ha pagado el odio que te profesa.

El anciano escuchaba este diálogo desde su lecho de dolor.

—Hijos míos —les dijo con voz sosegada—, descubierta esta choza por Cocom, ya no os ofrece ninguna seguridad.

—¡Ah! —exclamó la joven—, ¡bien lo comprendo! Quién sabe si Kan Cocom estará despertando en este momento a mi padre para revelarle lo que ha visto, y quién sabe si dentro de pocos instantes tendremos aquí a este, acompañado del celoso mancebo.

—¡Y quién sabe —repuso el sacerdote—, si Cocom querrá vengarse solo y volverá aquí acompañado de los capitanes de su embajada para llevarnos a Sotuta y ofrecernos en holocausto a los dioses!

—¿Qué hacer, entonces? —preguntó Zuhuy Kak, pálida de emoción.

—Huid, hijos míos, huid; ya os lo he dicho.

—¿Pero... y vos? —preguntó Benavides.

—Yo —respondió el anciano mirando con triste conformidad su herida—, yo estoy imposibilitado de caminar. Pero esto no debe detener a los que tienen piernas y aun les queda tiempo para ponerse en salvo.

—¿Pero que será de ti, pobre anciano? —preguntó Zuhuy Kak, agitando desesperadamente sus hermosos y torneados brazos.

—¿De mí? —repuso el franciscano—. Si es Tutul Xiú el que viene a la choza, hará que me carguen en una camilla cuatro de sus esclavos y me mandará poner en su palacio de Maní para que me curen sus h'menes.

—Pero si es Cocom con sus capitanes...

—Acabará la obra comenzada y dejaré esta vida de tribulaciones.

Benavides y Zuhuy Kak se miraron llenos de angustia. Repentinamente se serenó la frente de la joven itzalana, y mirando tiernamente al sacerdote, le dijo:

—Si los brazos del español y los míos te han sostenido hasta esta choza, ¿por qué no hemos de conducirte de la misma manera hasta Maní? La amistad nos prestará fuerzas, iluminará nuestro camino y nos enseñará el modo de evitarle las molestias, que naturalmente debe producir la marcha en un hombre herido, como tú.

Y sin esperar el asentimiento del anciano, ambos jóvenes le levantaron en sus brazos, y del mismo modo que algunos momentos antes le habían traído a la cabaña, salieron a la selva.

La luna se había levantado ya sobre las copas de los árboles; pero ya recordarán los lectores que la espesura de la selva impedía que sus rayos penetrasen a través de las ramas. Había, pues, la claridad suficiente para conducir con alguna comodidad al herido, y la oscuridad bastante para estorbar que fuesen vistos desde la distancia de veinte pasos.

—Procurad tomar un camino distinto del que siempre habéis traído —dijo el sacerdote a sus conductores—, porque de lo contrario corremos riesgo de ver inutilizadas todas nuestras precauciones.

—Lo había pensado antes —dijo Zuhuy Kak—, y hemos tomado otro sendero.

Terminadas estas palabras, el camino empezó a hacerse en silencio. Los generosos jóvenes parecían estar contentos y aun orgullosos con la carga que llevaban, y el religioso oraba fervorosamente en su pensamiento, más bien por ellos que por sí mismo.

De súbito se vieron iluminados por una claridad inmensa, que se levantaba a sus espaldas. El sacerdote volvió la cabeza, como a doscientos pasos de distancia, vio elevarse una densa columna de llamas y de humo, que oscurecía la atmósfera, y alumbraba espléndidamente la espesura de la selva en un radio considerable.

—¡Gran Dios! —exclamó el religioso—. Si tardamos cinco minutos en salir, ahora estaríamos perdidos sin remedio.

—¿Que decís, padre mío? —preguntó Benavides.

—Que Cocom y los suyos han incendiado la choza que acabamos de dejar.

—¿Por qué piensas que sean Cocom y los suyos? —terció Zuhuy Kak.

—¿Crees —repuso el anciano— que tu padre hubiese incendiado esa choza?

—¡Oh! apresuremos el paso —dijo la joven aterrorizada.

Media hora después entraban todos en la cabaña de Maní que ya conocen nuestros lectores.

Xchel fue colocada de centinela en la puerta para evitar cualquiera clase de sorpresa.

—Hijos míos —dijo el anciano sacerdote a los dos jóvenes luego que lo hubieron colocado en su lecho—, escuchad ahora un momento el aviso que voy a daros. Si mañana al amanecer sois encontrados en Maní, vos, Benavides seréis sacrificado a los dioses; tú, Zuhuy Kak, serás forzada a casarte con Kan Cocom o envolverás al pueblo de tu padre en una guerra desastrosa. Cocom acaba de sorprender vuestros amores y no dormirá esta noche para madurar el plan de su venganza. Ha principiado ya por incendiar la choza, testigo de vuestra felicidad.

Tiempo hacía que bullía igual pensamiento en el espíritu de ambos jóvenes, e inclinaron simultáneamente la cabeza bajo el peso de sus tristes reflexiones. Pero Benavides no tardó en levantar su frente con un movimiento lleno de alegría.

—Zuhuy Kak —exclamó con entusiasmo—, tú me salvaste un día la vida; yo puedo ahora conservarte la libertad, que es la segunda vida de la criatura humana, o acaso la más preciosa.

El religioso y Zuhuy Kak interrogaron al joven con sus miradas.

—Amada mía —continuó este—, tú me has dado hasta aquí un asilo en la corte de tu padre; yo te ofrezco ahora, un refugio en el campamento de los españoles, que acaba de establecerse en Thóo. En la próxima madrugada podremos ponernos en camino; nadie nos verá salir de la ciudad, cuando aparezca la aurora habremos ya pasado los dominios de tu padre, y antes de que el sol se oculte en el ocaso, nos encontraremos bajo el amparo de los valientes españoles. Tomaremos un guía que nos conduzca por extraviados senderos, y no creo que seamos tan desgraciados, que no podamos llegar al término de tan corto viaje.

Estas palabras que Benavides pronunció con febril entusiasmo arrancaron un ademán de aprobación al anciano sacerdote.

—Español —dijo Zuhuy Kak inclinando tristemente los ojos—, la hija de Tutul Xiú no tendrá fuerzas jamás para abandonar a su padre.

Benavides abría ya los labios para responder; pero el franciscano le detuvo con un ademán.

—Hija mía —dijo el sacerdote mirando a la joven itzalana con benévola ternura—, no escuches la voz del amor, que con su ceguedad y entusiasmo suele precipitar a la desgracia. Pero escucha, a lo menos, los consejos de un anciano, que no tiene otra mira que el bien de las almas y la felicidad de los pueblos.

—Habla, sacerdote —respondió la joven—; sabes con cuánto ardor he solicitado siempre la sabiduría que fluye de tus labios.

—Respóndeme con sinceridad —repuso el franciscano—. ¿Qué sería de ti, Zuhuy Kak, si te obligasen a casarte con el hijo del señor de Sotuta?

—Labraría mi eterna desventura.

—¿Y si en cambio de esta desventura eterna, te propusiesen una separación momentánea del lado de tu padre, que daría por resultado tu unión con el hombre que amas, la felicidad del país en que naciste y, por último, el perdón de tu mismo padre?

—Aceptaría, sacerdote —respondió con entereza Zuhuy Kak.

—Pues bien, hija mía, sigue a nuestro joven amigo al campamento de los españoles, y esos grandes resultados no se harán aguardar mucho tiempo.

Una expresión de duda se pintó en el semblante de Zuhuy Kak. El anciano comprendió lo que pasaba en su espíritu y prosiguió:

—Estoy herido y no puedo acompañaros en vuestra fuga.

—Padre mío —interrumpió Benavides—, no nos faltará modo de llevaros.

—El camino que vais a emprender —repuso el sacerdote—, está sembrado de peligros y fatigas. Cargar con un hombre, como yo, es lo mismo que entregaros en manos de vuestros verdugos. Es inútil que insistáis —añadió al ver que Benavides hacía un movimiento para hablar—. Con tanta más razón, cuanto que conviene a mi propósito quedarme en Maní. Escuchadme… y tú principalmente, hija mía.

El anciano se detuvo un instante y continuó:

—Cuando amanezca el día de mañana, tu padre llorará la fuga de su hija y temerá ver entrar de un instante a otro en su capital a los feroces guerreros del señor de Sotuta. Su pena y su temor lo harán venir a mi choza y yo le diré: «Quisiste forzar el corazón de tu hija, y tu hija ha corrido a refugiarse al campamento español. Si la amas, como dices, vuela a abrazarla en su nuevo asilo; si temes a los guerreros de Sotuta, los españoles son poderosos; forma alianza con ellos, y Nachi Cocom no osará meter en tus dominios uno solo de sus vasallos…». Cuatro años hace que conozco a Tutul Xiú y espero en Dios que lograré persuadirlo. Entonces, hija mía, tu padre irá a verte a Thóo, abrazará dos hijos en lugar de uno y su pueblo no tendrá que temer nada del orgulloso cacique de Sotuta.

—Sacerdote —dijo Zuhuy Kak con tranquila conformidad—, hace mucho tiempo, que estoy acostumbrada a escuchar tu voz como a un oráculo de los dioses y creo en tu predicción.

—¿Con qué aceptas mi oferta? —le preguntó Benavides.

La joven, por toda respuesta, extendió tristemente su mano al español.

CAPÍTULO XV

Conversión de Zuhuy Kak

No de amor mundanal la sed me inspira,
no la belleza terrenal me inflama;
cristiana fe mi cántico respira,
ella en mi pecho su dulzor derrama,
y siento por su influjo soberano,
armoniosa la voz, diestra la mano.

Foxa

—Hija mía —dijo entonces el anciano sacerdote—, ahora que vas a emprender una marcha peligrosa y a vivir por algún tiempo entre cristianos, quiero que aprovechemos las pocas horas que nos quedan de estar reunidos, en un asunto de grave importancia para ti, y por cuya realización he dirigido mil veces al cielo mis más fervientes oraciones.

—¿Vas a hablarme acaso de mi conversión al culto cristiano?

—Sí, Zuhuy Kak. Tu alma es aun más hermosa que tu cuerpo, y es digna de ocupar un lugar preferente en la santa milicia del Crucificado.

—Sacerdote —repuso la joven con respetuosa tranquilidad—, varias conferencias hemos tenido, en que me has explicado tu religión, y siempre te he manifestado al fin de ellas que deseaba morir en el culto de mis padres.

—Lo recuerdo muy bien —insistió el sacerdote—. Pero hasta entonces, Zuhuy Kak, no te había hablado más que de los santos dogmas que constituyen la religión verdadera. Ahora quiero que la consideremos bajo otro aspecto. He hablado a tu inteligencia, y no he tenido la dicha de convencerte. Ahora quiero tocar tu corazón, y un secreto presentimiento me dice que logrará conmoverte muy pronto. ¿Sabes qué es el amor, hija mía?

El semblante de la joven itzalana se iluminó con una dulce sonrisa.

—¡El amor! —dijo con voz conmovida—. El amor es para la criatura humana lo que la tierra y la lluvia para las plantas, lo que el agua para el pez, lo que el aire para las aves, lo que el aroma para las flores. Sin el amor no soportaríamos los sinsabores de la vida, porque el peso de la existencia nos arrastra a la muerte, como una barca cargada del peso de innumerables guerreros, se hunde en los profundos abismos del mar. Y lo he experimentado por mí misma. Cuando era niña, el amor de mi madre era toda mi existencia. Apenas se alejaba de mí derramaba raudales de lágrimas. Y solo dejaba de llorar cuando me estrechaba en sus brazos y enjugaba mis ojos con sus labios. Cuando tuve algunos años más, mi amor se extendió a todos los niños que me acompañaban en mis juegos infantiles. Cuando murió mi madre, me hubieran enterrado en la misma tumba que a ella, si mi padre no hubiese besado a tiempo mi frente para recordarme que aun quedaba alguno que me amase sobre la tierra. Y ahora… ahora, sacerdote…

—Concluye, hija mía —repuso dulcemente el franciscano—. No temas decir tu último amor, porque en el mismo libro inspirado por la sabiduría divina, se halla escrito que los hijos abandonarán a sus padres por la irresistible pasión del amor.

—Pues bien: ya te lo he dicho. Si en lugar del hombre a quien eligió mi corazón, me obligaran a enlazarme a otro para apartarme del primero, pasaría toda mi vida llorando… ¿qué digo? moriría en poco tiempo, y la última señal de vida que diese sería una lágrima desprendida de mis ojos.

—Hija mía —dijo el sacerdote—, la mujer que comprende el amor como tú, no puede cerrar por más tiempo su corazón a las dulzuras de la doctrina católica. El evangelio, Zuhuy Kak, es el canto más dulce de amor y más rico de caridad, que se ha escuchado jamás sobre la tierra. Jesús, su divino protagonista, es el amor en acción. Se humaniza por el amor, predica el amor, sufre por el amor y muere amando en la Cruz.

Presta toda tu atención a lo que voy a decir y no temas comunicarme ninguna de tus impresiones.

Hubo un tiempo, hija mía, en que todo el mundo estaba entregado al culto de los ídolos, como el país en que naciste. Un solo pueblo escogido por la Providencia guardaba el culto del verdadero Dios; pero este pueblo era tan pequeño, que por ningún medio humano podía atacar la idolatría que tan profundas raíces había echado en la tierra. El creador se compadeció de la miseria en que se arrastraba la criatura, y su santa misericordia quiso poner el remedio.

¿Cuántos recursos podía encontrar la inteligencia divina para la gran obra de la regeneración? Su amor inmenso por la criatura le hizo escoger a Jesús, su hijo, para la consumación de la obra y le envió a sufrir todo género de dolores en la tierra. ¿Quién podía enseñar con mejor motivo el amor, que el que por amor se avenía a bajar al mundo para padecer?

Por eso la vida de Jesús es tan hermosa. Con el ejemplo propio y con la palabra enseña el amor a cuantos quieren seguir sus pasos y escuchar su doctrina. Encuentra un día una mujer a quien el pueblo es una gran pecadora. Pero Jesús, que ha obrado una inmensa revolución en el mundo moral con estas cuatro palabras: amada a vuestro enemigos, ama a aquella mujer, aunque pecadora, y detiene la saña de sus verdugos con otra lección tan sublime como la primera; el que no haya pecado tírele la primera piedra.

Cada una de sus parábolas es un poema de amor y humanidad. Lázaro, pobre mendigo, cubierto de lepra y desechado por el mundo, se arrastra hasta el suntuoso palacio del rico para pedirle un pedazo de pan. El rico celebra un espléndido festín en que los manjares son tan ricos como abundantes; pero no encuentra una migaja para el leproso mendigo, y le manda arrojar ignominiosamente de su palacio. El cielo no tarda en castigar al que faltó al amor y a la caridad. El rico, después de muerto, gime en un lecho de llamas: ve que el méndigo lanzado de su casa, disfruta de eterna ventura en una mansión deliciosa y le pide una gota de agua para apagar su sed.

Pero llega el tiempo en que Jesús de la prueba del amor más sublime que ha germinado jamás en el universo. Un pueblo enfurecido se apodera del justo, le condena precipitadamente contra las leyes de la tierra y le clava en una cruz ignominiosa. El brutal placer de la sangre detiene al pueblo deicida ante el afrentoso patíbulo, goza infernalmente con la agonía de su víctima, se burla de sus padecimientos e insulta su dolor. Un hombre cualquiera, en el lugar de Jesús, hubiera blasfemado en aquel momento supremo; un hombre de alma privilegiada hubiera mirado con estoica indiferencia aquel último sinsabor de la vida; pero el santo de los santos, el justo, el grande, el hijo de Dios en fin, dirige una mirada de compasiva ternura a sus verdugos, eleva los ojos al cielo y muere exclamando: ¡Perdónalos, Señor, porque no saben lo que hacen!

—¿Hay, hija mía —añadió el sacerdote al concluir aquel sublime episodio del evangelio—, hay en la vida de los dioses de tu patria un rasgo tan hermoso y tan grande, como el que acabo de contarte?

—Los dioses de los macehuales —respondió Zuhuy Kak—, fueron durante su peregrinación en la tierra reyes poderosos, grandes sabios, valientes guerreros o inventores de las artes necesarias a la vida. Itzamatul fue un cacique tan famoso por su sabiduría, como por su poder, que gobernó mucho tiempo en paz sus numerosos estados, conteniendo a sus enemigos más bien con sus leyes, que con sus armas. Kukulcán, Kakupacat y Hchuy Kak fueron unos guerreros tan llenos de valor como de sagacidad, que salieron siempre vencedores en las batallas. Xazaluoh inventó las telas de algodón con que se visten los macehuales; Xchebelyax, el arte de pintar y bordar y Citbolotún, la ciencia de curar las enfermedades; Xocbitún cantaba con mayor melodía que las aves en medio de una floresta y Xkinxooc alegraba a los dioses con la armonía de un simple caramillo.

—Basta lo que acabas de decirme —repuso el franciscano—, para formar una comparación entre los dioses vanos de tu culto y el santo hijo del Dios verdadero, que plantó en el mundo la religión cristiana. Pon la mano sobre tu corazón, hija mía, y responde a mis preguntas. ¿Qué impresión experimentas a la vista de un guerrero afamado por su valor?

—Le admiro; pero siento que mi corazón se oprime y atemoriza al considerar la sangre que ha derramado con sus armas.

—¿Y a la vista de un sabio?

—Le admiro también; pero me encuentro ten pequeña, y tan ignorante a su lado, que bajo los ojos llena de confusión, ante el fuego de su mirada.

—¿Y ante el justo, santo y virtuoso?

—¡Oh! a ese le amo, le echo los brazos al cuello y humedezco su semblante con lágrimas de placer.

—Pues esa es, hija mía, la diferencia que existe entre los dioses de tus padres y el Dios de los míos. Los valientes soldados y los sabios inventores son adorados por temor o admiración. El humilde hijo de un carpintero de Judea, que no predicó el culto con la pompa del sabio ni el clarín del guerrero, es adorado por la sublimidad de su doctrina y la excelencia de sus virtudes. Por eso los sacerdotes de este país, ministros de los dioses de la destrucción, ponen muchas veces su pie sobre la garganta de los reyes y empapan los altares con la sangre de las víctimas. Por eso también el sacerdote de Cristo, que comprende la doctrina de su maestro, predica el amor, practica la caridad, vive con sencillez y huye de la pompa y del poder para cumplir con el precepto que Jesús le dejó escrito en el evangelio: mi reino no es de este mundo... ¿Cuál de los dos cultos es preferible, hija mía?

Zuhuy Kak inclinó la cabeza, humillada por esta comparación, en sus sentimientos patrióticos y religiosos. Al cabo de un instante dijo con voz reposada.

—Siento que tu discurso va iluminando por grados mi entendimiento, como el rosado crepúsculo de la aurora sacia la tierra de las tinieblas de la noche. Quisiera defender la religión de mis mayores de los rudos golpes que le asesta cada una de tus palabras; pero conozco que los dioses caen como débiles guerreros ante la fortaleza del brazo de Jesús. ¡Ay! yo me he horrorizado tantas veces de la sangre de las víctimas inmoladas en los altares, tantas veces he oído quejarse a mi padre del orgullo y de la influencia de los sacerdotes, que como la tierra preparada por la humedad de las primeras lluvias, conozco que la semilla está germinando muy pronto en mi corazón. Si la religión de Jesús es tan dulce como aseguras, si todos los cristianos la practican, si todos los sacerdotes son como tú, ¡cuán feliz debe ser la tierra de Castilla!

—Hija mía —repuso con humildad el franciscano—, yo soy un sacerdote indigno de Cristo, pero procuro vivir conforme a su doctrina. Dices que la tierra de Castilla debe ser feliz; pero ¡ah! ¡hay allí tantos olvidados de la santa doctrina de Jesús!... Existen allí sacerdotes, que como los sanguinarios ministros de Kinchachauhaban, asesinan a sus hermanos en las hogueras de la Inquisición. Existen allí también sacerdotes, que olvidando la humildad de su divino maestro y aguijoneados de su ambición, se sientan en los consejos de los reyes y aun portan las armas del guerrero. Estos ministros del culto son tan funestos allí como en el país de los macehuales. Pero llegará un día en que el mundo conozca su error y los haga vivir conforme a la doctrina de Jesús. Porque, te lo repito, hija mía: estos abusos son muy ajenos de la índole mansa y humilde de la religión cristiana. Lo contrario sucede con el culto de los dioses; el poder sacerdotal y la sangre de los sacrificios está en la esencia de vuestra idolatría, y en eso consiste uno de sus vicios principales.

—Sacerdote —dijo Zuhuy Kak—, me haces fluctuar en una indecisión terrible. Paréceme que los dioses de mi patria me lanzan miradas llenas de cólera y que aprestan los rayos de su venganza para aniquilarme.

—¡Pobre hija mía! Comprendo la ansiedad de tu corazón, porque sé la fuerza que tienen las preocupaciones arraigadas desde la infancia. Pero voy a darte la última prueba de que la religión de Cristo es la religión del amor y la señal más cierta de su origen divino para acabar de vencer tu resistencia. Según la religión de los dioses ¿qué premios alcanzan los justos en el otro mundo?

—Los sacerdotes dicen que el paraíso está sembrado de mil delicias para los guerreros que hayan muerto mayor número de enemigos en la tierra.

—Esa, hija mía, es una doctrina horrible y perniciosa, engendrada por la ambición, y que también ha hecho derramar torrentes de sangre en un mundo más civilizado que el país en que viste la luz primera. La religión de Cristo, fundida en el amor de la humanidad, no puede menos que horrorizarse a la vista de una gota de sangre, y el que perdonó a sus enemigos al espirar en un patíbulo afrentoso, no puede aprobar nunca la venganza y la destrucción. Pero nos hemos apartado ya —añadió el religioso— del objeto de mi pregunta. Deseaba saber, Zuhuy Kak, el tesoro de placeres que encierra para los justos el paraíso de los macehuales. Pero no te obligaré a decirlo porque noto tu embarazo. Un sacerdote de Kinchachauhaban a quien convertí en Champotón, me reveló cuál es ese tesoro de placeres. ¿No es verdad, hija mía, que el premio asignado a los justos y a los guerreros es un conjunto de mujeres hermosas y siempre vírgenes, de cuyas gracias y favores disfrutan eternamente?

A la claridad de las llamas del fogón que iluminaban la choza, vio el sacerdote subir el color de la vergüenza a las mejillas de la joven itzalana.

—¿Te ruborizas, hija mía? —preguntó el franciscano—. ¡Ah! En la religión de Jesús, que es tan casta y tan pura, como la vida de su divino autor, no hay nada que haga ruborizar a una virgen, ni que ofenda a la delicadeza de la moral. Fundada en el espiritualismo más puro, solo los placeres del alma, como únicos verdaderos, ocupan lugar entre las promesas de Jesús.

—¿Cuál, pues, es el premio que aguarda al justo en el paraíso cristiano?

—Dios que formó al hombre a su imagen y semejanza, conoce profundamente lo que puede llenar del todo el corazón humano. Sabe que el amor es la vida de la criatura, y le recompensa, con un amor eterno las virtudes que practica en la tierra. Ese amor es el mismo Dios, porque si fuera algún amor a la criatura, sería tan perecedero como esta, y la felicidad dejaría de existir, desde el momento en que se tuviese idea de que puede un día llegar a su término.

Recorre, hija mía, con el pensamiento todos los amores de la tierra, y verás como por solo esta causa están sembrados de sinsabores. El niño que sonríe de amor y gozo en el regazo de una madre, hace oír sus gemidos y sollozos cuando esta deja de mirarle y halagarle con sus caricias. El hombre que tiene la felicidad de encontrar el mejor amigo sobre la tierra, sería completamente dichoso por la amistad, si pudiera confiar enteramente en el mejor amigo como en sí mismo; si pudiera revelarle todos sus secretos, si acertara a contar con su afecto para siempre… pero todo esto falta en la amistad por más estrecha que sea. Ved a dos jóvenes hermosos ligados con el dulce juramento de amarse toda su vida. ¡Cuán felices deben ser!… sin embargo, no pasa una hora de su existencia en que no experimenten un sinsabor; la misma pasión que los domina los hace encelarse hasta del aire que respira el objeto amado; el más ligero capricho que deja de satisfacerse acarrea una recriminación, el temor que su cariño pueda terminar algún día, arranca las lágrimas a sus ojos. Ved a esos padres rodeados de sus tiernos hijos, sonriendo con el amor más grande que embellece la tierra. No hay duda que serían completamente felices, si pudieran desechar el temor de que aquellos niños pudiesen ser un día arrebatados de su vista por la muerte; de que en algún tiempo se vean obligados a vagar en el mundo sin apoyo y agobiados por la miseria, de que alguna vez acaso, olvidados de los santos principios en que han sido educados, deshonren el nombre que han recibido y se precipiten en el caos de la perdición…

Por eso los amores de la tierra, aunque halaguen dulcemente el corazón, jamás le llenan completamente.

Pero el amor de Dios es más grande que la luz del sol, que todo lo ilumina, y vivifica. El amor de Dios de que gozan los justos en el paraíso cristiano, es imperecedero, completo, intenso, profundo, invariable, lleno de confianza y de dulzura. El objeto amado no se aparta nunca de la vista, no hay temor de que se aleje algún día de nuestro lado y de que nos olvide por otro objeto, como hace la madre, el amigo, el esposo y el hijo. No participa de los celos de un amor juvenil, ni de las tempestades de una pasión. Es manso y dulce, como la misma doctrina de Jesús, y por lo mismo, dura eternamente y no fastidia jamás. El amor de Dios, en fin, llena mejor el paraíso cristiano, que todas las riquezas del mundo, que todas las melodías imaginables, que todas las hermosuras de toda la tierra; porque todos estos placeres de los sentidos imaginados por la idolatría y por los poetas sensuales, son tan groseros, como los sentidos mismos, y fastidian apenas se gustan. Pero el amor de Dios es la llama que vivifica el espíritu de los justos, y el día que esa llama se apagase, el universo todo se hundiría en la nada.

Zuhuy Kak había escuchado con profunda atención al religioso. La delicadeza de su espíritu, la pureza de sus sentimientos y la sensibilidad de su corazón, lo habían hecho comprender y concebir maravillosamente cada una de las bellezas, que las palabras del anciano iban desplegando ante su vista. Conoció que acababa de obrarse una gran revolución en todo su ser, y cayó de rodillas junto al lecho del sacerdote.

—Padre mío —le dijo—, la planta regada hace tanto tiempo con el elemento de tus exhortaciones, acaba de producir, con el último rocío, el fruto que deseaba tu corazón. ¿Qué debo hacer para llamarme cristiana?

El franciscano elevó los ojos al cielo y juntó sus manos temblorosas en ademán de gratitud. Acababa de ver realizado uno de sus más hermosos ensueños.

—Hija mía —respondió con voz conmovida—, la iglesia inicia a los hombres, en la santa religión de Cristo, lavando todas sus manchas y fortaleciendo su espíritu, con el agua regeneradora del bautismo. ¿Quieres bautizarte?

—Si no temes que mi ignorancia profane el agua sagrada ¿para qué hemos de aguardar más tiempo?

—Podía aguardar a que llegásemos al campamento de los españoles, para que recibieses tan santo sacramento con todas las ceremonias establecidas por la iglesia. Pero vas a emprender un viaje sembrado de dificultades, y mejor es que las arrostres con el valor que infunde la fe de Jesús.

A una señal del anciano, Benavides tomó un vaso de barro, lo llenó del agua contenida en el cántaro de la choza y la presentó al sacerdote. Este murmuró sobre el agua las palabras consagradas por el rito, y la bendijo fervorosamente. Enseguida se volvió a la joven y le dijo.

—En tu gentilidad, hija mía, llevaste el nombre de una diosa del paganismo; ahora vas a hacerte cristiana y llevarás el nombre de la Madre de Jesús, que es el más hermoso que pueda tener una mujer. Te llamarás María.

Entonces levantó el vaso sobre la cabeza de la joven y la bautizó según el rito establecido por la iglesia.

—María —dijo enseguida el sacerdote radiante de alegría—, ven a abrazarme por última vez y piensa luego en tu salvación.

Zuhuy Kak, que había permanecido de rodillas durante las ceremonias del bautismo, se levantó al punto y estrechó con sus torneados brazos el cuello del anciano. El religioso imprimió en su frente un ósculo paternal y le dijo:

—Hija mía, ya la noche ha avanzado más de lo que esperaba, y es preciso que pienses en los preparativos de tu marcha.

—Sacerdote —respondió la joven—, todos mis preparativos se reducen a recomendar a mi vieja amiga el cuidado de tu herida, a suplicarte que ilumines el espíritu de mi padre, como has iluminado el mío, y a mandar buscar un guía que nos conduzca con seguridad al término de nuestro viaje.

—No olvidaré la recomendación que me haces sobre tu anciano padre. Tutul Xiú es un amigo a quien estimo demasiado, su decisión debe influir de un modo directo en tu felicidad y juro hacer cuanto esté de mi parte para conducirle al término que deseamos.

—Ese beneficio —repuso Zuhuy Kak—, quedará grabado para siempre en mi corazón.

Enseguida se acercó a Xchel, y después de hablar con ella algunas palabras, la anciana se levantó del umbral de la puerta en que se hallaba sentada, y se alejó de la choza.

—Amigo mío —dijo entonces Zuhuy Kak a Benavides—, he mandado buscar a nuestro guía. Es un joven de tu edad, hijo de Xchel, que me quiere más bien como a hermana, que como a hija de su señor. Es tan inteligente como honrado, y no tendremos que temer nada de su compañía. Se llama Nahau Chan.

—Sacerdote —añadió volviéndose al franciscano—, he recomendado tu curación a la sabiduría de mi amiga. Únicamente tendrás que sufrir los salmos de la superstición con que aplica sus remedios.

—¡Quién sabe —respondió el franciscano—, si no la haré callar, convirtiéndola al cristianismo!

Diez minutos después volvió a entrar Xchel en la choza, acompañada del joven Nahau Chan. Los dos españoles le examinaron con una mirada, y manifestaron su aprobación con un ademán. Zuhuy Kak le dirigió algunas palabras en el idioma del país, que vamos a traducir a nuestros lectores.

—Este joven español y yo deseamos trasladarnos a Thóo. ¿Puedes servirnos de guía?

—Sí —respondió lacónicamente Nahau Chan.

—¿Cuándo llegaremos saliendo en este momento?

—Mañana antes de ponerse el sol.

—¿Podrás conducirnos por senderos poco frecuentados?

El joven respondió únicamente con un signo afirmativo.

Zuhuy Kak se arrojó entonces por última vez a los brazos del anciano sacerdote, y con los ojos arrasados de lágrimas y la voz ahogada por los sollozos:

—Sacerdote —le dijo—, mi padre... no lo olvides... consuela su dolor...

—¿No te he jurado, hija mía, que no lo olvidaré?

Benavides abrazó también al religioso y por un instante confundieron silenciosamente sus lágrimas.

—Idos, hijos míos —les dijo al fin el franciscano—. Acaso entre pocos días nos volveremos a ver.

Los dos jóvenes se desprendieron entonces de sus brazos, y asidos de la mano y sin levantar la cabeza, salieron, por último de la choza, precedidos de su guía.

CAPÍTULO XVI

Otra celada de Kan Cocom

Y de Ajataf junto al seno
...va la cristiana,
y vanidosa al sentirla
se esfuerza la yegua blanca,
que pide a la tierra espacio
que roba a los vientos alas.

Asquerino

La atmósfera estaba limpia de vapores y las calles de la ciudad se hallaban iluminadas espléndidamente por la claridad de la luna. Los tres jóvenes se acogieron instintivamente a la sombra proyectada por los árboles y los edificios, y empezaron a caminar en silencio, atravesando de un extremo a otro la población.

Nahau Chan caminaba por delante a una respetuosa distancia, y le seguían Benavides y Zuhuy Kak, asidos todavía de las manos, y sintiendo latir precipitadamente su corazón entre las concavidades de su pecho.

La joven se detuvo repentinamente, soltó la mano del español y cayó de rodillas. Benavides se detuvo también y la miró lleno de asombro.

—Extranjero —dijo Zuhuy Kak con la vista clavada en un gran edificio que los guarecía con su sombra—; este es el palacio de mi padre... el pobre anciano debe dormir allí tranquilamente, bien ajeno de sospechar que en este instante le abandona su hija.

...Te llamarás María...

—Amada mía —dijo Benavides, presentándole su mano para levantarla—: ¿no nos ha dicho nuestro buen amigo el religioso que en poco tiempo volverás a verle?

Pero la joven, embebida en su dolor, no escuchaba aquella voz tan querida.

—¡Padre mío! —continuaba con voz entrecortada por sus sollozos—, perdóname... yo te amo como amé a mi madre... derramaría por ti la última gota de mi sangre... pero el enemigo de nuestro nombre ha querido abusar de tu debilidad... no quiero ser la víctima de tan horrible sacrificio... y me alejo de tu lado... perdóname... perdóname... ¡adiós!

Y la joven inclinó la cabeza sobre su pecho y mojó sus vestidos con el agua del dolor.

—Zuhuy Kak —dijo Benavides aprovechando esta tregua concedida por el abatimiento—, es muy peligroso detenernos en este lugar. Tenemos enemigos que podrían sorprendernos. Enjuga tus lágrimas, levántate y prosigamos nuestro camino.

La joven se levantó repentinamente y se arrojó a los brazos del español.

—Bien de mi alma, luz de mis ojos —le dijo cariñosamente—, te juro por el Dios de los cristianos que he empezado a adorar esta noche, que si no estuvieras en este momento a mi lado, correría al dormitorio de mi padre, le despertaría con mis caricias y le pediría perdón del mal pensamiento engendrado en mi espíritu... Pero estás aquí... te veo... tu presencia me anima y el amor me empuja... ¿No me has jurado que me amarás siempre?...

Benavides cortó el discurso de la joven con un beso ardiente que imprimió en sus labios. Zuhuy Kak enjugó sus ojos, probó una sonrisa y continuando su marcha:

—Vamos —dijo al español—. Perdamos cuanto antes de vista este palacio.

El guía que había sido levantado de su lecho para emprender aquel viaje, se hallaba dormitando arrimado a una pared, y Benavides necesitó tocarlo en el hombro para que continuase caminando.

Toda la población parecía sumergida en ese silencioso recogimiento, que domina a la naturaleza en las altas horas de la noche. El canto de algún gallo y el estridor de los insectos nocturnos se hacían oír únicamente por intervalos desiguales. Los pasos de los viajeros resonaban sobre la tierra endurecida de las calles con un eco mayor del que convenía a unos tímidos fugitivos.

De súbito apareció la cabeza de un hombre tras la esquina de un edificio, por donde debían pasar los viajeros. Se puso a examinar detenidamente los tres cuerpos que se acercaban, y al cabo de pocos instantes, una sonrisa de triunfo se dibujó en sus labios. Luego, temeroso sin duda de ser sorprendido por Nahau Chan que se aproximaba ya demasiado, corrió de puntillas por la calle lateral y se ocultó tras la jamba de piedra de una puerta del mismo edificio.

Cuando los tres viajeros hubieron pasado, sin volver siquiera la cabeza hacia la calle en que se ocultaba el importuno observador, este salió de su escondite y volvió a colocarse en la esquina, para mirar sin duda el camino que iban a tomar. Cinco minutos después abandonó su observatorio, dio suavemente dos golpes en la puerta mencionada, y esta se abrió, gimiendo sobre su quicio de piedra.

Aquel edificio era la casa destinada por Tutul Xiú para la residencia de los embajadores de Sotuta.

Entretanto los viajeros continuaban tranquilamente su camino. Nahau Chan, dominado todavía por el sueño, y Benavides y Zuhuy Kak, sumergidos profundamente en un piélago de reflexiones, habían rozado casi sus vestidos con los del observador nocturno, y habían pasado sin sospechar su existencia.

Pocos minutos después habían pasado ya los límites de la población y entrado en un camino bastante ancho y despejado para las costumbres locomotivas del país. Zuhuy Kak se detuvo un instante a reflexionar.

—Amigo mío —le dijo a Benavides—, me parece este un sendero demasiado descubierto y principal para dos pobres fugitivos.

—Pero apenas estaremos a las doces terceras partes de la noche —respondió el español—, por todo nuestro tránsito hemos encontrado la más completa soledad y me parece que vamos aquí tan seguros como por un camino de Castilla.

—Consultaremos a nuestro guía —repuso Zuhuy Kak.

Y llamando al joven por su nombre, le preguntó:

—¿Qué camino es este, Nahau?

—El de Chapab —respondió el guía con ese laconismo peculiar de los indios.

—¿Es el mejor para llegar a Thóo?

—Y el más corto.

—¿No hay otro menos conocido para llegar a Chapab?

—Yo me he criado en este bosque y puedo conducirte a través de los árboles.

—¿Crees que corramos en este el peligro de ser descubiertos?

El guía consultó con los ojos la bóveda celeste sembrada de estrellas.

…y el generoso bruto, como si comprendiera la noble misión confiada a sus fuerzas…

—Llegaremos antes de la aurora a Chapab y no encontraremos un solo hombre en nuestro camino.

—Pues continuemos por este —repuso Zuhuy Kak.

Y la marcha volvió a emprenderse sin nueva discusión.

Tres horas después los viajeros empezaron a encontrarse con las primeras chozas de paja del pueblo de Chapab. El pronóstico del guía se había cumplido con exactitud, porque aun no había amanecido. Pero había en la población un ruido desusado y un movimiento incomprensible. La rústica armonía de los tunkules y caramillos hacía oír sus discordantes sonidos: gritos de una muchedumbre alegre y agitada se elevaban al cielo estrepitosamente y la luz de algunas candeladas lejanas luchaban con la claridad de la luna.

Los tres viajeros se detuvieron nuevamente bajo la sombra de algunos árboles.

Benavides y Zuhuy Kak se miraron un instante en silencio.

—Nahau —preguntó la joven—, ¿comprendes el motivo de esa música, de esos gritos y de esas candeladas?

El guía economizó las palabras y se encogió de hombros.

—¿Celebra hoy el pueblo de Chapab alguna festividad a los dioses?

Nuevo encogimiento de hombros de Nahau Chan.

—Veamos —prosiguió la joven—, explícame las calles que deba tomar para salir del pueblo al camino de Sacalum, sin pasar por la plaza en que se hace el alboroto. El español y yo tomaremos la ruta que nos designes para no encontrar a nadie, y tú, que no tienes ningún motivo para ocultarte, pasarás por la plaza a averiguar lo que sucede. Nosotros te esperaremos a la salida del pueblo.

El guía se vio obligado a desplegar los labios para marcar el itinerario de los fugitivos. Comprendida su explicación, estos tomaron una calle lateral y Nahau Chan se dirigió a la plaza.

Cinco minutos después de haber llegado Zuhuy Kak y Benavides al punto designado del otro extremo de la población, Nahau Chan se les presentó con una cara radiante de alegría.

—¿Qué noticias traes? —preguntó Zuhuy Kak.

—¡Excelentes! —respondió el guía—. La música, los gritos y las hogueras están llamando a los macehuales para contemplar un gran espectáculo que tendrá lugar a la salida del sol.

El entusiasmo prestaba una elocuencia inconcebible a Nahau Chan.

—¿Qué espectáculo es ese? —volvió a preguntar la joven.

—El sacrificio de un terrible enemigo en los altares de los dioses.

Benavides se estremeció. Zuhuy Kak sintió correr por sus venas el frío del terror.

—¿Y quién es ese enemigo?

—Un extranjero sorprendido por algunos macehuales de Chapab a las inmediaciones de Thóo.

Los dos jóvenes estuvieron a punto de lanzar un grito de horror.

—¿Le viste tú?

—Sí; es uno de esos monstruos de cuatro pies, que lanzan aullidos espantosos, y que en las batallas rompen la cabeza de los macehuales con sus cascos, relucientes.

—¡Un caballo! —exclamó lleno de gozo el español.

Y volviéndose a Zuhuy Kak, le dijo en castellano:

—Ese caballo fugado del campamento español y sorprendido en la selva, según asegura nuestro guía, es hoy para nosotros de inmensa utilidad. Si pudiéramos adquirirlo, acaso antes del día llegaríamos a Thóo.

—El cacique de Chapab es un delegado de mi padre —respondió la joven—, y tal vez presentándome en su nombre me entregaría el caballo.

—Haz la prueba, amada mía —repuso el español—, y así evitaremos las fatigas y los peligros del viaje.

Zuhuy Kak no se hizo de rogar. Apenas llegó a la plaza, el primer objeto que distinguió a la claridad de las hogueras, fue un hermoso caballo de color oscuro, atado al tronco de un seibo corpulento. El noble animal levantaba incesantemente la cabeza, hería el suelo con los brazos, relinchaba de espanto y se encabritaba a la vista de tantas figuras desnudas, que gritaban horriblemente y atizaban a cada instante el fuego de las hogueras.

El caballo se hallaba en el centro de un ancho círculo, formado por una multitud de indios sentados en toscos bancos de madera, o puestos de cuclillas sobre la yerba, según su costumbre. Zuhuy Kak no tardó en informarse de que entre los sentados en los bancos, se hallaba el cacique y los sacerdotes principales, y deseando terminar pronto su comisión, entró resueltamente en el círculo.

—Hermosa flor de Maní —le dijo una voz respetuosa—, ¿qué motivo te ha obligado a visitar tan temprano mi pueblo?

Zuhuy Kak volvió la vista hacia donde había sonado la voz, y a la luz de una hoguera cercana, distinguió entre la multitud las facciones del cacique.

—Batab —le dijo—, mi padre supo en la noche la rica presa que sus vasallos de Chapab hicieron en el campamento español, y he venido a solicitarla en su nombre para que sea sacrificada en los altares de Maní.

El cacique y los sacerdotes que le rodeaban, se miraron llenos de consternación. Zuhuy Kak sorprendió esta mirada y añadió al instante:

—Lo único que desea mi padre es que tan importante ceremonia tenga lugar en la capital de sus dominios para darle mayor solemnidad y agradar mejor a los dioses. Pero os invita a todos los habitantes de Chapab a que asistáis mañana al salir el sol a presenciar el sacrificio en Maní; tiene determinado que el pecho de la víctima sea abierto por los sacerdotes de este pueblo y el cuerpo será entregado, según las prácticas sagradas, a los que hicieron la presa con su valor.

El cacique y los sacerdotes aplaudieron la religiosidad de Tutul Xiú.

—Y bien —dijo el primero—, mañana antes de salir el sol nos hallaremos agrupados todos alrededor de la víctima en la capital de tu padre. ¿Quiénes son los que han de llevar ese monstruo hasta Maní?

—Los capitanes de mi escolta —repuso Zuhuy Kak— se han quedado a aguardarme a la entrada del pueblo. Únicamente vino conmigo, Nahau Chan y este será el que se encargue de tan delicada misión.

Zuhuy Kak hizo buscar a Nahau Chan, que no la había seguido hasta el círculo, y los sacerdotes pusieron en manos del joven la correa de cuero con que se sujetaba al caballo. Nahau Chan, pálido y temblante de emoción, se hizo cargo del peligroso monstruo y lo sacó del círculo.

Pero apenas hubo dado algunos pasos en la plaza cuando la multitud, que veía arrebatarse la víctima del futuro espectáculo, empezó a lanzar aullidos de amenaza y de disgusto; y sin duda se hubiera arrojado a despojar a Nahau Chan si no le hubiera contenido el respetuoso miedo que inspiraba el caballo.

Fue necesario que los sacerdotes explicasen al pueblo la voluntad de Tutul Xiú y que se valiesen de toda su influencia para contener aquella especie de sublevación. Pero el pueblo privado del espectáculo, quiso seguir a la víctima para acabar de satisfacer su curiosidad.

Ya hemos dicho el efecto que producían en el caballo la vista de los indios y la grita de la multitud. Al renovarse estos gritos y aquella visión, el noble animal se encabritó tan furiosamente, que Nahau Chan estuvo a punto de soltar la correa de cuero.

—Mirad —dijo Zuhuy Kak al cacique y a los sacerdotes—, los gritos de esos macehuales van a hacer que se me fugue tan preciosa víctima. Mandad que no me siga ninguno.

La orden fue dada al instante, y así se vio libre Zuhuy Kak de que encontrasen al español a la salida del pueblo, en lugar de ver a los capitanes que había dicho formaban su escolta.

Benavides saludó con un grito de alegría la llegada del caballo, que Nahau Chan conducía lleno de temor. El pobre animal conservaba todavía todos los arreos de montar con que había sido aprehendido, pues los sencillos aborígenes se guardaron muy bien de tocar uno solo, menos acaso por miedo que por respeto.

—Amada mía —dijo el español a Zuhuy Kak—, apoderándose de las riendas del caballo, sin duda el cielo se ha compadecido de nuestras desgracias, pues nos ha enviado este rico tesoro en tan azarosas circunstancias. Este corcel es tan fuerte como brioso, y antes de que el sol decline, podrá llegarnos al término de nuestro viaje.

—Español —respondió la joven—, yo me confío a tu experiencia en los usos de tu patria y haré cuanto me ordenes para nuestra salvación. Solo te ruego que no perdamos el tiempo, porque debe estar ya muy próxima la salida de la aurora.

Benavides, sin replicar palabra, montó a caballo, tomó a Zuhuy Kak en sus brazos, la colocó por delante y volviéndose al guía:

—Nahau Chan —le dijo—, ahora es imposible que nos acompañes, porque tus pies no podrán seguir a ligereza de nuestra carrera.

El guía permaneció impasible, como aquel a quien se hace una advertencia que ni le agrada ni le disgusta.

—Advierte, español —dijo Zuhuy Kak—, que solo Nahau Chan puede conducirnos por senderos extraviados, porque yo solo sé el camino principal de Thóo.

—¡Bah! —repuso el español—; montados sobre este hermoso corcel, podemos atravesar tranquilamente entre millares de enemigos.

La joven bajó la cabeza, llena de confianza en el valor del español.

—Sin embargo —añadió este volviéndose al guía—, creo que puedes servirnos de mucho sin obligarte a seguir nuestra carrera. ¿Adónde conduce en primer lugar este camino?

—A Sacalum —respondió el guía.

—¿Hay alguno más corto para ese lugar?

Nahau Chan respondió con un signo afirmativo.

—Pues bien —prosiguió Benavides—, toma tú ese sendero, camina con cuanta prisa puedas, y al llegar a Sacalum infórmate sobre nosotros. Si no hemos llegado aguárdanos; si hemos pasado regrésate a Maní.

Aprobada por Zuhuy Kak esta medida, Nahau Chan se metió entre los árboles y no tardó en desaparecer.

Entonces Benavides dio con los talones al caballo, a falta de espuelas, y el generoso bruto, como si comprendiera la noble misión confiada a sus fuerzas, partió briosamente al galope. Zuhuy Kak dio un grito de espanto al sentirse conducir con insólita ligereza sobre la garganta de aquel monstruo, fabuloso, de que tantas consejas corrían en la corte de su padre. Pero el español, que con el brazo izquierdo rodeaba su esbelta cintura, la tranquilizó con tan hermosas palabras, que, borrada la primera impresión, la joven empezó a disfrutar verdaderamente con aquel placer, hasta entonces nuevo y desconocido para ella, de viajar con velocidad.

Benavides no se sentía menos feliz. La esperanza de encontrarse pronto en el campamento español, el oscuro ramaje de los árboles que huía ante su presencia, la plateada luz de la luna que alumbraba el camino, aquella hermosa mujer que estrechaba contra su pecho, su negra cabellera que rozaba su frente, la templada brisa que aspiraba, ensanchaban su corazón con goces de inefable dulzura o imprimían en sus labios la sonrisa del placer.

Dos horas hacía que estaban caminando, cuando la claridad de la luna empezó a palidecer, coloreáronse las ligeras nubes que empañaban el firmamento, las copas de los árboles más elevados se iluminaron con una luz blanquecina, el lejano canto de los gallos se aumentó considerablemente y el gorjeo de los pajarillos hizo oír su melodiosa armonía. Pocos momentos después un globo de fuego apareció en un claro del bosque o hirió con sus rayos la pupila de los viajeros.

Acababa de amanecer, y la naturaleza entera sonreía de regocijo.

—Español —dijo Zuhuy Kak—, este camino es muy descubierto y me temo que sea bastante concurrido. El corcel que nos lleva, tus vestiduras y el color de tu rostro van a llamar la atención del primer viajero o labrador que encontremos, ¡y quién sabe lo que será de nosotros!

—Tranquilízate, hermosa mía —respondió Benavides—. Cuando vuelva de su asombro el macehual que nos encuentre, ya el corcel, el español y la itzalana habrán desaparecido de su vista.

—Sin embargo, soy de parecer que antes de llegar a Sacalum, tomemos algún sendero oculto para no pasar dentro de la población.

—Estamos ya cerca de ese lugar.

—Apenas habremos llegado a la mitad del camino.

—¡Pues adelante! —repuso el español.

Y con un nuevo movimiento de sus talones, el caballo partió como una flecha. El aire azotaba el rostro de los viajeros e imprimía un movimiento continuo a los vestidos de Zuhuy Kak; la espesura del ramaje formaba a los lados del camino dos líneas verdes y dilatadas que se confundían en el lejano horizonte; las piedras del camino arrojaban partículas de fuego al contacto de las herraduras del generoso corcel, y las aves huían a bandadas a la aproximación de aquel grupo informe y desconocido, que jamás habían visto cruzar por sus bosques.

De súbito, a veinte pasos de distancia y por delante de los viajeros, las ramas de los árboles se apartaron a la derecha del camino, y dieron paso a un macehual con sus vestidos de algodón desgarrados por las espinas.

—¡Nahau Chan! —exclamó Zuhuy Kak al pasar junto a él arrebatada por la velocidad del caballo.

—¡Oíd! —gritó el indio con todas sus fuerzas echando a correr tras los viajeros.

Benavides detuvo el caballo al tiempo que Nahau Chan pasaba junto a él.

—Joven —le dijo el español—, tú corres como los conejos de estos bosques.

—Siempre he ganado el premio de la carrera en nuestros juegos —respondió Nahau Chan—. Pero oíd lo que importa. Acabo de alcanzar en mi carrera a un indio, que como yo, venía de Chapab.

—¿Y qué?

—Este indio me preguntó si iba como él a juntarme con Kan Cocom, que en la madrugada había salido de Maní.

—¡Ah! —exclamó Zuhuy Kak.

—Preguntele yo —continuó Nahau Chan— el lugar en que se hallaba Kan Cocom, pero conociendo él sin duda por mi pregunta que no era de los suyos, se negó a responderme y yo he venido a preveniros por si el aviso puede serviros de algo.

—Español —dijo Zuhuy Kak—, no nos queda otro recurso que tomar un sendero excusado donde no se nos espere y no podamos ser descubiertos.

En aquel momento se oyó silbar en el aire una flecha, Benavides se bamboleó sobre la silla, abrió los brazos dando un grito, y resbaló del caballo, arrastrando en su caída a Zuhuy Kak.

Un grito de triunfo arrojado por varias voces se dejó oír en aquel instante al lado derecho del camino. Nahau Chan dirigió la vista en aquella dirección, y en un claro del bosque, a cuarenta pasos de distancia, vio cuatro hombres armados, tres de los cuales se hallaban en pie y el cuarto se levantaba del suelo, enseñando en su mano izquierda un arco sin flecha.

Vuelta Zuhuy Kak de la primera impresión que le causó la caída, se incorporó sobre el lecho de yerbas que la había salvado de lastimarse, y su primera mirada fue para el joven español. Benavides se hallaba tendido boca arriba en el suelo, enseñando en su pecho, a la derecha del corazón, una flecha adornada de vistoso plumaje.

—¡Alonso mío! ¡luz de mis ojos! —gritó la joven con una voz que resonó dolorosamente en la selva.

Y se arrojó sobre el cuerpo del español, puso la mano, sucesivamente y con ademán febril, sobre su pecho, sobre su frente, sobre sus brazos, y creyó sentir que no latía ni su corazón, ni sus sienes, ni su pulso. Entonces se puso en pie con un movimiento de espanto, la palidez cubrió su semblante y sus ojos enjutos se dilataron en sus órbitas, porque la violencia de su dolor le había negado el consuelo de las lágrimas.

En aquel momento aparecieron a la orilla del camino los cuatro indios que Nahau Chan acababa de ver en el bosque. En primer término se veía al que lle-

164 —

vaba un arco sin flecha, en cuyo semblante descubrió al punto Zuhuy Kak las facciones del hijo de Nachi Cocom.

—¡Desgraciado! —gritó la joven, alzando con ademán de cólera sus brazos—. Siempre los individuos de tu familia han de ser fatales para la mía. ¡Contempla tu obra y gózate en tu triunfo! Pero que la maldición de los dioses caiga sobre mí si algún día te perdono tu crimen.

Zuhuy Kak en medio de su dolor, olvidaba que ocho horas antes se había hecho cristiana.

Kan Cocom miró sucesivamente a la joven y al inanimado español, y con voz tranquila y reposada dijo:

—Los dioses aborrecen al extranjero y en este momento aprueban con su sonrisa lo que tú llamas mi crimen. Ellos han dado luz a mis ojos para que descubra uno a uno los pasos de tu traición, y han dirigido la flecha de mi arco al centro de su pecho.

—Kan Cocom —repuso la joven—, eres un cobarde. Si hubieras puesto en las manos del español un arco como el tuyo, para que vuestras flechas partiesen al mismo tiempo, te aborrecería menos.

—El español estaba ya destinado al sacrificio —replicó Kan Cocom—. El valor de mis guerreros le prendió en las cercanías de Potonchán y una hija de Maní ocultó a mi vista la víctima consagrada a los dioses. ¡Ahora, escúchame! Las leyes de los macehuales castigan con la pena de muerte al que presta auxilios al enemigo de la patria. Tú has auxiliado dos veces al extranjero para impedir nuestra justa venganza y tu padre lo ha consentido.

—Mi padre —interrumpió Zuhuy Kak—, acaso ignora hasta este momento que su hija haya salido de su capital.

—Así tu padre como tú —continuó imperturbable Kan Cocom—, os habéis acarreado la cólera de los dioses y las flechas de la injusticia. Pero la fatalidad ha querido que te ame y me obliga a salvar a los que no debía. Zuhuy Kak, eres mi prisionera, voy a llevarte a Sotuta y a esconderte en la choza más apartada… donde no te vean ni mi padre ni los sacerdotes para que no reclamen un día el despojo de los dioses. Te amo y te salvaré.

—Y yo —exclamó enérgicamente la joven—, ¡te aborrezco!

Kan Cocom se encogió de hombros, y volviéndose a sus capitanes, les dijo:

—Amigos, temo que los guerreros de Tutul Xiú nos acometan de un momento a otro para arrebatarme mi presa.

—¿No te he dicho que mi padre ignora mi fuga? —interrumpió Zuhuy Kak.

Kan Cocom no dio muestras de haber escuchado estas palabras y continuó:

—Por esta razón voy a llevarme a la joven como la conducía el español. Vosotros podéis desparramaros por el bosque y en Sotuta nos veremos.

Los capitanes respondieron con un ademán de asentimiento y Kan Cocom se acercó al caballo que permanecía inmóvil junto al cuerpo del español. Todos los indios miraban siempre a aquel monstruo desconocido con una especie de meticulosa veneración, que les obligaba a no aproximarse demasiado ni a poner siquiera una mano sobre su lustrosa piel. Pero la indomable temeridad de Kan Cocom no conocía aquel temor, y con mano firme y segura se apoderó de las riendas del monstruo.

El caballo, al sentir una mano extraña, respiró con fuerza, irguió la garganta, erizó sus crines y empezó a encabritarse. El indio no se atemorizó y se hizo obedecer con la firmeza de su brazo.

Satisfecho de haber domado el primer ímpetu del bruto, y después de haber reflexionado un instante sobre el modo de escalar las espaldas del monstruo, puso el pie izquierdo en el estribo y montó. Hizo andar al caballo algunos pasos por en medio del camino, y seguro de estar ya terminado su aprendizaje, pidió sus capitanes que colocasen en sus brazos a Zuhuy Kak.

Ya estos se disponían a obedecerle, cuando le vieron bajar súbitamente del caballo y acercarse al cuerpo del español.

—Me olvidaba —dijo—, que en el cuerpo del extranjero dejaba clavada mi flecha.

Y poniendo la mano en el mango de madera desprendió la saeta de la herida.

Esta operación produjo un efecto asombroso que le hizo retroceder algunos pasos.

El español hizo un movimiento, abrió los ojos, exhaló un suspiro y con voz exánime murmuró.

—¡Socorro!

Zuhuy Kak soltó una exclamación de alegría, cayó de rodillas junto al cuerpo del extranjero, y las lágrimas contenidas tanto tiempo por la violencia de su dolor inundaron el semblante del herido.

—¡Amado mío! —murmuró en español—. ¡Conque el Dios de los cristianos conserva todavía tu existencia!... ¡Bendito sea su poder!

Y sin curarse de la presencia de los embajadores, ponía la mano sobre el corazón de Benavides, y parecía que intentaba reanimarle con el fuego de los besos que imprimía en su piel.

Kan Cocom tenía pasiones salvajes como su naturaleza y el país en que había nacido: sintió rugir en su lecho la tempestad de los celos, y con los ojos inflamados por el demonio de la venganza, echó una mirada en derredor de sí. A dos pasos de distancia vio una piedra, enorme medio oculta entre la tierra; la removió, como si fuera, una pluma y la levantó sobre la cabeza del español.

—¡Kan Cocom! —gritó Zuhuy Kak, levantándose pálida de espanto y temblante de cólera—. Si osas atentar a la vida del español, te juro por los huesos de mi madre que mi cadáver caerá sobre el suyo.

Y con un movimiento rápido se apoderó de la flecha que el embajador había dejado caer entre la yerba, puso la punta sobre su pecho y algunas gotas de sangre mancharon la blancura de su vestido.

Kan Cocom vaciló un segundo con la terrible arma suspendida sobre la cabeza de su víctima. Pero el amor que avasallaba su alma y la persuasión de que no era vana la amenaza de Zuhuy Kak, triunfaron de sus celos. Hizo oscilar la piedra entre sus manos y la dejó caer a larga distancia.

—Los dioses —dijo entre dientes—, aborrecen como yo al extranjero y no tardarán en vengarme.

Zuhuy Kak no entendió muy bien estas palabras; pero adivinó la amenaza en la expresión del semblante que las pronunciaba.

—Kan Cocom —le dijo—, no soltaré esta flecha ni te acompañaré a Sotuta, sino bajo una condición.

—¿Cuál? —preguntó la mirada del embajador.

—Manda hacer una camilla para el extranjero, que tus tres capitanes y Nahau Chan la conduzcan hasta que encontremos otros cargadores, y nosotros iremos cerrando la marcha sobre las espaldas de ese monstruo de la guerra.

Una sonrisa de desdén crispó los labios de los embajadores.

—Los capitanes de mi padre —respondió Kan Cocom—, solo pueden ser obligados a conducir en sus hombros a su señor.

Zuhuy Kak se sentó tranquilamente junto al español, que había vuelto a desmayarse, y empezó a vendar su herida con un retazo de su toca de algodón.

En aquel momento aparecieron algunos labradores por un sendero que salía a la izquierda del camino; Kan Cocom los llamó, habló con ellos algunas palabras y un cuarto de hora después habían formado ya una camilla con la madera del bosque, una hamaca que traía uno de los labradores y dos mantas que se colocaron en el toldo.

El español fue metido cuidadosamente en aquel vehículo y cargado por cuatro de los labradores; Kan Cocom montó a caballo, sujetando por delante a Zuhuy Kak con el brazo izquierdo, e iba ya a dar la orden de marchar, cuando sus ojos se fijaron en Nahau Chan.

—Vosotros —dijo a sus capitanes enseñándoles al joven—, apoderaos de ese bribón y llevadle a Sotuta.

Pero Zuhuy Kak había notado el movimiento de ojos de Kan Cocom y a una seña que hizo con el brazo, Nahau Chan desapareció entre los árboles antes que aquel acabase de hablar.

—Cuéntale a mi padre cuanto ha pasado —gritó la joven.

Kan Cocom no tuvo valor para hacer notar su disgusto, dio la orden de marcha y la camilla, el caballo y los embajadores desaparecieron por un estrecho sendero, practicado a la derecha del camino.

CAPÍTULO XVII

El destino se cumple

¡Oh ciega gente del temor guiada!
¿A do volvéis los generosos pechos
que la fama en mil años alcanzada
aquí perece y todos vuestros hechos?

Ercilla

A la misma hora en que tenían lugar estos sucesos en el camino de Chapab a Sacalum, Tutul Xiú llamaba fuertemente a la puerta la choza que habitaban los españoles en Maní. La anciana Xchel que, según las instrucciones de Zuhuy Kak, no se había apartado en toda la noche de la cabecera del herido, miró sobresaltada al franciscano al escuchar los golpes.

—Abre al cacique de Maní —dijo este—. Pronto, porque le trae la desesperación.

Abriose la puerta, y Tutul Xiú sin notar el estado en que se hallaba el religioso, se aproximó a su lecho diciéndole:

—He venido antes del término que te había fijado…

—Te esperaba —interrumpió el sacerdote.

—Xchel —dijo el cacique dirigiéndose a la anciana—, puedes retirarte a tu choza.

Xchel, en lugar de obedecer, consultó al sacerdote con una mirada.

—Tutul Xiú —dijo el franciscano—, esta pobre anciana repugna retirarse, porque es el h'men que cura mi herida.

—¡Tu herida! —exclamó Tutul Xiú, sorprendido.

—Dirigiéndome anoche a la cabaña en que se ocultaba el joven español, una flecha disparada por la mano de Kan Cocom, rasgó la piel de mi cuerpo.

—¡Ah! La fatalidad ha hecho de esa malvada raza su más poderoso instrumento.

—Tutul Xiú, la Providencia, que es una realidad, hará un día pedazos el instrumento de la fatalidad, que es un fantasma.

El anciano cacique inclinó la cabeza y reflexionó un instante.

—Xchel —dijo al fin levantando la vista—, ya que no puedes apartarte de tu enfermo, siéntate en la puerta para impedir que se nos interrumpa.

Xchel obedeció al instante. Entonces Tutul Xiú se apoderó de las manos del franciscano y mostró su semblante anegado en lágrimas.

El franciscano no era padre; pero había vivido tanto y estudiado de tal manera el corazón humano, que no le era difícil comprender la inmensidad de aquel dolor.

—Sé ya tu desgracia, Tutul Xiú —le dijo—. No aumentes tu dolor contándomela.

—¡Mi hija! ¡mi hija! —murmuró sollozando el pobre padre.

—El cielo dispone de la suerte de los pueblos, como tú de la de tus vasallos, y escogió a tu hija para ser el instrumento de sus designios.

—¡Cómo! ¿Crees que el cielo haya dispuesto que mi hija sea robada por los embajadores de Sotuta?

—Tutul Xiú, estás mal informado. ¿Quién te ha dicho que los embajadores de Nachi Cocom sean los robadores de la hermosa Zuhuy Kak?

—Yo lo he visto por mis propios ojos. Desesperado de no encontrar a mi hija e informado de que nadie la había visto entrar anoche en mi palacio, corrí yo mismo a dar la noticia a su futuro esposo y encontré desamparada la casa de los embajadores.

—¡Desamparada! —exclamó el sacerdote, palideciendo ligeramente.

—Ya ves —dijo Tutul Xiú—, como no puede ser el cielo el que ha preparado mi desgracia.

El religioso miró un instante en silencio a su interlocutor; luego le dijo:

—Voy a contarte lo que sé para aliviar en lo posible tu dolor y aplicar el remedio. El joven español me ha confesado que ama a tu hija y Zuhuy Kak me ha dicho con lágrimas en los ojos que si la obligabas a tomar por esposo a

Kan Cocom, labrarías su eterna desventura, porque su corazón era enteramente extranjero.

Tutul Xiú suspiró profundamente.

—Yo estuve viendo mucho tiempo a los dos jóvenes a mi lado —continuó el sacerdote—, y comprendí que separarlos, era darles la muerte. Además, Zuhuy Kak se ha hecho cristina, y la religión de Jesús no le permite casarse con un idó-latra como Kan Cocom. Estas dos razones me obligaron a aconsejarles la fuga.

—¡Tú! —exclamó Tutul Xiú, mirando fijamente al religioso—. ¿Tú aconse-jaste la fuga a mi hija?

—Si Zuhuy Kak se hubiera quedado en Maní, tú la hubieras tomado un día de la mano y se la habrías entregado a Kan Cocom, su verdugo.

—Yo conozco las virtudes de mi hija, y sé que hubiera logrado hacer callar su corazón para labrar la felicidad de mi pueblo. Sacerdote, cuando te di parte de mi determinación, comprendiste como yo la necesidad del matrimonio de mi hija con Kan Cocom y prometiste ayudarme cuanto pudieses.

—Cuando hice esa promesa ignoraba la inmensidad del amor que ligaba al extranjero y a tu hija. Pero luego que la conocí, hice lo que mi conciencia me dictaba: aconsejé Zuhuy Kak que siguiese a mi joven amigo al campamento español y ahora deben encontrarse a pocas leguas de tan seguro asilo.

Las facciones del anciano cacique se trastornaron completamente, la cólera secó las lágrimas de sus ojos y miró al sacerdote con aspecto amenazador.

—¡Miserable de mí! —exclamó—. ¡Cómo tuve la debilidad de confiarme a un extranjero!… ¡Sacerdote: me has vendido!

El franciscano miró tranquilamente al cacique con apacible sonrisa.

—El sacerdote cristiano —dijo con reposado acento—, no es como el soldado que levanta sus armas para castigar al que le alza la voz. El sacerdote cristia-no compadece al que le injuria y su única venganza consiste en persuadirle de que ha obrado con injusticia y ligereza. Respóndeme: ¿por qué dices que te he vendido?

Desarmado notablemente Tutul Xiú con la calma del religioso, respondió suavizando su voz:

—Los Cocomes van a creer que yo he consentido en la fuga de mi hija, me llamarán traidor porque le he permitido refugiarse en el campamento de los es-pañoles, y sus guerreros empezarán a talar mañana mis dominios.

—Tutul Xiú, si tu hija se hubiera quedado en Maní ¿qué habría sucedido?

—Hubiera dado su mano a Kan Cocom, aunque con lágrimas en los ojos, y la paz se habría establecido entre Sotuta y mi pueblo.

—¿Cuánto tiempo habría durado esa paz y esa felicidad?

El anciano cacique inclinó tristemente su cabeza.

—Los españoles se han establecido en Thóo —continuó el franciscano—, Maní y Sotuta se hallan a dos o tres jornadas de camino y no tardarán en caer bajo los rudos golpes del conquistador. Casando a tu hija con Kan Cocom, hubieras labrado para siempre su desgracia, y no habrías conseguido sino por un tiempo muy limitado el bien que esperabas: la felicidad de tu pueblo.

Tutul Xiú continuaba abismado en su dolor:

—Ahora —prosiguió el religioso—, quiero persuadirle de que la fuga de tu hija te ha puesto en el camino de evitar grandes desgracias. ¿Estás persuadido de que las armas españolas han de anegar en sangre a tu pueblo para conquistarle?

—¡Ah! —exclamó el cacique—. Las predicciones de los profetas no pueden mentir.

—¡Pues bien! Ve al campamento español a abrazar a tu hija, don Francisco de Montejo te abrirá los brazos, reconoce la soberanía del rey de Castilla y ampárate bajo su poder. Continuarás gobernando a tu pueblo, como a un delegado de tan gran monarca, la sangre de tus vasallos no empapará la tierra de tus mayores y Nachi Cocom no se atreverá a tocarte un cabello... ¿qué digo? Nachi Cocom será destruido como todos los que se opongan al paso de los guerreros empujados por la mano de Dios.

—Sacerdote, ¿sabes lo que me propones?

—Cumplir la voluntad de la Providencia.

—Mis vasallos van a decir...

—¡Enhorabuena! No hagas nada de lo que te propongo. Los guerreros de Sotuta que te creen consentidor de la fuga de tu hija y los Kupules del Oriente que te aborrecen, talarán mañana tus campos e incendiarán tus poblaciones, y lo poco que quede con vida, será destruido en poco tiempo bajo las plantas de los españoles.

En aquel momento entró Xchel en la estancia.

Tutul Xiú había prevenido que no se le interrumpiese; sin embargo, la interrogó con una mirada más bien triste que colérica.

—Gran señor —dijo la anciana—, me he atrevido a interrumpirle, porque un correo que dice traer una noticia interesante, desea hablar contigo al momento. Como no te encontró en tu palacio y supo que lo hallabas aquí, está esperando en la puerta tu permiso para entrar.

—¿De dónde viene ese correo?

—De Thóo.

—¡De Thóo! Dile que entre al instante.

Xchel salió de la choza y un momento después se presentó ante Tutul Xiú un joven de veinte a veinte y cinco años cubierto de polvo y de lodo. Tocó el suelo de la choza con la mano derecha, la besó luego y permaneció frente al cacique en actitud respetuosa.

—¿Qué traes? —preguntó Tutul Xiú.

El correo levantó la falda de su camisa, desató el ceñidor que rodeaba su cintura, sacó de él un pedazo de tela de algodón de dimensiones más reducidas que un pañuelo común y se lo presentó a Tutul Xiú.

El cacique extendió ante su vista la tela y la contempló un instante en silencio. Estaba cubierta de una pintura bastante grosera, pero muy significativa. La figura de un hombre blanco, barbado y completamente vestido, tenía bajo sus pies la figura de otro hombre de piel roja y casi del todo desnudo.

El sacerdote, que contemplaba con atención al anciano cacique, vio inmutarse ligeramente su rostro.

—Tutul Xiú —le dijo—, ¿esa tela contiene acaso alguna desgracia?

El cacique en lugar de responderle, puso en sus manos el pedazo de tela.

—¡Ah! —exclamó el franciscano, mirando atentamente la pintura—. Lo que yo veo aquí es un hombre rojo vencido por otro blanco.

—Pues eso quiere decir, sacerdote, que el invasor extranjero, ayudado por la fatalidad, ha conseguido una nueva victoria de los pobres itzalanos, que defienden sus hogares. Esa multitud de rayas verticales trazadas bajo el hombre rojo, indican que han sido innumerables los macehuales vencidos.

—¿Quién te da esta noticia?

—El emisario que envió a Thóo desde el momento en que supo que la población fue ocupada por los españoles.

—¿Puede saberse por esa pintura el lugar en que se verificó la batalla?

—No, pero el correo podrá informarnos.

Y volviéndose Tutul Xiú al joven que aun guardaba su respetuosa apostura:

—Ek Balam —le dijo—, ¿sabes lo que contiene la misiva que me has traído?

—Gran señor —respondió el mancebo—, lo que hay pintado en esa tela es una batalla ganada por los extranjeros a los Kupules del Oriente en el pueblo de Tixpeual.

—¡De Tixpeual! ¿Acaso los españoles han abandonado a Thóo?

—No, gran señor. Después de la completa derrota de los macehuales, los blancos han vuelto a acampar en el cerro principal de Thóo.

—¿Qué motivo los obligó a avanzar a Tixpeual para batir a los Kupules?

—Dos días antes de la batalla varios indios se presentaron en el campamento de los extranjeros y les dijeron: «¿Qué estáis haciendo aquí, ¡oh españoles!, cuando vienen contra vosotros más guerreros que pelos tiene una piel de venado?».

—¿Quiénes eran aquellos indios?

—Se presume que hubiesen sido enviados por el cacique de Dzilam que se dice gran amigo de los españoles.

—¿Qué hicieron los blancos cuando tuvieron la noticia?

—Dejaron algunos guerreros al cuidado de sus chozas de mantas y todos los demás avanzaron resueltamente por el camino de Itzmal. En Tixpeual encontraron al ejército de los Kupules, guarecido tras unas trincheras de piedras, madera y tierra. Los blancos descansaron algún tiempo y luego empezó la batalla. Los pobres macehuales pelearon con valor, pero murieron tantos con el fuego que arrojaban las armas de los españoles, que al fin huyeron despavoridos por los montes.

—¡Ah! —murmuró Tutul Xiú, como hablando consigo mismo—. Los dioses de los macehuales se acobardan ante el Dios de los cristianos.

Volviéndose enseguida al correo, le dijo:

—Ek Balam, ve a esperarme en mi palacio. Dentro de pocos instantes estaré allí a darte el cambio de esta tela.

El mancebo volvió a saludar como a su entrada y desapareció.

Entonces Tutul Xiú dejó correr libremente dos lágrimas por sus mejillas.

—Amigo mío —dijo al franciscano—, la fatalidad precipita los acontecimientos y estos vienen en apoyo de tus deseos. Los Kupules del Oriente son los mayores enemigos que en el país tienen los españoles. Si estos han sido vencidos a pesar de su número y su valor ¿qué otra suerte pueden esperar los demás señores de la tierra?

—¡Ah!… ¡conque empiezas a comprender la fuerza de mis razones!

—Voy a reunir mi consejo y a escuchar la voluntad de mi pueblo. Antes que llegue el sol a la mitad de su carrera sabrás mi determinación.

Al concluir estas palabras, Tutul Xiú salió de la choza, enjugando las lágrimas de sus ojos.

Dos horas después el consejo estaba reunido en una gran casa de guano, inmediata al palacio del cacique. En varios bancos de madera colocados a la derecha del asiento principal, que ocupaba Tutul Xiú, se hallaban sentados los ancianos de Maní y los sacerdotes con sus vestiduras talares y sus largas cabelleras. El lado izquierdo estaba ocupado por los jóvenes guerreros y algunos individuos de la familia real.

Como en todos los países poco civilizados y gobernados por la tiranía, aquel acto de vida o de muerte para la patria, tenía lugar a puertas cerradas, para que el pueblo no penetrase los secretos del soberano. Cuando todos los consejeros se hallaron presentes, arrodilláronse ante un ídolo de barro, que descansaba en un altar de piedra frente al asiento principal, y Hziyah, el sumo sacerdote pronunció una breve oración que escucharon devotamente los circunstantes.

Entonces, Tutul Xiú tomó la palabra y habló en estos términos:

—Sacerdotes, ancianos y guerreros: ha llegado el momento fatal pronosticado tantas veces por los profetas y temido hace mucho tiempo por nosotros. Los hombres blancos y barbados del Oriente han penetrado por segunda vez en el corazón del país de los macehuales y la sangre de nuestros hermanos ha vuelto a enrojecer su camino. Tiemblan las selvas con los rayos que despiden sus armas, los monstruos que los conducen llenan el aire de temibles alaridos y las hojas de sus espadas se convierten en fuego, heridas por el sol. Una divinidad más poderosa que Kunab Kú y más maligna que Xibilbá, los empuja a través de nuestros bosques, y los dioses de nuestros padres los consienten y recogen los rayos de su venganza. No hay poder humano que los detenga en la senda de sus continuas victorias. Repasad en vuestra memoria todos los sucesos acaecidos en la última edad, y veréis que ni las oraciones, ni la guerra, ni los dioses, ni los hombres, ni el cielo, ni la tierra han podido detener su paso marcado de antemano por el destino.

Diez y ocho años hace que esos verdugos de la fatalidad se presentaron por primera vez en Conil, con ánimo de penetrar en la tierra. Pero desde allí empezó la desgracia a descargar sus golpes contra los macehuales. Un joven guerrero de los Kupules, animado del santo deseo de librar a la patria de su mayor enemigo, arrebata súbitamente su brillante espada a uno de los extranjeros, y ya iba a sepultarla en el pecho del caudillo castellano, cuando cae herido por las puntas de cien lanzas que se ceban en sus carnes. Desde allí también empezó la matanza. Todos los macehuales que acompañaban al joven guerrero, quedaron al punto convertidos en cadáveres.

Los españoles empezaron a avanzar hasta que llegaron a Chichén. Allí se dividieron y una parte pasó a Baklal. Donde quiera que se presentaban, los macehuales salían a su encuentro. Toda la tierra se coligó para exterminarlos. Eran tan pocos que parecía muy fácil destruirlos en un instante. El dios de la guerra batía sus alas sobre sus cabezas. La sangre regaba la tierra y los cadáveres embarazaban los caminos. ¡Pero en vano!... los enviados de la fatalidad hollaban indiferentes la sangre y los cadáveres, y avanzaban entre las flechas que oscurecían la tierra.

Al cabo de algunos años desampararon temporalmente el país. Pero la flor de los guerreros de Itzá había caído bajo el filo de sus armas: los macehuales quedaron temblando, como el cuerpo a que las agujas del h'men han sacado las tres cuartas partes de su sangre.

Tres años hace que los españoles volvieron a aparecer en Potonchán. Dos veces se ha coligado la tierra para exterminarlos, y dos veces han retrocedido nuestros hermanos ante el fuego de sus armas. Alentados con estas victorias han vuelto a internarse en el país, y hace más de treinta días que ocuparon a Thóo. Los caciques del Oriente levantaron un ejército numeroso como las hojas de los árboles de una selva, y emprendieron su marcha para el campamento de los extranjeros. El atrevido invasor no tuvo paciencia para esperarlos, corrió al encuentro de sus enemigos y en Tixpeual se encontraron frente a frente de los valientes guerreros de los Kupules.

Un movimiento de impaciencia y ansiedad recorrió todos los bancos de los consejeros. Tutul Xiú observó este movimiento con una mirada triste y melancólica y continuó con abatido acento:

—¿Necesito acaso deciros el éxito de la batalla que se empeñó en el momento? ¿Cuál ha sido el de todas las que se han empeñado entre el hombre blanco y el hombre rojo? Los cadáveres de nuestros hermanos yacen ahora insepultos en las calles de Tixpeual, y entre la sangre quemada por los rayos del sol, acaso no hay una sola gota de la sangre extranjera.

Los sacerdotes y los ancianos inclinaron la cabeza con abatimiento: los ojos de los guerreros lanzaron llamas de venganza.

Tutul Xiú no dio señales de haber visto ni el dolor de los primeros ni la cólera de los segundos, y prosiguió hablando con la elocuencia de la resignación.

—¿Qué queréis que hagamos en tan doloroso trance? Los vaticinios de nuestros profetas nos aseguran que hemos de ser subyugados a pesar de nuestros esfuerzos; la experiencia nos ha enseñado repetidas veces que son invencibles e indomables... ¡Ah! si con nuestros cadáveres pudiésemos formar alrededor del país un muro que no pudiesen romper sus armas, si con nuestra sangre pudiésemos formar un lago que no osasen navegar en sus grandes casas de madera, pongo a los dioses por testigo de que yo sería la primera víctima que me inmolase en el altar de la patria. Pero sabemos que todo ha de ser inútil. La fatalidad los empuja, nuestros dioses lo consienten y su divinidad los alumbra. ¿Qué queréis, pues, que hagamos?

—Hziyah —añadió Tutul Xiú dirigiéndose al sumo sacerdote—, tú que conoces la voluntad de los dioses, ilumina nuestro espíritu.

El anciano sacerdote se puso lentamente en pie, separó de su frente la ancha cabellera que le embarazaba, y levantando sus ojos apagados por la edad, dijo con la voz balbuciente de sus años:

—Las profecías de Chilam Balam están demasiado presentes en mi memoria para que me atreva a aconsejarte la guerra. Si quieres, pues, ahorrar la sangre de tus vasallos, las lágrimas de las viudas y de los huérfanos; si temes la maldición de los justos y la cólera de los dioses; si no quieres manchar la memoria de tu reinado con lagos inútiles de sangre, ve a concertar mañana la paz con los extranjeros y a garantizar la vida de tus súbditos.

Los ancianos y los sacerdotes escucharon este discurso con la actitud del hombre que oye anunciar la muerte de una persona querida, que no puede evitar; pero entre los jóvenes guerreros se notó una agitación extraordinaria y el susurro de las palabras con que se comunicaban en secreto su pensamiento. De súbito entre el mar de cabezas negras y ojos rutilantes, se alzó impaciente una figura y abrió los labios para hablar.

—No te he pedido tu voto, Hkin Sulú —dijo bondadosamente el anciano cacique, a pesar de que era aquella una gran falta cometida contra las costumbres del país y el respeto debido al soberano.

—Se ha hablado de entregar nuestra patria al español —respondió el joven capitán—, y yo que he tenido el honor de acaudillar alguna vez los guerreros de tu pueblo, no he podido olvidar que aun conservo en mis venas la sangre que me ha dado la patria.

Una lágrima brotó de los ojos de Tutul Xiú, y extendiendo su brazo hacia el lugar en que se hallaba en pie el joven guerrero, le dijo con una voz que participaba más de la súplica que de la autoridad:

—¿No has oído que toda nuestra sangre es inútil para ahogar a ese puñado de extranjeros a quienes los dioses han concedido sus rayos? Tiempo tendrás, sin embargo, de explicarnos tu pensamiento. Siéntate por ahora, porque primero debemos oír a los ministros de los dioses y a los maestros de la experiencia.

Hkin Sulú dirigió una mirada rencorosa a los ancianos y a los sacerdotes, y volvió a sentarse entre sus colegas juveniles, muchos de los cuales estrecharon su mano.

—Te he oído, Hziyah —dijo entonces Tutul Xiú, volviéndose al sumo sacerdote—. Tu consejo es el lenguaje de la prudencia, y no dudes que pesará mucho en mi ánimo al tomar mi determinación.

—Ahora tú, Yi Ban Can, como gobernador de mi pueblo de Tekit, deseo que expreses tu voto en esta grave cuestión. La experiencia te ha enseñado bastante en los largos años de tu vida, y tu alto destino te habrá dado a conocer la voluntad y los sentimientos del pueblo confiado a tu sabiduría.

Un anciano octogenario, medio envuelto en una ancha manta de algodón, se puso en pie junto al banco derecho de los consejeros. Expresó su voto casi en los mismos términos que el sumo sacerdote y concluyó protestando su amor a la patria y la necesidad que te arrancaba aquel consejo contra su voluntad.

Nuevo movimiento de impaciencia en el lado de los guerreros y nuevos esfuerzos de Tutu Xiú para contener su ardor.

En aquel momento se abrió la puerta de la sala del consejo, y un guerrero de los que componían la guardia exterior, se presentó en el umbral.

Tutul Xiú le miró con más asombro que cólera.

—Gran señor —dijo el guerrero con la cabeza descubierta—, un capitán de tu consejo acaba de presentarse cubierto de polvo y de lodo, y solicita entrar a tomar parte en tus deliberaciones.

—¿Quién es ese capitán? —preguntó Tutul Xiú.

—Nahau Chan.

Tiene derecho de sentarse entre mis consejeros; que entre.

Nahau Chan, que había escuchado estas palabras tras las espaldas del que lo anunciaba, entró al instante en la sala, y la puerta volvió a cerrarse tras él. Pero en lugar de tomar asiento entre los guerreros, se adelantó hasta la silla de Tutul Xiú y le dijo:

—Gran señor, tengo que comunicarte en secreto una importante noticia.

Los consejeros que se hallaban más cercanos a Tutul Xiú se apartaron un tanto, y el anciano cacique escuchó por un instante al joven guerrero, que le hablaba en voz baja, pero animada. De súbito lanzó un grito que hizo estremecer a todos los circunstantes, y con la palidez en el semblante, las facciones alteradas y el cabello erizado, dijo con voz entrecortada por el dolor, la rabia y la venganza.

—¡Ya no hay más consejo!… mi determinación está tomada… los dioses han hecho brotar en mi corazón todos los dolores para precipitarme al oprobio y a la vergüenza… Se acabaron las dudas, los temores y los respetos… ¡la fatalidad me ha abierto el camino, y no puedo detenerme!

Todos los consejeros levantaron la vista, llenos de asombro, y cien ojos se clavaron en el semblante trastornado del anciano cacique. Este, entretanto, continuó:

—Hkín Chí, manda llamar hoy mismo a mis gobernadores de Oxkutzcab, de Sacalum, de Panabchén y de todos los pueblos de mi señorío para que entre cinco días se encuentren reunidos en Maní, y aprontaos todos vosotros para acompañarme en la semana al campamento de los españoles.

Un rayo de triunfo cruzó por el semblante de los ancianos y de los sacerdotes, y una agitación convulsiva recorrió el banco de los guerreros.

—Todo ha terminado ya —prosiguió Tutul Xiú—. Entre ocho días nos habremos humillado ante las plantas del dominador extranjero y se habrán cumplido las predicciones de los profetas. Lodo y vergüenza nos vaticinaron: cubrámonos de lodo y de vergüenza.

Hkín Sulú se puso en pie con los ojos brillantes de cólera y la actitud arrogante de la juventud y de la fuerza.

—¡Nunca! —exclamó con voz tranquila, pero enérgica—, nunca Hkín Sulú se prosternará ante el guerrero español, y antes se abrirá el seno con una flecha, que sujetarse a la vergüenza de la esclavitud.

—¡Hkín Chí! —gritó Tutul Xiú, señalando con ademán colérico al generoso mancebo—: toma cuatro guerreros de mi guardia, y sepulta en un calabozo a este vasallo rebelde.

—Da orden de que también a mí se me encierre —exclamó otro guerrero poniéndose en pie—; porque tengo hecho el mismo propósito que Hkín Sulú.

—¡Y a mí! ¡y a mí! —exclamaron enseguida varias voces.

—Trae al punto a los cien guerreros de mi guardia —gritó Tutul Xiú a Hkín Chí que se hallaba ya cerca de la puerta, y prende sin demora a todos estos súbditos amotinados.

Dos minutos después entraban en la sala del consejo los cien guerreros pedidos por el anciano cacique, y veinte de los valientes mancebos, que no tenían otro delito que su valor y sus virtudes cívicas, pasaron de los escaños de su dignidad a la estrechez de los calabozos.

Cuando hubieron salido de la sala, de los preñados ojos de Tutul Xiú brotaron dos torrentes de lágrimas, y exclamó con voz conmovida:

—¡Sangre ardiente y generosa! Si el dedo de la fatalidad no hiciera inútiles nuestros esfuerzos, ¡con cuánto placer te vería correr al lado de la mía en los campos de batalla!

CAPÍTULO XVIII

La embajada del Señor de Maní

> Me habéis enseñado que en este mundo
> se encuentra más fácilmente la perfidia
> que la lealtad, y sin salir de aquí, he te—
> nido ocasión de probarlo.
>
> *Feuillet y Borage*

Ya comprenderá el lector la causa que al fin había determinado a Tutul Xiú a seguir el consejo del anciano sacerdote. Nahau Chan le había traído la infausta noticia de que su hija había caído en poder de los embajadores de Sotuta, y el odio que el cacique de esta población profesaba a su familia, le hacía temer toda clase de peligros sobre aquella joven que era tan querida a su corazón. Verdad era que el amor de Kan Cocom la disputaría siempre a la cólera de su padre, de los sacerdotes y del pueblo todo; pero Kan Cocom podía faltar un día, principalmente en aquel tiempo de continuos encuentros y batallas con los españoles, y Tutul Xiú estaba seguro de que entonces recaerían sobre Zuhuy Kak todos los odios de Nachi Cocom a su raza y de que sería acaso inmolada en los altares de los dioses.

Así, pues, no tardó mucho tiempo en ejecutar su propósito. Mientras los guerreros principales de Maní que no juzgaban inútil derramar su sangre en defensa de su independencia, por más infructuoso que pudiese ser el sacrificio, pagaban en las cárceles de la ciudad los impulsos de su patriotismo, reuníanse alrededor de Tutul Xiú todas las personas notables y grandes dignatarios de su cacicazgo para acompañarle al campamento de los extranjeros a la voluntaria sumisión y obediencia que iba a prestar a un soberano de lejanas regiones, del cual ni el nombre le era conocido.

Ocho días después de tomada tan triste determinación en el consejo, se hallaban reunidos en Maní los personajes siguientes: Hná Poot Xiú, hijo del cacique, Hziyah, el sumo sacerdote de que hemos hablado y Hkín Chí, que también ya hemos nombrado, todos los cuales eran tenientes de Tutul Xiú en el gobierno de su capital; Yi Ban Can, gobernador del pueblo de Tekit, Pacab, gobernador de Oxkutzcab; Kan Cabá, del de Panabchén; Kupul, de Sacalum; Nahuat, de

Teabo; Zon Ceh, de Pencuyut; Ahau Tuyú, de Muna; Xul Cunché, de Tipilkal; Tucuch, de Mama y Zit Couat, de Chumayel.

Seguido de todos estos personajes y de un numeroso acompañamiento, Tutul Xiú se puso en camino para Thóo, bien resuelto a confiar todas sus cuitas al jefe de los españoles, para poner fin a la desastrosa guerra que estaba asolando el país y para recobrar a su hija del poder de su mayor enemigo.

«El día 23 de enero de 1541 los soldados que estaban de centinelas avanzadas volvieron deprisa al campamento y dijeron al general que una muchedumbre de indios, guerreros al parecer, se dirigía a aquel sitio. En efecto, desde la altura en que se hallaban los españoles vieron dirigirse hacia ellos aquella turba, en cuyo centro venía un personaje traído en andas sobre los hombros de los indios. Creyendo el Adelantado que aquel era un asalto que preparaban los naturales, y que venían resueltos a la pelea, dio las órdenes convenientes y todo el ejército se puso en actitud de resistir. Mas al llegar los indios cerca del cerro, se detuvieron y postraron en tierra humildemente. Entonces se apeó el personaje que venía en las andas, y acercándose con paso grave y mesurado hasta el pie del cerro, arrojó a un lado los instrumentos de guerra, cuya acción fue imitada por su comitiva, y alzando juntas las manos, hizo señal de que venía de paz y deseaba hablar con el conquistador».

«El Adelantado salió a su encuentro, y recibiéndole con respeto le condujo a su tienda para escuchar, por medio de los intérpretes que tenía, el razonamiento de aquel ilustre personaje. Era este el mayor y más considerado de los señores de Yucatán..., llamábase Tutul Xiú y era el régulo de Maní y, sus contornos. Tutul Xiú, bastante embarazado y bañado el rostro en lágrimas de humillación, dijo al conquistador que venía en nombre suyo, en el de todos los pueblos que le estaban sujetos, a someterse voluntariamente a los españoles, cuyo valor les había movido, cuya perseverancia en aquella guerra les hacía entender que sería interminable y el origen de la destrucción y exterminio de un país que perteneció a sus primogenitores; que deseaba tenerlos por amigos, y les ofrecía su cooperación a fin de que cesase le efusión de sangre, se uniesen las dos razas y viviesen amigable y pacíficamente. En muestra de su sinceridad, y como primer tributo al señorío del rey de Castilla, trajo un cuantioso presente de vestidos, frutas y provisiones de que tenían suma necesidad los españoles».

«No es fácil explicar cuál sería el regocijo y satisfacción del Adelantado al escuchar el razonamiento del príncipe indígena, que así venía a someterse tan inesperadamente. Todas las dificultades y desgracias de una conquista a fuerza de armas desaparecieron en presencia de aquel suceso: la pacificación de la tierra era ya una obra más llevadera y menos embarazosa. Mostró, pues, a Tutul Xiú toda su satisfacción, ofreciéndole su amistad y el respeto y estimación de todos los españoles. Tutul Xiú permaneció en los reales de Montejo sesenta días, y... despidiose al fin el nuevo amigo, muy contento y satisfecho del trato recibido en el campamento español, y resuelto a poner por obra un plan de pacificación que había propuesto al Adelantado».

El novelista no tiene nada que añadir a las palabras del historiador, porque Tutul Xiú, seguro de que Nachi Cocom respetaría sus dominios por la amistad que tenía ya con los españoles, no se atrevió a confiar a don Francisco de Montejo el motivo principal que le había guiado a su campamento. Pero incapaz de olvidar el peligro que corría su hija, resolvió conseguir con la astucia lo que era tan peligroso conseguir con la fuerza.

Luego que llegó a Maní, encerrose en su palacio con Hkín Chí que era su yerno, tres sacerdotes y los guerreros, en quienes tenía entera confianza, les manifestó que iban a pasar a Sotuta en clase de embajadores. El objeto público de la embajada era excitar a Nachi Cocom a que se sujetase voluntariamente a los españoles, como lo había hecho Tutul Xiú, para evitar las grandes desgracias que amenazaban a la patria. El privado había sido confiado de antemano a Hkín Chí únicamente, y los demás embajadores solo recibieron la orden de obedecerle en cuanto les fuese mandado por aquel.

Los embajadores no tardaron en ponerse en camino y al ocultarse en el ocaso el sol de un día del mes de abril de 1541, entraron en la capital de Nachi Cocom. El cacique habitaba una gran casa de guano de construcción delicada y relativamente magnífica, a la cual fueron conducidos inmediatamente los enviados de Tutul Xiú. Nachi Cocom recibió con los brazos abiertos a Hkín Chí, apretó cordialmente la mano a los demás embajadores y les dio asiento en la pieza principal de su casa.

Nachi Cocom rayaba por aquella época en los cincuenta años de su edad. Su constitución era fuerte, su estatura atlética, soberbia la expresión de su mirada. Sus prendas morales estaban en consonancia con sus prendas físicas. Orgulloso, disimulado, indómito e implacable en sus pasiones, era el señor más absoluto y despótico de Yucatán y el peor enemigo que pudieran tener los demás caciques.

—Poderoso Batab —le dijo Hkín Chí luego que los embajadores estuvieron instalados en la estancia—, mi padre y señor, el cacique de Maní, te desea salud y prosperidad en nombre de los dioses, y me envía a ti para explicarte sus deseos.

—Habla, Hkín Chí —respondió Nachi Cocom con agradable sonrisa—: sabes cuánto he estimado siempre los deseos de tu señor, porque le reconozco por el más sabio y experimentado de los caciques de Itzá.

—Tutul Xiú —prosiguió el jefe de los embajadores— no desea otra cosa que el cumplimiento de la voluntad de los dioses y la felicidad de todos los macehuales. Hubo un tiempo en que su familia gobernó toda la tierra y se cree obligado a poner todos los medios para evitar una desgracia a los dominios de sus mayores. Todos los profetas inspirados por Kunab Kú han vaticinado lo que ahora está sucediendo, y los esfuerzos de los hombres serían inútiles para detener el paso de la fatalidad. ¿A qué, pues, empeñarnos en una lucha contra los españoles, cuando sabemos que no bastarán todas nuestras flechas para conseguir la más ligera victoria? Nachi Cocom, morir por la salvación de la patria es el deber más dulce del guerrero, pero arrostrar la muerte cuando los dioses nos gritan que nos sacrificamos inútilmente, es robarnos con crueldad nuestras esposas e hijos y seguir un camino vedado por la voluntad del cielo. Tutul Xiú ha oído a los sacerdotes y a los ancianos de su consejo, y de acuerdo con ellos ha ido a Thóo a prestar obediencia a los españoles. Los hombres blancos y barbados le han recibido con muestras de cortesanía y dulzura y le han prometido respetar la vida y propiedad de sus vasallos. Esto mismo ofrecen a cuantos pueblos se le sometan voluntariamente, y si todos lo verificaran, no se derramaría en lo sucesivo una gota de sangre maya en toda la extensión de nuestro país. Nachi Cocom, tú eres un cacique grande, poderoso y respetado, y tu ejemplo arrastraría a los demás. Mi amo desea, pues, que reconozcas, como él, el señorío del rey de los blancos para evitar las desgracias de la patria.

—Es grave el asunto que me propone por tu boca el cacique de Maní —respondió Nachi Cocom—, y necesito consultar la voluntad de mi consejo. Le reuniré mañana y en pocos días podrás llevar la respuesta a Tutul Xiú. Entretanto, tendrá el placer de alojar en mi capital con la comodidad posible a los embajadores de tan gran señor para hacerles olvidar, siquiera por momentos, la ausencia de su familia y de su patria.

Y al concluir estas palabras, se levantó Nachi Cocom, llamó a uno de los guerreros que se hallaban a la puerta del edificio y le dijo:

—Conduce a los enviados de Tutul Xiú a la casa que les he mandado preparar.

Los embajadores se pusieron en pie y consultaron con la vista a Hkín Chí. Este les hizo seña de que siguiesen al guerrero, y cuando se halló a solas con Nachi Cocom en la casa, le habló de esta manera:

—Has escuchado ya el objeto público de la embajada que te envía mi señor. Deseo ahora que me escuches algunas palabras en secreto.

—Puedes hablar: estamos solos.

—Sabe mi señor que los embajadores que le enviaste en el mes de Mool se apoderaron de su hija Zuhuy Kak y la tienen cautiva en tu capital.

Estas palabras que Hkín Chí pronunció con notable firmeza, no produjeron ninguna impresión en el semblante del cacique.

—La embajada me envió a tu señor —respondió imperturbable—, tenía por objeto pedirle la mano de esa joven para mi hijo Kan Cocom.

—Pero Zuhuy Kak rehusó el matrimonio que se le propuso, a pesar de las instancias que le hizo su padre para persuadirla.

Nachi Cocom empezó a dar muestras de asombro.

—Y fueron tales las instancias del padre y la repugnancia de la hija —continuó el embajador—, que esta se resolvió a huir una noche de Maní, acompañada de un cautivo español y de un guerrero llamado Nahau Chan. Kan Cocom tuvo noticia de esta fuga, reunió a todos los embajadores y le apoyaron en el camino de Sacalum para sorprender y detener a los fugitivos. Lograron su objeto, hirieron gravemente al español, y así este como Zuhuy Kak fueron conducidos a Sotuta.

—He allí unos pormenores que ignoraba completamente —dijo admirado Nachi Cocom—. Una mañana vi entrar en Sotuta a mis embajadores, conduciendo a la mujer que Kan Cocom había ido a pedir por esposa, y hasta ahora no se me ha ocurrido averiguar el modo con que vino.

Hkín Chí fue esta vez el que se manifestó sorprendido.

—¿Te admiras? —continuó el cacique—. Pues en verdad que el asunto ha sido muy sencillo. Kan Cocom me dijo que la muchacha había amado en Maní a un español; pero que arrepentida de haber puesto los ojos en un enemigo de los dioses y de la patria, iba a hacer penitencia un año en la casa del sumo sacerdote, y que al cabo de este tiempo se casaría, conforme a los deseos de su padre. Yo no extrañé esta explicación, Zuhuy Kak, desde el día en que llegó a Sotuta, se encerró en la casa del sumo sacerdote y desde entonces no he vuelto a verla.

—Y bien —repuso el embajador—, si como lo espero, estás dispuesto a administrar justicia y a consolar a un padre que llora la pérdida de su hija, llama al instante a Kan Cocom y aprémiale a que diga la verdad.

—Kan Cocom está ausente, y nos es imposible averiguar de ese modo lo que deseas.

Hkín Chí reflexionó un instante al cabo del cual continuó:

—Voy a acabar de explicar el deseo de Tutul Xiú, y luego, discurriremos los medios de satisfacerle. Lo que él solicita es que su hija le sea devuelta en el caso de que se halle aquí contra su voluntad.

—Luego sí es cierto lo que me ha dicho Kan Cocom...

—Su padre me dijo que si la encontraba casada o próxima a casarse voluntariamente, le diese un abrazo en su nombre y me regresase, porque lo único que desea es la felicidad de su hija.

—Tutul Xiú es un padre excelente.

—Ahora bien, si no deseas la muerte de ese buen padre, llévame a la presencia de su hija y ella nos dirá su voluntad.

—Vamos allí —repuso Nachi Cocom.

Y acompañado del embajador, salió al instante de la casa. Al cabo de diez minutos de camino, en que atravesaron una gran plaza y algunas calles estrechas, entraron en un edificio, semejante al que habitaba el cacique, y preguntaron por el sumo sacerdote a un mancebo que encontraron en la puerta. Este respondió que el sacerdote se hallaba ausente, pero conociendo a Nachi Cocom, le invitó a que pasase adelante.

El cacique y el embajador no se hicieron de rogar y entraron en el edificio. Este se hallaba dividido en tres compartimentos por medio de dos tabiques. En la pieza principal encontraron a una anciana que estaba hilando. Nachi Cocom preguntó por Zuhuy Kak, aquella se levantó respetuosamente y le enseñó el compartimiento de la derecha.

Los dos hombres entraron en él, y el primer objeto que se presentó a su vista fue una mujer arrodillada en medio de la estancia con los ojos bañados en lágrimas y elevados al cielo. Al ruido de los pasos se levantó vivamente y clavó la vista en la puerta. Era Zuhuy Kak.

—¡Hkín Chí! ¡hermano mío! —exclamó súbitamente arrojándose a los brazos del embajador.

—¿Lloras? —le preguntó este, sintiendo su rostro humedecido por las lágrimas de la joven.

—No he hecho otra cosa desde la noche fatal en que salí de la casa de mi padre.

—Hermana mía —repuso Hkín Chí—, desde este momento va a cesar tu dolor, porque yo he venido a consolarte en nombre de tu padre. Enjuga tus lágrimas y explícanos sin temor lo que sufres.

La joven se desprendió de los brazos del embajador, y después de mirar un instante al cacique que la contemplaba en silencio, inclinó la cabeza y no se atrevió a pronunciar una sola palabra.

—Zuhuy Kak —continuó Hkín Chí—, no te atemorice la presencia de Nachi Cocom, porque está dispuesto a hacernos justicia.

—¡Nachi Cocom! —exclamó la joven, mirando llena de espanto al cacique.

—Hija mía —dijo entonces Nachi Cocom con la voz más dulce que pudo hacer salir de su garganta—, conozco que mi nombre solo te inspira horror porque esta es la vez primera que nos encontramos frente a frente. Pero para que veas cuán injustamente te hallas prevenida contra mí, quiero que tu mismo hermano te explique la poca o ninguna parte que tengo en tu desgracia… porque a la vista de las lágrimas que inundan tus ojos, no dudo ya que exista esa desgracia aunque antes la ignoraba.

Y a una seña del cacique, Hkín Chí repitió a la afligida Zuhuy Kak todo lo que el señor de Sotuta le había contado y lo que él mismo le había dicho de parte de Tutul Xiú.

La joven le escuchó en silencio; pero el narrador creyó notar algunas veces que las lágrimas del dolor se apartaban por decirlo así, del semblantee de Zuhuy Kak, para dar paso a una sonrisa de desdén o de duda.

Cuando Hkín Chí hubo terminado su relación, Zuhuy Kak levantó la cabeza, y mirando firmemente a Nachi Cocom le dijo:

—Mi hermano te ha hablado la verdad, y si quieres cumplir la voluntad de mi padre, como has manifestado, aprovecha la ausencia de Kan Cocom, da libertad a sus víctimas y el cielo te bendecirá.

—¡Sus víctimas! —repitió Hkín Chí, no comprendiendo de pronto por qué la joven hablaba en plural.

—El español y yo —repuso Zuhuy Kak.

Hkín Chí la dirigió una mirada de reconvención, pero la joven no dio señales de haberla advertido y mirando siempre con firmeza a Nachi Cocom, continuó:

—Si cumples con tu generosa oferta, te juro por el nombre de mi padre que mi gratitud será eterna y constante, y que Tutul Xiú será el mejor amigo que tendrás desde hoy sobre la tierra.

Nachi Cocom se volvió a Hkín Chí y le dijo:

—Veo que esta joven se halla aquí contra su voluntad, como me había pronosticado, y desde este momento la devuelvo su libertad.

Zuhuy Kak dio un grito de alegría y tuvo un instante tentaciones de arrojarse a los pies del cacique y abrazar sus rodillas.

—De suerte —dijo Hkín Chí—, que desde este momento podré llevarla conmigo a la casa que has destinado a los embajadores de Maní.

—¡Desde este momento! —exclamó Nachi Cocom—. En verdad que no tendría embarazo, si se hallara aquí el sumo sacerdote para decirle que hemos dejado en libertad a su prisionera.

La alegría empezó a apagarse en el semblante de Zuhuy Kak.

—Pero el buen viejo —continuó Nachi Cocom—, estará aquí al rayar la aurora y Zuhuy Kak podrá pasar mañana a la casa de los embajadores.

—¡Generoso cacique! —exclamó transportado de gozo Hkín Chí.

—¡Basta! —dijo Nachi Cocom—. Te dejo solo con tu hermana para que hables con ella de esas mil cosillas que no pueden decirse ante un extraño. Pero te advierto que al ocultarse el sol en el ocaso, estaré a verte en la casa de los embajadores.

Y el cacique salió de la estancia, después de apretar suavemente la mano de Hkín Chí. El embajador, luego que le perdió de vista, juntó sus manos en señal de admiración y exclamó:

—¿Y este es el cacique que me habían pintado con tan negros colores?... ¡Por el nombre de Itzamatul que jamás había visto un hombre tan prudente, tan justiciero y tan bondadoso!

Zuhuy Kak, en vez de participar del entusiasmo de Hkín Chí, se acercó de puntillas a la puerta por donde acababa de desaparecer el cacique, miró por ella un instante y luego la cerró cuidadosamente. Entonces se acercó a Hkín Chí y en voz baja le dijo:

—¿Conque has oído hablar de las malas cualidades de Nachi Cocom?

—Sí, por eso estoy tan asombrado.

—¿Sabes que entre esas malas cualidades resalta el disimulo?

Hkín Chí miró fijamente a la joven.

—¡Oh! —exclamó Zuhuy Kak, alzando inadvertidamente la voz—. Témelo todo de ese hombre más astuto que la zorra y más dañoso que la serpiente. ¿Crees que por solo agradar a mi padre, a quien aborrece, va a dar libertad a su prisionera?

—Zuhuy Kak —respondió el embajador—, si no fuera esa la intención que tiene ¿cómo me ha traído a tu lado? ¿cómo nos ha dejado solos?

—El miserable debe estar maquinando alguna maldad inaudita cuando pone tanto empeño en agradarnos. ¿Por qué no me ha dejado en libertad desde este momento, como solicitaste? ¿Acaso la ausencia del sumo sacerdote puede ser un obstáculo para el señor de Sotuta?

Hkín Chí bajó los ojos ante el fuego que despedían las pupilas de la joven.

—Escúchame —continuó Zuhuy Kak—. Nachi Cocom te ha señalado la maña- na próxima para darme libertad. Pues bien; antes que llegue esa mañana, habrá encontrado un medio terrible para eludir su promesa.

—¿Y qué remedio nos queda?

—Uno solo. Esta noche, cuando la luna se haya ocultado en el horizonte, ven- drás a apostarte en esta calle y te ocultarás tras un árbol que hay en la esquina inmediata. Yo aguardaré a que el sumo sacerdote y su familia estén entregados al sueño, y cuando todo se halle en silencio, iré a reunirme contigo.

—Pero mañana, cuando se note tu fuga, irán a buscarte a casa de los embajadores.

—No seremos tan necios que los aguardemos allí. Nos pondremos inmediata- mente en camino para la corte de mi padre, y cuando el sol de mañana alumbre la tierra, espero que nos hallaremos a considerable distancia de Sotuta.

—¿Y los embajadores de Tutul Xiú han de salir prófugos de Sotuta, sin aguar- dar la respuesta de su cacique?

—El principal objeto de la embajada de mi padre —replicó la joven—, ha sido el de librar a su hija de las garras de sus enemigos, y llevándome a mí por delante, os dirá que habéis desempeñado bien y lealmente vuestra misión.

—Todo se hará como dices —repuso el embajador—; y los dioses que prote- gen la inocencia y la justicia nos harán llegar sanos y salvos a Maní.

—Ahora, Hkín Chí, puedes retirarte a hacer tus preparativos y a avisar a los demás embajadores. Esta noche te diré todo lo que espero de tus servicios.

Hkín Chí abrazó a la joven, imprimió un beso en su frente y salió de la casa del sumo sacerdote.

...Tutul Xiú, bastante embarazado y bañado el rostro en lágrimas de humillación...

CAPÍTULO XIX

El banquete macabro de Otzmal

> Se juntaron a comer debajo de un árbol
> grande y vistoso, que en su lengua se
> llama Yaá, y habiendo allí continuado los
> bailes y regocijos de los días antecedentes,
> el postre de la comida fue degollar a
> los embajadores, violando el seguro sagrado,
> que como a tales se les debía.
>
> *Cogolludo*

Dos horas hacía que la plateada claridad de la luna iluminaba las calles de la capital de Nachi Cocom, cuando Zuhuy Kak, que estaba orando en su aposento, o mejor dicho en su calabozo, vio entrar a la anciana esclava del sumo sacerdote, de quien hemos hablado, y acercarse a ella con la sonrisa en los labios y la alegría en los ojos.

—Hija mía —le dijo dándole dos golpecitos en la espalda—, sin duda has ablandado a los dioses con tus continuas oraciones, porque la noticia que vengo a darte es acaso la más agradable que has escuchado en toda tu vida.

En el semblante de la joven se pintó una expresión interrogadora.

—Acaban de presentarse en la puerta los ancianos capitanes de Nachi Cocom —continuó la esclava—, y dicen que vienen a buscarte en nombre del cacique para conducirte a la casa de los embajadores de tu padre, con quienes se dice ha quedado concertada tu libertad.

Y al terminar estas palabras, la anciana señaló con la mano a los dos enviados de Nachi Cocom que se habían acercado a la puerta del aposento en que se hallaba la joven.

Zuhuy Kak los miró con espanto. Pero después de haber vacilado un instante, les manifestó que estaba pronta a seguirlos y pronto se encontraron en la calle.

A la luz de la luna que se hallaba ya bastante inclinada hacia el ocaso. Zuhuy Kak pudo notar que sus conductores le hacían atravesar casi toda la población. Al cabo de veinte minutos de marcha, los ancianos se detuvieron frente a una casa de guano situada en lo más escondido de los arrabales y dieron tres golpes pausados en la puerta. Esta se abrió al instante y una mujer apareció en el umbral.

—Decidle a Hkín Chí —le dijo uno de los conductores—, que le traemos a la joven de quien le habló Nachi Cocom.

—Hkín Chí no se halla aquí en este momento —respondió la mujer.

—Pues avisad a cualquiera de los embajadores de Tutul Xiú.

—Ninguno de los embajadores se halla aquí tampoco. Nachi Cocom vino a buscarlos a todos al cerrar la noche y se los ha llevado a Otzmal donde tiene preparada una gran fiesta.

—Y esta joven, que teníamos orden de entregar a Hkín Chí o a cualquiera de los embajadores…

—Déjamela —interrumpió la mujer—. Hkín Chí me previno que si llegaba antes de su vuelta de Otzmal, la recibiese aquí y la hiciese aguardar.

Los dos ancianos vacilaron un instante.

—¡Oh! —continuó aquella—. ¡Bien sabéis que Nachi Cocom me destinó para servir a los embajadores, y cuando lo hizo, sin duda confiaba en mi lealtad! Pero si conserváis alguna duda o escrúpulo, permaneced aquí con la muchacha hasta la vuelta de los embajadores.

Parece que esta garantía decidió, al fin, a los ancianos. Hicieron entrar a Zuhuy Kak en la casa, le destinaron uno de los compartimientos en que se hallaba dividida y los dos ancianos tendieron sus mantas sobre el suelo junto a la puerta y se tendieron a dormir. Diez minutos después roncaban estrepitosamente.

Entonces la mujer que había abierto la puerta, se levantó del lugar que ocupaba en la pieza principal, y entró en el aposento en que Zuhuy Kak se hallaba entregada a la más horrible ansiedad. A la escasa claridad del fogón que iluminaba toda la casa, la encontró sentada en un rincón apartado con los codos apoyados en las rodillas y la frente en las palmas de la mano.

—Zuhuy Kak —le dijo con un acento de reconvención—, ¿acabas de recobrar la libertad, y te hallas entregada al dolor?

La joven levantó la cabeza para mirar a su interior, a quien no había tenido tiempo de examinar, y se encontró enfrente de una mujer de esbelta postura, notablemente hermosa todavía, y que representaba treinta y cinco años a lo más.

—¡Ah! —exclamó al cabo de algunos instantes—, creo que mi dolor no cesará hasta que me encuentre en los brazos de mi padre.

—Zuhuy Kak —repuso aquella mujer, sentándose al lado de la joven y tomando afectuosamente una de sus manos—, yo sé muy bien la causa de tus lágrimas… conozco el amor fatal que devora tu corazón.

Zuhuy Kak sintió subir el rubor a sus mejillas.

—¿Lo ves? —continuó la mujer que la contemplaba atentamente. La vergüenza que muestras en el semblante me indica que he podido adivinar la causa de tus lágrimas.

—¡Y bien! —exclamó la joven—. Mi amor no es de aquellos que puedan avergonzar a una muchacha, y no negaré que las lágrimas que derramo son atrancadas en parte por el temor de la suerte que puede caber al joven español.

—¡Desgraciada! —gritó Ek Cupul, que tal era el nombre de la mujer con quien hablaba Zuhuy Kak—. ¿Es verdad que amas a ese joven blanco, enemigo de los dioses y de la patria?

Zuhuy Kak miró atentamente a su interlocutora y creyó advertir que sus ojos estaban animados de un brillo extraordinario. Esta, entretanto, continuó:

—¡Que haya una itzalana que se atreva a amar a un hijo de esa raza, engendrada sin duda por Xibilbá!...

—Si conocieras al joven español...

—¡Ah! —interrumpió Ek Cupul—, todos esos miserables se parecen al asesino de mi familia, Zuhuy Kak, los dioses le han traído a mi lado esta noche para que libre tu corazón de la llaga que le corrompe. Yo que soy una víctima de la maldad de los extranjeros, voy a contarte la historia de mi desventura, para que acabes de conocerlos.

—¿Acaso te han hecho sufrir demasiado los españoles?

—Quince años hace que yo, la hija del noble cacique de Uaymax, era la mujer más feliz que respiraba sobre la tierra; y ahora... tengo necesidad de vivir como una esclava, para alcanzar un pan que me sustente.

—¡Oh! —exclamó la joven—: cuéntame esa historia, que la escucharé con interés.

—Es una historia que puede contarse en cuatro palabras. Los primeros españoles que vinieron al país hace trece años, asesinaron a mis padres y a mi hermano. Uno de ellos me reservó para sí y me arrebató el honor. Pero le aborrecía tanto, que una noche aproveché su sueño para asesinarle, y algunos días después ahogué entre mis brazos al hijo que acababa de dar a luz, porque era el hijo de mi deshonra...

Zuhuy Kak no tuvo tiempo para manifestar el horror que le causaron estas palabras, porque en aquel momento sonaron algunos golpes en la puerta de la casa.

Ek Cupul se levantó del asiento que ocupaba, salió de la estancia, y un momento después volvió a aparecer a la presencia de Zuhuy Kak, acompañada de un joven que traía un objeto blanco en la mano. Ek Cupul señaló con el dedo a Zuhuy Kak y le dijo:

—Mira ahí a la hija de Tutul Xiú.

Entonces el joven se acercó a esta y desdoblando el pañizuelo de algodón que traía, sacó de él una tira de piel de venado curtida, y la puso en las manos de Zuhuy Kak.

La joven se acercó al fogón y a la débil claridad que despedía, examinó con detención aquel objeto que aparecía curiosamente pintado.

—Estas son las insignias y los colores de mi hermano Hkín Chí —exclamó Zuhuy Kak, dejando brillar en sus ojos un rayo de esperanza.

—Él es quien me envía —dijo el indio—, para disipar tus temores. Nachi Cocom ha preparado en Otzmal grandes fiestas para obsequiar a los embajadores de tu padre, y como estas fiestas han de durar tres días, Hkín Chí me envía a decirte que no te impacientes por su larga ausencia.

—¿Y qué viene a ser Otzmal?

—Es un sitio a donde se retira ordinariamente el señor de Sotuta a descansar de las fatigas del gobierno.

Zuhuy Kak inclinó la cabeza, lanzando un suspiro, y el indio salió del aposento.

****

La noche del tercer día, Zuhuy Kak, devorada de impaciencia, se hallaba sentada en el mismo aposento en compañía de Ek Cupul, que no la abandonaba un instante, cuando resonaron dos golpes en la puerta de la cabaña.

Ek Cupul se levantó vivamente, como si hubiese estado esperando aquella señal y se trasladó a la pieza inmediata diciendo ligeramente a Zuhuy Kak:

—No te muevas... vuelvo al instante.

Pero la joven no se resignó como tres días antes, a esperar la vuelta de su nueva amiga, sino que se acercó silenciosamente a la puerta y se ocultó tras el tabique.

Apenas había ejecutado este movimiento, cuando oyó abrir la puerta de la calle y luego la voz de Ek Cupul que preguntaba:

—¿Qué noticias traes, Balam?

—¡Silencio! —respondió una voz que Zuhuy Kak creyó reconocer—. Las noticias que traigo no son de las que pueden publicarse a gritos... y mucho menos en este lugar —añadió con una voz tan imperceptible que solamente la ansiedad que experimentaba la joven, pudo hacer llegar imperfectamente a sus oídos.

—Cierra la puerta —continuó la misma voz—, y hablaremos luego.

Zuhuy Kak sintió un vivo deseo de mirar a aquel hombre, cuya voz estaba segura de haber oído en otra ocasión, y tuvo un instante tentaciones de asomar su cabeza por la puerta. Pero la contuvo el temor de una sorpresa. Entonces se decidió a mirar por una pequeña abertura, practicada por el tiempo en el tabique. La luz del fogón encendido en la pieza principal, dejaba penetrar por ella una línea de fuego, casi imperceptible.

Apenas Zuhuy Kak hubo pegado los ojos al tabique, cuando reconoció en el hombre que hablaba con Ek Cupul, al joven que tres días antes había venido a tranquilizarla en nombre de Hkín Chí. Acababan de retirarse al rincón más apartado de la cabaña y habían emprendido un diálogo animado, pero tan secretamente, que la joven empezó a desesperarse de la inutilidad de sus tentativas. Pero, en fin, conteniendo el aliento y pegado el oído a la abertura del tabique, pudo oír gran parte de sus palabras.

—¿Has estado en Otzmal? —preguntó el joven.

—Sí —respondió Ek Cupul.

—Recordarás que es una casita aislada en medio del bosque.

—También recuerdo que tras de esa casita hay un patio muy extenso, en cuyo centro descuella un gran zapote, plantado, según dicen, por el abuelo de Nachi Cocom, algunos días después de la destrucción de Mayapán.

—Ya que tan bien conoces el terreno —repuso el joven—, pasemos ahora a los hechos. Ya sabes que el mismo día que Nachi Cocom oyó a los embajadores de Tutul Xiú, reunió apresuradamente su consejo, y a puertas cerradas le consultó la respuesta que debía darse a las proposiciones del cacique de Maní.

Balam se detuvo un instante y Zuhuy Kak aventuró una mirada desde su escondite. Entonces, a la luz del fogón que iluminaba la cabaña, creyó distinguir que entre ambos interlocutores se cambiaría una mirada siniestra. Pero pronto tuvo que abandonar sus observaciones para escuchar al joven que continuó hablando de esta manera.

—El resultado de esta conferencia fue que al salir del consejo, Nachi Cocom mandó invitar a los embajadores para que concurriesen a Otzmal a unas fiestas con que pensaba obsequiarlos, y en cuyo lugar les ofreció dar la respuesta acordada con sus consejeros. Los embajadores aceptaron la invitación, y la noche del mismo día se trasladaron todos a Otzmal, acompañados de Nachi Cocom y de muchos nobles, sacerdotes y guerreros, que solicitaron la honra de asistir a las fiestas.

A la mañana siguiente se dio principio a ellas con una magnífica cacería en los bosques comarcanos. Nachi Cocom, sus vasallos y los embajadores de Maní, tomaron sus cuchillos de pedernal, llenaron de flechas su carcaj, y el sol no había llegado a la mitad de su carrera, cuando volvieron cargados de una multitud de aves conejos, venados y otros animales monteses. Mientras los esclavos de Nachi Cocom se ocupaban de aderezarlos, los músicos, los juglares y balzames de Sotuta se reunieron bajo la sombra del gran zapote y dieron una muestra de sus habilidades a los embajadores. El balché corría en abundancia, y la alegría fue tan general como completa. A la caída del sol se sirvió una comida tan rica como abundante y todos los convidados se durmieron aquella noche haciéndose lenguas de la munificencia de Nachi Cocom.

Los dos días siguientes, es decir, ayer y hoy, repitieron las mismas diversiones con harto placer de los huéspedes del cacique; pero donde se excedió este verdaderamente, fue en la comida de hoy; porque dijo había un solo manjar conocido en el país que no se hallase al alcance de los convidados en las esteras de palmas extendidas bajo las frondosas ramas del zapote.

Empezaba ya el sol a esconderse tras las copas de los árboles, cuando advirtió Nachi Cocom que solo quedaba una cantarilla de balché. Mandó a sus esclavos que la distribuyesen toda en los vasos de barro de los convidados, y cuando su orden quedó ejecutada, levantó su vaso a la altura de su cabeza, y paseando una mirada entre todos sus huéspedes, les dijo:

—Bebamos este licor a la salud de la patria, mientras podemos llenar nuestros vasos de sangre extranjera para beberla a la muerte de los españoles...

Los convidados arrojaron un grito de alegría y apuraron de un solo trago el contenido de sus vasos. Pero apenas los asentaron sobre las esteras, advirtieron que ninguno de los embajadores de Maní había llevado a sus labios el licor consagrado a la salud de la patria.

Los ojos de Nachi Cocom y de sus consejeros despidieron llamas de indignación y de cólera.

Hkín Chí conoció que iba a estallar una tempestad y quiso entrar en explicaciones. Pero no había tenido tiempo de pronunciar una palabra cuando Nachi Cocom le gritó:

—Hkín Chí, apura como nosotros un vaso a la victoria de los macehuales, y entonces te dejaremos hablar.

—Permite que me retire con todos los embajadores de mi padre —dijo Hkín Chí—, porque las palabras que acabas de pronunciar me indican que es ya inútil nuestra presencia en tu corte.

—¡Cómo! ¿te retirarías a Maní, sin llevar a tu señor la respuesta de tu embajada?

—Contaré a Tutul Xiú lo que acaba de pasar y estoy seguro que aprobará mi conducta.

—Lo que has oído hasta aquí —repuso Nachi Cocom con sardónica sonrisa—, no es digno todavía de ser contado al descendiente de Kabah Xiú. Espera: ahora voy a decirte lo que quiero que refieras al cacique que vende a sus pueblos y al guerrero que abandona las filas de los defensores de la patria.

Todos los embajadores de Maní lanzaron un grito de indignación y se pusieron en pie, buscando inútilmente bajo sus vestidos las armas de que ellos mismos se habían despojado antes de la comida. En medio del tumulto producido por este movimiento, se oyó la voz de Hkín Chí que decía:

—Nachi Cocom, ¡bien se conoce que nos encuentras desarmados, porque de lo contrario no hablarías impunemente del señor de Maní!

—¡El miserable me insulta! —gritó Nachi Cocom exasperado de rabia.

Y apoderándose rápidamente del vaso que tenía junto a sí, lo hizo volar al rostro del embajador. El vaso quedó reducido a pedazos, y Hkín Chí empezó a arrojar sangre por la boca.

A aquella señal, que estaba convenida de antemano, cada uno de los vasallos de Nachi Cocom sacó entre sus vestidos un cuchillo de pedernal, y se arrojó sobre el embajador que tenía al alcance de su brazo.

La lucha solo duró el tiempo que tarda en brillar en la atmósfera la luz de un relámpago. Todos los embajadores de Tutul Xiú quedaron tendidos sin vida sobre las esteras de palmas, cubiertas aun con los restos del banquete.

Uno solo se había librado. Hkín Chí había logrado arrebatar su puñal a uno de los asesinos, y merced a este socorro, acababa de herir gravemente a un sacerdote de Sotuta. Todos los asesinos se lanzaron entonces sobre él y levantaron sus armas sobre su cabeza.

En aquel momento se oyó la voz de Nachi Cocom, que gritaba:

—¡No le matéis! Aprehendedle vivo, porque es necesario que vaya alguno a llevar a Tutul Xiú la respuesta de su embajada.

Los macehuales están acostumbrados a rendir a un enemigo sin matarle, porque necesitan llevar prisioneros a los altares de Kinchachauhaban. Así es que la orden de Nachi Cocom no tardó en quedar ejecutada, no sin que antes hubiese muerto Hkín Chí a tres de sus adversarios.

Entonces el cacique se volvió hacia él y le dijo:

—Vas a ser conducido ahora a Maní para decirle a tu señor que como han sido tratados sus embajadores así serán tratados todos los macehuales que renieguen de sus dioses y de su patria ante las plantas de los advenedizos españoles.

—¡Infame! —gritó Hkín Chí—; las personas de los embajadores son tan sagradas, como los mismos dioses, y lo que has hecho ahora con nosotros cubrirá de oprobio tu nombre para siempre.

Nachi Cocom no respondió. Hizo una seña a uno de sus esclavos y este se acercó a Hkín Chí con una flecha en la mano. Entonces, mientras seis hombres le sujetaban, el esclavo llevó la flecha a sus órbitas y los ojos del embajador cayeron a sus pies, envueltos en una cubierta de sangre.

Hkín Chí lanzó un grito de dolor y de rabia, Nachi Cocom mandó a cuatro de sus capitanes que le condujesen hasta el territorio de Maní y el desgraciado embajador se alejó de Otzmal, maldiciendo al cacique y pronunciando tiernamente el nombre de Zuhuy Kak. «Yo...».

Balam no tuvo tiempo de concluir. En aquel momento se oyó en la pieza inmediata un grito y enseguida el ruido de un cuerpo que se desplomaba.

Balam y Ek Cupul corrieron a averiguar lo que pasaba.

Era Zuhuy Kak que, no habiendo tenido fuerzas para resistir a la noticia de las crueldades usadas con su hermano y con los demás embajadores de Maní, había caído sin conocimiento en el suelo de su prisión.

CAPÍTULO XX

Predicciones de infortunio

> Seguidme, valerosa y fuerte gente,
> que aunque pese a los dioses soberanos,
> sacaré mentirosos sus agüeros;
> seguidme, que es deshonra ser postreros.
>
> *L. de Argensola*

El martes 9 de junio de 1541 reinaba en la ciudad santa de Itzmal una agitación verdaderamente extraordinaria. Un ejército de cincuenta mil guerreros macehuales estaba acampado en su inmenso recinto. Los edificios públicos y particulares estaban henchidos de inquietos y alegres soldados que hablaban y reían estrepitosamente. En los tiempos de Itzamatul, de Kabul y de Kinich Kakmó, los sacerdotes del culto practicaban varias ceremonias religiosas para consultar al oráculo y para llamar sobre la cabeza de los extranjeros la cólera de los dioses.

Nachi Cocom, el felón señor de Sotuta

Después del escandaloso asesinato de los embajadores de Maní, verificado tres meses antes en Otzmal, Nachi Cocom había comprendido que no le quedaba otro medio para conservar su vida y su poder, que tentar uno de esos esfuerzos desesperados que suelen salvar a los pueblos en sus momentos de agonía. Sus embajadores visitaron entonces todos los cacicazgos de la tierra, con excepción de las provincias del Sur, que a imitación de Maní, se habían ya sujetado voluntariamente a los invasores.

Los enviados de Nachi Cocom, animados del fuego que ardía en el pecho de su señor, habían logrado comunicar su ardor patriótico a todos los caciques invitados, y estos habían ofrecido arañar a todos sus guerreros para destruir de una vez a los atrevidos españoles, acampados en Thóo. Nachi Cocom les dio las gracias en nombre de los dioses y de la patria, y les previno que se hallasen todos reunidos en el santuario de Itzmal, el día Eb del mes de Kayab a la salida de la aurora. (El citado 9 de junio.)

Doraba ya el sol la fachada del templo de Kabul, situado sobre el cerro que se ve hoy al poniente de la plaza principal, cuando un guerrero subió ligeramente la ancha escalinata que conducía a la cima. Cuando hubo llegado a la puerta del templo, se llevó a los labios un gran caracol y produjo durante un minuto, un sonido prolongado y monótono, que podía oírse a considerable distancia.

Diez minutos después empezaron a llegar sucesivamente al pie del cerro hasta cincuenta aborígenes, lujosamente vestidos, en quienes era fácil adivinar otros tantos caciques, o señores principales. Subían la escalinata, hablaban algunas palabras con el guerrero del caracol y se ponían indiferentemente de cuclillas junto al templo o se incorporaban a los grupos que empezaban a formarse sobre la misma plataforma del cerro.

Cuando el número que hemos indicado estuvo completo, el guerrero del caracol, que no era otro que Kan Cocom, empujó la puerta de una pequeña pieza adherida al templo, y que sin duda era la habitación de algún sacerdote, y volviendo la cabeza al interior, pronunció estas palabras:

—Todos están ya reunidos.

Un guerrero de atlética estatura, en cuyos hombros descansaba una manta de algodón ricamente bordada, se presentó al instante en el umbral.

Era Nachi Cocom.

—Caciques y sacerdotes —dijo paseando una mirada entre los cincuenta macehuales, que se habían acercado a saludarle—: os doy las gracias por la puntualidad con que habéis acudido al llamamiento que os hicieron mis embajadores en nombre de la patria.

—Tu llamamiento correspondía demasiado al deseo más imperioso de nuestro corazón —respondió el cacique de Zací—, para que rehusásemos acudir el día convenido al lugar de la cita. Los dioses de la patria tienen un lenguaje tan elocuente y persuasivo que no es posible hacerse sordos a su voz.

—Hablas como un sabio, Kupul —añadió el señor de Tancah—; pero las palabras deben ahorrarse cuando el dios de la guerra nos está señalando con su rodela de fuego el camino del campamento enemigo. ¿Por qué no aprovechamos la frescura de la mañana para emprender nuestra marcha?

—La empresa que vamos a acometer —respondió con voz solemne Nachi Cocom— es de tan graves e importantes consecuencias y al mismo tiempo tan peligrosa, que necesitamos consultar la voluntad de los dioses e implorar su protección por medio de actos de penitencia.

—Dos días hace que conforme a tus órdenes —dijo con humilde voz un sacerdote de Kabul, todos los macehuales reunidos en Itzmal ayunan devotamente y se abstienen de las caricias de sus esposas.

—Poco es eso todavía —repuso Nachi Cocom—; acompañadme todos al gran cerro de los sacrificios para orar sobre la sangre caliente de las víctimas, pasemos luego al templo de Itzamatul para consultar el oráculo, y corramos después a encontrar a los extranjeros, que huellan con sus sacrílegas plantas las cenizas de nuestro padre en el gran cerro de Thóo.

Los cincuenta aborígenes que rodeaban a Nachi Cocom inclinaron la cabeza en señal de asentimiento, y precedidos de este bajaron la gran escalinata del montículo. La inmensa plaza mayor estaba henchida de una turbulenta muchedumbre, compuesta en su mayor parte de guerreros, que deseaban ansiosamente recrear su vista en las sagradas ceremonias que debían celebrare para implorar la protección de los dioses.

Las puertas de los templos, los altares de los dioses, los ídolos de piedra y barro, las escaleras de los montículos y las manos de los sacerdotes y las mujeres, contenían una inmensa variedad de flores y yerbas olorosas que alegraban la vista con la rica variedad de sus colores. Esas cabezas colosales de piedra, incrustadas en cada uno de los cuatro lados de los cerros que sustentaban los templos de Itzamatul, Kinich Kakmó y Kabul y cuyos vestigios habrán observado los curiosos en las reliquias de que hemos hablado, estaban del mismo modo adornadas con profusión de rosas silvestres; y en la lengua saliente, formada de una sola piedra ligeramente labrada, descansaban pebeteros de barro, en que se quemaba con abundancia el copal, resina consagrada para las ceremonias religiosas entre los antiguos indios de Yucatán, y que esparcía su grato perfume en todas las festividades del culto.

La procesión presidida por Nachi Cocom se abrió paso trabajosamente entre la muchedumbre, pasó frente al templo de Kinich Kakmó y tomó la dirección del gran cerro de los sacrificios. Aquellos de nuestros lectores que hayan visto a Itzmal, saben que este colosal monumento, que forma el cuyo de mayores dimensiones que se encuentra en el país, está situado casi al N E a dos cuadras de distancia de la plaza principal.

Después de la inmolación de innumerables víctimas que tuvo lugar en este cerro, Nachi Cocom y los demás caciques se pusieron en pie y tomaron la dirección del templo de Itzamatul.

Este templo se hallaba edificado en la altura artificial que hoy ocupa el convento y la iglesia mayor de Itzamal al Sur de la plaza. Itzamatul quiere decir el que posee y recibe la gracia; era la deidad más venerada de los antiguos indios de Yucatán; su templo y sus sacerdotes nadaban en riquezas, gracias a las ofrendas de los innumerables peregrinos que le visitaban el oráculo respondía cada vez que se le consultaba en su recinto sanaban los enfermos, resucitaban los muertos, los ciegos recobraban el uso de los ojos y los paralíticos el de los pies; los milagros se multiplicaban cada día, según los sacerdotes, y no había macehual por impío que fuese, que no hiciera una romería al santuario de Itzmal, siquiera una vez durante su vida. Para hacer con mayor comodidad estas romerías, que daban tanto prestigio al culto y tantas riquezas a sus sacerdotes, había grandes calzadas, enlozadas de piedra blanca, que atravesaban el país en diversas direcciones.

El templo de Itzamatul era un espacioso edificio de mampostería, sólidamente construido y que en la mañana de que vamos hablando, se hallaba adornado con profusión. Sus paredes dadas de estuco, sostenían la bóveda del techo, formada de ese arco triangular de que hemos hablado en otra parte. Su ancho recinto solo contenía un altar, en cuyas aras descansaba un ídolo colosal de barro. Este ídolo que representaba a Itzamatul, estaba hueco en su parte interior, por causas que sabían muy bien los sacerdotes, y que se ocultaban cuidadosamente al pueblo.

Entre la inmensa muchedumbre que ocupaba el sagrado recinto, distinguíase a los sacerdotes por sus largas e incultas cabelleras, esparcidas en desorden sobre sus blancas túnicas. Hallábanse arrodillados frente al altar, teniendo en sus manos pebeteros de barro, en que se quemaba el copal, que elevaba a la bóveda sagrada sus columnas de humo perfumado.

Cuando Nachi Cocom y los demás caciques entraron en el templo, hubo una corta agitación entre la muchedumbre para abrirles paso hasta el altar. Arrodilláronse tras la hilera que formaban los sacerdotes, y después de haber hecho en voz baja una breve oración, dos ministros del culto se apoderaron de las ofrendas que traían algunos guerreros y las colocaron en el altar a presencia de todo el concurso.

Entonces el cacique de Sotuta elevó sus ojos al rostro de Itzamatul y con acento respetuoso pronunció estas palabras:

—Divino Itzamatul: el culto de nuestros dioses y los huesos de nuestros mayores, sepultados en la tierra de Itzá, están clamando contra el ultraje que les han inferido los hombres blancos y barbados del Oriente, que han sido arrojados a nuestras costas por las aguas de gran Kaanab. Varias veces nos hemos presentado en los campos de batalla para detener su marcha triunfante; pero nuestra sangre ha regado inútilmente la tierra. Ellos disponen de los rayos de Kinich Kakmó, y deslumbrando la vista de nuestros guerreros, han llegado hasta el pueblo de Thóo, donde no hay poder humano que los venza.

—Ahora todos los macehuales capaces de tomar las armas, se han unido a mí para castigar la audacia de los extranjeros. Tú que eres un dios poderoso, tú que sin duda prestarás tu divino auxilio a los que van a combatir por su religión y por su patria. ¿Te dignarás descorrer ante nuestros ojos la manta que cubre el porvenir para animar a los guerreros de tu pueblo?

A la conclusión de este breve discurso, dejose oír el ronco sonido de un caracol y el Holpop —que era el director de la música y de las ceremonias sagradas—, hizo una señal con su vara levantada. Entonces todos los circunstantes se inclinaron profundamente hasta el extremo de tocar casi el suelo con los labios.

Era que iba a hablar el oráculo.

En efecto: no tardó en dejarle oír una voz cavernosa que salía de la colosal cabeza de Itzamatul.

—Los sacerdotes y los caciques —dijo la voz—, son los únicos que deben escuchar ahora la palabra de los dioses.

El Holpop hizo entonces un nuevo movimiento con su varilla y la muchedumbre empezó al instante a desocupar el templo. Cinco minutos después los escogidos por el oráculo eran los únicos que quedaban arrodillados ante el altar.

Entonces, en medio del silencio sepulcral que dominaba al sagrado recinto —porque hasta las puertas se habían cerrado—, se dejó oír nuevamente la voz de Itzamatul.

—Caciques de Itzá —dijo—, la empresa que vais a acometer os dará muy pronto un lugar privilegiado en la mansión de los dioses. Los guerreros que mueren en defensa de su religión y del suelo de sus mayores son acreedores a tan señalado favor.

Nachi Cocom y los demás caciques osaron levantar un instante la cabeza para cambiar entre sí alguna mirada de angustia.

Al cabo de un instante de silencio, el oráculo continuó:

—Los profetas os han declarado hace mucho tiempo en nombre de los dioses la suerte que correrá vuestro imperio. En vano derramáis la sangre macehual en los combates... ha sonado la hora de Itzá... Vuestros guerreros serán humillados en Thóo, como lo han sido en Tixpeual, en Poboc, en Campech y en Potonchán... Si queréis huir el yugo extranjero, recoged a vuestras mujeres e hijos y pasad el lago de Petenitzá, donde en mucho tiempo no asentará la planta el guerrero español.

Calló la mística voz del oráculo, y los caciques y los sacerdotes se pusieron en pie, mostrando sus facciones trastornadas por el espanto.

El pontífice de Itzmal dejó caer sus brazos con desaliento, y mirando a Nachi Cocom, le dijo:

—¿Qué vas a hacer, gran cacique? El infortunio que te predicen los dioses, no te autoriza a empeñar la batalla que meditas. Da orden a tus guerreros de que recojan lo más precioso que posean y emprendamos juntos en poco tiempo el camino de Petenitzá, antes que los invasores lleguen a nuestra ciudad a profanar el templo del divino Itzamatul.

Algunos caciques prestaron asentimiento a estas palabras con un ademán, a pesar del gesto de disgusto que se pintó en el semblante de Nachi Cocom.

El cacique de Pisté se atrevió a decir.

—Volvamos ahora a nuestros hogares, y el último día de Cum Kú nos reuniremos otra vez en Itzmal para ir a buscar el único asilo que nos queda.

Al terminar estas palabras un joven guerrero que hasta entonces se había mantenido separado del grupo principal, se adelantó hasta el pie de la plataforma que sostenía el altar, y con un acento en que se notaba su mal reprimida cólera:

—Caciques de Itzá —dijo—, voluntariamente os habéis reunido en este lugar para cumplir con el deber más santo que os impone la patria. ¿Y retrocederéis en el momento en que el número, el brío y las armas de vuestros guerreros os están diciendo que no necesitáis más que de un pequeño esfuerzo para aniquilar a vuestros enemigos?

—¡Kan Cocom! —exclamó el sumo sacerdote—, ¡estás profanando este santuario con tus sacrílegas palabras!

—Sacerdote —repuso Kan Cocom—, nunca pueden ser sacrílegas las palabras que son inspiradas por el genio de la patria.

—¿Te atreverías a dudar de la voz del oráculo?

—Respeto el culto de mis padres; pero siento arder en mi pecho un fuego que solo puede haber sido encendido por los dioses. Caciques de Itzá, vuestros guerreros os esperan con impaciencia para acompañaros al campamento cristiano. El oráculo dice que vamos a derramar inútilmente nuestra sangre. ¡Pero quién sabe!... ¿quién sabe si los dioses al ver nuestra decisión, se compadecerán de nuestro sacrificio y nos concederán la victoria?

Los sacerdotes hicieron un ademán de espanto y con un movimiento de horror se separaron del joven guerrero, como si temiesen ser contaminados por el sacrílego. Kan Cocom no se cuidó de este movimiento y continuó:

—No perdamos un solo instante... corramos a Thóo. La sangre de nuestros sacrificados por el extranjero, está clamando venganza.

Nachi Cocom estrechó la mano del joven, al tiempo que ella se separaba de la plataforma. Corrió a la puerta principal del templo, la abrió de par en par y gritó a la muchedumbre reunida en la inmensa plaza.

—¡Al campamento español, valientes hijos de Itzá!

La muchedumbre creyó que el oráculo había asegurado la victoria y prorrumpió en gritos de alegría en honor de Itzamatul.

Kan Cocom, el indómito

CAPÍTULO XXI
El jueves 11 de junio de 1541

> ¿No escucháis?... En el aire va mecido
> un lejano y horrísono estampido...
> ¿Será la tempestad?... ¿Será la tierra
> que principia a fundirse con la nada
> al mandato de Dios? No, que es la guerra
> con toda su grandeza aterradora...
>
> *R. Aldana*

Al ponerse el sol del siguiente día, el numeroso ejército acaudillado por Nachi Cocom, acampaba alrededor del corro artificial que los españoles ocupaban en Thóo. Este ejército, compuesto de cuarenta a sesenta mil guerreros, presentaba un aspecto tan salvaje como aterrador. Un europeo que hubiese sido arrancado de su patria y puesto súbitamente en medio de aquella multitud, se hubiera creído rodeado de una legión de seres infernales.

A excepción de algunos sacerdotes, que ostentaban sus largas túnicas manchadas de sangre, y de algunos nobles y capitanes que llevaban la manta bordada sobre sus camisas de algodón, todos los demás guerreros se presentaron a los ojos de los españoles tan ligeramente vestidos, que ninguno hubiera osado dudar que venían completamente desnudos. Por lo demás, este vestido suele verse todavía entre las gentes del campo; y la generalidad de nuestros lectores que lo conoce, nos agradecerá seguramente que nos ahorremos del trabajo de describirlo.

Aquella desnudez estaba ventajosamente suplida a sus ojos con la variedad de las pinturas que teñían su piel y que hacían resaltar la robustez de sus formas. De sus orejas y narices pendían caprichosos zarcillos de metal, lo que unido al carcaj lleno de flechas que pendía de sus espaldas y a los chuzos y arcos que llevaban en las manos, les daba ese aspecto extraño y temible de que acabamos de hablar.

No era menos sorprendente el aparato de sus instrumentos de música guerrera. Cuando los tambores, las conchas de tortuga, los caracoles y caramillos dejaban oír su ruda armonía en medio de la grita feroz que alzaban al mismo tiempo aquellos cincuenta mil combatientes, los árboles de los bosques vecinos se estremecían, los españoles más animosos sentían que el pavor helaba la sangre en sus venas, sus caballos relinchaban de sorpresa y miedo, y la tierra toda parecía retemblar sobre sus ejes.

Después de cercado el cerro que ocupaban los odiados invasores, el primer cuidado que tuvieron los indios fue el de formar innumerables trincheras, unas tras de otras, menos quizá con el objeto de guarecerse, que con el de impedir el paso a aquellos monstruosos cuadrúpedos que infundían tanto medio a sus sencillos corazones. Veinte mil guerreros, convertidos en peones, cortaron con sus hachas de pedernal los añosos árboles del bosque, arrancaron de su alvéolo las piedras del cerro de Hchún Caán y escarbaron la tierra del llano para formar anchos y fuertes parapetos que sirviesen de muros en la próxima batalla. Antes de la media noche quedaron concluidos estos trabajos, cesó la música de los atabales y caramillos, la luz de las hogueras se apagó y los sitiadores guardaron un profundo silencio.

A aquella hora el campamento español no daba más señales de vida, que una lucecilla encendida en el interior de una tienda de campaña que se divisaba a través de la transparente lona. Esta tienda, colocada en la cima del cerro, era la que ocupaba con algunos capitanes el jefe de los españoles, que lo era a la sazón don Francisco de Montejo, hijo del anciano Adelantado. El lector no llevará a mal que le conduzcamos al interior de esta habitación para hacerle presenciar una escena que le dará a conocer algunos rasgos característicos de aquella época.

Alrededor de una estera de palmas, extendidas sobre una especie de altar de piedra y cubierta aun de algunos manjares, estaban sentados cuatro oficiales con la espada ceñida a la cintura y colocada entonces entre sus pies. Dos de estos eran don Francisco de Montejo y su primo del mismo nombre. El tercero era el célebre capitán Alonso de Rosado, que tan señalados servicios prestó en la conquista, y de quien no tardará en hacernos hablar la verdad de la historia. Era el cuarto un hermoso joven de tan cortos años, que ni el más ligero bozo empañaba todavía la blancura mate de su cutis. La ligera palidez de su semblante, su abundante cabello que caía en bucles sobre su cuello de alabastro y sus ojos negros y rasgados que miraban con alguna timidez, excitaban las simpatías de cuantos se le acercaban y el respetuoso cariño de cuantos hablaban con él. Dejaríamos incompleto este cuadro si no mencionásemos a un anciano soldado que dormitaba a la entrada de la tienda y que de cuando en cuando levantaba la cabeza para fijar un instante sus ojos en el joven oficial.

En el momento en que introducimos al lector en la tienda del capitán, este decía al sobrino del Adelantado:

—¿Con qué decís, mi querido primo, que nunca habíais visto sobre nuestro campamento un número tan exorbitante de perros idólatras?

—¡Así es, por vida mía! —respondió el interpelado—. Los que ahora se han descolgado tan inopinadamente sobre nosotros, son por lo menos dobles en número de los que vencimos en Tixpeual el año pasado.

—¡Vive Cristo! —terció Alonso de Rosado—, que consentiré en que me llamen pillo y embustero, si en esa chusma desnuda no hay sesenta mil combatientes.

—Para poco más de doscientos españoles que somos —repuso el capitán—, no me parece el número muy desproporcionado. Vos, mi querido primo, que habéis malgastado algunos años en una cátedra de Alcalá de Henares, ¿podríais decirnos qué número de esos gentiles tocará a cada uno de nosotros en el combate que se ha de empeñar mañana?

—Capitán —dijo con dulce y sosegada voz el imberbe oficial—, permitid que os diga que ofendéis a Dios, pretendiendo contar el número de nuestros enemigos.

—¿Vais a echarme uno de los sermoncitos que acostumbráis?

El hermoso joven se sonrió dulcemente y continuó:

—No hay duda que si el número de los combatientes decidiera del éxito de las batallas, mañana seríamos pulverizados por esos idólatras, cuyo número me ha llenado de asombro. Pero el verdadero Dios que peleaba con los Macabeos y el que ha ayudado a don Fernando y a doña Isabel a sacar al último moro de España, acudirá al auxilio de los soldados que pelean por la Cruz y confundirá a los ciegos que combaten por la idolatría y la superstición.

—Mi querido don Álvaro —repuso el hijo del Adelantado—, el padre Francisco Hernández, nuestro capellán, no diría tan bellas cosas y tantas verdades en tan pocas palabras, como vos. Pero a propósito del capellán: ¿alguno de vosotros sabe por ventura por qué no ha venido?

—¿Le mandasteis llamar?

—Sí, amigo don Álvaro, sí. El encuentro de mañana debe ser muy terrible por más que digáis, y todos nuestros soldados han manifestado el deseo de confesarse antes de entrar en batalla.

—¡Loable pensamiento!

—No digo lo contrario. Pero mirad al padre Hernández, que se ha dormido sin duda, soñando en su obispado de Yucatán, a que piensa alegar derecho por ser el primero y único sacerdote que se ha atrevido a acompañarnos en la conquista.

Todos los circunstantes, a excepción del gallardo don Álvaro, se permitieron una sonrisa, a costa del futuro encomendero y cura de Mérida, que fue todo lo que alcanzó el padre Hernández en premio de sus servicios.

—Pues por la espada de Santiago apóstol —exclamó Alonso de Rosado—, que para confesar a doscientos y tantos pecadorazos como nosotros, no me parece muy largo el tiempo que falta para la venida de la aurora.

—Mirad si hay alguien allí que pueda ir a llamarle.

Alonso de Rosado miró en derredor de sí y solo vio al centinela que se paseaba a algunos pasos de distancia de la tienda y al viejo soldado que dormitaba a la entrada.

—Allí no veo más que el escudero de don Álvaro; y si no se molestara, como muchas veces lo ha demostrado, de que el pobre viejo sea ocupado lejos de su persona, paréceme que muy bien podría desempeñar la comisión de despertar al padre Hernández y a los primeros penitentes.

Don Álvaro se ruborizó imperceptiblemente y exclamó al instante:

—¡Oh! Si le necesitáis, disponed de él, capitán, como si fuera vuestro.

—¿Que si le necesito? ¡Válgame la Virgen del Pilar! ¿Os parecen mucho cinco horas para que un solo clérigo pueda absolver doscientos hombres de nuestra calaña?

—¿Olvidáis, capitán, al anciano religioso que nos mandó hace pocos días el cacique de Maní, y que puede ayudar al padre capellán en su santo ministerio?

—¡Por los clavos de Cristo que tenéis razón! ¿Dónde tenía yo la cabeza que había olvidado a este buen franciscano, que me hizo desternillar de risa con la relación de sus aventuras? ¿Sabéis que fray Antonio puede serviros de gran utilidad, por el conocimiento que le ha dado de los indios; el largo tiempo que ha permanecido entre ellos?

—Decídselo a don Álvaro —dijo Alonso de Rosado—, que todos los días se pasa horas enteras conversando con el bendito fraile.

Don Álvaro bajó los ojos ante las miradas que se clavaron en su rostro, y para disimular su embarazo:

—Beltrán —dijo a su soñoliento escudero—, id a despertar al franciscano y al padre capellán, y decidles que ya es hora de que empiecen a confesar a los que van a batirse mañana en servicio de Dios.

—No os olvidéis de despertar también a los soldados que encontréis por allí —añadió el capitán.

El escudero estiró un instante sus entorpecidos miembros y salió de la tienda, limpiándose los ojos con el puño.

Media hora después estaba de vuelta, acompañado de los dos sacerdotes y de algunos soldados. La tienda entonces quedó convertida en capilla. El capitán, su primo y Alonso de Rosado se retiraron a disfrutar un instante de sueño y don

Álvaro, seguido de su escudero, salió de la tienda. Los sacerdotes se sentaron entonces a oír a los penitentes, y algunos instantes después no se alzaba ya, una voz en el campamento español...

Amaneció el día siguiente —jueves 11 de junio de 1541—, que debía ser tan memorable para la futura colonia.

Apenas los primeros albores de la mañana se dejaron ver tras el elevado templo de Hchum Cáan los aborígenes elevaron al cielo una grita horrible y espantosa, acompañada del tumultuoso ruido de sus instrumentos de música guerrera. Este grito salido de todos los ángulos de la población, abandonada por sus antiguos habitantes, y repetido por los edificios y los árboles de la vecina selva, no produjo aparentemente ninguna impresión en el ánimo de los atrevidos extranjeros, que en aquel momento podían considerarse, como unos pobres náufragos, asidos de un débil esquife, para luchar con las inmensas olas del embravecido océano.

Era que los españoles se hallaban entregados en este instante a la celebración de un acto piadoso. El padre Francisco Hernández, después de haber absuelto de sus culpas a todos los soldados que componían la expedición, celebraba al aire libre, en un altar portátil, el santo sacrificio de la misa, ataviado de sus vestiduras sacerdotales. Todos los aventureros asistían arrodillados y con profunda atención a la sagrada ceremonia y se signaban y rezaban devotamente cando el caso lo requería. A la conclusión de la misa, el capellán volvió a absolver a los circunstantes y les repartió la comunión. Entonces se sentó sobre un banco de madera, arrancado probablemente de algún templo gentílico, y les predicó un sermón, muy propio para las circunstancias, pero que acaso no sonaría bien a los oídos de dichos cristianos escrupulosos.

Entretanto, el sol se había levantado ya sobre el horizonte, lo suficiente para alumbrar con sus dorados rayos el futuro campo de batalla. Ciertamente era un espectáculo curioso contemplar a aquel puñado de aventureros, arrodillados en la cima de un cerro a la presencia de un sacerdote, y rodeados de cincuenta mil guerreros aborígenes, impúdicamente desnudos, con la piel pintada, cubiertos de armas desconocidas, guarecidos tras de sus trincheras salvajes o encaramados en las ramas de los árboles, burlones y amenazadores a la vez, riendo desaforadamente, gritando como unos energúmenos y apostrofando de cobardes a los que tantas veces habían desbaratado sus numerosos escuadrones. Porque, ciertamente, desde que los indios notaron que, en vez de responder a sus provocaciones, los españoles permanecían arrodillados, se hicieron la ilusión de que habían logrado acobardar a sus enemigos, puesto que se limitaban a implorar humildemente la protección de sus dioses.

Pero esta ilusión fue instantánea. Súbitamente sonó un clarín, los españoles se pusieron en pie, el ruido de las armas sucedió al susurro de las oraciones, las espadas, las lanzas y los arcabuces brillaron a los rayos del sol, cuarenta guerreros montaron airosamente sobre sus caballos de batalla, que tascaban el freno y relinchaban de impaciencia; y los infantes hicieron ligeras evoluciones a la voz breve e imperiosa de su capitán. Entonces sonó de nuevo el clarín, los extranjeros lanzaron al aire su grito de guerra, invocando al santo patrón de las Españas, y los caballos seguidos de los infantes, se precipitaron impetuosamente por la rampa del montículo.

Los cincuenta mil sitiadores lanzaron simultáneamente un grito de asombro. No comprendían cómo aquel puñado de aventureros, a quienes pensaban hacer pedazos en la primera embestida, se arrojaban imprudentemente entre las armas de sus enemigos, en lugar de batirse desde la altura que ocupaban para aprovecharse de las ventajas naturales que les daba su posición. Pero los imprudentes se encontraban ya en el llano, arrollando cuanto se oponía a su paso, y era necesario reconcentrar en aquel lugar el mayor número posible de guerreros. Numerosos y confusos pelotones de indios se lanzaron entonces sobre los españoles, y se dio principio a la batalla más sangrienta y peligrosa que recuerdan los anales de la conquista.

La primera trinchera a que se dirigieron los extranjeros fue abandonada por sus defensores al primer tiro de los arcabuces. Una nube de veinte mil flechas silbó sobre sus cabezas; pero bajo esta nube se adelantaron valerosamente a la segunda trinchera, que corrió la misma suerte que la anterior. Y de este modo los españoles fueron salvando una tras otra, las barreras levantadas trabajosamente la noche anterior, con las piedras de los perros y los árboles del bosque.

Cuando los pobres indios veían adelantarse a aquellos hombres blancos y barbados, montados sobre esos monstruos de ojos centellantes que erizaban las crines y relinchaban de placer al olor de la pólvora y de la sangre, cuando veían a los infantes tender horizontalmente sus arcabuces, que hacían oír repentinamente el estampido del rayo entre columnas de humo; apenas tenían valor para arrojar las flechas de sus arcos y huían despavoridamente a esconderse tras el reparo más próximo. Porque ¡ay del infeliz que respetado por las balas, se quedaba a esperar a sus enemigos! La lanza de los jinetes le arrojaba moribundo sobre una piedra, o el brillante casco de los grandes cuadrúpedos le derribaba a sus plantas.

En vano los aborígenes apuraban todos sus recursos para detenerlos un instante siquiera. En vano procuraban amedrentarlos con la tumultuosa y salvaje gritería de sus cincuenta mil bocas y con el desapacible ruido de sus atambores y caramillos; en vano llenaban constante el aire de flechas, que obscurecían el lugar del combate, como si una espesa nube de plumas se hubiera interpuesto entre el cielo y la tierra. Los extranjeros despreciaban sus gritos, se reían de sus imprecaciones, apartaban las flechas con sus escudos, y como los genios de la destrucción, avanzaban impávidos y terribles sus enemigos, hollando sus cadáveres, bogando su sangre y sembrando por todas partes la muerte.

Y el combate duraba horas enteras y no terminaba. Los generosos aborígenes morían a millares; por huir de los terribles arcabuces se metían entre los caballos; por huir de esos monstruos espantosos, se confundían entre los infantes; y no podían dar un paso sin encontrar una muerte segura. Pero deseosos de exterminar para siempre a aquellos pocos invasores que habían venido a robarles sus dioses y su independencia, apartaban voluntariamente los ojos de los cadáveres de sus hermanos, y seguían matando alguna vez y muriendo siempre.

Los españoles, a quienes era preciso morir o vencer, porque una retirada era imposible en un país contrario y desconocido, peleaban, no con el valor característico de su raza, sino con la rabia del tigre que tiene necesidad de un cadáver para alimentarse y vivir. Por eso cerraban los ojos al número de sus enemigos, aunque conocían bien que a cada paso sobrevenían nuevos guerreros que parecían salir de dentro de la tierra, formábanse muros y escudos de los cadáveres de los aborígenes, y seguían tomando una a una las trincheras enemigas, aunque ignoraban cuando acabarían.

A eso del medio día empezó a decidirse por fin el éxito de la batalla. Algunos centenares de indios, que no tenían ya barreras para guarecerse porque habían perdido hasta la última, y que venían venirse sobre sí a los españoles con sus armas y caballos, huyeron despavoridamente por el monte, arrojando sus arcos y flechas para correr mejor. Este ejemplo, que es tan contagioso en los campos de batalla, hizo que todos los indios que lo presenciaron, arrojasen a su vez sus armas y empezasen a huir.

Entonces se vio a un joven guerrero que se apartó un instante de sus filas, y se adelantó a los fugitivos gritando:

—¡Adónde vais, desgraciados! ¿Huís en el momento en que nuestros enemigos empiezan a cejar, rendidos por la fatiga?

Los fugitivos no comprendieron bien estas palabras; pero vieron un ademán de amenaza que el joven hacía con su chuzo, y reconocieron en él a Kan Cocom, el hijo de su general.

Detuviéronse llenos de confusión y balbucearon algunas palabras para disculparse. Kan Cocom por toda respuesta les enseñó con un gesto el campo de batalla, y seguidos de él, que no quería perderlos de vista, empezaron a retroceder hacia el campamento.

Pero en aquel instante nueva oleada de fugitivos vino a confundirse con la primera y la arrastró fácilmente en su fuga. Kan Cocom volvió a levantar su chuzo con un gesto amenazador, y lleno de cólera gritó:

—¡Atrás! ¡Nadie huirá mientras yo viva!

Pero esta vez no fueron tan dóciles los amedrentados guerreros. Circuló entre ellos un murmullo amenazador, y después de un instante de duda, los más turbulentos se separaron del grupo principal y emprendieron de nuevo su fuga.

—¡Miserables! —gritó el joven corriendo a detenerlos.

Pero entonces los guerreros contenidos hasta aquel momento por su presencia, se aprovecharon de aquella coyuntura para dispersarse y empezaron a huir en varias direcciones.

Entonces Kan Cocom tomó una resolución desesperada. Levantó su chuzo, corrió tras de los cobardes y atravesó el pecho del primero que pudo alcanzar. El desdichado lanzó un gemido y cayó pidiendo venganza, mientras se revolcaba entre el lodo con el estertor de la agonía.

Los fugitivos que venían atrás, aumentados con muchos nuevos, comprendieron que corrían el mismo peligro, si no se detenían, y sin dejar de correr, lanzaron una lluvia de flechas sobre Kan Cocom.

El valiente joven cayó, a su vez, en el lodo traspasado el pecho por dos saetas. Y los fugitivos no tardaron en saltar sobre su cuerpo, riéndose de su desgracia o insultando su dolor, y no fue esta la mayor pena que tuvo, porque mientras se le escapaba la vida con la sangre que brotaba de sus heridas, vio pasar ante sus ojos a la mitad de los guerreros que el día anterior habían acampado, llenos de esperanza, ante el campamento español. La otra mitad había quedado tendida sin vida en el campo de batalla.

El imperio de los macehuales había terminado para siempre.

Su último esfuerzo había naufragado, y la flor de sus guerreros había sido destruida.

El país de Itzá quedaba a merced del vencedor. Sus dioses, sus príncipes y hasta su nombre iban a ser sustituidos por otro nombre, por otro príncipe y por otra religión.

Kan Cocom empezaba a olvidar su propio dolor para entregarse a estos tristes pensamientos, cuando pasó huyendo ante sus ojos una mujer, ligera como una exhalación.

—¡Ek Cupul! —gritó el moribundo con todas sus fuerzas.

La mujer se detuvo y miró en derredor de sí, llena de ansiedad y de asombro.

—¡Aquí! ¡aquí! —volvió a gritar el joven.

Ek Cupul corrió al lugar en que estaba tendido Kan Cocom y después de haberle reconocido exclamó:

—¡Ah!... ¡bien decía yo! ¡Kan Cocom solo puede vencer o morir! ¡Cuando los macehuales huyen, es que Kan Cocom ha muerto!

—¡Muerto!... Sí, tienes razón... ya no puedo vivir, siento que la vida se me acaba por momentos.

—Kan Cocom, muere tranquilo... no he olvidado tu último deseo.

Los ojos del guerrero despidieron un rayo de lúgubre alegría.

—¡Ah! —exclamó—. Conque morirá... ¡conque el maldito extranjero no gozará de su amor!

—Sí... morirá, puesto que no puedes vivir para impedirlo. Te lo juro por la sangre de mis padres y de mi hermano que lo mismo que tú no cesan de gritar a mis oídos: ¡venganza!... ¡venganza!

—¡Ek Cupul, dame tu mano para estrechar!... y huye... ¡pronto!

—¡Huir!... ¡Ah! ¿Crees que si no tuviera que cumplir con mis juramentos de venganza, huiría de este lugar sin empapar mis manos en sangre española?

—Lo sé, lo sé; conozco tu corazón... pero ahí vienen dos de esos extranjeros... ¡huye!

Ek Cupul alzó la vista que tenía inclinada sobre el guerrero, y vio tan cerca de sí a los dos españoles, que apenas tuvo tiempo para alejarse gritando:

—Kan Cocom, muero tranquilo... ¡no me olvidaré!

Al oír estos gritos, los españoles apresuraron el paso y en un instante se pusieron a la presencia de Cocom. El joven, que a cada instante se sentía más desanimado por la falta de sangre, lanzó sobre ellos una mirada débil, pero impregnada de odio. Reconoció al primero por haberle visto una noche en la selva de Maní: era el anciano religioso fray Antonio de Soberanis, que recorría el campo de batalla con una cruz en la mano, convirtiendo y absolviendo a los moribundos. El otro era el gallardo mancebo, a quien daban en el campamento el nombre de don Álvaro.

—Cristiano —dijo el guerrero, sonriendo con amargura—: da gracias a tus dioses porque va a morir el mayor y más constante enemigo de tus hermanos.

El semblante del franciscano se cubrió de severidad.

—El Dios de los cristianos —respondió— es un Dios de paz y de misericordia, y sus ministros no pueden alegrarse de la muerte de sus enemigos. Y en prueba de la sinceridad con que te hablo, te traigo la santa insignia del cristianismo para que la abraces a la hora de tu muerte y Dios te perdone tus culpas.

Y con una sonrisa llena de unción y de caridad, presentó a los labios del moribundo la cruz que llevaba, en la mano. Kan Cocom hizo un esfuerzo supremo para levantar un brazo, apartó la cruz que ya iba a tocar sus labios y exclamó.

—¡Ah! Tú te burlas de mí porque me ves en la impotencia.

—¡Desgraciado! ¿Rechazas al Dios verdadero, que viene a consolarte en tu hora suprema?

Kan Cocom no escuchaba al franciscano, porque una idea fija se había apoderado exclusivamente de su cerebro: su odio.

—Pero oye —continuó con la voz ya balbuciente—, yo también tendré mi venganza después de mi muerte... Y voy a decírtela, porque sería vano todo el poder de tus hermanos para impedirla... Tú amas a Zuhuy Kak... ¿no es verdad?

—¡Mi salvadora! —exclamó el anciano.

—¡Tu salvadora! Pues bien... esa salvadora de los blancos va a morir a manos de una mujer, antes que los blancos puedan llegar a salvarla.

Y una sonrisa de horrible satisfacción crispó los labios del moribundo.

—¡Desgraciado! —gritó el sacerdote—. ¡Y en la hora de tu muerte te ríes de tu venganza!

—Y el español —continuó imperturbable el guerrero—, su amante... ¿no es tu amigo?... ¿no le amas también?

—¡Benavides! sí...

Este diálogo, que tenía lugar en el idioma del país, era ininteligible para el joven oficial. Pero apenas oyó el nombre de Benavides, su semblante se inmutó ligeramente y colgándose de un brazo del franciscano le preguntó con ansiedad:

—¿Qué os dice de Benavides ese salvaje?

El impaciente franciscano se contentó con extender la planta de la mano hacia el joven oficial y se volvió al moribundo que empezaba ya a agitarse con las convulsiones de la agonía.

—Nachi Cocom, mi padre —balbució el guerrero—, no murió en la batalla...,
pero... fue el último que huyó... yo le vi pasar... aquí... aquí...

—¡Gran Dios! —exclamó el sacerdote, creyendo que el indio deliraba—. Ya
nada más podemos saber.

—Mi padre... odia al español como yo... todos los días quería sacrificarle...
pero yo lo contuve siempre... Como voy a morir ahora... mañana le sacrificará.

El franciscano dio un grito. El último temblor agitó los miembros de Kan
Cocom, sus labios se contrajeron como para lanzar una carcajada y quedó lívido y yerto.

El joven oficial que había seguido con ansiedad el movimiento de los labios
de los interlocutores, volvió a colgarse del brazo del franciscano.

—¡Padre mío! —le dijo—. Hablad... ¿qué habéis averiguado?

—Benavides corre peligro de ser sacrificado en las aras de los falsos dioses.

El oficial se puso más pálido que la gorguera de lienzo que adornaba su cuello.

—Y si los españoles que deseen salvarle no llegan a Sotuta juntamente con
Nachi Cocom, es inevitable su muerte.

El joven exhaló un gemido desgarrador y tuvo necesidad de apoyarse en un
árbol para no caer. Pero reanimándose de súbito:

—Don Franciscano de Montejo y Alonso de Rosado —exclamó— son amigos
míos y también de Benavides, y no creo que se atrevan a desampararnos.

—¡Hijo mío!... soñáis en imposibles.

—Nunca hay imposibles cuando la voluntad humana dice: ¡quiero!

—Pues corramos a arrojarnos a sus plantas, porque yo también debo salvar
a la que a mí me salvó.

...el imperio de los macehuales había terminado para siempre, y la flor de sus
guerreros había sido destruida...

CAPÍTULO XXII

Treta inútil

Aquí en la flor de mi vida
vivo apartado del mundo...
Oigo por toda armonía
de los vientos el silbido,
y el monótono bramido
de las ondas de la mar.

Ochoa

Vamos ahora a ocuparnos del principal personaje de nuestra historia, de quien nos había impedido hablar hasta aquí el orden cronológico de los acontecimientos. Ya comprenderán nuestros lectores que aludimos a Benavides.

Cuando Nachi Cocom vio entrar en su corte al prisionero español, su primer pensamiento fue el de hacer con él lo que se hacía comúnmente con los prisioneros de guerra: arrancarle el corazón en el altar de los sacrificios. Cuando el padre comunicó al hijo esta resolución, Kan Cocom se encogió de hombros y sonrió de una manera harto significativa para el sanguinario cacique. Pero un cuarto de hora después hablaba con Zuhuy Kak en la casa del sumo sacerdote, donde como saben nuestros lectores había sido conducida, y la joven le prometía bajo juramento romperse la cabeza en las paredes de su prisión en el momento en que se arrancase la vida al prisionero español. Kan Cocom no dudó un instante de esa promesa y por eso fue desde entonces el defensor más eficaz que tuvo el cautivo en la corte de Nachi Cocom.

Desde el momento en que lloró a Sotuta, Benavides fue conducido a una choza de paja, bastante apartada del centro de la población. Esta choza no tenía ciertamente el aspecto de una prisión. Un niño hubiera podido romper su puertecilla de mimbres o sus paredes de tierra. Pero en el estado de postración a que le tenía reducido su herida, Benavides valía menos que un niño.

Desde el momento en que Zuhuy Kak le había salvado tan oportunamente la vida en el camino de Sacalum, en el instante en que Kan Cocom desprendió la flecha de su herida, el joven había vuelto a caer en un profundo desmayo, del que no pudo hacerle salir ni el movimiento de la litera en que había sido conducido a Sotuta.

Al día siguiente de su llegada abrió los ojos por primera vez. Los tibios rayos del sol de la mañana se colaban por el tejido de la puertecilla de mimbres. Un indio anciano que tenía en la mano un hacecillo de hierbas, ocupaba la cabecera de su lecho, y le contemplaba con cierta expresión de curiosidad mezclada de interés.

El español empezó a coordinar sus ideas. Recordó su fuga de Maní en compañía de Zuhuy Kak, el incidente del caballo y la súbita herida de la flecha que lo había derribado justamente con su salvadora. Luego le pareció que como en un sueño había visto a Kan Cocom suspender una piedra sobre su cabeza en el momento en que el cuerpo de una mujer se interponía entre él y su enemigo para defender su vida.

Y por más que atormentó su memoria, no pudo recordar otra cosa.

Entonces miró con mayor curiosidad alrededor de su lecho. Por un instante pudo hacerse la ilusión de que aun se hallaba en la choza de la selva de Maní; pero mirando con mayor atención advirtió que la que entonces ocupaba tenía mayor amplitud, y que frente a la puertecilla de mimbres se dibujaba la forma de otra cabaña en lugar de la espesa arboleda que recreaba su vista en tiempos menos aciagos.

Se resolvió entonces a interrogar al anciano que no apartaba los ojos de su semblante.

—¿Quién eres tú? —le preguntó en el idioma del país, que hablaba ya tan correctamente como los sacerdotes de Maní.

El anciano puso los dedos sobre el pulso del español y le respondió.

—Soy el esclavo de Citbolontún, que ha sido llamado para vendar y curar tu herida.

Benavides llevó la mano sobre su pecho y sintió bajo su jubón una faja de manta que envolvía su cuerpo. Miró entonces con mayor curiosidad al anciano; pero de súbito sintió oprimírsele el corazón bajo el peso de una idea terrible. Acababa de recordar que Gonzalo Guerrero y Gerónimo de Aguilar no habían sido sacrificados con sus compañeros, porque la poca vida que conservaban a causa de sus heridas los hacía indignos de ser inmolados en las sangrientas aras de Kinchachuaban.

—¿En qué lugar me hallo? —preguntó al hechicero.

—En Sotuta.

—Y tú me curarás de orden de Nachi Cocom para que cuando se halle cerrada mi herida me sacrifiquen en los altares de tus vanos dioses… ¿No es verdad?

214 —

Y con un movimiento rápido abrió su ropilla y su jubón, asió con los dedos la venda de su herida e hizo un esfuerzo inútil para arrancarla. La mano del hechicero que se posó al instante sobre su brazo le impidió continuar.

—Extranjero —le dijo—, ¿de ese modo pagas el cuidado de los que se interesan por tu vida?

—¡Yo no quiero vivir para servir un día de víctima al demonio!

—¡Ah! —repuso el anciano—. Ayer creí que había una afección poderosa que te haría agradecer mi trabajo y mi vigilancia. Pero ahora veo que me he equivocado.

Benavides tornó a mirar fijamente al hechicero. Este echó una mirada en derredor de sí como para asegurarse de que nadie los escuchaba y en voz baja continuó:

—Cuando una hermosa joven me llamó aparte en la casa del sumo sacerdote y me dijo un secreto: «El producto de un año de los impuestos de Maní es tuyo si salvas la vida del extranjero», creí que había un motivo bastante poderoso que te haría apetecer la vida.

Los ojos del español se reanimaron bajo el soplo de aquellas palabras.

—¿Conque no es Nachi Cocom el que paga mi curación?

La hermosa Zuhuy Kak vela por ti desde el fondo de su prisión, y me ha encargado que tranquilice tu espíritu.

Desde entonces el español empezó a dejarse curar. El h'men le visitaba dos veces al día, limpiaba su herida, ponía sus emplastos, murmuraba salmos incomprensibles, conversaba con él un instante y se retiraba luego.

Así se pasaron dos meses. Al cabo de este tiempo la herida había cerrado casi completamente y ya no tenía necesidad del apoyo del hechicero para medir a pasos lentos la extensión de la choza.

Una mañana al despertarse vio entrar seis hombres armados en su prisión. Le mandaron que se levantase, dos le ofrecieron el apoyo de su brazo y le hicieron salir de la choza. Después de haber andado un corto número de calles, le metieron en otra casa de paja, le señalaron con los ojos una hamaca y una cántara de agua, que era cuanto contenía, y le dejaron solo cerrando tras sí la puerta.

Benavides creyó comprender al instante lo que significaba aquel cambio. Habiendo cerrado su herida lo suficiente para permitirle andar sin ayuda de otro, no debía ser ya vigilado como enfermo, sino como prisionero peligroso. En efecto, su nueva prisión, aunque construida de la misma materia que la que había dejado, sus paredes eran más sólidas y su puerta fuerte de madera se cerraba exteriormente con una cuerda de henequén. El joven pegó el oído a esta puerta y por el susurro de voces que oyó en la parte exterior comprendió que tenía una guardia.

El hechicero no dejó de visitarlo en su nueva prisión; pero tres semanas después la herida se cerró del todo y el anciano no volvió a aparecer.

Pero había sembrado en el ánimo del prisionero una esperanza, y un temor, que tarde o temprano habían de germinar en su espíritu.

Habíale contado la victoria alcanzada por los españoles en Tixpeual y el desaliento que este revés había infundido en los aborígenes.

Habíale instruido, además, el deseo de sacrificarle que varias veces había manifestado Nachi Cocom, para reanimar el espíritu público en su corte, y los esfuerzos que había hecho su hijo para disuadirle, gracias a la poderosa mediación de Zuhuy Kak.

Pero Kan Cocom podía morirse un día en los frecuentes combates que los hijos de Itzá sostenían contra los invasores; y la hermosura de Zuhuy Kak sería impotente para enternecer a Nachi Cocom, el enemigo más encarnizado de los blancos.

Estos pensamientos no tardaron en hacer brotar en su espíritu esa idea, que ningún cautivo deja de alimentar en su imaginación, principalmente cuando ignora el tiempo que ha de durar su cautiverio, o cuando sabe que solo la muerte puede romper sus cadenas.

¡La fuga!

¿Pero era fácil llevarla al cabo? ¿Era posible siquiera?

Benavides necesitó algunos días para hacerse cargo de todas las dificultades que presentaba la empresa, como que de ella dependía su vida o su muerte. Porque estaba seguro de que si se te sorprendía en su fuga, sus verdugos no tardarían un instante en sacrificarle.

En primer lugar era necesario salir de aquella cabaña, que aunque estaba muy distante de presentar la fortaleza de una prisión europea, era evidentemente más segura que el calabozo de un castillo feudal con sus fosos, muros y torreones.

Como estaba construida en medio de una población enemiga, en que hasta los niños le eran contrarios, era imposible abrir un subterráneo, horadar una pared o forzar una puerta, sin salir a una calle, a un patio, o a una casa cualquiera, en que el primero que le viese, daría gritos para detener al enemigo de los dioses y de la patria. No había que pensar en el incógnito, porque en una ciudad poblada exclusivamente de aborígenes, necesariamente debía ser distinguido en la noche más obscura el que tenía la cara blanca y barbada y gastaba calzas y ropilla, en lugar del vestido tradicional de los macehuales.

216 —

En segundo lugar, dado caso de que acertase a salir de su prisión sin ser notado ¿cómo era posible atravesar aquel país enemigo, inhospitalario y desconocido para llegar al campamento español? Si en una noche oscura podía pasar desapercibido en Sotuta ¿cómo era posible guardar el incógnito hasta Thóo, cuyo camino necesitaría preguntar a cada instante, porque lo ignoraba completamente?

Benavides había estudiado algo a Aristóteles en las cátedras de Salamanca, y el infortunio y la soledad lo habían nutrido en la meditación, que enseña mucho al que tiene menos deseos de aprender.

Pudo, pues, simplificar la cuestión, reduciéndola a dos puntos principales, de que dependía todo el éxito de su empresa.

Primero: salir de su prisión.

Segundo: guardar el incógnito.

Benavides pasó dos días sentado en su lecho, con los codos sobre las rodillas y el semblante medio oculto entre sus puños.

Una mañana, en que el sol que entraba por algunas aberturas practicadas en la pared, le sorprendió en aquella postura, sin haber gustado un instante de sueño, de súbito se levantó de la hamaca con sus ojos brillantes de esperanza y cayó de rodillas en medio de la cabaña.

Era que acababa de resolver el problema de que dependía su libertad, y daba gracias a la providencia que le había inspirado el pensamiento.

Un instante después se levantó, empezó a medir con pasos precipitados el suelo de su prisión, restregó sus manos de alegría, y en el apogeo de aquel vértigo consolador, un grito de satisfacción se escapó de sus labios.

La puerta de la prisión se abrió al momento y un guerrero se presentó en el umbral. Benavides lo miró lleno de asombro, porque jamás en aquella hora había venido nadie a interrumpir sus meditaciones.

—¿Qué tienes? —le preguntó el guerrero, mirándolo con atención.

—¿Yo? —respondió Benavides—, ¿yo?... nada.

—Acabo de oír un grito y creí...

—¡Un grito! ¡Ah! sí, sí... soñaba que Nachi Cocom me había mandado sacrificar y en el momento en que el sumo sacerdote abría mi pecho...

—¡Soñabas!... ¡y te encuentro con los ojos abiertos, como una liebre!

—Mi propio grito me despertó y... pero... ¿qué es lo que creíste al oírme gritar?

—Te creí atacado de algún accidente súbito y violento.

—¡Vamos! Tú eres el carcelero más humano que he encontrado en este país, pero..., te repito que no ha sido nada.

El carcelero empezó a retirarse de espaldas para cerrar la puerta a su salida.

Benavides reflexionó un instante y exhaló otro grito más agudo que el primero. El indio lo miró nuevamente, lleno de sorpresa, y le encontró con las facciones demudadas y las manos puestas sobre el pecho en la actitud de la angustia más profunda.

—Cuando decía yo… —murmuró el guerrero.

—Amigo mío —interrumpió Benavides—, quería ocultarte mi mal, pero veo que es imposible. Un dolor despedaza mis entrañas, y si has padecido alguna vez y te halaga el servicio de aliviar a un desgraciado, manda llamar al anciano hechicero que curó ha poco tiempo mi herida.

—Kan Cocom ha prevenido que nada se te niegue y si el hechicero está en su casa, no tardarás en verlo aparecer.

El guerrero salió, cerrando la puerta, y Benavides, lleno de satisfacción, se tendió en su lecho. Un instante después, gozaba tranquilamente el sueño a que había renunciado los días anteriores.

Al declinar el sol del mismo día, el hechicero, que no había sido encontrado en la mañana, entraba en la prisión del español. Benavides le esperaba en su lecho, quejándose dolorosamente.

El anciano le examinó con atención; pero después de un examen infructuoso, que duró un cuarto de hora, le preguntó sorprendido:

—¿Qué es lo que sientes?

Benavides hizo al h'men la misma explicación que por la mañana había hecho al guerrero. El anciano bajó los ojos, lleno de confusión, porque no comprendía aquella enfermedad invisible. El español se resolvió a sacarle del atolladero, haciéndole este breve discurso, interrumpido a cada instante por sus quejas:

—El clima ardiente de Itzá siempre me ha causado una enfermedad semejante en este mes de Kayab. En Potonchán me tuvo muchos días arrollado. Concibo que no tengas idea de esta enfermedad, tú, que solo conoces las enfermedades de los itzalanos. Pero el médico del ejército, que se había propuesto estudiar vuestro clima, procuraba purificar mi sangre con bebidas que ahora siento no haber tenido cuidado de reconocer.

El hechicero comprendió que iba a pasar por ignorante, si no se resolvía a combatir el mal desconocido del español; y como entre todas las pasiones humanas, el amor propio y la presunción son las que más dominan en la ignorancia, el h'men se resolvió hasta a matar al enfermo, con tal de desterrar la mala idea que de él hubiese podido concebir.

218 —

—Extranjero —le dijo—, esta noche te traeré una bebida, que voy a componer al instante, y con la cual te pondrás bueno en pocos días con la ayuda de Citbolontún.

—Anciano —repuso el enfermo—, puesto que el calor es la causa de mi mal, debías traerme uno de tus vestidos de algodón para sustituir los míos que son de lana, y una cuchilla de pedernal para cortar mi barba que se halla tan crecida.

—No lo olvidaré —respondió el hechicero.

Y salió de la prisión.

Era ya de noche cuando volvió. Traía la bebida en una gran jícara, el vestido de algodón y la cuchilla de pedernal.

A la mañana siguiente, antes que volviese el anciano, Benavides se apoderó de la cuchilla, y aunque rasgándose en varias partes la piel, consiguió desembarazarse de su barba. Desnudose enseguida de sus vestidos, vistiose los calzones y la camisa del h'men y empezó a pasearse en su prisión para acostumbrarse a andar con aquel traje. Por lo que tocaba al calzado, hacía tiempo que había sido sustituido con las alpargatas aborígenes.

Cuando volvió el hechicero, Benavides le dijo que se sentía muy aliviado, gracias al cambio de vestido y a la bebida que había apurado hasta la última gota. Y le enseño la jícara vacía —gracias al suelo de la cabaña, que había absorbido en la noche su contenido. El anciano se retiró muy satisfecho, prometiendo traer al instante otra cantidad igual del milagroso brebaje.

Desde entonces el enfermo empezó a mejorarse notablemente, y el hechicero se contentaba con hacerle una sola visita diaria, que tenía lugar en la mañana.

Así se pasaron ocho días.

La tarde del último, después de haber devorado la ración diaria de pan que acababa de traerle su carcelero, el español se entregó a una ocupación extraña.

Derramó un poco de agua en el piso de la cabaña y empezó a desleír en ella la tierra colorada que lo formaba. Cuando se hubo humedecido la que necesitaba; tomó una cantidad pequeña entre sus dedos y empezó a teñirse con ella los brazos, las piernas y la cara.

Cuando terminó aquel baño incomprensible, llenó de agua clara la gran jícara en que el hechicero le traía sus brebajes, y se miró en ella el semblante, como en un espejo. Una sonrisa de satisfacción asomó en sus labios. Gracias a la falta de barba, al vestido de algodón y sobre todo, a la tierra con que acababa de teñirse el cutis, era un macehual completo, de los pies a la cabeza.

En aquel momento las sombras de la noche empezaron a invadir la cabaña. Benavides se acercó al fogón, atizó la lumbre y se acostó a reposar.

Al cabo de dos horas se levantó. Púsose de rodillas, y con la actitud de un moribundo que ve abrirse ya ante sus ojos las puertas de la eternidad, pronunció en voz baja y ferviente una oración que Dios y él podían comprender únicamente.

Alzose enseguida, radiante de esperanza, tomó del fogón un madero encendido, y con mano firme y segura lo acercó al techo de paja de la cabaña. El fuego se comunicó al instante a la inflamable paja, y no tardó en empezar a elevarse al cielo una columna de llamas, que crecía por momentos con rapidez prodigiosa...

Kan Cocom, que temía verdaderamente las amenazas de Zuhuy Kak, había hecho responsables de la vida del español a los guerreros que lo custodiaban. Así es que a la primera señal de fuego que la oscuridad de la noche hizo percibir al instante, los carceleros se agruparon a la puerta de la cabaña y a una sola voz exclamaron:

—Entremos a salvar al español.

—¡Tened cuidado! —dijo uno—; el extranjero es osado, y puede aprovechar esta oportunidad para escaparse. Entremos cuatro y que otros tantos se queden aquí para echarle garra si pretende salir.

Los cuatro guerreros que se hallaban más próximos a la puerta, desataron el nudo de la cuerda que la sujeta, y entraron en la prisión.

En aquel momento, el fuego, que devoraba la paja con asombra rapidez, había invadido ya una gran parte del techo, y los torrentes de llama que lanzaba, iluminaban la mitad de la población.

La voz de «fuego» repetida de calle en calle, despertó a sus habitantes que empezaban a gozar del sueño, y algunos instantes después, una multitud apretada de curiosos formaba un gran círculo alrededor de las llamas.

Por cuidar al español que encerraba la cabaña, nadie se había cuidado de apagar a tiempo el incendio, y ya era demasiado tarde para pensar en contenerlo. Así, pues, el interés principal de aquel espectáculo estaba reducido a ver salir entre las llamas a Benavides, sostenido por los cuatro guerreros que habían entrado a buscarle.

Pero estos al entrar en la prisión, se habían visto envueltos en una nube de humo tan densa que no les permitía distinguir los objetos a dos pasos de distancia. Hubo, sin embargo, un momento en que uno de los guerreros, mirando en derredor de sí, exclamó:

—¿Por qué hemos entrado cinco?

—El deseo de que no se escape ese malvado me ha hecho seguiros —respondió el que se hallaba más próximo a la puerta—, pero ya que os incomoda me retiro al instante.

Y salió de la cabaña.

—¿Por qué sales? —le preguntaron cuatro voces al salvar el umbral de la puerta.

—El humo me ahoga —dijo el indio, esquivando la mirada de los cuatro guerreros que vigilaban en la parte exterior—. Esperad… voy a respirar un instante.

Y salvando en cuatro zancadas el luminoso espacio que separaba la puerta de la cabaña del primer grupo de curiosos, se confundió con este y en un instante se perdió de vista entre la multitud.

Entretanto, los cuatro guerreros que buscaban infructuosamente al español dentro de la cabaña, empezaron a ahogarse de tal manera con el humo, que les fue necesario optar entre la salida y una muerte segura. Salieron, pues, por la puerta que empezaba ya a ser presa de las llamas y aun que los de afuera no dejaron de asombrarse de ver salir a cuatro, cuando solo esperaban a tres, su primera pregunta fue:

—¿Y el español?

—No hemos podido encontrarle, aunque hemos hecho lo posible, aun a riesgo de ahogarnos.

—¡Se habrá fugado!

—¡Imposible! no hemos abandonado esta puerta y lo hubiéramos visto salir.

—Entonces se habrá ahogado entre el humo o abrasado entre las llamas.

—Tampoco es posible. Sobrado tiempo ha tenido para librar el pellejo.

—¡Bah! Sabía que tarde o temprano había de ser sacrificado y se habrá dejado morir.

—Nadie se deja morir cuando tiene una puerta para salvarse.

—Entonces, vuelvo a mi primera idea. ¡Se habrá fugado!

—¡Fugado! ¡fugado! —repitieron muchas voces.

Y de boca en boca la fatal noticia circuló al instante por todos los corros de los curiosos.

El capitán de los guerreros que custodiaban al español, se abrió paso en aquel momento entre la multitud, y en voz alta para que todos lo oyesen:

—En nombre del gran cacique de Sotuta —dijo—, ofrezco cien mantas al que me entregue al español.

—Hay un medio de encontrarlo al instante —dijo una voz al oído del capitán.

El guerrero se volvió vivamente, y a la gran claridad que arrojaban las llamas del incendio, miró al macehual que le hablaba. Pero no le conoció.

—¿Qué medio es ese? —le preguntó.

—El español, que según dicen, ama a la hija de Tutul Xiú, que está también prisionera en Sotuta, no querrá escaparse sin llevar a su amada.

—No te comprendo.

—Corramos a la prisión de Zuhuy Kak y allí tal vez le encontraremos.

—Sí, tienes razón… me gusta la idea… corramos.

—Pero cuida que nadie nos siga para que solos los dos nos dividamos las mantas.

El guerrero tomó de la mano al desconocido, abandonaron con el sigilo posible el grupo en que se hallaban y empezaron a caminar hacia la casa del sumo sacerdote, donde a la sazón estaba detenida Zuhuy Kak, porque Ek Cupul, su carcelera, había marchado con los indios al ataque de Thóo.

—Ve por delante —dijo el guerrero.

—Yo no sé cuál es la prisión de Zuhuy Kak —respondió el desconocido.

—¡Hola! Pues todo el mundo sabe eso en Sotuta.

—No lo dificulto; pero como yo soy forastero…

—La casa del sumo sacerdote es la prisión de Zuhuy Kak.

—¿Y quieres que un forastero sepa el camino de la casa del sumo sacerdote?

El guerrero pareció convencerse y tomó la delantera.

Un cuarto de hora después se detuvo delante de una puerta y dio en ella tres golpes respetuosos. El sumo sacerdote que cenaba en aquel momento, se presentó en persona a abrir la puerta. Los dos hombres se descubrieron la cabeza y el guerrero dijo:

—Gran sacerdote, el extranjero que yo custodiaba se ha aprovechado del incendio de su prisión para fugarse, y como es probable que antes de abandonar a Sotuta piense en comunicarse con la hija de Tutul Xiú, venimos a prevenirte para que vigiles a tu prisionera.

—No, no —interrumpió el desconocido—. Ese sería un trabajo grande que no debemos imponerte y me parece más acertado que nos la entregues para que la pongamos en las manos de Nachi Cocom.

—¡De Nachi Cocom! —repitió asombrado el guerrero—. ¿Ignoras acaso que el cacique de Sotuta se halla en este momento batiendo a los españoles en Thóo?

El desconocido quedó cortado a estas palabras, y no acertó a replicar.

—Acaso habrá llegado ya en este momento —terció a esta sazón el sacerdote—, puesto que desde que cerró la noche, empezaron a llegar los primeros fugitivos…

—Los primeros fugitivos… ¿De dónde?

—¡De Thóo! ¿Ignoras por ventura el desastre que han sufrido allí nuestros hermanos?

—¡Poderoso Itzamatul! —exclamó el guerrero—. Si Nachi Cocom no ha muerto en el combate y en el momento de llegar sabe la fuga del español, mañana seré flechado en la plaza pública. Sacerdote, condúceme a la presencia de esa mujer.

Y el guerrero, seguido del incógnito, entró en la casa del sumo sacerdote.

Zuhuy Kak, que había escuchado este diálogo desde la pieza que le servía de prisión, los esperaba ya en el compartimiento principal.

El desconocido lanzó sobre ella una mirada, y a la luz de una lamparilla de barro que ardía en un rincón, pudo leer el interés que le inspiraba el español en sus facciones trastornadas por el espanto y el dolor.

—¡Ah! —exclamó el guerrero, mirando a Zuhuy Kak—. Todavía está aquí… respiro. ¡Sacerdote, ya estás prevenido!… no la pierdas de vista un instante. La noticia que acabas de darme ha estremecido mi corazón. Voy a seguir por otra parte mis indagaciones y a dar órdenes para reunir a los fugitivos que han llegado. ¿No me sigues? —añadió volviéndose al desconocido.

—No —respondió este—. Prefiero quedarme en este lugar para ayudar al sumo sacerdote en el caso de alguna violencia.

Al oír estas palabras, Zuhuy Kak adelantó un paso hacia el desconocido; pero se paró al instante, como detenida por un resorte.

—Sí, sí —dijo el sumo sacerdote—. No me pesaría tener esta noche un compañero joven y valiente como tú.

—Pues no os descuidéis —repuso el guerrero.

Y salió presuroso de la casa del pontífice.

Zuhuy Kak, entretanto, no cesaba de mirar al desconocido. Este, que ponía todos sus conatos en esquivar aquellas miradas, hacía vagar sus ojos por el reducido ámbito de la estancia. De súbito se detuvieron sobre un rincón en que se veía arrollada una cuerda de henequén.

Entonces, volviéndose al sumo sacerdote, le dijo:

—Cerremos la puerta para dormir con mayor tranquilidad.

Y tomando un madero que se veía cerca de la puerta la atrancó cuidadosamente. Luego se aproximó al sumo sacerdote, y cayendo súbitamente sobre él, le aseguró por los brazos, le echó por tierra y gritó a Zuhuy Kak en español:

—Hermosa itzalana, tráeme esa cuerda para atar a tu verdugo.

La joven en lugar de obedecer a esta orden, dio un grito de alegría, corrió al lado del español y le estrechó en sus brazos, exclamando:

—¡Ah! ¡conque eras tú!... ¡Conque mi corazón no me engañaba!

—¡Miserable! —gritaba entretanto el sumo sacerdote haciendo esfuerzos inútiles para evadirse de los brazos que le oprimían—. ¡Traidor!... ¡Socorro!... Aquí está el maldi...

Benavides no le dejó acabar. Arrancó de las manos de Zuhuy Kak su pañuelo de manta y lo sepultó entre los dientes del sumo sacerdote. Entretanto, la joven que empezaba a comprender que se trataba de su salvación, había traído la cuerda y algunos instantes después, el sacerdote atado de pica y manos, se debatía vanamente en el suelo para soltar sus ligaduras y pronunciar alguna palabra.

—Ahora —dijo el español—, no hay que perder el tiempo. Huyamos, hermosa mía.

—Huyamos —repitió Zuhuy Kak colgándose del brazo de Benavides.

Y ambos jóvenes se encaminaron hacia la puerta, radiantes de alegría.

Pero en el momento de abrirla, un guerrero de atlética estatura se presentó en el umbral, seguido de unos cuantos aborígenes que se quedaron en la calle.

Los dos jóvenes retrocedieron instintivamente ante la repentina aparición.

—¡Sacerdote! —dijo el guerrero—. Los dioses de Itzá se han acobardado ante la cruz de los cristianos, y una nueva derrota acaba de cubrirnos de vergüenza.

Una especie de rugido que salía de un bulto informe, que se movía en medio de la cabaña, fue la única respuesta que obtuvo el guerrero. Adelantose hacia aquel bulto, lleno de asombro, y reconoció en él al sumo sacerdote atado de pies y manos. Apresurose a sacar el pañuelo que le impedía hablar y el pontífice entonces gritó:

—Nachi Cocom, tu prisionero español, disfrazado de macehual, se fuga con la hija del malvado.

Y corriendo hacia los dos jóvenes que salvaban ya el umbral de la puerta, se los enseñó a los guerreros que permanecían en la calle. Los macehuales los detuvieron a una voz de Nachi Cocom y los separaron al instante. Zuhuy Kak volvió a la casa del sumo sacerdote y Benavides fue conducido a una nueva prisión.

—¡Ah! —dijo Nachi Cocom—. Los dioses me han negado la victoria porque respeté la vida del español. Pero pronto correrá su sangre en los altares, y Kinchachauhaban me mirará con ojos de misericordia. Kan Cocom ha pagado con la muerte el empeño sacrílego con que siempre le defendió.

CAPÍTULO XXIII

Salvación providencial

—¡Esa voz! ¡ese rostro! ¡Dios
clemente! ¿Es sueño? ¿Es ilu
sión? —No es sueño... Yo soy.

García Gutiérrez

Nachi Cocom, por la derrota que acababa de sufrir, y el sumo sacerdote que creía ultrajada su dignidad por el español, se dieron tal prisa para llevar al cabo su venganza, que tres días después de las escenas que acabamos de referir, Benavides era conducido al altar del sacrificio.

El sangriento espectáculo debía tener lugar en un cerrecillo que se levantaba en una plaza algo lejana del centro de la población.

El sol empezaba a levantarse sobre las copas de los árboles y los angulosos techos de las cabañas de paja, cuando el español, guardado por una escolta numerosa, penetraba en la plaza entre la apiñada muchedumbre que bullía en su recinto.

La escolta se abrió paso con alguna dificultad hasta el pie del cerrecillo y entregó el prisionero a los seis sacerdotes que lo esperaban allí, ataviados con sus blancas túnicas.

Benavides se dejó conducir hasta la cima, sin dar la menor señal de resistencia. Parecía que como Bernal Pérez, había sabido armarse de resignación en aquel momento supremo. Los espectadores que le veían caminar con la cabeza constantemente inclinada, le creían absorto en una meditación religiosa. En efecto, el español oraba mentalmente y con ardiente fervor; pero un observador más perspicaz hubiera notado que de cuando en cuando apartaba sus ojos del suelo para lanzar una mirada rápida sobre la cuchilla de pedernal que empuñaba el sumo sacerdote.

De súbito sintió que sus conductores se habían detenido. Había llegado a la cima del cerro y delante de él se levantaba el inmundo altar de los sacrificios.

El español cayó de rodillas, alzó la cabeza y dirigió al cielo una mirada llena de unción y de fervor.

Los sacerdotes vieron con placer aquel acto de debilidad de su enemigo y le lanzaron sonrisas de desprecio.

La muchedumbre, que si no esperaba una resistencia, creía al menos que iba a ver morir a un hombre con dignidad, prorrumpió en una gritería tumultuosa, mezclada de carcajadas, y con voces cínicas y salvajes insultó el dolor del español.

Benavides sufrió con estoica indiferencia el desprecio de los unos y el insulto de los otros y siguió su oración mental, sin apartar los ojos del firmamento.

Sacole de su meditación una mano que se posó sobre el vestido indígena que conservaba desde la noche de su malograda fuga. Benavides bajó la vista y se encontró rodeado de los seis sacerdotes. El pontífice a quien ya conocía perfectamente, se hallaba delante de él, enseñándole con una sonrisa de triunfo su cuchilla de pedernal.

—¿Qué vais a hacer? —preguntó el español.

—Vamos a desnudarte —respondió un sacerdote.

Y puso la mano sobre la garganta de Benavides para desatar el nudo corredizo de la cinta que ataba su camisa.

—Aguardad —repuso el extranjero retrocediendo dos pasos—. Yo mismo voy a desnudarme.

Y se inclinó sobre su pie derecho, como para desembarazarlo de su calzado aborigen. Pero en lugar de practicar esta operación, alzó con ambas manos una piedra enorme que había escogido con tiempo, y la lanzó con tal destreza sobre el sumo sacerdote, que este cayó de espaldas, dando un grito de dolor y sorpresa y soltando la cuchilla sagrada. Benavides se lanzó sobre esta cuchilla con la velocidad del relámpago, y haciéndola dar círculos alrededor de su cuerpo, se abrió paso en un instante a través de sus verdugos.

Todo esto se verificó con una precipitación tan extraordinaria, que cuando los sacerdotes, vueltos de su estupor, quisieron apoderarse de su víctima, lanzando gritos de maldición, ya Benavides había salvado la escalera y se encontraba al pie del cerrecillo, tal vez sin intentarlo, lanzado por la velocidad de su carrera y la gravedad de su cuerpo.

Los ministros de Kinchachauhaban mostraron a la muchedumbre el rostro del sumo sacerdote, bañado en sangre y la conminaron con las venganzas del cielo si no se apoderaban del sacrílego español.

La muchedumbre no oyó muy bien estas amenazas, porque al contemplar la acción temeraria de Benavides, de que no había perdido el más ligero incidente, gracias a la altura en que se había verificado, cada uno de los concurrentes había sentido rugir en su pecho el asombro, el sobresalto, el terror y la indignación, y mil gritos distintos, lanzados en todos los tonos, cruzaron tumultuosamente el espacio. Luego, todos aquellos hombres, en presencia de un suceso tan inaudito, empezaron a agitarse extraordinariamente. Unos levantaban los brazos al cielo, como para pedir venganza, otros procuraban adelantarse hasta el lugar del espectáculo, algunos en fin, retrocedían instintivamente.

En medio de aquella tempestad de gritos y de amenazas, el osado español llegó al último peldaño de la escalera. Al encontrarse a dos pasos de la indignada muchedumbre, el joven sin tener voluntad ni poder para reflexionar, colocó delante de su cuerpo la aguda cuchilla de los sacrificios, como la llave que debía abrirle paso a donde quiera que fuese, y continuó avanzando con el impulso natural de la carrera que había emprendido.

Los indios de las primeras filas, al ver sus pechos amenazados por la cuchilla, se hicieron atrás instintivamente, imprimiendo un movimiento idóneo a las que les seguían, y el español pasó ligero y terrible por la calle que se abría a su presencia, como el fuego del rayo se abre paso a través del muro construido con mayor solidez.

Pero apenas hubo dado algunos pasos entre la muchedumbre, comprendió que podía ser atacado por la espalda, y tuvo necesidad de empezar a describir círculos alrededor de su cabeza con la terrible cuchilla del pontífice.

Entonces, sea que la muchedumbre, ya demasiado comprimida, no pudiese seguir retrocediendo, sea que el primer movimiento de estupor se hubiese desvanecido, sea en fin, que el nuevo sistema de defensa no inspirase tanto terror como el primero, el extranjero empezó a notar que las filas ya no se hacían atrás con la misma priesa y docilidad que al principio.

Continuaba avanzando, sin embargo, precedido del terrible lazarillo de su arma, porque comprendía que el momento en que se detuviese, iba a ser indudablemente el momento de su perdición.

Pero hubo un instante en que le fue imposible avanzar. Una parte de la escolta que le había conducido hasta el pie del cerro —escolta de que había procurado huir desde el principio de su carrera—, se le presentó en medio de su fuga, cuando la creía más distante de sí, y le opuso un muro de chuzos y de lanzas, erizado de puntas de pedernal. El español comprendió que era imposible retroceder y se arrojó entre los chuzos y las lanzas, blandiendo su aguda cuchilla y murmurando en aquel momento de desesperación suprema:

—¡Dios mío! ¡Protege de tus enemigos a un cristiano desdichado!... ¡Madre mía!... ¡duélete de tu hijo!

Entretanto, aquella muchedumbre obligada a comprimirse incesantemente, empezó a experimentar serias desavenencias en su mismo seno. Niños aplastados, mujeres caídas, ancianos pisoteados, lanzaban gritos de dolor y reclamaban venganza. Los padres, los esposos, los hijos y los hermanos empezaron a repartir puñadas a derecha e izquierda y a apartar a la muchedumbre con el auxilio de los codos para levantará los caídos y cargar a los pisoteados. Lloraban unos, maldecían otros, murmuraba este, amenazaba aquel, gritaban todos, y nadie podía dar un paso sin encontrar un brazo levantado sobre su cabeza, un cuerpo tendido bajo sus pies o un hombre que huía en distinta dirección.

Seguía el español debatiéndose con el inesperado obstáculo que había encontrado; y a pesar del número de sus enemigos, no había rasgado todavía su piel la herida más ligera, cuando el pedernal sagrado estaba ya manchado por la primera vez con la sangre de los combates.

Y en medio del choque de las armas, de las invocaciones, del llanto, de los gritos de las maldiciones, de las amenazas; en medio de aquel estruendo infernal que ensordecía la tierra y estremecía los árboles de la selva vecina, cruzó repentinamente el espacio otro estruendo aterrador, que se sobrepuso al ruido del combate y a las voces de la muchedumbre.

Los sacerdotes que jamás habían salido de Sotuta, creyeron que los dioses indignados contra el sacrílego extranjero, lanzaban sobre su cabeza los rayos del cielo para aniquilarle, y entonaron un himno de alabanza en honor de Kinich Kakmó. Porque en efecto, aquel estruendo inopinado, que venía seguido del sonido de los clarines y del repique de los tambores, se parecía al estampido de los rayos que descienden uno tras otro sobre la tierra en un día de tempestad.

A la primera señal de aquel suceso extraordinario la muchedumbre quedó sobrecogida, los gritos se apagaron, las armas quedaron inmóviles. Entonces se oyó distintamente por segunda vez una nueva tempestad de rayos, mezclada de voces extrañas, y tres o cuatro individuos de la muchedumbre cayeron heridos por una mano invisible.

En aquel momento se levantó entre el grupo de los guerreros un grito más aterrador que la misteriosa tempestad que hacía enmudecer a la muchedumbre.

—¡Los españoles! ¡los españoles!

Y aquel grito no se había apagado todavía en los labios que lo lanzaban, cuando por las cuatro calles que desembocaban en la plaza aparecieron varios grupos de soldados españoles, caballeros sobre sus grandes cuadrúpedos, blandiendo sus relucientes espadas y tendiendo horizontalmente sus mosquetes ennegrecidos por el humo.

La muchedumbre retrocedió llena de terror y de espanto y se comprimió hacia el centro de la plaza, deseando que la tierra se abriese para sepultarla en su seno.

En medio del tumulto producido por este movimiento se alzó entre la multitud una voz varonil que gritó en español:

—¡A mí, valientes castellanos! ¡A mí!

Era la voz de Benavides, cuyas fuerzas empezaban a agotarse y que comprendía que solo podía ser salvado por aquel milagro que había empezado a obrar la providencia, enviándole el impensado auxilio de sus compatriotas.

Pero el grito del valiente extranjero quedó en parte apagado por otro grito lanzado por un guerrero aborigen, cuyo varonil semblante sobresalía entre el mar de cabezas que le rodeaba.

—¡Mis soldados!... ¡Aquí mis soldados!

Los guerreros de Sotuta reconocieron al instante la voz de su cacique, y de todos los ángulos de la plaza partieron al lugar del llamamiento, obstruyendo con sus plantas cuantos obstáculos se presentaban a su paso. Benavides no pudo evitar que lo arrastrase aquella corriente y no tardó en encontrarse frente a frente del feroz Nachi Cocom.

—¡Al cerro! ¡al cerro! —gritó este con voz breve e imperiosa.

Los guerreros aborígenes, formando una masa impenetrable y compacta, se abrieron paso a través de la multitud, y algunos instantes después subían la escalera del cerrecillo bajo el terrible fuego de los mosquetes. Diez o doce cadáveres rodaron sobre las piedras, antes de terminar su ascensión; pero los cien indios que pudieron llegar a la cima se parapetaron tras el altar de Kinchachauhaban o se agazaparon tras la piedra de los sacrificios, y desde allí insultaron el poder de sus enemigos con gritos de provocación y de victoria.

Alonso de Rosado —que era el jefe de los españoles—, mandó suspender el fuego de los mosquetes, y por medio de uno de los indios de Maní que le habían seguido, hizo saber a la muchedumbre que los niños, los ancianos, las mujeres y los hombres que se quisiesen rendir, podían evacuar inmediatamente la plaza. La muchedumbre no esperó que se lo dijesen otra vez y al cabo de pocos minutos la plaza quedó completamente vacía.

Entonces el caudillo extranjero se volvió hacia los guerreros que ocupaban la cima del cerro y por medio del mismo intérprete les dijo:

—A pesar de la posición ventajosa que ocupáis, tengo recursos para rendiros tarde o temprano, pues sabéis que nada resiste al empuje de nuestras armas. Rendíos, pues, y evitadme que derrame inútilmente vuestra sangre.

La respuesta de Nachi Cocom fue tan fiera como lacónica.

—Dile a tus aliados, cobarde itzalano, que solo perderé mi reino con mi vida.

Los españoles replicaron con sus arcabuces y ballestas, los indios lanzaron un diluvio de flechas y el combate empezó de nuevo. Pero la lucha era desigual. Los extranjeros peleaban en campo raso, mientras que la mayor parte de los aborígenes, guarecidos por el altar y la piedra de los sacrificios, solo sacaban la cabeza de cuando en cuando para arrojar sus armas.

Al cabo de un cuarto de hora, sin embargo, la mitad de los indios habían quedado fuera de combate, mientras que Alonso de Rosado solo había perdido seis de sus cincuenta españoles.

Nachi Cocom comprendió que si la lucha continuaba en la misma proporción, al cabo de otro cuarto de hora habría terminado completamente. Entonces resolvió tomar sus precauciones. Mandó formar otra trinchera con los cadáveres de sus guerreros para que todos los vivos quedasen a cubierto y él se parapetó tras el cuerpo de Benavides, a quien hizo colocar, atado de pies y manos, sobre la piedra de los sacrificios. Entonces alzó la voz y dijo a los españoles:

—Continuad despidiendo vuestros rayos y heriréis a vuestro compatriota antes que a mí.

—¡Hermanos míos! —exclamó Benavides—. La muerte de un oscuro soldado no importa nada comparada con el triunfo de las armas cristianas. ¡Fuego sobre estos gentiles!

En aquel momento salió de las filas españolas un grito tan agudo, que Alonso de Rosado se volvió vivamente con intención de reprender con la mayor severidad al que lo había lanzado. Pero se encontró con el hermoso semblante de don Álvaro, el imberbe oficial, y al ver su juventud, su gracia y su palidez, la dura reprehensión se ahogó en su garganta.

—¿Qué es lo que os obligada a gritar así don Álvaro?

—Vuestros mismos soldados van a matar con sus arcabuces a ese pobre español, que hace cerca de dos años está prisionero entre los indios.

—Pero el fuego no puede cesar. Nachi Cocom se ha colocado en una posición de que no puede escapar, y como el sometimiento de ese bárbaro equivale a la pacificación total del país, tenemos que pasar adelante. Tampoco podemos esperar que se rinda por hambre o falta de armas, porque de un momento a otro puede ser auxiliado, y como somos tan pocos.

—Os comprendo perfectamente. Pero creo que en vez de gastar en balde vuestra pólvora que puede faltarnos cuando más la necesitemos, debíamos trepar animosamente el cerro.

—¡Oh! Creo que tenéis razón. Una vez en la cima, la lucha al arma blanca, sería cuestión de cinco minutos.

230 —

Y Alonso de Rosado mandó cesar al instante el fuego de los mosquetes.

Dio luego sus órdenes, y veinte y cinco infantes empezaron a subir la rampa del cerro con la mayor velocidad posible.

Como esperaban un diluvio de flechas sobre sus cabezas, iban cubriéndose con sus escudos. Pero ningún indio disparó su arco.

Entonces se oyó la voz de don Álvaro que gritaba.

—Han gastado sus flechas... ¡Apresuraos!

Los españoles continuaron subiendo con mayor confianza. Pero no habían caminado veinte pasos cuando los indios aparecieron tras de sus trincheras y lanzaron cincuenta piedras enormes que vinieron rodando estrepitosamente por la ranfla. Diez de los españoles cayeron aplastados bajo su peso y los otros quince retrocedieron aterrorizados hasta el pie del cerro.

El grito de asombro y de dolor que lanzaron los extranjeros, se confundió con el aullido de victoria que elevaron al cielo los aborígenes.

Alonso de Rosado clavó los ojos en don Álvaro y le dijo:

—Está reducido a treinta y cuatro el número de mis soldados. Si aventuramos subir todos por segunda vez, suponiendo que sean solo aplastados veinte y cuatro antes de llegar a la cima, los diez que lleguen van a ser despedazados por los chuzos o precipitados por la ranfla.

—Dadme diez de vuestros soldados y si dentro de cinco minutos no os he gritado desde la cima que podéis subir, haced lo que os parezca.

—¿Qué vais a hacer?

—Subir al cerro por donde no nos espere el enemigo y empeñar un combate desesperado cuando llegue a la cima, a fin de que vos os aprovechéis de esta oportunidad para subir con vuestra gente.

—Escoged vuestros hombres. Yo daré entretanto algunos tiros de arcabuz para que nuestro silencio no llame la atención de esos perros gentiles.

...Doña Beatriz, conocida, entonces, en el campamento, bajo el nombre de don Álvaro...

—¿Pero procuraréis no herir a Benavides?

—Descuidad.

Don Álvaro recogió a sus diez hombres y se separó de los españoles con todas las precauciones necesarias para que no lo notasen los indios. Dirigiose a un ángulo de la plaza y después de saltar sucesivamente algunas albarradas, se encontró con su pequeña tropa al pie del cerro en el lado opuesto a aquel que ocupaba Alonso de Rosado.

Una expresión de viva alegría se pintó en el semblante de don Álvaro. Una capilla arruinada construida cerca de la cima, impedía ver desde aquel lugar a los indios y por consiguiente iba a cubrir su ascensión hasta el momento de llegar a ella. El joven dio en voz baja sus órdenes y empezó a subir con su tropa en el mayor silencio posible.

Al cabo de algunos instantes, llegaron sin el menor contratiempo a la capilla. Entonces requirieron sus espadas y lanzas, salieron súbitamente, salvaron en dos saltos la distancia que los apartaba de la cima y cayeron sobre los indios, gritando a la gente de Alonso de Rosado.

—¡Subid, subid!

Aturdidos los aborígenes con este ataque imprevisto, perdieron diez de sus guerreros, antes que lograsen empuñar sus armas de pedernal. Cuando quisieron vengarse, cayendo rabiosamente sobre aquel puñado de blancos que se habían aparecido como llovidos del cielo, ya se encontraban en la cima los demás españoles, dando tajos mortales con sus brillantes aceros. Entonces el miedo se apoderó de su corazón y empezaron a precipitarse por todos los lados del cerrecillo.

Todo esto había sucedido en tan corto tiempo, que Benavides no había tenido tiempo de comprender muy bien lo que pasaba. De súbito vio una mano blanca, y hermosa que cortaba sus ligaduras con un puñal. Púsose en pie inmediatamente, y en el momento en que iba a volverse a su salvador para darle las gracias y pedirle una espada, un grito agudo resonó a su lado, al mismo tiempo que se alzaba ante su vista un corpulento aborigen.

El español levantó vivamente los ojos y se encontró frente a frente de Nachi Cocom que tenía levantada sobre su cabeza con ambas manos una hacha de pedernal. Benavides retrocedió ligeramente a tiempo que el arma del cacique se hacía pedazos en la piedra de los sacrificios, tomó entre sus dedos el puño de una espada que le extendía una mano, invisible para él, y descargó tal golpe sobre la cabeza de Nachi Cocom, que el bárbaro cayó al instante a sus pies, exánime y sangriento. Entonces buscó con los ojos al hombre generoso que acababa de salvarle tres veces la vida y se encontró al lado del gallardo don Álvaro, pálido y temblante de emoción, que tenía una mano sobre su pecho y la otra apoyada en el altar del sacrificio, como si se hallara próximo a desmayarse.

Benavides clavó ansiosamente la vista en el bello semblante del mancebo con una expresión imposible de describir; sus ojos brillantes de alegría y de esperanza se dilataron en sus órbitas, su semblante todo apareció transfigurado; dio un paso atrás, luego adelantó otro y se precipitó en los brazos del gallardo oficial, gritando con apasionado acento:

—¡Beatriz!

Las mejillas del mancebo se cubrieron de un vivísimo encarnado y con voz temblorosa:

—¡Alonso mío! —exclamó, apretando su cuello entre sus brazos.

Y la emoción les impidió añadir más palabras, aunque experimentaban en aquel instante la necesidad de comunicarse sus esperanzas, sus dolores y su alegría; pero ¿no expresaban todos estos sentimientos las lágrimas que brotaron al punto de sus ojos y que bañaban dulcemente sus mejillas?

CAPÍTULO XXIV

Ojo por ojo

Cuando a su sepulcro helado
baje a pedirle un asilo,
dormid, le diré, tranquilo:
don Pedro, ya estáis vengado.

Zorrilla

Al día siguiente de la batalla de Thóo, Ek Cupul llegó a Sotuta, y reclamó a Zuhuy Kak, su antigua prisionera. Nachi Cocom mandó entregársela y le dijo:

—¡Ten cuidado! El español intentó anoche fugarse con ella...

—Todo me lo ha contado el sumo sacerdote —interrumpió Ek Cupul—; pero yo espero vigilarla de un modo, que hará inútil toda tentativa de fuga.

Y una sonrisa terrible cruzó por sus labios. Nachi Cocom vio esta sonrisa y se tranquilizó. El tigre había comprendido a la pantera.

—¿Quieres dos de mis guerreros para que te ayuden a... a vigilar a tu prisionera?

—Mi odio a los españoles y a sus aliados es más poderoso que un centenar de tus guerreros. Mi vida te responde de la hija de Tutul Xiú.

La tarde de aquel mismo día, Ek Cupul tomó de la mano a la prisionera y la condujo a Otzmal.

Nuestros lectores saben ya lo que era este sitio de recreo de Nachi Cocom. Una casita aislada en medio de la frondosidad del bosque, y rodeada de un patio plantado de hermosos árboles. Las paredes eran de mampostería, el techo de paja, y de madera la única puerta que le servía de entrada.

Desde entonces el verdugo y la víctima habitaron otra vez bajo el mismo techo.

La mañana del tercer día, Zuhuy Kak, que estaba muy ajena de sospechar el peligro que corría al lado de su carcelera, bordaba tranquilamente una manta de algodón con una aguja finísima de asta de siervo. Ek Cupul, que desdeñaba las tranquilas labores de su sexo, andaba dando vueltas en la estancia, como si se hallase madurando un proyecto.

De súbito se detuvo y corrió a la puerta. Parose en el umbral y se puso en actitud de escuchar.

Este movimiento llamó la atención de Zuhuy Kak y levantó la cabeza para mirar a Ek Cupul. Un instante después soltó la aguja, se levantó y corrió a su vez en dirección de la puerta. Pero como estaba allí su carcelera, de quien huía siempre, como por instinto, se detuvo a la mitad de su camino.

Era que acababa de atravesar la selva el estampido de los mosquetes que los españoles disparaban en la plaza de Sotuta.

Ek Cupul, después de haber escuchado un instante con ansiedad, se retorció los brazos con un ademán de rabia y lanzó al cielo una mirada impregnada de cólera. Su primer pensamiento fue el de correr a Sotuta para morir al lado de sus hermanos; pero al dirigir una mirada de despedida al interior de la cabaña, vio a Zuhuy Kak parada a tres pasos de distancia, con el asombro pintado en el semblante.

—¿Has escuchado? —le preguntó con aspereza.

—Sí —respondió la joven, que jamás había oído disparar una arma de fuego—. ¿Pero por qué estando tan brillante el azul del cielo, descarga a lo lejos una tempestad de sus rayos?

Ek Cupul miró fijamente a la joven y luego se puso a reflexionar. Al cabo de algunos instantes, brotó de sus ojos una llama de triunfo. Acababa de formar su plan.

—El estruendo que llega a tus oídos —repuso—, no viene del cielo, sino de los dominios de Xibilbá. Es el estruendo de los rayos que despiden las armas de los españoles.

—¡Las armas de los españoles! —gritó la joven, llena de asombro y de alegría.

—Sí. Los enviados de la fatalidad ganaron hace tres días en Thóo una batalla, y llenos de orgullo habrán venido a Sotuta a continuarla.

Zuhuy Kak, radiante de esperanza, adelantó un paso hacia la puerta.

—Y como donde quiera que se presentan —continuó Ek Cupul—, la victoria sale a su encuentro, en poco tiempo habrán amontonado a su paso los cadáveres de nuestros hermanos y entrarán triunfantes en nuestros templos.

Zuhuy Kak cayó de rodillas y elevó los ojos al cielo.

Ek Cupul devoró aquella actitud con una mirada llena de cólera y se aproximó a la joven.

—Parece que te alegra esa noticia.

Al oír tan cerca de sí la voz de su carcelera, Zuhuy Kak se levantó apresuradamente y retrocedió algunos pasos.

—¿A qué dioses dabas gracias —continuó Ek Cupul—, por la venida del enemigo de los macehuales?

—Al Dios que protege al oprimido, como yo, y castiga a los malvados, como vosotros.

Ek Cupul no era del número de esos adversarios astutos que pueden disimular por mucho tiempo el estado de su alma. Al oír la respuesta de Zuhuy Kak, estalló sin reserva la cólera comprimida por un instante dentro de su pecho.

—¡Ah! —exclamó—. ¿Esperas acaso que los extranjeros vengan de un momento a otro a arrancarte de mi poder con sus manos manchadas con la sangre de nuestros hermanos?

Zuhuy Kak respondió con entereza:

—Deploro la ceguedad de nuestros hermanos que no saben resignarse a los decretos de la providencia, y espero en el Dios de los cristianos que me salvará de mis enemigos.

—¡En el Dios de los cristianos!... ¡Infeliz! ¿Eres acaso cristiana?

—Mucho tiempo hace que un sacerdote español derramó sobre mi cabeza el agua sagrada del bautismo.

—¡Pues bien! —repuso Ek Cupul—, escucha como el Dios de los cristianos protege a los que reniegan de sus dioses.

Y una sonrisa irónica, pero terrible, crispó sus labios empalidecidos por las pasiones que se agitaban en su corazón.

Luego continuó con una calma aparente:

—Un día antes de marchar Kan Cocom a la batalla de Thóo, me llamó aparte y me dijo: «Voy a pelear por mi patria. La tempestad que ruge en mi pecho y el odio que me anima contra los invasores, solo me hace concebir dos extremos: vencer o morir. Pues bien... si los dioses de Itzá abandonasen a sus hijos, como hasta aquí; si los españoles ahuyentan a nuestros guerreros, júrame, Ek Cupul, que desde el momento en que llegue a la noticia la derrota de los itzalanos, que será también la noticia de mi muerte, cumplirás con el servicio que voy a implorar de tu amistad y del odio que te inspiran los enemigos de tu patria». Te lo juro, valiente guerrero —le respondí—, por la hermosura que brilla en tu semblante al hablar de tu noble resolución; te lo juro, por los manes de mis padres y de mi hermano, sacrificados por el soldado español; te lo juro, en fin, por el grito que exhaló el hijo del extranjero, al ahogarle entre mis brazos de madre.

Zuhuy Kak retrocedió otro paso ante la mirada de Ek Cupul, porque cada vez que aquella madre heroicamente feroz evocaba el recuerdo de su hijo, sus ojos y su semblante todo adquirían una expresión satánica, imposible de describir.

Al cabo de un instante prosiguió:

—Eres una hija digna de Itzá —me dijo Kan Cocom—, y no dudo que cumplirás valerosamente mi último deseo. Escúchame: dos amores se disputan el imperio de mi corazón y no sabré decirte cuál me domina más. El amor de la patria y el amor de Zuhuy Kak. Si los españoles llegan a vencer a nuestros hermanos, no tardarán en traer sus guerreros a Sotuta, y la hija de Tutul Xiú será el mejor trofeo de su victoria. ¿Y sabes lo que harán de ella los españoles? Se la entregarán al prisionero que guardo ahora en una cárcel y el maldito extranjero beberá a torrentes la embriaguez en los brazos de la mujer que yo amo… ¡Oh! Y cuando en mis sueños de odio he visto a Zuhuy Kak en los brazos de ese miserable, he sentido mi corazón despedazado, como por las puntas de cien flechas, Xibilbá ha puesto en mis manos una cuchilla brillante de pedernal, y con ella he traspasado de un solo golpe el pecho del español y el de la hija del cobarde itzalano.

Zuhuy Kak hizo un movimiento de espanto y alargó una mano a la pared para sostenerse, porque sentía que las fuerzas empezaban a abandonarla.

Ek Cupul no dio señales de haber advertido este movimiento y continuó:

—¿Y qué quieres que haga, Kan Cocom —le dije— para que duermas tranquilo en la mansión de los dioses? «Júrame otra vez que cumplirás tu palabra». Yo reiteré mi juramento, y entonces Kan Cocom me dijo: «Si los españoles llegan a vencernos, y yo por consiguiente a morir, no esperes que vengan a arrancarte a tu prisionera. Sepulta un puñal en su corazón, para que si el prisionero vive y recobra su libertad, no encuentre más que un cadáver después de su victoria.

Zuhuy Kak exhaló un grito de espanto y miró con ojos desencajados a la mujer que le hablaba.

—Pues bien —prosiguió Ek Cupul—, el valiente Kan Cocom ha cumplido su palabra, porque yo le he visto moribundo en el campamento español, mientras los demás guerreros de Itzá corrían a encontrar un refugio entre los bosques.

Allí le hice por tercera vez el juramento que me había exigido y se ha llegado el instante en que no me es posible retardar su cumplimiento.

Zuhuy Kak palideció como un cadáver y quiso hablar. Pero el terror anudaba las palabras en su garganta.

Ek Cupul calló un instante y se puso en actitud de escuchar. Repentinamente brilló en sus ojos una llama inexplicable, una sonrisa diabólica se dibujó en sus labios y adelantó dos pasos hacia su víctima.

—Hace tiempo —dijo—, que ha cesado el estruendo de las armas españolas. Los extranjeros han triunfado sin duda, quizá no tardarán en llegar hasta aquí, y he jurado que solo encontrarían tu cadáver.

Al terminar estas palabras, Ek Cupul extendió la mano al techo de la cabaña, y desprendió de los maderos que lo formaban, una ancha cuchilla de pedernal.

La inminencia del peligro dio fuerzas a Zuhuy Kak para alejarse dos pasos y para exclamar con voz balbuciente:

—¿Y qué te he hecho, Ek Cupul, para que intentes asesinarme?

—¡Qué me has hecho! —respondió con sardónica sonrisa—. Y yo ¿qué le había hecho al español que me deshonró y a los que asesinaron a toda mi familia?

Y sin abandonar su terrible sonrisa, volvió a adelantarse hacia la joven con la cuchilla levantada. Zuhuy Kak no tuvo entonces fuerzas para retroceder y cayó de rodillas.

—¡Piedad! —exclamó con el semblante trastornado por el miedo y las manos elevadas hacia su verdugo en ademán de súplica—. ¡Piedad!

—¡Piedad! —repitió Ek Cupul, lanzando una carcajada irónica y espantosa—. ¿Crees que va a tener piedad de la hija de un malvado, la que no tuvo compasión ni del niño que alimentó en sus entrañas, solo porque era el hijo del enemigo de los dioses?

—¡Dios mío! —murmuró en español la pobre joven, elevando los ojos al cielo—. ¡Dios de mi Alonso, no me abandonéis!

Estas palabras que Ek Cupul no comprendió, acabaron de exaltar su ánimo y levantó a su vez los ojos al cielo:

—Kan Cocom, duerme en paz. Las caricias del español no irán a estremecerte en tu tumba, porque otra tumba va a abrirse para la maldita Itzalana.

Zuhuy Kak exhaló un grito, su cuerpo tambaleó sobre sus rodillas y cayó exánime a los pies de Ek Cupul.

—¡Ah! —exclamó esta—. Hubo un día en que yo también, débil mujer, caí sin sentido ante la presencia del español que me perseguía, porque tenía miedo. Pero el miserable no tuvo compasión de mí... Y sin embargo... cuánto daría porque hubiese sepultado un puñal en mi corazón, como yo voy a hacer con esta desgraciada.

Y ebria de sangre y de venganza con este recuerdo, alzó el brazo izquierdo de Zuhuy Kak y levantó sobre su pecho la cuchilla de pedernal.

CAPÍTULO XXV

La nobleza de doña Beatriz

> ¡Qué escucho! ¡Cuál se ha mudado!
> Lo que os acabo de oír,
> la esperanza me ha inspirado
> de que el mal de lo pasado
> borre el bien del porvenir.
>
> *Asquerino*

Volvamos ahora a Benavides y a doña Beatriz, a quienes dejamos entregados a los transportes de su inesperado encuentro en el cerro de los sacrificios de Sotuta.

Pasadas las primeras expansiones de su loca alegría, los dos jóvenes, enlazados de los brazos y radiantes de ventura, empezaron a descender la escalera del cerrecillo. La necesidad de estar solos les hizo buscar con los ojos un refugio para esquivar las miradas curiosas que los perseguían, y habiendo distinguido en un ángulo de la plazuela, una cabaña, cuya puerta se mostraba abierta, encaminaron a ella sus pisos.

Cuando llegaron a esta cabaña, abandonada por sus antiguos moradores, se encontraron con que los había seguido un soldado español a pocos pasos de distancia. Era este el anciano escudero, que según hemos dicho, en otra parte, no perdía un instante de vista a doña Beatriz, conocida entonces en el campamento bajo el nombre de don Álvaro.

—Mi querido Beltrán —le dijo la joven—, alargándole su mano con una sonrisa hechicera, ahora podéis empezar a descansar y a dormir sin cuidado, porque cuento ya con un defensor más fuerte que vos, y a cuyo lado me considero tan segura como en el seno de mi madre.

El anciano, por toda respuesta, besó cariñosamente la mano que se le alargaba; extendió luego en el suelo una manta que traía, y se acostó tranquilamente en un rincón de la cabaña.

Vamos ahora a escribir lo que un momento después refería doña Beatriz a Benavides, entre protestas de amor y lágrimas de ternura.

—Apenas te apartaste de mí la noche fatal, en que escalaste los muros del convento de Sevilla que me encerraba, me arrojé sobre el cuerpo ensangrentado del conde y empecé a regar su semblante con mis lágrimas. Llamele enseguida a gritos, pidiéndole perdón de la parte que tenía en su desgracia; pero todo fue en vano... el conde permanecía inmóvil y mudo a mi llamamiento. Entonces esforcé la voz y grité tres veces:

—¡Socorro!... ¡socorro!... ¡socorro!

Un instante después apareció una ronda al extremo de la calle. Un hombre que traía un farol en la mano, se adelantó hacia el lugar en que me hallaba, y antes que me interrogase le dije:

—Ayudadme a transportar a mi padre a la hostería más próxima.

—¿Y qué tiene vuestro padre que necesita de ayuda?

—¿No veis su vestido ensangrentado?

—¡Hola! ¿Y quién es el espadachín que le ha puesto de este modo?

—Algunos gitanos, favorecidos por la noche y la soledad, nos han acometido en esta callejuela y nos han despojado de cuanto llevábamos.

El jefe de la ronda aproximó el farol a mi rostro y luego a la escalera arrimada al muro por donde habíamos descendido.

—Señora —me dijo—, es inútil que finjáis. La superiora de este convento acaba de reclamar auxilio desde la portería, y me ha referido la audacia del joven estudiante que es sin duda el que ha puesto a vuestro padre en ese estado.

—¡Y bien! —le dije con altivez—. ¿Impide eso, acaso, que me departáis el socorro que os he pedido?

El hombre del farol llamó a un soldado de la ronda y le habló algunas palabras al oído. Enseguida, volviéndose a mí:

—Cuatro hombres —me dijo—, van a traeros al instante una camilla para transportar a vuestro padre al lugar que le designéis. Yo voy ahora a buscar al asesino.

Un grito de espanto estuvo próximo a salir de mis labios; pero supe comprimirlo y respondí balbuciente:

—Gracias.

Un cuarto de hora después, el conde estaba tendido en una cama de la hostería que había yo escogido y el mejor cirujano de Sevilla reconocía su herida. El conde solo estaba desmayado por la pérdida de sangre, y no tardó en saber que la ciencia no desesperaba de su curación.

Pocos momentos después experimenté en el fondo de mi corazón otro movimiento de alegría, que en vano procuraba contener mi amor filial. El jefe de la ronda vino a saber del estado del conde y se manifestó desesperado de no haber podido encontrar al estudiante que le había herido.

Al tercer día de este suceso, el cirujano al practicar su reconocimiento, respondió de la vida del conde, y desde entonces empezó a mejorar tan notablemente, que tres semanas después nos pudimos poner en camino para Salamanca.

El convaleciente no tardó en quedar completamente curado en aquella ciudad, que lo había visto nacer, pero luego que perdí todo recelo respecto de su salud, la mía empezó a decaer tan visiblemente, que el conde se sintió verdaderamente alarmado.

—Hija mía —me dijo una mañana—, creo que el aislamiento en que vivimos acabará por matarte, si no le ponemos pronto remedio. Haz tus preparativos, porque dentro de tres días debemos partir a la corte.

—Padre mío —le respondí—, si estimáis en algo la salud de vuestra hija, no la obliguéis a seguiros a Madrid. El estado de mi corazón, en vez de necesitar del bullicio de una corte, necesita de un aislamiento mayor del que disfruta en vuestro palacio de Salamanca. Si vos mismo no hubieseis provocado esta conversación, hoy había pensado pasar a vuestro gabinete a suplicaros que me llevéis otra vez al convento de Sevilla.

—¡Al convento! ¿Estás loca, Beatriz? ¿Quieres privarme otra vez de tu presencia? ¿No sabes cuánto sufrí cuando la necesidad me obligó a sepultarte en ese monasterio que entonces repugnabas?

—Porque entonces mi corazón rebosaba de esperanza; ahora que todo ha muerto para mí, no más que la soledad de un convento puede reanimar mi marchita existencia.

—¡Niñadas! Con un mes que estés en la corte, el carmín volverá a embellecer tus mejillas. ¿Y quién sabe si entre los jóvenes de la primera nobleza que rodean al monarca, encontrarás muy pronto alguno a quien juzgues digno de ser amado?

—¡Padre! ¡No aman más que una vez las mujeres como yo!

—¡Beatriz! ¿Te atreves aun a alimentar en tu corazón el amor del hombre que si no asesinó a tu padre, no fue ciertamente porque le faltó voluntad?

—No exijáis a vuestra hija un sacrificio que es superior a sus fuerzas. ¿No he hecho ya cuanto puede hacer el deber de una hija? ¿No he jurado que aunque mi padre perdonase al que tuvo la desgracia de herirle, y aunque se me presentase después de su muerte, huiría de él con horror? Mas dejadme que conserve dentro de mi pecho, como una religión, el recuerdo de mi primer amor y no me obliguéis a profanarlo.

Desde aquella mañana, el conde no volvió a hablarme de nuestra ida a la corte; pero tampoco pude conseguir jamás volver al convento de Sevilla.

Así transcurrieron tristemente tres años.

Un día que el conde había estado fuera de casa muchas horas, entró en mi retrete cerca del anochecer, muy agitado, y mirándome de un modo extraño, que entonces no pude comprender, me dijo:

—Beatriz, un coche nos espera a la puerta. Sígueme.

—¿Qué ocurre, padre mío?

—No tardarás en saberlo.

Seguí al conde, entramos en el coche y al cabo de una hora de marcha nos detuvimos frente a la puerta de una granja, situada a dos millas de la ciudad. El conde me hizo atravesar un patio de árboles, luego un corredor arruinado y entramos en un aposento, cuya puerta se abría al extremo del corredor.

El aposento estaba iluminado por una sola bujía, a cuya claridad se distinguían débilmente los pobres muebles que lo adornaban. En un rincón había una cama, cuyas cortinas levantadas permitían ver a una anciana de semblante cadavérico, envuelta en sábanas más blancas que la nieve. Cerca de este lecho se hallaba sentada una joven hermosísima, que corrió a los brazos del conde, apenas entramos, y recibió sin ruborizarse un beso, en su frente blanca y tersa como el marfil.

Todos estos pormenores que observó a la primera ojeada, me llenaron de asombro y de embarazo. El conde, después de haberse desprendido de los brazos de la joven, me tomó de la mano, y nos aproximamos al lecho de la anciana.

—Señora —le dijo entonces—, aquí tenéis a Beatriz.

La anciana abrió los ojos y me miró de un modo tan tierno y tan triste a la vez, que las lágrimas se asomaron bajo mis párpados.

—Señor conde —dijo luego—, dejadnos solas.

El conde se aproximó a la joven, rodeó con su brazo su torneado cuello y salieron ambos de la estancia.

Yo estaba muda de asombro, y ya pensaba en salir de aquel aposento, por un sentimiento inexplicable, cuando me detuvo la voz de la anciana.

—Beatriz —me dijo—, mi vida está próxima a apagarse, y no tengo tiempo de prepararos para la cruel noticia, con que quizá voy a desgarrar vuestro corazón. ¡Quién sabe si lo tendré para aplacar la cólera del cielo y para conseguir vuestro perdón!

—¿Me habéis hecho algún mal, señora?

—Y tan grande, que a no ser que seáis un ángel, no podéis perdonarme jamás.

—No hay mal que no merezca perdón. Os perdono desde ahora. Os lo ju…

—No os precipitéis —me interrumpió vivamente—, para no tener de qué arrepentiros después. Escuchadme: ¿si después de haberos hecho vivir entre la opulencia, si después de acostumbraros a ver iguales vuestros en todos los nobles de España, si después de haberos familiarizado con la aristocracia, con todos las comodidades y todos los placeres de la vida, os redujera repentinamente a la última clase del pueblo, a necesitar del sudor de vuestro rostro para vivir con estrechez y a ser mirada con desprecio por los que antes os conocieron tan elevada?

El asombro que me causaron estas palabras, me impidieron responder de pronto a la anciana.

—¿Lo veis? —me gritó entonces—. ¡No os he dicho la mitad de mi crimen y ya os hago enmudecer de horror! ¿Conque si yo os añadiera que la que hizo todo eso tuvo que ahogar en su corazón el grito más santo de la naturaleza, porque la que hizo todo eso con vos era una madre?

—No os comprendo, señora.

—¡Mentís! —me replicó con los ojos desencajados y brillantes de un fuego aterrador—. Decidme que os causa horror reconocerme por madre y os creeré.

—¡Vos, mi madre!

Pero no tardé en avergonzarme de esta exclamación, y di un paso hacia la puerta de la estancia para llamar al conde, porque creí que aquella mujer deliraba en su agonía.

—¡Aguardad! ¡aguardad! —me gritó la anciana—. Sé que vais a llamar a alguno porque os figuráis que deliro; pero voy a probaros lo contrario.

Entonces prosiguió con calma.

—«La esposa del conde de Rada murió hace diez y seis años al dar a luz una hija. Yo que dos días antes había dado a luz otra niña, recibí para criar a la hija del conde que su mismo padre me trajo con lágrimas en los ojos. Mi marido había muerto tres meses antes y acepté con mucha ansia el dinero que el conde me dejó antes de emprender el viaje de dos años que hizo entonces para consolarse de la pérdida de su esposa.

»Las dos niñas empezaron a crecer a mi vista y yo me recreaba en sus juegos infantiles. Pero algunas veces me decía: ¿por qué esas dos niñas confundidas allí en inocentes entretenimientos no han de ser igualmente felices? ¿Por qué mi hija que es tan bella como la hija del conde, ha de encallecer un día sus manos con el trabajo, cuando la otra solo toque oro, sedas y joyas?

»Entonces concebí un pensamiento tan extraño como inicuo para las dos niñas. El conde solo había visto a su hija en una noche de dolor y podía presentarle a mi niña en lugar de la suya, para que disfrutase del oro y de las prerrogativas de la nobleza. Y cuando el conde vino dos años después a reclamar a su hija, le presenté a la mía, y el falso padre se la llevó satisfecho con solo decir que se llamaba Beatriz».

¡La sorpresa, el horror y la pena se habían apoderado de mi corazón al escuchar estas palabras, y aunque ya sabía que la anciana era mi madre, no me atrevía a apartarme de ella ni a estrecharla entre mis brazos!

De súbito un pensamiento brillante brotó de mi espíritu, como si un rayo de luz divina hubiese descendido sobre mi cabeza.

—Es decir —exclamé, inclinándome sobre el lecho de la anciana—, es decir ¿que no soy la hija del conde de Rada?

—No; la hija del conde es la que acaba de abrazar y besar en vuestra presencia.

—Luego mi padre…

—Era un labrador pobre pero honrado, a quien Dios habrá premiado en el cielo sus virtudes.

—¿Es decir, que no tendré necesidad de aborrecer eternamente al que hirió al conde de Rada, porque no es mi padre?

—¿Quién lo duda, hija mía?

—Madre mía —exclamó transportada—. Me habéis salvado.

Y me postré de rodillas junto a su cama, llené de besos su venerable cabeza y en pocas palabras la instruí de mi desgraciado amor. Un momento después entró el conde en la estancia, acompañado de su hija.

—Beatriz —me dijo—, tengo ya las pruebas necesarias que acreditan el cambio hecho por tu pobre madre al entregarme a mi hija. Pero no creas que porque has dejado de serlo voy a abandonarte. Volverás a vivir a mi palacio al lado de tu hermana de lecho y al morir yo, te dará de mis bienes todo lo que me permita la ley.

—Os doy gracias por vuestra generosa protección, señor conde —le respondí—, pero mi madre acaba de darme licencia para retirarme a un convento…

—En caso de que no pueda casarse con el hombre que ha elegido su corazón —me interrumpió mi madre—, y como para lo uno o lo otro es probable que necesite de vos, señor conde, os ruego que auxiliéis en cuanto os sea posible, en prueba de que no me guardáis rencor.

Yo vi brotar una llama de los ojos del conde.

—Espero que no os opongáis ahora a que sea feliz —le dije sin poderme contener—, ya que para amar al pobre segundón, no necesito deshonrar vuestro nombre.

—¿Tanto mal te he hecho, Beatriz —me dijo el conde con amargura—, que aprovechas la primera oportunidad que se te presenta para dirigirme un reproche?

—Algunas lágrimas brotaron de mis ojos al escuchar estas palabras y corrí a estrechar al conde entre mis brazos, como cuando me llamaba su hija.

—Perdonadme, señor conde —le dije—; pero amo tanto a ese pobre estudiante desdeñado por vos...

—Está bien —me interrumpió, imprimiendo un beso en mi frente—, te prometo hacer contigo las diligencias necesarias para averiguar su paradero.

Ocho días después de esta escena, mi madre bajaba a la tumba. Aun no se habían secado bien las lágrimas de mis ojos, cuando me presenté al conde y le dije:

—¿Señor conde, tenéis confianza en Beltrán, vuestro anciano ayuda de cámara?

—Como podría tenerla en mi padre —me respondió.

—Pues bien, permitid que me acompañe al largo viaje que voy a emprender.

—¿Adónde vas, Beatriz?

—He sabido que mi Alonso pasó a Nueva España y voy a embarcarme para América.

—¡Para América! ¿Sabes los riesgos a que se expone una mujer joven y hermosa como tú, en un viaje tan dilatado?

—Por eso os he pedido un hombre fiel que me acompañe. Además, me vestiré de hombre, como lo han hecho algunas señoras que militaron bajo las banderas de Hernán Cortés, y nadie osará insultar a un oficial que lleve una espada ceñida a la cintura.

—Esa es una locura, Beatriz. Crees que...

—Decidme que no, señor conde —le interrumpí—, y yo sabré lo que debo hacer.

El conde empleó todos los recursos posibles para disuadirme, pero no pudo conseguirlo.

Entonces llamó a Beltrán, le dio sus órdenes, atestó de oro sus bolsillos y algunos días después nos embarcábamos en Cádiz en un navío que pasaba para Veracruz. Yo llevaba un uniforme de oficial que ocultaba perfectamente mi sexo y Beltrán pasaba por mi escudero.

Esto sucedía en el mes de noviembre de 1539.

Apenas llegué a Méjico, empecé con ardor mis pesquisas. Nadie me daba noticias de ti. Desesperaba ya de hallarte, cuando un día me encontré con el hijo de don Francisco de Montejo, a quien había conocido un poco en Salamanca. Llamele por su nombre, fijó en mí sus ojos, y aunque confesó que recordaba haberme visto, no pudo dar con mi nombre. Díjele entonces que era don Álvaro de Rivadeneira, natural de Salamanca, y que andaba buscando al amigo de mi infancia, Alonso Gómez de Benavides.

—¡Oh! —me dijo entonces—. A ninguno podíais dirigiros, mejor que a mí. Nuestro amigo don Alonso se halla ahora empeñado en la conquista de Yucatán, y si queréis acompañarme a Champotón, no tardaréis en abrazarlo. He acabado de reclutar la gente que necesitaba y no tardaré en ponerme en camino.

Yo di un grito de alegría, y dos meses después, acompañada de mi fiel escudero, desembarcaba en Champotón, llena de ansiedad.

¿Cómo podré contarte, amigo mío, las angustias que pasé, cuando supe que no habías vuelto de una expedición a que te arrastró tu valor, y cuando me dijeron que acaso habrías sido sacrificado? Caí en una tristeza profunda que indudablemente me hubiera matado, si mi alma hubiese estado menos acostumbrada a la adversidad.

Sosteníame además la esperanza de que Dios que sabía la intensidad de nuestro amor, había acaso salvado tu vida para traerte un día a mis brazos, y empecé a acompañar a los españoles a todas sus expediciones, aunque jamás tuve fuerzas para desenvainar mi espada ni para disparar un arcabuz.

Y Dios no tardó en premiar mi fe y mi esperanza, porque un día llegó al campamento español un anciano religioso que había estado prisionero en Maní, y estuve al volverme loca de contento cuando me dijo que vivías, aunque en poder del feroz Nachi Cocom.

Pude ocultarle, como a todo el mundo, mi sexo, y desde entonces, amado mío, de noche y de día, dormida y despierta, no he soñado en otra cosa que en salvarlo de tus enemigos. Ahora lo he conseguido y vuelvo a arrojarme en tus brazos, no la hija de un conde, pero sí la hija de un labrador pobre, pero honrado, a quien Dios habrá premiado en el cielo sus virtudes, como decía mi madre antes de morir.

—Eres un ángel, Beatriz —dijo Benavides estrechando a la joven entre sus brazos.

En aquel momento entró en la cabaña, testigo de tanta felicidad, el anciano religioso fray Antonio de Soberanis que había seguido a los españoles a Sotuta, y que venía de absolver a los moribundos.

Benavides corrió a sus brazos, y después de haber derramado algunas lágrimas de alegría y ternura, tomó de la mano a Beatriz y le dijo:

—Padre mío, hay muchos días aciagos en la vida, pero nunca falta uno de tan inmensa felicidad, que nos recompense con usura todas nuestras desgracias. En un solo instante he recobrado mi libertad y lo que más amo en el mundo. Padre mío, os presento a Beatriz, mi esposa ante Dios.

El anciano religioso miró con inconcebible frialdad aquel cuadro de dicha y de ternura.

—Estaba en la plaza —dijo—, cuando os arrojasteis a los brazos de ese joven oficial, dándole el nombre de Beatriz. Perdonadme si ahora no os doy el parabién de tan feliz encuentro, porque asuntos de grave interés reclaman que me ocupe de ellos antes que de ninguno.

Los dos jóvenes, quedaron helados al escuchar estas palabras.

Entonces el sacerdote se acercó a Benavides y le dijo al oído algunas palabras. El joven palideció súbitamente, soltó la mano de Beatriz, y después de dar algunos pasos en dirección de la puerta, se detuvo, indeciso.

—¿No nos vamos? —preguntó con severidad el sacerdote.

—Beatriz —dijo entonces Benavides, esquivando las miradas de la joven—, espérame con tu fiel escudero en esta cabaña… dentro de pocos instantes estaré de vuelta.

Y volvió a caminar en dirección de la puerta. Beatriz corrió hacia él y lo detuvo con sus brazos.

—¡Alonso! —le dijo—. ¿Qué significa esto? ¿Por qué me dejas apenas te encuentro, y sin mirarme siquiera?

Benavides tocó ligeramente con sus labios la hermosa frente de la joven y le respondió:

—Te juro que esta separación será la última.

Y desprendiéndose suavemente de sus brazos, salió de la cabaña, precedido del anciano religioso.

Uno y otro caminaron algún tiempo en un silencio forzado que ninguno manifestaba deseos de interrumpir: el sacerdote, frío, severo y apresurado, como quien marcha a cumplir un deber, pasando con indiferencia y desdén sobre todos los obstáculos; Benavides, pálido, trémulo y agitado como el desgraciado que acaba de cometer un crimen, y a quien el remordimiento arrastra a su pesar frente a su víctima.

Y cada paso que adelantaba en aquel camino, sembrado de hierbas, de flores y de guijarros, sentía que un nuevo recuerdo despedazaba su corazón.

¡Zuhuy Kak! ¡Dos minutos hacía que el sacerdote había pronunciado a sus oídos este nombre, haciéndole caer del éxtasis del amor a la agitación del remordimiento!

Interrumpieron sus tristes reflexiones los gritos de un hombre que se dejaron oír a la derecha del sendero que llevaban.

El anciano y el joven detuvieron sus pasos y miraron en aquella dirección.

Un soldado español, cubierto de sangre y medio oculto entre la yerba, clavaba sus ojos en el sacerdote, y con voz desmayada le decía:

—¡Padre!... ¡me muero!... ¡venid!

El religioso se volvió entonces a Benavides y le dijo:

—Es un moribundo que reclama los auxilios de la religión. ¡Escuchad! Un indio a quien acabo de examinar me ha dicho que la joven que tantas veces ha salvado nuestra vida, ha sido llevada por una mujer a un paraje desierto, acaso con alguna intención siniestra. Este camino conduce a ese lugar, a donde ya veis que no puedo acompañaros. Id solo: no tardaré en reunirme a vos... ¿Iréis? —añadió el sacerdote con cierta severidad al cabo de algunos instantes, viendo que Benavides no se movía.

El joven se ruborizó.

—Padre mío —respondió—, mucho tiempo hace que estuviera allí, si una causa, superior a todas mis facultades, no me la hubiese hecho olvidar completamente. ¡Oh! ese encuentro inesperado... la vista repentina de lo que más amo en el mundo... todo eso puso ante mis ojos un velo tan espeso que si no entráis a recordarme mi deber, todavía estaría a sus pies olvidado del mundo entero... Pero tranquilizaos... sé lo que debo a la itzalana y si es tiempo aun, sabré morir por ella.

Y como si se sintiese más aliviado con aquella confesión, echó a correr en la misma dirección que le señalaba el sacerdote.

Entretanto Beatriz que se había quedado en la cabaña llena de asombro y de sobresalto, había empezado a sentirse agitada por una inquietud que le parecía más penosa que cuando había sufrido anteriormente.

—Sí —murmuraba—; sí... fray Antonio me lo ha contado... Una joven... la más bella de la corte de su padre le salvó muchas veces la vida... y pasaba horas enteras conversando con él... ¡en una selva!... ¡Oh! es preciso verlo al instante... Beltrán, levántate... ¡sígueme!

Y sin advertir si su escudero la seguía, conforme a sus órdenes, la joven se lanzó fuera de la cabaña.

CAPÍTULO XXVI

La venganza de Zuhuy Kak

Lago de amor, sereno y transparente,
que yo surcaba en brazos de su halago...
En un instante el cieno del torrente
enturbió los cristales de ese lago.

Camprodón

En el momento en que Ek Cupul con una sonrisa de infernal satisfacción en los labios, amenazaba con su puñal a Zuhuy Kak, sintió que una mano fuerte detenía su brazo, suspendido sobre el pecho de su víctima. Volviose vivamente con la ligereza de una fiera, a quien se arrebata su presa en el momento de devorarla, y se encontró con los ojos de Benavides que la miraban con una especie de terror.

Ek Cupul conocía al joven español, por haberle visto el día de su llegada a Sotuta, y comprendió al instante que este acababa de entrar por la puerta de la cabaña, que había dejado abierta por un descuido.

—Mujer —le dijo Benavides—, ¿quién puso en tus débiles manos el puñal del asesino?

Ek Cupul en lugar de responder, se sacudió violentamente, para librar su brazo de la mano que la oprimía. Pero nada pudo conseguir.

Benavides, en quien el sentimiento de horror que le inspiraba aquella mujer con un puñal en la mano se sobreponía a cualquier otro sentimiento que pudiera concebir:

—Suelta esa cuchilla —le dijo—, y te dejaré huir.

Ek Cupul permaneció tranquila un instante, como si hubiese querido reflexionar. Pero súbitamente alargó la mano izquierda al puño de la espada que el español traía pendiente de su tahalí, y sacándola de su cubierta de acero:

—¡Xibilbá! —gritó—. Te doy gracias. Dos víctimas en lugar de una.

Y descargó violentamente un golpe sobre el pecho del español, que por fortuna dio sobre el tahalí, cuyo cuero bruñido no pudo traspasar.

Benavides comprendió entonces que debía vencer la repugnancia que sentía de luchar con aquella mujer. Con la mano que le quedaba libre sujetó el puño de la espada, reunió luego en una sola los brazos de la fiera y en un instante quedó desarmada.

—¡Mátame! —gritó la aborigen—, porque no puedo sobrevivir a la pérdida de mi venganza.

Benavides la miró con terror y hubo un instante en que levantó su espada sobre la cabeza de la indómita itzalana.

Ek Cupul vio este movimiento sin pestañear. Pero repentinamente se arrojó a los pies del español y abrazó sus rodillas.

—¡Perdón! —le dijo—, ¡perdón!

—¿Crees acaso —respondió el español—, que me atrevería a manchar mi espada con la sangre de una mujer? Huye al instante de mi presencia.

Ek Cupul se levantó, corrió a la puerta y no tardó en perderse entre los árboles de la selva.

Benavides se volvió entonces a Zuhuy Kak, que continuaba desmayada, y clavando en ella una mirada en que se leía un sentimiento de profunda compasión y ternura:

—¡Infeliz! —murmuró—. Dentro de breves instantes maldecirás la mano que detuvo el brazo de tu asesino.

Y siguió mirándola en silencio. Pero no tardó en parecerle que aquel desmayo era demasiado profundo, y temiendo que la joven hubiese sucumbido bajo el peso de su terror, asentó delicadamente la mano sobre su corazón.

Como si el calor de aquella mano querida, hubiese tenido la virtud de volverle la existencia, Zuhuy Kak exhaló un suspiro y abrió los ojos. Echó una mirada en derredor de sí, y al distinguir al español, que había retirado su mano se levantó con ligereza y oprimió su cuello entre sus brazos.

—¡Amado mío! —exclamó—. Tú me has salvado... ¿no es verdad? mi corazón lo adivina... ¿Pero que se ha hecho de esa mujer?

—La he dejado huir.

—Siempre eres generoso con tus enemigos, como con el gran sacerdote de Sotuta. ¿Pero es verdad que los españoles han venido?...

—Y triunfado, como siempre.

—¿Y cómo supiste el lugar en que me hallaba y el peligro que corría?

—¡Oh! muy fácilmente. Kan Cocom, antes de morir, reveló su venganza a fray Antonio, nuestro anciano amigo, este, después de la derrota de hoy, me la reveló a mí, y veníamos juntos a salvarte, cuando le detuvo en el camino un moribundo que solicitaba sus auxilios. Pero no tardará en venir para estrecharte en sus brazos.

—Salgamos a su encuentro. Retirémonos pronto de esta casa que me inspira horror... ¡Vamos, vamos!...

Benavides permaneció inmóvil.

—¿Que te detiene, amigo mío? —preguntó la joven.

—¿Y a dónde quieres ir, Zuhuy Kak?

—¡Adónde! —repitió admirada la joven—. ¡A donde vayas tú!... a donde vaya nuestro anciano amigo.

—Esperemos entonces que venga.

—¿Y por qué no salirle al encuentro, como te he dicho?

—Pero... ¿y si no le encontramos?

—Entonces iremos solos a la primera cabaña que se nos presente. ¿No nos veíamos solos horas enteras en la selva de Maní?

Y la joven se sonreía hechiceramente, mientras el rubor inundaba sus mejillas.

Benavides sintió brotar lágrimas por debajo de sus párpados; pero tuvo la fuerza de voluntad necesaria para contenerlas.

—Zuhuy Kak —la dijo al cabo de un instante—, en la selva de Maní nos protegía nuestra misma soledad. Pero aquí... ¿qué dirían los soldados españoles si nos viesen entrar solos en una cabaña?

La joven pareció entregarse por un momento a la reflexión.

—¡Ah! —exclamó súbitamente—. Yo no te comprendo ahora... no sé por qué me hablas así... pero paréceme que no me hablas con tu corazón.

Benavides no supo responder a estas palabras, y sus ojos huyeron la mirada interrogadora de la joven,

—¿Por qué no me respondes? —continuó esta, más alarmada con el silencio del español—. Dime que te arrepientes de haberme engañado y que el fuego de tus labios disipe la primera nube que ha empañado nuestro amor.

Y dio un paso hacia el joven para presentarle su frente. Pero Benavides retrocedió con espanto y alzó un brazo para detenerla. Zuhuy Kak se detuvo asombrada y la sonrisa con que se adelantaba se extinguió en sus labios.

—¿Me rechazas? —dijo con voz balbuciente—. ¿Qué es esto, Dios mío?... ¿qué te he hecho para que huyas de mí?

Y dos lágrimas amargas brotaron de sus ojos y corrieron un instante por sus mejillas.

Benavides que tenía clavados los ojos en el suelo de la cabaña, vio en aquel momento dibujarse en él una sombra. Alzó la cabeza y se encontró con Beatriz parada en el umbral de la puerta. Un grito involuntario se escapó de sus labios y corrió a detenerla.

Pero Beatriz no dio señales de haber notado este movimiento. Se hallaba embebida en contemplar a Zuhuy Kak, que por su parte la miraba también con una expresión imposible de describir.

De súbito la joven aborigen lanzó un grito y se adelantó dos pasos hacia la doncella española. Lo que los soldados castellanos no habían podido adivinar en un año, a ella se le había revelado en un instante. La mujer había adivinado a la mujer, a pesar del disfraz con que se presentaba, y con que había logrado engañar al mundo entero.

—¿Quién es esa mujer? —preguntó a Benavides, mirándolo rápidamente para volver su ansiosa pupila sobre Beatriz.

Benavides tomó de la mano a la doncella española, y haciéndola entrar en la cabaña, respondió:

—Zuhuy Kak, ¿recuerdas haberme sorprendido muchas veces en la selva de Maní, con los ojos clavados en el cielo, mientras una lágrima desprendida de mis ojos humedecía mis mejillas?

Zuhuy Kak, embebida en su tenaz contemplación, no desplegó los labios para responder.

—Recuerdas —continuó el español—, ¿recuerdas que algunas veces, mientras tu hermosa voz intentaba dulcificar la pena de mi cautiverio, repentinamente dejaba de escucharte para prestar atención a mi propio pensamiento?

La joven aborigen hizo un ademán de impaciencia sin mirar al español.

—¿Recuerdas, por último —prosiguió este—, que reconvenido un día por ti sobre mis continuas distracciones, sobre mis miradas perdidas en el espacio, sobre las lágrimas furtivas, que sin advertirlo, se escapaban de mis ojos, te confesé de rodillas que, antes de conocerte, había amado en España a una mujer, cuyo recuerdo era a veces más poderoso que tu presencia, porque de tiempo en tiempo me parecía oír su voz en la selva y ver su imagen envuelta entre las nubes que empañaban el espacio?

Zuhuy Kak palideció súbitamente y miró con espanto al español.

—Pues bien —añadió Benavides—, esa Beatriz cuya historia te he contado, ese ángel que creía perdido para siempre y que tú te esforzabas en hacerme olvidar, la que me hablaba en el bosque, la que yo miraba en el cielo, ha vencido todos los obstáculos que nos separaban, ha salvado mi vida, la tuya... y ahora... ha venido a buscarme hasta aquí...

La itzalana dio un grito, cayó sobre un banco de madera que había en la cabaña y ocultó su rostro entre sus manos.

Entonces en aquella mujer de instintos salvajes, en aquel corazón formado para las grandes pasiones, en aquella imaginación ardiente que se representaba el bien y el mal hasta el último grado de exaltación, tuvo lugar en pocos segundos una escena terrible.

Recordó que sus caricias no habían logrado disipar la nube que algunas veces empañaba la frente de Benavides, que ella tan bien comprendía el amor, comprendió el poder de aquella pasión que resistía a todos los obstáculos, y adivinó que a ella no le quedaba reservada otra suerte que la que sus desdenes habían hecho experimentar a Kan Cocom. Pero vivir sin aquel amor que era el alma de su existencia, era arrastrar una vida sin objeto: condenarse a ver al hombre a quien amaba recibir las caricias de otra mujer, era condenarse a un infierno perpetuo.

Y apenas este pensamiento cruzó por su espíritu, un segundo grito, pero de distinta naturaleza, un grito de salvaje alegría se escapó de su pecho, se levantó con los ojos enjutos, pero con las facciones completamente cambiadas, pasó ante Benavides y la española sin dignarse mirarlos, se detuvo en el umbral de la puerta, y después de escrudiñar con los ojos la espesura del bosque:

—¡Ek Cupul! —gritó con todas sus fuerzas—, ¿así huyes sin cumplir tu juramento?... ¡Kan Cocom tiene razón... la maldita itzalana debe morir!

En aquel momento se incorporó entre los arbustos el cuerpo de una mujer, una flecha partió el aire silbando y Zuhuy Kak cayó dentro de la cabaña con el pecho traspasado.

Entonces la mujer del bosque volvió a desaparecer entre la espesura y Zuhuy Kak le gritó:

—¡Gracias, gracias!...

Estas dos palabras quedaron apagadas bajo un doble grito de espanto, que lanzaron Benavides y la española. Pero cuando se abalanzaron hacia la joven itzalana para socorrerla, esta se incorporó violentamente y mirándolos con una expresión de cólera, exclamó:

—¡Oh, dejadme morir tranquila! ¡dejadme!... Ya que me habéis arrancado el alma, dejadme emplear los últimos momentos de mi vida en reconciliarme con los dioses de mi patria... en pedirles perdón de mi apostasía, de mi traición, de mi fuga... he cometido tantos crímenes por un enemigo de los dioses... dejadme... dejadme...

Mientras Benavides y Beatriz sentían que el corazón se les oprimía de dolor al escuchar estas palabras, los pasos apresurados de un hombre resonaron a poca distancia y el anciano religioso con el hábito azul levantado hasta la rodilla, entró sofocado en la cabaña.

—Salid —dijo al español y a Beatriz—, señalándoles con ademán severo la puerta.

Ambos jóvenes obedecieron instintivamente a esta orden y el sacerdote se quedó solo con Zuhuy Kak.

CAPÍTULO XXVII

Dichosos los que lloran...

Mi alma renace y con ardiente anhelo
a nuevos mundos de ilusión se lanza,
y ante mis ojos se desgarra el velo
que ofuscaba la luz de mi esperanza.

García Gutiérrez

—Hija mía —dijo entonces el franciscano—, al entrar en esta cabaña he oído tus últimas palabras, y me ha parecido que invocabas a los falsos dioses, con tu voz moribunda y que tus ojos miraban con odio a dos de tus hermanos.

—¿A dos de mis hermanos? —exclamó la joven—. Sacerdote, ¿sabes quién es esa mujer, oculta bajo el disfraz de un guerrero, que acompaña al español?

—Sí, sí lo sé. Es una mujer a quien amó en España, amor que no lo ha impedido amarte a ti y que hoy le ha obligado a despreciarte para arrojarse en sus brazos.

—Sí, pero yo no lo veré. Ek Cupul ha dirigido con acierto su flecha y muy pronto... ¿lo oyes?, muy pronto dejaré de vivir.

Y una sonrisa de regocijo salvaje agitó ligeramente los labios de la joven.

El sacerdote se apoderó vivamente de una de sus manos y mirándola con una expresión llena de ternura le dijo:

—Zuhuy Kak, ¿de ese modo se apresta a morir la mujer a quien yo he instruido en los sublimes misterios del evangelio?... Has buscado tu muerte, y no contenta con esto, te gozas en tu crimen... y mueres, llevando a la tumba, una de las pasiones más mezquinas del corazón humano... ¡el odio! El odio, proscrito por la naturaleza y por la ley de Jesús.

—¡La ley de Jesús! —exclamó Zuhuy Kak con sardónica sonrisa—. Me alegro que me recuerdes mi vergonzosa apostasía, para que te haga ver lo que tu Dios ha hecho por mí... para que te haga ver que desde el momento, en que seducida por ti, o más bien por mi amor, abracé tu doctrina, cada paso mío ha sido marcado por una desgracia, hasta el último golpe que me ha matado.

El franciscano elevó los ojos al cielo, como para pedirle perdón de la blasfemia lanzada por aquella boca insensata.

Entonces Zuhuy Kak, con la volubilidad y viveza que le prestaba el enardecimiento de que se hallaba poseída, refirió rápidamente al franciscano cómo después de su conversión, abandonó a su padre, renegó de su patria y vio herir mortalmente al hombre que más amaba. Habló luego de los terrores de su prisión y de la aparición de Beatriz, que había puesto el colmo a todas sus desgracias.

El sacerdote la escuchó con bondad, y cuando hubo concluido le dijo:

—Así, corazón egoísta, tú no quieres amar a Dios, tú no quieres cumplir con la ley más santa de la naturaleza, sino para que te haga feliz... para que te satisfaga tus menores caprichos... ¿Te quejas de haber sufrido? ¿Y no sabes que el sufrimiento se hizo para las almas privilegiadas, como la tuya? ¿No sabes que cuando Dios prueba al hombre con grandes dolores, es porque lo juzga digno de llevar su cruz, como él, y capaz de resistir, como él, a todas las tentaciones?...

La sonrisa irónica que contraía los labios de Zuhuy Kak, empezó a desaparecer por grados y miró fijamente al religioso, como para prestarle mayor atención.

—Te quejas de haber sufrido cuando debías enorgullecerte —continuó este con su acento persuasivo—. Zuhuy Kak, si a pesar de tu juventud, has adquirido alguna experiencia, habrás observado que hay una multitud de seres en el mundo, indiferentes al bien y al mal, cuya alma materializada no goza siquiera, porque para gozar es necesario haber sufrido antes algunos dolores. ¿Crees que esos son los seres privilegiados? ¿Querrías pertenecer al número de ellos?... ¿No es verdad que prefieres haber sufrido mucho, para que al morir con el corazón despedazado, tengas derecho de decir: Dios mío, he llorado mucho, enjuga mis lágrimas?

No fueron estas las únicas palabras que pronunció el franciscano. En aquel momento supremo en que veía a la joven itzalana próxima a partir para la eternidad llevando al sepulcro las groseras preocupaciones de la idolatría, sin que hubiese poder humano que pudiese detener el paso de la muerte a presencia de aquella boca, hermosa todavía, que se contraía con la risa de la blasfemia; ante aquellos ojos de negra pupila, que empezaban a apagarse ya por falta de vitalidad, el virtuoso sacerdote comprendió que no había que perder un instante para regenerar aquella alma descarriada por una fatalidad del buen sendero, su elevado espíritu encontró fuerzas sobrenaturales para entrar en tan noble lucha y sus labios se desplegaron con un lenguaje santo, sencillo y sublime, que en vano intentaría reproducir aquí nuestra pluma.

Le habló del dolor como del crisol que purifica a la criatura humana y que por un lazo misterioso le pone en contacto con su creador; del mérito, que no tanto consiste en perseverar en la virtud, como en levantarse con nuevas fuerzas del fango de la duda y de la incredulidad en que se ha caído por alguna desgracia; del perdón, que es el arranque más sublime del alma por lo mismo que se opone al ruin espíritu de venganza, a que es tan propensa la mezquina debilidad del hombre, y de la inconcebible osadía con que se atreve a desprenderse de la existencia cuando no se la ha reclamado todavía el que se la dio.

Su palabra era dulce, como la fuente santa de que sacaba su moral, su voz llena de atractivo, como la religión exenta del fanatismo, su elocuencia persuasiva como el acento de la verdad.

La joven le escuchó primero con ironía, luego con indiferencia, por último con interés.

Entonces le pareció que cada una de las palabras del sacerdote levantaban de su pecho un enorme peso que le oprimía, sintió que poco a poco empezaba a desprenderse de su corazón la piel que lo había invadido por algunos instantes, y creyó que ante sus ojos se descorría un velo que le enseñaba un espacio infinito y hermoso en que jamás se había fijado su mirada.

¡Ah! Era que empezaban a presentarse a sus ojos la eternidad. ¡Y es tan hermoso contemplar la eternidad a través del cristal puro de la virtud, de la inocencia o del arrepentimiento!...

Cuando el sacerdote concluyó, la joven tenía los ojos arrasados en lágrimas.

—Dichosos los que lloran —murmuró el franciscano con acento conmovido.

Zuhuy Kak lo tendió una mano y le dijo:

—¿Qué hechizo hay en tu voz que cuando te oigo hablar, me parece que mi madre me dirige la palabra desde el cielo? Si fuese tan loca que te creyese, ¿no me has dicho casi que Jesús me reserva en su paraíso la palma del martirio?

—Tú has sufrido, como los mártires, ¿pero qué has hecho para probar que tu fe resiste a las pasiones?

—Nada, nada… pero alentada por ti, me siento capaz de todo. ¿Qué quieres que yo haga para demostrarte que la mujer que amas es digna de tu amistad?

—¿Y harás lo que te diga?

—¡Oh, sí, sí! pero pronto… siento que voy a morir.

—¡Pues bien! Es preciso que antes que mueras perdones a esa mujer a quien has mirado con odio, porque ama al mismo hombre que tú.

La joven hizo un gesto de repugnancia que no se escapó a los ojos del sacerdote.

—¡Cómo! —exclamó—. ¿La aborreces todavía?

—No, no —respondió Zuhuy Kak—; tú me has dicho que el odio es una de las pasiones más mezquinas del corazón, y alumbrada con la luz de estas palabras, he descubierto muchos secretos que antes se me ocultaban. ¡Qué venganza tan dulce es la de perdonar!

—Así…

—Llamadla, padre mío, llamadla. Pero… no es verdad que llamaréis también…

—¿A quién?

—¡A él!… ¡a él!

—Sí, hija mía… ¿por qué no?

Y el sacerdote salió de la cabaña sonriendo bondadosamente. Un momento después volvió a entrar, conduciendo de la mano a Benavides y a Beatriz.

A esta aparición, Zuhuy Kak quiso incorporarse pero no tuvo fuerzas para verificarlo. Benavides dio un grito al ver la palidez que inundaba su semblante y cayó de rodillas junto a la joven.

Esta le tendió una mano y le dijo:

—Amigo mío, ¿me perdonas que te haya hecho sufrir con mis celos?… Sí, sí, ¿no es verdad?… ¡Eres tan bueno!

—¡Que yo te perdone! —exclamó el joven con voz conmovida—. ¿No soy quién, al contrario, debe pedirte perdón?… ¿No he sido yo quién te ha matado?

—No, no: yo voy buscado mi muerte… yo misma… yo sola debo acusarme… Pero Dios me perdona mi crimen por la boca del más santo de sus ministros…

—¡Tu crimen! ¿Acaso puede cometer un crimen un ángel como tú?

—¡Oh, calla! No perdamos el tiempo… porque es muy corto el de que puedo disponer. Amigo mío, ¿tú amas a mi padre? ¿no guardarás rencor a los pobres itzalanos a pesar de los males que te han hecho sufrir?

—¿Qué quieres que haga por ellos?

—Están vencidos... son pobres y sencillos, necesitan de un protector como tú... recuerda que son mis hermanos... ¡Pero mi padre!... ¡ah! mi padre... no lo olvides... consuélalo... ¡debe sufrir tanto!

—¡Te lo juro!

—Y ahora... sé feliz... es mi mayor deseo.

—¡Eres tan buena como hermosa!

—¡Oh, no me hables así! Ya pasó el tiempo en que esa palabra me hacía ruborizar de placer... ¿Y no ves..., no ves que eso puede incomodar... a...?

Y con una mirada impregnada todavía de un tinte de odio que no acertaba a reprimir, la itzalana señaló con los ojos a Beatriz.

La joven española se adelantó hacia la moribunda y con ademán encantador le alargó su mano. Zuhuy Kak se apoderó vivamente de esta mano, blanca, suave y hermosa, la llevó a sus labios y la regó con sus lágrimas.

—¡Ah! —exclamó—. ¿Cómo he podido dudar del perdón de... de mi hermana... permites que te dé este nombre... siquiera porque profesamos la misma religión?

—¿Y lo dudas? —preguntó Beatriz con voz conmovida—. Acabo de saber cuánto has hecho por los españoles cautivos y he comprendido que es un tesoro tu corazón.

Al oír por primera vez esta voz dulce y suave, que pronunciaba tan delicadamente el idioma español, Zuhuy Kak sintió latir su corazón con una emoción desconocida, y mirándola a través de sus lágrimas, mirada que no expresaba ya más que ternura y admiración, lo dijo con acento balbuciente:

—¡Oh, qué hermosa eres!... Los ángeles deben parecerse a ti... ¿orará a Dios alguna vez por tu hermana?

Beatriz solo respondió con un ademán, porque la emoción le impedía el uso de la palabra.

—¡Oh! —continuó Zuhuy Kak—. Ahora solo me falta decirte... ¡qué le hagas feliz!

Y tendió hacia Benavides su mano que había soltado un instante. Este volvió a apoderarse de ella y a su vez la mojó con sus lágrimas.

Entonces la joven se volvió hacia el sacerdote y le dijo:

—¿No es así, padre mío, como deseabas ver morir a Zuhuy Kak?

—Sí, sí —respondió el franciscano—; pero recuerda, hija mía, que tu nombre es María.

—¡María!... ¡es verdad!... ¡Y bien! no olvidéis nunca a la pobre María.

Un instante después, la joven hizo un ligero movimiento y espiró con la sonrisa en los labios.

Beatriz y el sacerdote cayeron de rodillas junto a Benavides y los tres confundieron sus lágrimas sobre el cadáver de la itzalana.

—Hijos míos —dijo entonces el religioso—, no olvidéis en vuestras oraciones recomendaros a su intercesión, porque es una santa y una mártir la que acaba de morir.

…Porque es una santa y una mártir la que acaba de morir…

FIN DE LA NOVELA

ÍNDICE

I. *Potonchán, 1539* *5*

II. *Don Alonso Gómez de Benavides.* *14*

III. *El conde de Rada.* *25*

IV. *Conspiración fallida* *34*

V. *Celada* *45*

VI. *Sacrificio de Bernal Pérez* *54*

VII. *Zuhuy Kak* *60*

VIII. *Gonzalo Guerrero* *71*

IX. *La cruz y la espada.* *86*

X. *Kan Cocom.* *101*

XI. *El destino de dos pueblos.* *108*

XII. *La destrucción de Mayapán.* *117*

XIII. *Las profecías de Chilam Balam.* *128*

XIV. *Ansiedades de amor* *136*

XV. *Conversión de Zuhuy Kak* *147*

XVI. *Otra celada de Kan Cocom* *156*

XVII. *El destino se cumple* *168*

XVIII. *La embajada del Señor de Maní* *179*

XIX. *El banquete macabro de Otzmal* *188*

XX. *Predicciones de infortunio.* *195*

XXI. *El jueves 11 de junio de 1541.* *202*

XXII. *Treta inútil* *213*

XXIII. *Salvación providencial.* *225*

XXIV. *Ojo por ojo* *233*

XXV. *La nobleza de doña Beatriz* *238*

XXVI. *La venganza de Zuhuy Kak* *248*

XXVII. *Dichosos los que lloran...* *253*

Made in the USA
Las Vegas, NV
27 April 2021